소설가에게 있어 평생의 주제와 만나는 일은 운명이라 ~~각한다.
아무리 재능이 있어도 그런 주~~ 감동을
줄 수 없다. 그동안 ~~ 주제
로 소설을 써 온 작가~~

    __이주인 시즈카(소설가)

한눈팔지 않는 소설이다. 마지막 페이지까지 밀도가 느껴진다. 야쿠
마루 가쿠는 소년범죄란 테마에 집착이라 해도 좋을 만큼 관심을 쏟
아 왔다. 좋은 작품을 완성하겠다는 작가의 고뇌와 주인공의 고뇌가
잘 어우러져 말로 형용할 수 없는 감동을 불러일으킨다.

    __오사와 아리마사(소설가)

'만약 나였다면'이라는 생각이 소설을 즐기는 방법 중 하나라는 사
실을 이 작품을 읽으면서 재확인했다. 한 가지 문제에 대해 성실하게
고민한다는 것 자체가 점점 어려워지는 요즘, 오랜 시간 동일한 테마
를 다루려면 용기가 필요하다. 하지만 그런 자세야말로 소설가의 요
건이라는 사실 역시 재확인할 수 있었다.

    __온다 리쿠(소설가)

소년범죄와 소년법이란 민감하고 다루기 어려운 주제와 정면으로
맞서고 있다. 오락소설에서 이렇게 커다란 테마를 다루다 보면 안이
한 결론을 내리기 쉽지만, 이 작품은 '왜 이런 일이 벌어졌는가'만이
소설의 결론이 아니라는 사실을 보여준다.

    __교고쿠 나쓰히코(소설가)

침묵을
삼킨
소년

# 침묵을
# 삼킨
# 소년

야쿠마루 가쿠 장편소설  이영미 옮김

에믈아카이브

# 차례

### 아오바 쓰바사

요시나가 게이치와 아오바 준코의 중학생 아들. 친구였던 후지이 유토를 죽인 혐의로 체포되었지만, 어찌된 영문인지 사건과 관련해 입을 꾹 다물고 있다.

### 요시나가 게이치

호무라 건설회사 제2기획팀 팀장. 이혼 후 아들과 떨어져 홀로 새 생활을 시작하였으나, 어느 날 동급생 살인 혐의를 받고 체포된 아들로 인해 평탄하던 인생이 격변한다.

### 아오바 준코

요시나가 게이치의 전처. 이혼 후 아들의 양육권을 주장해 홀로 아들을 키워 왔지만, 극심한 스트레스로 우울증 약을 처방받을 만큼 연약한 정신의 소유자다.

### 후지이 유토

아오바 쓰바사의 동급생으로 가슴을 수차례 칼에 찔려 숨진 채 집 근처의 숲 속에서 발견된다.

### 후지이 유토의 아버지

변호사. 이혼 후 재혼하여 새 가정을 꾸렸지만, 아들이 사고를 칠 때마다 해결해 준다.

**나가토 미쓰타카**

아오바 쓰바사의 첫 번째 변호사. 아동·청소년 사건 전문 변호사로, 사건 초기 요시나가 게이치에게 많은 도움을 준다.

**간자키 교코**

아오바 쓰바사의 두 번째 변호사. 세 아이의 어머니인 동시에 아동·청소년 사건 전문 변호사로, 좀처럼 입을 열지 않는 의뢰인으로 인해 마음고생이 심하다.

**노요리 미사키**

요시나가 게이치의 연인이자 회사 동료. 살인 사건에 휘말린 요시나가를 곁에서 지켜보며 혼란스러워한다.

**무로타 지로, 사사키 미치요**

후지이 유토 살인 사건 담당 수사관.

**세토**

가정재판소 조사관.

**히라이즈미**

도쿄 소년감별소 사무관.

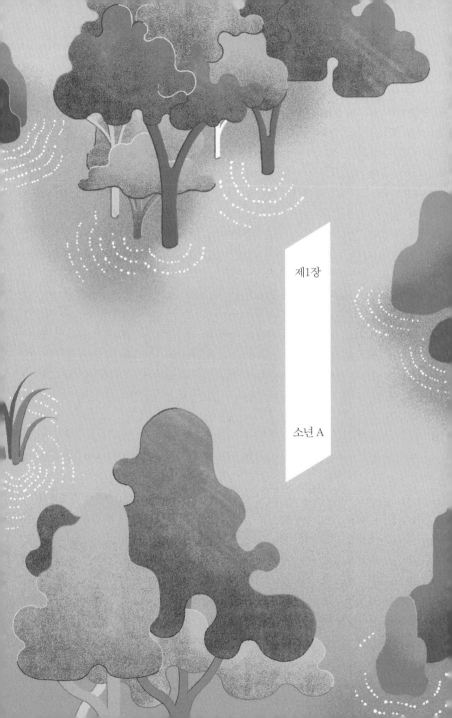

제1장

소년 A

요시나가 게이치는 맥주를 절반 정도 단숨에 들이켰다.

"팀장님, 너무 많이 시킨 거 아니에요?"

테이블 위에 넘쳐날 듯이 가득한 요리를 보며 대각선 맞은편에 앉은 노요리 미사키가 어이없다는 표정으로 말했다.

"뭐 어때, 오늘 같은 날은 괜찮아. 자, 다들 얼른 먹자고. 다음 요리가 나오면 놓을 자리가 없잖나."

요시나가가 젊은 쓰루미와 오야에게 어서 젓가락을 들라고 재촉했다.

"그나저나 에가와 팀장님 표정이 장난 아니게 무섭던데. 무슨 기분 나쁜 소리 안 들으셨어요?"

쓰루미의 말에 막 젓가락을 뻗던 요시나가가 손길을 멈췄다.

"딱히. 선배긴 해도 이건 일이잖아, 에가와 팀장님도 충분히 이해하겠지."

3개월 전, 제1기획팀의 에가와와 함께 과장에게 불려 가서 신규 사업에 관한 설명을 들었다.

호무라 그룹의 창업자이자 회장인 호무라 미네오가 오랫동안 살고 있는 가루이자와에 사비를 들여서 미술관을 건설한다. 그 기획 입안부터 건설에 이르는 과정을 호무라 건설에 맡겼다는 것이다.

호무라 본인은 어떤 미술관이면 좋겠다는 구체적인 희망 사항을 내놓지 않아 에가와와 요시나가가 각각 기획안을 제출하고 호무라 회장 앞에서 프레젠테이션을 하기로 했다.

제2기획팀 팀장인 요시나가는 부모와 자녀가 함께 즐길 수 있는 미술관을 기획했다. 미술관에서는 조용하고 얌전해야 한다는 고정관념에서 탈피해, 아이들이 아무런 제약 없이 자유롭게 예술과 친해질 수 있는 공간을 구성한다는 콘셉트를 잡았다.

그림에는 보호대를 설치하지만, 벽은 매직으로 썼다 지울 수 있는 특수 가공을 해서 아이들이 자유롭게 낙서할 수 있게 한다. 또한 건물 주변의 공원에는 현대 미술 작품으로도 통용되는 놀이기구를 설치한다.

호무라 회장이 에가와의 기획보다 요시나가의 설명에 고개를 자주 끄덕이며 강한 반응을 보이긴 했지만, 조금 전에 과장에게 결과를 전해 들을 때까지 안절부절못하고 긴장했었다.

"오늘 밤 술맛 최곤데. 이번 주말에는 마음이 전혀 편하질 않았거든."

요시나가가 그렇게 말하며 맥주잔을 비웠다.

"그러게요. 이 상태에서 기획이 중단되면, 오퍼를 넣었던 아티스트분들에게 뭐라 할 말도 없고 ……."

미사키도 그렇게 말한 후, 안도의 한숨을 내쉬었다.

"그러셨어요? 전 전혀 불안하지 않았는데. 팀장님 아이디어를 듣고, 승부는 이미 끝났다 싶었죠. 에가와 팀장님의 기획은 무난한 수준에 머물러 버렸으니까."

오야가 의기양양한 목소리로 말했다.

"에가와 팀장님의 기획도 절대 나쁘진 않았어. 다만, 여러분 덕분에 우리 기획이 회심의 작품이 됐을 뿐이지. 내가 술을 한 잔씩 따라 주고 싶은데, 이쯤에서 청주로 바꿀까?"

"찬성!"

모두가 소리 높여 호응해서 요시나가가 테이블 위의 호출 버튼을 눌렀다.

"팀장님이 우릴 이렇게 추켜세워 주니까 열심히 할 수 있는 거예요."

쓰루미가 그렇게 말한 순간, 주머니 속에서 진동 모드의 휴대전화가 울렸다.

"잠깐, 미안."

요시나가가 양해를 구하고, 휴대전화를 꺼냈다. 화면에 아들 이름이 떴다.

"안 받으세요?" 하고 미사키가 물었다.

"어어, 괜찮아."

나중에 전화하려고 휴대전화를 주머니에 넣고, 쓰루미에게 시선을 돌렸다.

"미안. 방금 무슨 얘기였지?"

"인망(人望)에 관한 얘기였어요. 기획력 차이도 물론 있겠지만, 에가와 팀장님은 그 전에 이미 인망에서 졌을지도 몰라요. 제1기획팀의 니시키가 자주 투덜거려요. 넌 제2기획팀이라 좋겠다면서."

"자자, 그런 얘기는 그만하지."

요시나가가 술을 따라 주며 적당히 하라고 달래 보았지만, 거침없이 풀린 쓰루미의 입은 좀처럼 멈출 줄을 몰랐다. 그 후로도 한껏 흥이 올라서 니시키한테 들었다는 에가와 얘기를 쏟아 놓았다.

"잠깐 화장실 좀 다녀올게."

요시나가가 일어서서 음식점 개별실에서 나왔다. 복도를 걸어가며 휴대전화를 꺼냈다. 쓰바사에게 다시 온 부재중 전화는 없는 듯했다.

모퉁이를 도는 순간, 세면대 앞에 서 있는 남자의 뒷모습이 시야에 들어와서 흠칫 놀랐다.

종이 타월로 손을 닦고 있던 에가와가 뒤를 돌아보았다.

"여기서 축배를 들고 있었나?"

자기도 모르게 시선을 피하자, 냉담한 목소리가 귓전에 울려 퍼졌다.

"아아, 뭐 ……."

요시나가는 대답을 하면서도 머리를 감싸 쥐고 싶었다.

회사와 가깝긴 해도 이 가게에서 에가와와 마주친 적은 없었기에 방심하고 있었다. 혹시 조금 전까지 나눈 대화를 들은 건 아닐까.

"후배의 성장을 가까이서 지켜볼 수 있어서 감개무량이야. 앞으로 힘든 일이 많겠지만, 으음 …… 열심히 하라고."

"저에게는 분명 굉장히 버거운 일입니다. 모쪼록 앞으로도 많은 지도편달 부탁드립니다."

요시나가가 고개를 숙였다.

"저런 팀원들이 붙어 있으면 안심일 텐데. 자네는 인망이 있으니까."

에가와는 말을 마치고 요시나가 옆을 스쳐 지나갔다.

1인용 화장실로 들어가 문을 잠그자, 무거운 한숨이 흘러나왔다. 기분을 바꾸고 쓰바사의 휴대전화로 전화를 걸었는데, 통화가 연결되지 않고 음성 녹음으로 바뀌었다.

"아빠다. 무슨 용건이 있었니? 시간 날 때 같이 밥이라도 먹자. 또 연락해라."

다음에는 언제쯤 쓰바사를 만날 수 있을까 생각하며 메시지를 남겼다.

전화를 끊고 볼일을 마친 후, 자리로 돌아왔다.

"곤란하게 됐군. 화장실에서 에가와 팀장님이랑 마주쳤어."

개별실로 들어온 요시나가의 말에 일동은 순간 조용해졌다.

"신경 쓸 거 없어요. 다들 하는 말인데요, 뭐."

쓰루미가 손사래를 치며 말했다.

"니시키가 구박받을지도 모르는데."

"팀장님이 계장님으로 승진하면 에가와 팀장님 밑에서 그 녀석을 데려오면 되죠."

"어느 세월에 그렇게 되겠나."

대답은 그렇게 했지만, 요시나가에게 전혀 불가능한 일은 아니었다.

"슬슬 2차 가실래요? 배도 꽉 찼으니, 차분한 가게에서 마시고 싶은데."

오야가 배를 문지르며 말했다.

"그럴까."

요시나가가 한 바퀴 돌아보며 동의를 구하자, 미사키가 "난 볼일이 있어서 이쯤에서 실례할게요"라고 말했다.

"선배, 그건 예의가 아니죠. 데이트 있어요?"

쓰루미가 놀렸다.

"아니, 뭐. 그리고 내가 있으면 가고 싶은 가게도 못 가잖아."

미사키가 미소를 지으며 대답했다.

눈을 뜨니 미사키가 이쪽을 물끄러미 바라보고 있었다.

"알람도 안 맞췄는데, 이 시간이 되면 꼭 눈이 떠지네."

미사키가 감탄한 듯이 말했다.

요시나가가 반대편으로 시선을 돌렸다. 낮은 탁자 위에 마시다 만 와인 잔 두 개와 병이 놓여 있었다.

"몇 시쯤 들어왔지?"

요시나가가 침대에서 몸을 일으키며 미사키에게 물었다.

"한 시 넘어서였나? 사내 접대 하느라 수고하셨습니다."

미사키와 헤어진 후, 쓰루미와 오야가 졸라 대는 통에 캬바쿠라(카바레와 클럽의 합성어, 일종의 유흥주점)에 갔다. 돈을 꽤 많이 낭비했지만, 오늘 밤은 어쩔 수 없다며 지갑에서 카드를 꺼낸 데까지는 기억이 났다. 그러나 그 후의 기억은 애매했다.

"돌아와서 당신한테 고맙다는 인사는 제대로 했나?"

아이가 놀 수 있는 미술관 아이디어는 미사키가 낸 것이었다.

"티파니에서 제일 좋은 반지를 선물해 준다고 약속했잖아."

"내가?"

요시나가가 무심코 상반신을 일으켰다.

"농담이야."

미사키가 웃으며 부정했지만, 제일 좋은 건 아니더라도 반지를 원하는 건 분명하겠지. 두 사람의 교제는 이제 곧 두 해째가 되고, 미사키는 내년에 서른 살이 된다.

"어제, 하코네 여관 예약해 뒀어. 이번 주말에는 오랜만에 느긋하게 쉬자."

"어머, 정말? 너무 기대돼!"

한껏 들뜬 모습으로 욕실로 향하는 미사키를 바라보았다. 지금은 능청을 떨 수밖에 없지만, 미사키에게 줄 반지는 이미 준비해 두었다.

요시나가도 침대에서 일어나 리모컨을 집어 들고 텔레비전을 켰다. 와이드 쇼를 멍하니 바라보며 앞으로의 미사키와의 관계에 관한 생각에 잠겼다.

"오늘 아침 다섯 시 무렵, 도쿄 도 히가시야마토 시 다마 호수 주변 잡목림에서 칼로 추정되는 흉기에 가슴을 찔린 소년의 사체가 발견되었습니다. 부근 중학교에 다니는 2학년 학생이 지난밤부터 행방불명이라 경찰에서는 신원을 확인하는 동시에 살인 사건으로 수사를 시작했습니다 ……."

상공에서 커다란 호수와 주변의 잡목림을 찍은 영상이 화면에 나타났다.

중학교 2학년이면 쓰바사와 같은 나이다. 요시나가는 착잡한 심정으로 화면을 바라보았다.


디자이너 아오키에게 이메일이 도착했다. 미술관 입구의 디자인 파일이 첨부되어 있었다.

디자인은 나쁘지 않지만, 아이들이 뛰놀 수 있는 미술관치고는 너무 차분하지 않을까.

어제 하코네에서 들렀던 어린이 미술관은 좀 더 깊이 궁리를 해서 만들어 놓았다. 답장을 어떻게 보내야 하나 고민하는데, 내선 전화가 울려서 수화기를 들었다.

"안내 데스크입니다. 무로타 씨가 요시나가 씨를 찾아오셨습니다."

"어디 무로타 씨인가요?"

"으음, 그게 …… 그냥 무로타 씨라고만 하셔서."

"알겠습니다. 지금 바로 가겠습니다."

사전 약속 없이 찾아오는 손님은 드물다. 요시나가는 쓰고 있던 메일을 저장해 두고, 자리에서 일어섰다.

기획팀 부스를 지나 회사 안내 데스크로 향했다. 안내 데스크로 가자, 엘리베이터 홀을 손으로 가리켰다. 그쪽을 쳐다보니 정장 차림의 남녀가 서 있었다. 가까이 다가가는 요시나가를 알아챘는지 두 사람이 이쪽으로 얼굴을 돌렸다. 오십 대로 보이는 남성과 요시나가보다 조금 연상으로 보이는 여성이었다.

"요시나가 씨 되십니까?"

남성이 물어서 요시나가가 고개를 끄덕였다.

"바쁘신 와중에 죄송합니다. 잠깐 시간 괜찮으십니까?"

남성이 요시나가의 팔에 가볍게 손을 얹으며 엘리베이터 홀구석으로 눈짓을 했다.

"무슨 일이죠?"

요시나가가 수상쩍어하며 벽 쪽으로 다가갔다. 뒤에서 여성이 따라왔다.

"저는 이런 사람입니다."

남성이 그렇게 말하며 웃옷 안주머니에서 반으로 접은 여권 케이스 같은 것을 꺼내 펼쳐 보였다. 경시청이라고 적힌 문장(紋章)이 눈에 들어왔다.

"아오바 쓰바사 군과 관련해 잠깐 말씀을 나누고 싶습니다."

난데없이 튀어나온 아들 이름에 심장이 쿵 내려앉았다. 진짜인지 아닌지 확인할 틈도 주지 않고, 남성은 곧바로 가죽 케이스를 주머니에 넣어 버렸다.

"쓰바사한테 무슨 일이 있습니까?"

이 사람들은 정말 경찰관일까.

"여기는 자리가 좀 그런데."

남성이 안내 데스크를 힐끗 쳐다보더니 곧바로 요시나가에게 시선을 돌렸다.

"지금 시간이 없으시면, 다음에 다시 찾아뵙겠습니다."

"열두 시부터 점심시간입니다."

"그럼, 열두 시경에 클레이턴 호텔의 티 라운지 어떠세요?"

근처에 있는 체인 시티 호텔이다.

"알겠습니다."

요시나가가 대답하자, 남성이 여성에게 고개를 끄덕이고 엘리베이터 버튼을 눌렀다.

엘리베이터가 도착했고, 에가와가 그 안에서 내렸다.

스쳐 지나간 에가와가 두 사람을 돌아보았다. 곧바로 요시나가 쪽으로 시선을 돌리더니 수상쩍어하는 일별을 남기고 회사로 들어갔다.


요시나가는 티 라운지 입구까지 와서 걸음을 멈췄다.

라운지 안을 둘러보니 손님 몇 그룹이 있었다. 거의 다 양복 차림의 남성이었다.

맨 안쪽 자리에 나란히 앉아 있는 조금 전 남녀를 알아봤지만, 발걸음이 떨어지지 않아 앞으로 나갈 수가 없었다.

정말로 경시청에서 나온 사람이라면, 직장까지 찾아왔다는 건 예삿일이 아니다. 왜 준코가 아니고 나를 찾아왔을까.

쓰바사에게 대체 무슨 일이 있는 걸까.

"한 분이세요?"

웨이터가 말을 건넸다. 라운지 안쪽을 보니 두 사람이 이쪽으로 얼굴을 돌리고 있었다.

"일행이 있습니다."

요시나가가 웨이터에게 말하고 안쪽 자리를 향해 걸어갔다.

두 사람이 동시에 일어섰고, 주머니에서 오래 써서 낡은 가죽 케이스를 꺼냈다.

"아까 그 자리에서는 드러내 놓고 보이기가 조심스러워서요. 다시 소개드리자면, 저희는 이런 사람입니다."

문장의 위쪽 사진에 이름과 계급이 적혀 있었다. '경부보(警部補, 우리나라 경장에 해당) 무로타 지로', '순사부장(巡査部長, 우리나라 경사에 해당) 사사키 미치요'라고 되어 있었다.

"경시청 수사1과 무로타와 히가시야마토 경찰서 생활안전과 사사키입니다."

진짜 경찰 수첩이라고 봐도 틀림없을 것 같았다.

웨이터가 다가오는 기척에 두 사람이 동시에 수첩 케이스를 닫으며 앉았다. 요시나가도 맞은편에 앉아 바로 앞에 물을 내려놓은 웨이터에게 커피를 주문했다. 웨이터가 자리를 뜬 후, 눈앞의 무로타에게 시선을 돌렸다.

그나저나 경찰이 왜 쓰바사 일로 여기까지 찾아온 것일까. 설마 쓰바사가 무슨 사건이나 사고에 휘말린 건 아닐까.

"쓰바사는 안전한가요?"

요시나가가 물었지만, 두 사람 다 반응이 없었다.

"쓰바사가 무슨 사고를 당한 건 아닙니까?"

"그런 건 아닙니다."

무로타가 부정했다.

"그렇다면 ……."

"자세한 사정은 커피가 나온 후에 말씀드리죠. 실은 직장까지 찾아오고 싶진 않았지만, 오늘 아침에 미조노쿠치의 집에 갔더니 다른 분이 살고 계셔서."

"일 년쯤 전에 이사했습니다."

미사키가 시나가와 구의 나카노부에 살아서 근처에 있는 하타노다이로 옮겼다. 쓰바사에게는 새 주소를 알려 줬지만, 준코에게는 알리지 않았다.

"쓰바사 군과 마지막 만나신 게 언제입니까?"

무로타가 물었다.

"한 달쯤 전이었던 것 같습니다."

토요일인가 일요일에 회사 근처에서 점심을 먹었다. 아직 할 일이 남아 있어서 식당 앞에서 쓰바사와 헤어진 후, 회사로 돌아온 기억이 났다.

"쓰바사 군을 만나는 건 대략 한 달에 한 번 정도인가요?"

"아뇨, 대개는 세 달에 한 번 정도일까요."

"그럼, 양쪽 다 외롭겠군요."

"글쎄, 어떨지. 전에는 한 달에 한 번 정도 만났는데, 쓰바사가 중학생이 된 후로는 같이 있어도 별로 즐거워 보이질 않아서 자연스럽게 그렇게 됐습니다."

"부모 자식 간에 즐거우려고만 만나는 건 아닌 것 같은데요."

줄곧 침묵을 지키고 있던 사사키가 입을 열었다. 이쪽으로 향한 시선에서 날카로움이 느껴졌다.

"제가 너무 나서면, 전처가 싫어할 것 같은 생각도 들어서요. 쓰바사에 관한 얘기를 하고 싶다고 하셨는데, 애 엄마와는?"

"어머님에게도 얘기를 들었습니다. 연락이 없었나요?"

"네에."

커피가 나와서 한 모금 마시고 마음을 진정시키려 했다. 무로타와 사사키가 멀어져 가는 웨이터에게 시선을 돌리고 있었다.

"대체 무슨 용건인가요?"

요시나가가 묻자, 무로타와 사사키가 동시에 시선을 되돌렸다.

"지난주 월요일, 저녁 여섯 시 무렵부터 다음 날 아침까지 요시나가 씨는 어디에 계셨습니까?"

"저 …… 저요?"

무로타가 고개를 끄덕였다.

지난주 월요일이라면 프레젠테이션 결과가 난 날이다. 그러고 보니 팀원들과 한잔하고 있을 때 쓰바사에게 전화가 왔었다.

"저녁때부터 부하 직원들과 술을 마셨습니다."

"그분들의 성함과 가게 이름을 알려 주십시오."

세 사람의 이름과 가게 이름을 알려 주자, 사사키가 수첩을 꺼내서 메모했다.

"몇 시쯤까지 동료분들과 같이 계셨죠?"

"헤어진 건 새벽 한 시 무렵이었을 겁니다. 이 근처 가게에서 마셨고, 전철이 끊겨서 택시로 돌아갔습니다."

"하타노다이에 있는 자택으로요?"

무로타의 질문에 요시나가가 대답을 머뭇거렸다.

"무례한 질문인 줄 알지만, 부디 협력을 부탁드립니다. 그 후에는 아침까지 혼자 계셨습니까?"

"아뇨, 회사 동료의 집에 묵었습니다."

요시나가는 하는 수 없이 대답했다.

"그분의 성함은."

"조금 전에 말씀드린 노요리 미사키 씨입니다. 저어 …… 무슨 얘기인지 도통 알 수가 없어서 혼란스럽습니다. 쓰바사가 대체 어떻다는 건가요?"

"실은 지난주 월요일에 쓰바사 군의 동급생이 살해당했습니다."

그 말에 요시나가가 흠칫 놀랐다.

"어쨌든 중대 사건이라 피해자와 같은 반 학생들이나 보호자분들까지 포함해서 모든 분에게 얘기를 들어보고 있습니다. 화요일 아침에 다마 호수 주변에 있는 잡목림에서 사체가 발견됐습니다. 피해자는 히가시무라야마 시에 사는 후지이 유토 군. 사인은 가슴을 칼에 찔린 출혈사였습니다."

그런 뉴스를 들은 기억이 떠올랐다.

쓰바사가 그 일에 휘말려서 부상이라도 입은 건 아닐까.

"쓰바사는 정말로 무사한 거죠?"

불안해져서 물어보니 무로타가 고개를 끄덕였다.

"그 소년과 쓰바사가 같은 반이라는 건 이해가 안 갑니다. 우리 쓰바사는 조후에 사는데요."

"쓰바사 군과 어머님은 재작년 여름에 히가시무라야마 시로 이사했습니다."

"네?"

처음 듣는 얘기에 깜짝 놀랐다.

"모르셨습니까?"

"그런 말은 못 들었는데 ……."

요시나가가 고개를 끄덕였다.

"한 달 전쯤 쓰바사 군을 만나셨다고 했는데, 그때는 무슨 얘기를 나누셨나요?"

무로타가 몸을 살짝 내밀며 물었다.

"무슨 얘기냐니 …… 학교 얘기 같은 걸 나눈 것 같은데요."

"같다고요?"

솔직히 말하면 거의 기억이 나지 않았다.

"학교나 교우 관계에 관한 고민을 얘기하진 않았나요?"

"괴롭힘을 당한다는 내용 말인가요?"

무로타가 고개를 끄덕였다.

"그런 얘기는 안 했습니다."

"그 전에 만났을 때랑 비교해서 분위기가 변했다거나 뭔가 마음에 걸리는 점은 없었나요?"

"딱히. 변함없이 건강히 잘 지내고 있다고 생각했습니다. 저어 ……."

설마 쓰바사가 의심을 받고 있다는 뜻일까. 아니, 그건 말이 안 된다.

"이건 어디까지나 모든 보호자분들께 공통적으로 여쭤보는 얘기입니다."

요시나가의 심정을 헤아린 듯이 무로타가 고개를 끄덕이며 말했다.

"그렇군요."

"이번 일주일 동안 쓰바사 군에게 전화나 문자 같은 건 없었습니까?"

있었다. 게다가 쓰바사의 동급생이 살해당한 날이었다. 말해도 될지 어떨지 망설였지만, 쓰바사가 그런 사건과 연루되었을 리 없었다.

"조금 전에 말씀드린 월요일에 쓰바사가 제 휴대전화로 연락했습니다."

"몇 시쯤이었죠?"

요시나가가 휴대전화를 꺼내서 수신 이력을 확인했다.

"오후 6시 47분입니다."

"쓰바사 군이 무슨 얘기를 하던가요?"

"아니, 제가 전화를 못 받아서 통화는 못했습니다. 나중에 제가 걸었는데, 그때는 연결되지 않았습니다."

"그날 이후로 쓰바사 군과 대화를 나누진 않았나요?"

"네. 음성 메시지를 남겼는데, 다시 걸지 않는 걸 보니 별 대수로운 일은 아니었던 것 같아서."

"그렇군요."

무로타가 사사키 쪽으로 시선을 돌렸다. 사사키와 서로 고개를 끄덕인 후, 바로 이쪽을 마주 보았다.

"바쁘신 와중에 감사했습니다. 어쩌면 다시 여쭤볼 사항이 있을지 모르니 연락처를 알려 주시겠습니까?"

무로타가 펜과 수첩을 건넸다.

요시나가는 집 주소와 휴대전화 번호를 적어 주었다.


회사로 돌아와서 일하는 틈틈이 준코와 쓰바사의 휴대전화로 전화를 걸고 문자를 보냈지만, 연결되지 않았고 답장도 없었다.

"음성 녹음으로 연결됩니다. 삐 소리가 나면——."

안내 멘트가 나오자 요시나가는 전화를 끊었다. 휴대전화를 주머니에 넣고, 엘리베이터 홀에서 회사 쪽으로 갔다. 일을 마친 직원들이 잇달아 밖으로 나왔다. 그중에 섞여 있던 에가와와 눈이 마주쳤다.

"수고했어."

에가와가 말을 건네서 요시나가도 "수고하셨습니다"라고 인사했다.

"아까 왔던 분들은 어느 회사 사람이지?"

에가와가 물었다.

"아니 그게 ······."

말끝을 얼버무리자, 에가와의 입매가 일그러졌다.

"비밀주의인가 보군. 뭐, 아무튼 열심히 하게."

오해를 사고 말았지만, 요시나가는 개의치 않고 가볍게 목례를 한 후 걸음을 내디뎠다. 기획팀 부스에 도착하자, 미사키와 쓰루미, 오야가 책상 앞에 앉아 일하고 있었다.

"먼저 들어가도 될까?"

그렇게 말을 건네자, 세 사람이 일제히 요시나가 쪽으로 고개를 돌렸다.

지금까지 부하 직원보다 먼저 퇴근한 적이 거의 없었다. 특히 이번 기획이 시작된 후로 석 달 동안은 회사의 어느 누구보다도 늦게까지 일했다.

"어디 몸이라도 안 좋으세요?"

미사키가 걱정스러운 듯이 쳐다보았다.

"조금."

이대로 회사에 남아도 일이 순조롭게 진행될 것 같지 않았다.

"계속 긴장한 상태로 일하셔서 그래요. 목요일 자료는 어떻게 든 저희끼리 만들 수 있으니까 혹시 힘드시면 내일도 하루 쉬세요. 수요일에 확인만 해 주시면 돼요."

쓰루미가 말을 덧붙였다.

목요일 낮에 의뢰인인 호무라 회장과 회식을 겸한 미팅이 잡혀 있었다.

"고마워. 심각한 건 아니니 너무 걱정하진 마."

요시나가가 모두에게 그렇게 말한 후, 가방을 들고 사무실을 떠났다.


자택으로 돌아온 요시나가는 곧바로 거실에 있는 장식장으로 다가갔다.

서랍 속을 뒤적여 보니 쓰바사가 보낸 연하장이 나왔다. 주소는 분명 히가시무라야마 시로 되어 있었다.

쓰바사는 왜 이사했다는 말을 하지 않았을까.

뒤집어 보니 손으로 그린 십이간지 그림 밑에 "한 달 전에 페로가 죽었어요. 주워 온 곳에 묻어 줬어요"라고 쓰여 있었다.

페로는 집에서 키우던 고양이다. 집 근처 빈터에서 쇠약해진 새끼 고양이를 발견했는데, 쓰바사가 너무 졸라 대서 키우기로 했다. 그때 쓰바사가 네 살 무렵이었으니 십 년 동안 산 셈이다.

요시나가는 분명 올해 연하장에 특별활동에 관해 묻는 메시지를 덧붙였었다. 중학교에 입학해서 축구부에 들어갔다는 얘기를 들어서, "시합이 있으면 보러 가고 싶구나. 네가 성장하는 모습을 늘 기대하고 있단다"라는 내용이었던 걸로 기억한다.

거기까지 떠올리자 의문이 싹텄다.

전출신고를 했다면, 예전 주소로 편지를 보내도 일 년 동안은 새 주소로 전송해 준다. 그렇지만 재작년에 이사를 했다면, 요시나가가 보낸 올해 연하장은 수취인불명으로 되돌아왔어야 했다.

보관 중인 우편물을 다 뒤져 봤지만, 올해 보낸 연하장은 없었다.

이유를 알 수 없는 채로 손에 들고 있던 연하장을 거실 탁자에 내려놓고, 폐신문을 넣어 둔 벽장으로 갔다.

지난주 화요일부터 오늘까지의 신문을 옆구리에 끼고, 냉장고에서 캔맥주 하나를 꺼냈다. 겉옷을 벗고 의자에 앉아 맥주를 한 모금 들이키고 신문 기사를 훑어보았다.

가장 먼저 눈에 들어온 것은 천진난만한 소년의 얼굴 사진이었다.

캔맥주를 탁자에 내려놓고 기사에 집중했다.

금요일 조간에는 장례식 상황과 아버지의 비통한 호소가 실려 있었다.

만약 쓰바사가 살해당했다면, 나는 얼마나 괴로움에 몸부림 칠까.

오열을 억누르듯 얼굴을 일그러뜨린 아버지의 사진을 바라보니 가슴이 미어졌다.

피해자인 후지이 유토는 월요일 저녁 5시 30분경에 어머니에게 잠깐 나갔다 오겠다고 말하고 집을 나섰다고 한다. 그 후로 몇 시간이 지나도 돌아오지 않아 휴대전화로 연락했지만 연결되지 않아서 부모가 경찰에 신고했다. 다음 날 이른 아침, 수색 중이던 경찰에 의해 유토의 사체가 발견되었다. 월요일 밤에 살해됐을 가능성이 높다고 쓰여 있었다.

월요일 저녁이라면 동료들과 술을 마시고 있을 때다.

무로타는 최근 일주일 사이에 쓰바사에게 전화나 문자 연락이 오지 않았느냐고 물었다. 설마 그때 걸려 온 쓰바사의 전화가 사건과 관계 있다고 의심하는 것일까.

휴대전화 벨이 울렸다.

탁자 위로 시선을 돌리니 준코에게 온 전화였다.

"여보세요."

요시나가가 전화를 받았다.

"경찰서에서 사람이 찾아갔지?"

퉁명스러운 목소리가 들렸다.

"어어. 느닷없이 찾아와서 놀랐어. 왜 미리 말 안 했어?"

"설마 당신한테까지 갈 줄은 몰랐으니까."

"경찰이 쓰바사한테도 뭘 물어봤나?"

"그런 모양이야."

"후지이 군이랑 쓰바사가 친하게 지냈어?"

"글쎄, 난 초등학교랑 중학교 때 같은 반이었다는 얘기밖에 못 들었어."

"일 때문에 히가시무라야마로 이사한 거야?"

"그렇지."

"재작년 여름이면 초등학교 6학년 때잖아. 졸업할 때까지 기다릴 순 없었어?"

"조후에서 도코로자와로 이동 명령이 떨어져서 출퇴근 시간이 한 시간 가까이 늘어났단 말이야. 어쩔 수 없었어."

"아무리 그래도 ……."

"가게 끝나는 시간이 거의 아홉 시가 다 돼서고, 그때부터 집에 가서 저녁 준비도 해야 하잖아. 가진 돈도 없고, 나 하나 건사하는 것과는 상황이 다르다고."

"양육비는 꼬박꼬박 보내잖아."

쓰바사의 양육비로 매달 8만 엔을 보내고 있다. 현재 급여에서 그 정도 금액을 빼면 이쪽 사정도 넉넉지는 못하다.

"아이한테는 당신이 생각하는 것보다 돈이 훨씬 많이 들어. 그깟 돈 좀 보낸다고 큰소리치지 말라고."

"그래, 알았어. 그보다 쓰바사는 이번 일과는 관계없는 거 맞지?"

"있을 리가 없지."

요시나가는 전화를 끊은 후, 휴대전화를 탁자 위로 집어 던졌다. 자기도 모르게 한숨이 흘러나왔다.

준코를 만난 것은 요시나가가 취직해서 반년쯤 지난 무렵이었다. 대학 시절 친구를 따라간 술자리에서 알게 되었다. 그런 자리는 별로 익숙지 않아 망설여졌지만, 애인이 없는 요시나가를 위해 마련한 자리라고 해서 반강제로 참가했다.

가까이 앉았던 것 외에도 참가했던 여성 중 외모가 가장 자기 취향에 가깝기도 해서 요시나가는 준코와 대화를 가장 많이 나눴다.

그때 준코의 첫인상은 매우 좋게 느껴졌다. 준코는 요시나가와 동갑이었고, 전문대학을 졸업한 후, 의류 매장에서 판매직 업무를 맡고 있었다. 준코의 말씨는 정중했고, 붙임성도 좋았다. 평소 직장에서 연상의 여성들에게 엄한 말만 들어 왔던 탓인지, 요시나가를 배려해 주는 준코의 태도가 신선해 보였다.

그로부터 한 달쯤 지난 후, 요시나가는 용기를 내서 준코가 일하는 가게로 옷을 사러 갔다. 요시나가가 찾아가자, 준코는 반갑게 맞아 주었다. 옷을 골라 주며 이런저런 얘기를 나누는 사이, 둘이 영화를 보러 가자는 약속을 했다. 영화나 라이브 공연을 몇 차례 같이 다니는 중에 자연스럽게 사귀게 되었다.

사귀기 시작한 지 이 년쯤 지났을 때, 준코에게 임신했다는 말을 들었다.

그 당시 스물다섯 살이었던 자신이 아빠가 된다는 사실에 망설임이 없었던 건 아니지만, 준코와의 결혼을 주저하지는 않았다. 준코는 요리와 청소 같은 집안일도 깔끔하게 잘하는 가정적인 여성이니 행복한 가정을 꾸릴 수 있겠거니 생각했다.

그런데 쓰바사가 태어난 후로 준코의 태도가 돌변했다. 툭하면 짜증을 냈고, 집에 있어도 전혀 도와주지 않는다며 요시나가에게 불평만 늘어놓게 되었다. 하루하루 감당해야 하는 육아가 힘들 거라는 건 알지만, 자기도 가족을 부양하기 위해 늦게까지 일하고 있었다. 그런데 그것마저 "그냥 술 마시고 돌아다닐 뿐이잖아"라며 비아냥거리기만 했다.

아이 앞에서 언쟁을 벌이고 싶지 않아서 꾹 참았지만, 요시나가의 마음은 준코에게서 확실하게 멀어졌다. 집에 들어와도 준코의 존재는 애써 의식하지 않고, 오로지 쓰바사만 바라보게 되었다.

그런데 쓰바사가 다섯 살 때 나고야로 전근 발령이 떨어졌다. 요시나가는 가족과 함께 나고야로 가길 원했지만, 준코가 완강히 거부했다. 준코는 그렇잖아도 애 키우느라 고생하며 힘들게 사는데 친구도 지인도 없는 땅으로 가는 건 상상조차 할 수 없다고 주장했다.

요시나가는 하는 수 없이 이 년간 나고야로 혼자 전근을 갔는데, 결과적으로는 그것을 계기로 두 사람의 골은 회복이 불가능할 정도로 깊어지고 말았다.

낯선 땅에서 혼신을 다해 일하다 주말에는 가족의 단란함이 그리워 집으로 돌아갔지만, 마음 편히 쉴 수가 없었다. 준코는 일상생활의 불평불만만 줄기차게 쏟아부었고, 마지막에는 예외 없이 "내가 힘들 때 당신은 아무것도 해 주질 않잖아"라며 요시나가를 비난했다.

그런 불평을 애써 흘려 넘기며 가까스로 도쿄로 다시 복귀하자, 준코는 다시 일을 시작하겠다고 결정을 내린 뒤였다. 결혼 전에 다녔던 의류 매장에서 일하기 시작한 후로는 가사나 육아가 소홀해져 갔다. 집안일을 제대로 할 수 없으면 일을 그만뒀으면 좋겠다고 말하자, 준코는 왜 자기만 집에 묶여 있어야 하냐고 반론했다.

그 후로 일 년 동안은 준코와 얼굴을 마주치면, 말다툼을 하거나 서로 무시하거나 둘 중 하나였다. 그런 부모 밑에서 계속 산다면 쓰바사가 행복해질 리 없었다. 그래서 준코가 먼저 "헤어지고 싶다"는 말을 꺼냈을 때, 요시나가는 시원스럽게 그 뜻을 받아들였다.

일이 바빠서 준코에게 이혼 서류를 대신 제출해 달라고 부탁했다. 그 부탁을 받아 줘서 "고맙다"고 말하자, 준코가 "결혼한 뒤로 처음 들어 보네"라고 대답해서 깜짝 놀랐다.

미사키와 재혼하면 똑같은 실패를 되풀이하지 않게 노력해야 한다.

벨이 울렸다. 일어서서 인터폰으로 다가가자, 화면 액정에 미사키의 얼굴이 떴다.

요시나가가 건물 입구의 자동문을 여는 버튼을 눌렀다. 애써 웃는 표정을 지으며 현관문 자물쇠를 열어 놓았다. 잠시 기다리자 문이 열리며 장바구니를 든 미사키가 들어왔다.

"몸이 안 좋다고 하니까 걱정되잖아. 그래서 왔어."

집으로 들어온 미사키의 시선이 탁자에 고정되었다. 신문 다발이 신경 쓰인 모양이다.

"지난주에 쓰바사랑 같은 반 아이가 살해당했나 봐."

요시나가가 말하자, 미사키가 깜짝 놀란 듯이 시선을 돌렸다.

"범인은?"

"아직 안 잡힌 모양이야. 실은 오늘 낮에 경찰이 회사까지 찾아왔었어."

"그게 무슨 말이야?"

미사키가 불안한 듯이 미간을 좁혔다.

"피해자의 반 아이들과 보호자들에게 얘기를 들으러 다닌다네. 경찰도 힘들겠어."

"빨리 잡히면 좋겠다. 채소 넣고 죽 끓이려고 하는데 괜찮아? 영양분을 골고루 섭취해서 얼른 건강해져야지."

"고마워."

부엌으로 향하기 전에 미사키가 탁자 위의 연하장을 쳐다보는 시선을 느낄 수 있었다.

쓰바사가 보낸 연하장을 왜 꺼냈는지 신경이 쓰이는 듯했다.

혹시 언짢게 만들었나 싶어서 요시나가가 연하장을 웃옷 안 주머니에 넣고 의자에 앉았다. 다시 신문을 훑어보았다.

"우린 언제쯤 미술관에 갈 수 있을까."

그 소리에 요시나가가 부엌으로 시선을 돌렸다. 미사키가 부엌칼을 쥔 손을 멈추고, 요시나가를 바라보고 있었다.

"내후년 봄에 오픈할 예정이니까 황금연휴에는 둘이 같이 갈 수 있지 않을까."

"그런 뜻이 아니거든."

미사키가 입을 삐죽 내밀었다.

농담처럼 자주 하는 버릇인데, 지금은 진심인지도 모른다.

"게이치 씨 마음은 나도 대충 짐작해. 앞으로 어떻게 되든 간에 게이치 씨에게 쓰바사 군이 소중한 자식이라는 사실에 변함이 없다는 건 알아."

"고마워, 그건 그렇지."

그렇게 대답하는 동시에 쓰바사를 마지막 만났을 때의 분위기를 거의 기억할 수 없는 이유를 깨달았다.

그때 자신은 쓰바사에게 재혼 얘기를 어떻게 꺼내면 좋을지 오로지 그 생각에만 골몰해 있었다.

쓰바사에게 얘기하고 나면, 미사키에게도 프러포즈할 생각이었는데 결국은 입도 뻥끗 못한 채 헤어졌다.

"기회 봐서 얘기할게."

요시나가가 미사키를 바라보며 대답했다.


서류를 정리하고 있는데, 주머니 속에서 진동이 울려서 요시나가가 휴대전화를 꺼냈다. 준코에게 온 전화였다. 자리에서 일어나 사무실 밖으로 나갔는데, 전화는 이미 끊겨 있었다. 음성 메시지가 남겨져 있었다.

"여보세요. …… 쓰바사가 큰일 났어. 바로 전화해."

준코의 절박한 목소리였다.

불안감에 휩싸인 채 엘리베이터를 타고 1층으로 내려간 후, 건물 밖으로 나가서 준코에게 전화를 걸었다.

"지금 어디야?"

전화가 연결되자마자 준코의 다급한 목소리가 들렸다.

"회사야. 쓰바사가 왜?"

"체포됐어."

그 말에 심장이 마구 뛰기 시작했다.

"아니 …… 그게 무슨 ……."

"오늘 아침에 경찰이 집에 와서 후지이 군 사건 때문이라면서 쓰바사를 데려갔어 ……. 지금 난 히가시야마토 경찰서에 있어. 당장 와 줘."

"당장이라니. 아직 일이 ……."

잠시 후부터 호무라 회장 일행과 회식 일정이 잡혀 있었다.

"무슨 소리야! 쓰바사가 체포됐다니까!"

분명 맞는 말이다. 사고가 혼란스러운 것을 스스로도 알 수 있었다.

"그, 그렇지. 알았어."

"빨리 와!"

요시나가는 전화를 끊었지만, 몸이 뻣뻣하게 굳어서 다리가 움직여지지 않았다.

—— 쓰바사가 체포됐다?

머릿속이 하얘졌다. 균형 감각을 잃어 비틀거리며 회사가 있는 건물을 찾았다. 가까스로 건물을 찾아낸 요시나가가 걸음을 내디뎠다. 엘리베이터를 타고 사무실이 있는 16층으로 향하는 도중에 위액이 솟구쳐 올랐다.

도저히 참을 수가 없어서 도중에 문이 열린 층에서 내려 곧바로 화장실로 뛰어들었다. 혹시 꿈인가 싶었지만, 목구멍으로 치솟아 오르는 불쾌감은 틀림없는 현실이었다.

요시나가는 소맷자락으로 입가를 훔치고, 물을 내린 후 화장실 밖으로 나왔다. 세면대에서 세수를 하고 엘리베이터로 향했다. 16층에 도착했다. 머릿속은 혼란스럽기 그지없었지만, 어떻게든 회식에서 빠질 이유를 짜내야 했다.

"과장님——."

요시나가가 말을 건네자, 서류를 읽고 있던 모리타가 얼굴을 들었다.

"아직 좀 이르잖아?"

"아니, 그게 …… 저어 ……."

말을 머뭇거리는 요시나가를 바라보며 모리타가 고개를 갸웃거렸다.

"지금 조퇴를 할 수 있을까요?"

"무슨 소리야?"

모리타가 미간을 찡그렸다.

"실은 방금 …… 전처에게 연락이 왔는데, 쓰바사가 사고를 당했다고 해서."

"사고?"

모리타가 놀란 듯이 눈을 휘둥그레 떴다.

"네. 학교에서 다쳐서 구급차에 실려 갔다고."

"그래서 쓰바사 군의 상태는 어때?"

"그걸 잘 모르겠습니다. 일단은 빨리 병원으로 와 달라고 하네요."

"알았네. 그런 일이면 얼른 가 봐야지. 상황이 파악되면 다시 연락해."

자기 일처럼 걱정해 주는 모리타의 말에 가슴이 메었다.

"실례하겠습니다."

요시나가가 고개를 숙인 후, 잰걸음으로 기획팀 부스로 돌아갔다.


전철에서 내리자, 몸이 휘청거렸다. 불안한 발걸음으로 인파에 휩쓸려 걸어갔다.

가미키타다이 역에서 나가자, 택시가 보이지 않았다. 휴대전화에 표시된 지도를 보며 히가시야마토 경찰서로 향했다.

간선도로 변의 보도를 따라 걸어가다 경찰서로 보이는 건물이 시야에 들어오자마자 걸음이 멈춰졌다.

건물 앞 도로에는 중계차 같은 커다란 차가 서 있고, 보도는 카메라나 마이크를 든 사람들로 북적거렸다.

되돌아가고 싶었지만, 그럴 수는 없는 노릇이었다. 안간힘을 짜내서 걸음을 내디뎠다.

다행히 누구에게도 붙들리지 않은 채 건물로 들어갈 수 있었다. 곧장 접수처로 다가가자, 제복 차림의 여성이 요시나가 쪽으로 시선을 돌렸다.

"저어 …… 아오바 쓰바사의 아버지입니다."

여성은 금세 사정을 이해한 듯이 표정을 딱딱하게 굳히고, "저쪽에서 기다려 주세요"라며 접수처 앞에 있는 벤치를 손으로 가리켰다.

벤치에 앉아 잠시 기다리자, 계단에서 내려오는 무로타와 사사키가 보였다.

"오시느라 수고하셨습니다. 이쪽으로 오시죠."

코앞까지 다가온 무로타의 말에 가까스로 일어서서 두 사람을 따라 엘리베이터로 향했다.

무로타가 2층에 있는 '취조실' 팻말이 걸려 있는 방 앞에서 멈춰 섰다.

"들어가시죠."

무로타의 권유에 요시나가가 안으로 들어갔다. 책상을 사이에 끼고 의자가 양쪽에 놓여 있었고, 안쪽에 있는 창에는 쇠창살이 끼워져 있었다.

"준코 …… 아니, 쓰바사 엄마는?"

요시나가가 물었다.

"다른 방에서 얘기를 나누고 계십니다. 자, 앉으시죠."

무로타가 안쪽 의자를 손으로 가리키자 요시나가가 그 자리에 앉았다. 맞은편에 앉은 무로타가 요시나가 앞에 종이 한 장을 내밀었다. 체포장이라는 글씨와 피의자 칸에 적힌 아오바 쓰바사라는 이름이 눈으로 날아들었다.

"오늘 오전 7시 27분, 후지이 유토 군의 사체를 유기한 혐의로 아오바 쓰바사 군을 체포했습니다."

머나먼 곳에서 들려오는 소리 같았지만, 눈앞에 보이는 체포장이라는 글자가 자기를 현실에 붙들어매고 놔 주지 않았다.

종이컵이 앞에 놓여서 요시나가가 올려다봤다. 사사키가 무로타의 등 뒤에 서서 이쪽으로 시선을 던지고 있었다.

"갑작스러운 일이라 동요하셨을 거라 생각합니다. 차라도 마시면서 마음을 진정시키시죠."

무로타가 종이컵을 손으로 가리켰지만, 도저히 마실 마음이 들지 않았다.

"사체를 유기 …… 했다니?"

"현시점에서는 혐의입니다. 나중에 살인 혐의로 다시 체포될 가능성도 있습니다."

"쓰바사가 자기가 했다고 인정했습니까?"

목소리가 높고 날카로워졌다.

"죄송합니다만, 답변해 드릴 수 없습니다."

"쓰바사를 체포한 건 증거가 있다는 뜻이겠죠?"

묻기가 두려웠지만, 묻지 않을 수 없었다.

"수사와 관련된 사항은 말씀드릴 수 없습니다."

"열네 살짜리 아들이 체포됐어요. 왜 체포됐는지도 알 수 없다는 겁니까?"

"설령 부모님이라도 지금은 말씀드릴 수 없습니다."

"그럼, 쓰바사를 만나게 해 주십시오."

"안타깝지만 그것도 불가능합니다."

"아니, 그게 ……."

"쓰바사 군은 이제 곧 검찰로 송치됩니다. 성인 사건과 똑같이 수사가 진행되고, 그 후 가정재판소로 송치됩니다. 지금 저희가 드릴 수 있는 말씀은 그것뿐입니다."

"나는 …… 아니, 우리는 이제 어떻게 해야 합니까?"

요시나가가 지푸라기라도 붙잡는 심정으로 물었다.

"매우 어려운 일이겠지만, 일단 냉정해지셔야 합니다."

너무나 공허한 대답에 가슴속으로 절망이 퍼져 나갔다.

"긴급 연락처를 알려 주십시오."

수첩과 펜을 내미는 무로타에게 시선을 던졌다.

"요시나가 씨의 자택과 휴대전화 번호 외에 어느 분이든 다른 가족 연락처도 함께 알려 주십시오."

"왜죠?"

"매스컴이 접촉을 시도할 테니, 전화를 못 받거나 집에 머무를 수 없을 가능성이 있습니다."

경찰서 앞에 무리지어 있던 기자들의 모습이 뇌리를 스쳐 지나갔다. 설마 집이나 회사 주변까지 그런 광경이 펼쳐질 수 있단 말인가.

요시나가는 관자놀이에 뻐근한 통증을 느끼며 휴대전화를 꺼냈다. 요코하마에 사는 여동생 유리코의 연락처를 찾았다. 손에 난 땀을 바지에 문지르며 유리코의 주소와 휴대전화 번호를 받아썼지만, 펜 끝이 떨려서 좀처럼 안정되지 않았다. 가까스로 태블릿 단말기로 확인할 수 있는 개인 이메일 주소까지 덧붙여 쓰고, 무로타에게 수첩을 돌려주었다.

"한 가지 부탁이 있는데요."

요시나가가 무로타를 쳐다봤다.

"뭡니까?"

"이쪽으로 연락 주시면 꼭 답장을 드릴 테니 여동생에게는 이 얘기를 알리지 말아 주십시오."

"이유가 뭡니까?"

"여동생에게는 쓰바사와 동갑인 딸과 두 살 아래인 아들이 있습니다. 지금은 어떤지 잘 모르겠지만, 예전에는 가족끼리 자주 놀러 가곤 했어요."

경찰에서 쓰바사가 살인 사건에 관여됐다고 알리면, 유리코는 패닉에 빠질지도 모른다.

"죄송합니다만, 그런 약속은 드릴 수 없습니다. 저희가 연락하기 전에 요시나가 씨가 먼저 사정을 얘기하시는 게 좋을 것 같습니다."

요시나가가 무로타를 바라보며 힘없이 어깨를 떨어뜨렸다.

"오늘은 이쯤에서 돌아가셔도 됩니다."

무로타가 일어섰다.

"저어 ······."

요시나가가 말문을 열자, 방에서 나가려던 무로타와 사사키가 멈춰 서서 이쪽으로 시선을 돌렸다.

"최소한 잠깐만이라도 쓰바사의 얼굴을 볼 수 없을까요?"

"죄송합니다만 ······."

무로타가 고개를 가로저었다.

"경찰에게 무슨 호된 대우를 받을 거란 생각은 전혀 없습니다. 단지 그 애가 지금 어떤 상황인지만 꼭 알고 싶습니다."

쓰바사의 표정에서 이것은 현실이 아니라고 여길 수 있는 뭔가를 찾아내고 싶은 마음이 간절했다.

"······ 알겠습니다. 이쪽으로 오시죠."

요시나가가 일어서서 무로타 일행과 함께 방을 나갔다. 무로타는 두 칸 옆에 있는 방문을 열어 요시나가에게 안으로 들어가라고 안내했다.

안으로 발을 들여놓자, 조금 전까지 있었던 곳과 같은 작은 방이 나왔다. 그러나 왼쪽 벽에 조금 전 방에는 없었던 커튼이쳐 있었다.

무로타가 커튼을 연 순간, 요시나가는 숨을 집어삼켰다.

작은 유리가 끼워져 있고, 그 앞으로 소년의 모습이 보였다.

고개를 숙이고 있어서 얼굴은 거의 보이지 않지만, 틀림없는 쓰바사였다. 책상을 사이에 둔 쓰바사의 맞은편에 안경을 쓴 남성이 앉아 있었다. 분명 형사겠지. 남성은 끊임없이 쓰바사에게 말을 걸고 있었지만, 그 소리는 들리지 않았다.

일방투명경을 붙여 뒀겠지. 쓰바사는 얼굴을 숙인 채 꼼짝도 하지 않았다.

요시나가가 각도를 바꿔 가며 그 모습을 살펴봤지만, 흘러내린 앞 머리카락에 가려져서 쓰바사가 어떤 표정을 짓고 있는지 알 수가 없었다.

그러다 갑자기 쓰바사가 뭔가에 반응하듯 얼굴을 휙 들었다. 요시나가 쪽으로 고개를 돌린 쓰바사와 눈이 마주치자 등에 소름이 돋았다.

감정이라곤 엿볼 수 없는 눈빛이었다.


요시나가는 양손을 힘껏 쥐었다. 그런데도 떨림이 전혀 멈추질 않았다. 발자국 소리가 가까이 다가와서 미세하게 떨리는 양손에서 시선을 들었다.

양복 차림의 남성과 함께 다가오는 준코를 보고, 요시나가가 비틀거리며 벤치에서 일어섰다.

"다시 말씀을 여쭙게 될 것 같으니 잘 부탁드립니다."

준코가 옆에 있는 남성에게 힘없이 고개를 끄덕였다.

"택시로 가시는 게 좋겠죠. 경찰서 앞에 대기시킬 테니까 저쪽에서 기다려 주십시오."

남성의 말을 듣고, 요시나가와 준코가 나란히 벤치에 앉았다.

말없이 기다리고 있자, 접수처에 택시 운전기사가 나타났다. 요시나가가 준코를 일으켜 세웠다. 준코의 팔을 이끌고 뒷문으로 나서자, 멀리서 소란이 일었다. 그쪽을 쳐다보지 않으려고 애쓰며 경찰서 부지에 세워 둔 택시에 올라탔다.

"다치카와 역까지 가 주세요."

제일 가까운 곳은 가미키타다이 역이지만, 혹시 기자들이 따라붙을지 모르니 택시로 조금 멀리 가는 편이 좋을 것이다.

택시가 움직이기 시작하자, 밖에 있던 기자들이 이쪽으로 물밀 듯이 몰려들었다. 출입구 부근으로 쇄도하는 인파에 저지당해서 택시가 멈춰 섰다.

"소년의 부모님입니까? 지금 심정을 들려주시죠."

"피해자 가족에게 한 말씀 해 주세요!"

"소년은 어떤 상태인가요?"

빗발치듯 던지는 질문들과 플래시 섬광에 요시나가가 고개를 숙였다.

"빨리 가 주세요!"

요시나가가 소리쳤지만, 운전기사는 "하지만 상황이 이런데"

라고 중얼거릴 뿐이었다.

몸을 숙이고 참고 있자, 가까스로 택시가 움직이기 시작했다. 한참 달린 후에야 몸을 일으켜서 창 뒤쪽을 돌아보았다.

"이젠 괜찮아."

요시나가가 말했지만, 준코는 부르르 떨며 여전히 몸을 숙이고 있었다.

준코의 등을 몇 번인가 가볍게 두드리자, 가까스로 상반신을 일으켰다. 그러나 곧바로 입가를 손으로 막고 구역질을 하기 시작했다.

"손님, 괜찮으세요?"

귀찮다는 듯한 운전기사의 목소리가 들렸다.

"봉지 같은 거 없습니까?"

요시나가가 운전석으로 시선을 돌리며 물었다.

"없습니다. 일단 차를 세우죠."

택시가 정차하고 문이 열리자, 준코가 밖으로 튀어나갔다. 보도에 웅크려 앉아 토했다. 좀처럼 일어설 수 없는 모양이었다.

"여기서 내리겠습니다."

요시나가가 운전기사에게 말하고 계산을 마친 후, 택시에서 내려서 준코에게 다가갔다.

"괜찮아?"

뻣뻣이 굳은 몸으로 웅크려 앉아 있는 준코의 등을 요시나가가 손으로 어루만져 주었다.

준코는 한바탕 토한 뒤, 그 자세 그대로 오열하기 시작했다.

"왜 …… 왜 ……."

준코의 등에 얹은 손바닥이 뜨거워졌다. 손바닥으로 전해지는 열기와 진동에 조금은 현실로 이끌려 왔다.

머릿속이 너무나 혼란스러웠지만, 쓰바사와 함께 살았던 준코의 충격은 이루 말할 수 없겠지. 정신을 똑바로 차려야 한다. 냉정해야 한다.

"이런 데 계속 있으면, 기자들이 따라붙을지도 몰라."

요시나가가 준코의 어깨를 잡고 억지로 일으켜 세운 후, 도로로 시선을 돌렸다. 택시가 지나갈 기미는 보이지 않았다. "어쨌든 일단 가지"라고 준코에게 말하며 걸음을 내디뎠다.

"그럴 리가 없어 …… 그럴 리가 ……."

준코가 얼굴을 숙이면서 헛소리처럼 되풀이했다.

어찌할 바를 몰라 그냥 바라보고만 있는데, 준코가 얼굴을 돌리며 말했다.

"안 그래? 우리 쓰바사가 어떻게 그런 ……."

붉어진 눈으로 호소했다.

요시나가는 뭐라고 답변해야 할지 몰라서 준코를 진정시키려고 어깨에 손을 얹었다.

"사건이 발생한 날 밤에도 쓰바사는 평소와 다름없었어. 일하느라 피곤했을 거라며 내 어깨까지 주물러 줬다고. 그렇게 착한 애가 그런 사건을 저질렀다니, 도저히 말이 안 돼."

"나도 믿기진 않아. 그렇지만 ······."

준코가 다음 말을 가로막듯이 요시나가의 손을 뿌리쳤다.

"당신은 쓰바사가 했다고 생각하는 거야?"

"그런 건 아니야. 하지만 쓰바사가 체포된 건 틀림없는 사실이야. 일단은 냉정을 찾고, 앞으로의 일을 깊이 고민해야 한다고."

자기도 모르게 말투가 격하게 변해서 준코의 얼굴에 침이 튀었다.

"······ 미안해. 최근에 쓰바사의 분위기는 어땠어?"

"어땠냐니 ······."

"무슨 이상한 점은 없었나?"

"그런 건 난 몰라."

"모른다니, 같이 살았잖아."

"그래서 지금 내 탓이라는 거야!"

준코가 소리쳤다.

"그런 뜻이 아니야. 그런 건 아니지만 ······ 같이 살았으면 이런 일이 벌어지기 전에 뭔가 눈치챌 거 아냐?"

"일하고 돌아오면 이미 자고 있을 때가 많았고, 아침에도 ······ 일하느라 자식 키우느라 내가 양쪽으로 얼마나 힘들었는지 알기나 해? 당신은 고작해야 마음 내킬 때 만난 것뿐이잖아."

"당신이 먼저 쓰바사를 꼭 맡고 싶다고 했잖아. 쓰바사를 확실하게 챙겨 줄 거라고 믿고 당신한테 맡겼던 거야. 그런데……"

"됐어, 그만해!"

준코가 도로를 건너 반대편 보도로 갔다. 요시나가에게 반발하듯이 반대 방향으로 걸어갔다.

이런 상황에서 대체 뭘 어쩌자는 것인가.

요시나가가 도로를 막 건너려는 순간, 반대편 차선에서 택시가 달려왔다. 준코가 손을 들어 택시를 세웠다. 도로를 건너 택시로 달려갔지만, 요시나가가 타기 전에 문이 닫혔다.

"이봐!"

요시나가는 문을 열려고 차창을 두드렸지만, 준코는 시선조차 돌리지 않은 채 운전기사에게 뭐라고 말을 건넸다.

지금부터 의논해야 할 일들이 산더미 같은데, 어쩌자고 이러는 것일까.

문을 열어 주지 않고 달리기 시작한 택시를 요시나가는 그저 우두커니 바라볼 수밖에 없었다.


간신히 맨션에 도착했다.

우편함에 든 우편물을 꺼내고, 자동잠금장치 비밀번호를 눌러 문을 열자, 뒤에서 누군가가 어깨를 두드렸다.

돌아보니 남자 두 명이 서 있었다. 한 남자의 손에 들려 있는 핸디 카메라에 핏기가 싹 가셨다.

"저는 이런 사람입니다."

카메라를 들지 않은 남자가 가타부타 설명도 없이 요시나가에게 명함을 쥐어 주었다.

명함에는 '〈위클리 세븐〉 취재 기자 나카오 도시키'라고 쓰여 있었다.

"뭡니까, 대체 ……."

요시나가가 동요하면서 말했다.

"아오바 쓰바사 군의 지인 아니십니까?"

"무슨 소리예요. 그런 사람 모릅니다."

"조금 전까지 히가시야마토 경찰서에 계셨잖아요."

설마 계속 미행을 당한 걸까.

"모릅니다."

이곳에 머물러 있으면 안 되겠다는 생각에 발걸음을 돌려 입구에서 나왔다.

"잠깐 얘기만 들려주시면 됩니다."

잰걸음으로 걸어갔지만, 끈질기게 따라붙었다.

"쓰바사 군의 아버님 아닌가요? 혹시 그렇다면 아버지로서 일찌감치 사죄의 뜻을 전하는 게 좋을 것 같은데요."

"모른다고 했잖아!"

내뱉듯이 대답한 요시나가가 남자들을 무시하고 달리기 시작했다. 택시가 다가오는 모습이 보여서 손을 들었다. 택시가 멈추자마자 곧바로 올라탔다.

"어디로 모실까요?"

운전기사가 물었다.

"일단 출발해 주세요."

택시가 달리기 시작한 후, 뒤를 돌아보았다. 남자들 모습이 차츰 작아졌다.

"이대로 적당히 달려 주세요."

요시나가가 뒤를 돌아본 채 말했다.

택시를 탔다고 안심할 수는 없었다. 한동안 남자들이 쫓아오지 않는지 상황을 살펴보는 게 좋을 것이다.

삼십 분쯤 택시를 타고 달리다 미행당하지 않는 것을 확인한 후, 미사키의 집이 있는 장소를 일러 주었다. 그러나 또다시 금세 불안감에 휩싸였다.

혹시 직장까지 기자들이 들이닥친 건 아닐까.

요시나가가 휴대전화를 꺼내서 문자를 확인했다. 세 시 무렵에 미사키가 보낸 문자 한 통이 있었지만, 사건을 눈치챈 것 같은 문장은 아니었다. 쓰바사의 용태가 걱정되니 연락해 달라는 내용이었다.

'지금 집으로 가도 돼?'

미사키에게 문자를 넣자마자 곧바로 답장이 왔다.

'물론이지. 그런데 쓰바사 군은 어때?'

아무래도 미사키나 회사 사람에게는 아직 사건이 알려지지 않은 듯했다.

'만나서 얘기하지.'

어떻게 얘기를 해야 좋을지 고민하는 중에 미사키의 맨션에 도착했다.

택시에서 내려서 눈을 이리저리 돌리며 주위를 확인한 후, 맨션으로 들어갔다. 비밀번호를 눌러 건물 출입문을 열고, 미사키의 집으로 올라갔다.

인터폰을 누르자마자 현관문이 열리며 미사키가 얼굴을 내밀었다. 요시나가의 표정을 살피듯이 빤히 쳐다보았다.

"계속 걱정했어. 돌아온 걸 보니 그렇게 큰일은 아닌가 보네."

요시나가는 아무런 대답도 못한 채, 구두를 벗고 복도로 걸어갔다.

'소년이 사체유기 혐의로 체포되는 충격적인 전개가 펼쳐졌는데, 앞으로의 수사는 어떻게 진행될까요 …….'

그 소리에 흠칫 놀라 고개를 들어 텔레비전을 쳐다보았다.

'14세 소년 체포'라는 자막이 눈에 들어와서 해설자가 입을 열기 직전에 리모컨을 쥐고 텔레비전을 껐다.

순간적인 판단으로 이곳으로 와 버렸지만, 혼자 있을 수 있는 장소로 갔었어야 했다는 후회가 들었다.

"저기 …… 뭐라고 말 좀 해 봐. 과장님이랑 다른 직원들도 걱정했어."

요시나가가 미사키에게 시선을 돌렸다.

사실대로 말해야 할까. 아들이 살인 사건에 관여되어서 체포됐다는 사실을 밝히면, 미사키가 나를 피하게 될까.

"왜 그래? 그렇게 심각한 상황이야?"

미사키가 비통한 눈빛으로 뚫어져라 바라보았다.

"그래 ……."

중얼거린 순간, 눈물이 핑 돌았다.

"어머, 왜 그래. 응, 제대로 말 좀 해 봐. 대체 무슨 일이 생긴 거야. 설마 ……."

요시나가가 그 말에 반응하며 고개를 옆으로 저었다.

"쓰바사는 살아 있어."

가까스로 그 말만 전했다.

"그럼, 뭔데? 내 아이는 아니지만, 그렇다고 해서 게이치 씨만의 문제는 아니잖아. 혼자서만 끌어안지 마."

부옇게 흐려진 시야 속에서 미사키가 호소했다.

그냥 말해 버리자. 그녀라면 받아줄 수 있지 않을까.

"쓰바사가 …… 사람을 죽였을지도 몰라."

주위에서 소리가 사라져 버렸다.

에어컨 소리만 들렸다. 너무나 오랜 침묵에 요시나가가 손을 뻗었다. 부드러운 뺨을 만지고, 거기에 분명 미사키가 있다는 것을 실감했지만, 그 감촉은 금세 멀어졌다.

"그게 무슨 소리야?"

미사키의 목소리가 떨렸다.

"오늘, 쓰바사가 체포됐어."

"사고를 당했다는 건 거짓말이었어?"

미사키의 메마른 목소리에 반응하듯 그렁거렸던 눈물이 싹 가셨다.

미사키의 표정은 요시나가를 받아들이기는커녕 강한 혐오가 깃들어 있었다.

── 틀렸다.

"혹시 조금 전 뉴스에 나왔던 사건이야?"

요시나가가 힘없이 고개를 끄덕였다.

"난 이제 어떡해야 할까 ……."

미사키는 요시나가에게 시선을 고정시킨 채로 침묵했다.

"조금 전에 집으로 돌아갔는데, 기자들에게 둘러싸였어. 아직은 머릿속이 너무 혼란스러워서 아무 생각도 못 하겠어."

"미안해."

미사키의 목소리에 흠칫 놀라 내리뜨고 있던 시선을 들었다. 매달리고 싶은 간절한 심정으로 바라봤지만, 미사키와 시선을 맞출 수가 없었다.

"나도 …… 나도 혼란스러워. 혼자 생각할 시간이 필요해. 미안해."

이메일에 답장을 보내야만 일을 끝맺을 수 있는데, 상대가 보낸 문장을 아무리 쳐다보고 있어도 도무지 생각이 정리되지 않았다.

'좀 더 생각해 보고 싶으니, 월요일까지 연락드리겠습니다.'

요시나가는 오늘 이미 몇 번이나 썼던 문장을 입력한 후, 이메일을 보내고 컴퓨터 전원을 껐다. 자리에서 일어나서 쓰루미와 오야 쪽으로 얼굴을 돌렸다.

"미안한데, 나 먼저 들어갈게."

요시나가가 말을 건네자, 둘 다 이미 알고 있었다는 듯이 고개를 끄덕였다.

"그리고 깜박하고 말 안 했는데 …… 휴대전화 상태가 이상해져서 연결이 안 될 때가 많으니까 급한 용건이 생기면 개인 메일로 연락하도록."

"알겠습니다."

"그럼, 수고해."

자리를 떠나려는 순간 미사키와 눈이 마주쳤지만, 그녀는 바로 시선을 피했다. 비록 쓰루미와 오야가 눈치채지 못했어도 거북한 마음으로 걸음을 옮겼다.

복도를 걸어가는데 모리타 과장이 불러 세웠다.

"지금 병원에 가나?"

"아, 네에 ……. 이렇게 바쁜 상황에 무리한 부탁을 드려서 죄송합니다."

오늘 아침에 출근하자마자 모리타에게 바로 아들의 상황을 설명했다. 체육 시간에 학교 밖에서 달리기를 하다 차에 치였다고 거짓말을 했다. 생명에 지장은 없지만, 뼈가 몇 군데 부러져서 입원할 수밖에 없는데, 전처도 일하는 사람이라 요시나가와 함께 교대로 간호를 해야 한다고 말했다. 아들이 퇴원할 때까지 프로젝트는 잠시 대기시켜도 된다고 모리타 과장이 선뜻 배려해 주었다.

"상황이 상황인 만큼 어쩔 수 없지. 그보다 너무 무리하지 않게 조심해. 얼굴색이 안 좋아."

언제까지 이 거짓말을 계속 밀고 나갈 수 있을까 불안해하며 요시나가가 고개를 끄덕였다.

만약 사건이 밝혀지면, 모리타 과장과 직원들은 어떤 반응을 보일까. 가장 친한 사이였던 미사키마저 기피하고 말았다.

"그건 그렇고, 이번 주 월요일 저녁에 무슨 예정이 잡혀 있나?"

"아뇨."

"그럼, 어제 못한 회장님과의 회식은 월요일 저녁으로 잡지. 다른 멤버들에게도 그렇게 전해 주게."

"알겠습니다."

회사 빌딩에서 나온 후 손목시계를 봤다. 이제 곧 여섯 시 반이다. 유리코와는 일곱 시에 만나기로 했으니 서둘러야겠지.

어젯밤, 미사키의 집에서 나와서 고탄다에 있는 비즈니스 호텔에 방을 잡은 후, 유리코에게 연락했다.

쓰바사의 사건은 말하지 않았다. 그러나 가능하면 빨리 만나 나누고 싶은 얘기가 있다고 하자, 오늘 밤에 시간을 내주었다. 유리코는 요코하마에 살아서 전철로 한 번에 올 수 있는 시부야에서 만나는 게 좋을 테지만, 혹여 회사 사람들 눈에 띌까 두려워서 요시나가가 묵고 있는 호텔 앞에서 만나기로 했다.

누군가 뒤에서 어깨를 두드려서 걸음을 멈췄다. 돌아보니 에가와가 서 있었다.

"과장님한테 얘기 들었어. 힘들겠군."

요시나가는 가슴이 메는 듯한 감각을 느끼며 가볍게 고개를 끄덕이고, 역을 향해 걸음을 내디뎠다.

"난 자식이 없어서 어떤 마음일지 실감이야 못하겠지만, 얼마나 걱정스럽겠나."

결혼해서 한동안은 에가와와 같은 사택에 살았다. 어린 시절의 쓰바사를 알고 있었다.

"지금 쓰바사 군 문병하러 가는 길인가?"

"네에. 면회 시간이 있어서."

"지금은 어디 산댔지?"

잰걸음으로 걸었지만, 에가와가 떨어지지 않고 계속 말을 건넸다.

무심코 히가시무라야마라고 말할 뻔하다 순간적으로 입을 다물었다. 만에 하나라도 뉴스에서 보도된 사건과 연결 짓게 만들고 싶진 않았다.

"조후에 삽니다."

요시나가가 대답했다.

"조후의 병원까지 다니려면 꽤 힘들겠군. 이혼한 부인이 키우지? 자네가 꼭 가야 하는 상황인가?"

"그 사람도 일이 있어서 ……."

"그렇군. 난 자네랑 달리 한가하니 일이든 문병이든 도와줄 수 있으면 좋을 텐데 말이야."

에가와가 자학하듯이 말했다.

"그렇게 마음을 써 주시는 것만으로도 감사합니다."

JR 개찰구로 들어선 후, 걸음을 멈췄다. 에가와의 집은 세이부 신주쿠 선의 가미샤쿠지다.

"그럼, 저는 이쪽이라 …… 수고하셨습니다."

억지로 대화를 급하게 마무리 지은 탓인지 에가와가 의아해하는 표정을 지었지만, 요시나가는 개의치 않고 시나가와 방면 계단으로 올라갔다.

플랫폼으로 들어온 전철에 올라탄 후, 에가와로부터 해방된 한순간의 안도를 음미했다.


음식점이 처마를 잇대고 있는 큰길에서 안쪽 길로 들어서자 주위가 어스름해졌다. 오피스 빌딩들이 늘어선 한 모퉁이에 호텔이 있었다.

호텔 앞으로 다가가니 유리코는 이미 와서 기다리고 있었다.

"여기 묵고 있어. 방에서 얘기 좀 하자."

유리코가 고개를 갸웃거렸다. 바로 옆이 집인데, 왜 호텔에 묵는지 의문이 들어서겠지.

유리코의 의문에 답해 주지 않고 엘리베이터로 5층으로 올라가 방으로 들어간 후, 유리코에게 창가 의자를 권했다.

"하타노다이 집에 무슨 일 있어?"

유리코가 의아한 듯이 실내를 둘러보며 물었다.

"그런 건 아니야."

요시나가가 겉옷을 벗고 침대에 걸터앉아 유리코를 마주 보았다.

"지금부터 하는 얘기, 놀라지 말고 잘 들어."

그렇게 미리부터 다짐을 두자, 유리코의 표정이 굳었다.

"어제, 열네 살짜리 소년이 체포된 사건 알지?"

유리코가 고개를 끄덕였다.

"동급생을 칼로 찔러 죽였다는 사건 말이지?"

"체포된 아이가 쓰바사야."

요시나가가 그렇게 말하자, 유리코가 눈을 휘둥그레 떴다. 뻣뻣이 굳어 버린 듯이 물끄러미 바라볼 뿐이었다.

"거짓말 ……. 이상한 농담하지 마."

"농담이 아니야. 어제, 히가시야마토 경찰서에 다녀왔어. 그리고 집으로 돌아갔는데, 기자들에게 붙들리고 말았지. 한동안은 집에 갈 수 없어서 이렇게 호텔을 잡은 거야."

"아니, 왜 ……."

"나도 뭐가 뭔지 통 모르겠다. 쓰바사가 사람을 죽였다는 게 지금도 믿기질 않아."

"왜 쓰바사라는 거야? 정말이야?"

자신도 도저히 믿기지 않았다. 뭔가 잘못된 일이기만 바랐다.

"경찰에서는 아무 설명도 안 해 줘. 어떤 증거로 쓰바사를 체포했는지, 쓰바사가 그랬다고 자백했는지, 전혀 ……. 다만, 쓰바사가 체포돼서 세간이 들썩이는 건 사실이야."

"쓰바사 엄마는?"

"연락이 안 돼."

"그게 무슨 소리야?"

"어제 경찰서에서 나와서 헤어진 뒤로 연락이 안 돼."

준코의 휴대전화로 몇 번이나 전화를 걸었지만, 전원이 꺼져 있었다.

"그 사람은 쓰바사랑 같이 살았어. 보나마나 아는 사람도 많을 테니 전화 받기가 두렵겠지."

"앞으로 어떡할 거야?"

유리코가 이쪽을 들여다보듯이 물었다.

"내일이 회사 휴일이라 변호사를 찾아 볼 생각이야. 너희 집으로도 경찰에서 연락이 갈지 몰라서 미리 얘기하는 거야. 어쩌면 매스컴도 ……."

유리코의 표정이 더욱 어두워졌다.

"그리고 아버지한테는 알리고 싶지 않아."

마치다에서 홀로 살고 있는 아버지는 재작년에 심근경색을 일으킨 후로 입원과 퇴원을 반복하는 상황이다.

"그래야겠네. 최대한 조심할게."

전할 말을 모두 하고 나니, 갑자기 유리코와 시선을 마주하는 게 힘들어서 얼굴을 숙였다.

"그나저나 도무지 믿기질 않아. 한 달 전에 만났을 때는 전혀 달라진 게 없었는데."

어딘지 모르게 현실감이 결여된 듯한 유리코의 목소리를 들으며 요시나가가 고개를 들었다.

"쓰바사랑 만나니?"

"두 달에 한 번꼴로 우리 집에 놀러 왔어."

"준코도 같이?"

유리코가 고개를 가로저었다.

"쓰바사 혼자 오지. 히토미랑 유타랑 게임 같은 거 하면서 놀았는데."

"히토미랑 유타에게도 절대 알리고 싶진 않아."

유리코가 동감이라는 듯이 어두운 표정으로 고개를 몇 번이나 끄덕거렸다.


유리코가 돌아간 후, 가방에서 태블릿을 꺼내서 인터넷을 연결했다. '소년범죄' '변호사' 같은 단어를 입력하고 검색해 보았다. 몇몇 변호사 사무실의 홈페이지가 떴다. 도쿄 도내에 있는 변호사 사무실을 중심으로 홈페이지에 실린 내용을 샅샅이 살펴보았다.

앞으로의 일을 생각하면, 가능한 한 소년 사건에 강하고, 또한 가해자 측에 서서 배려해 줄 수 있는 변호사가 좋았다.

몇 군데를 확인하는 중에 '세리자와 법률사무소'가 좋겠다는 직감이 왔다. 사무실은 이타바시 구의 나리마스에 자리 잡고 있어서 집이나 회사에서 그리 가깝지는 않지만, 홈페이지를 살펴보니 소년 사건을 많이 다루고 있는 듯했다.

전화 접수는 저녁 일곱 시까지라고 되어 있었다. 내일 아침에 걸어 보자.

인터넷 검색 창을 닫으려고 하다 손가락을 멈췄다. 곧바로 검색 칸에 손가락을 대고 '아오바 쓰바사'라고 입력했다. 머뭇거리다 검색 버튼을 눌렀다.

화면에 표시된 글씨를 보고, 자기도 모르게 기겁을 했다.

게시판이었다. 어제 살인 사건으로 체포된 열네 살짜리 소년이 쓰바사라는 내용, 죽인 사람이 동급생이라는 글이 쓰여 있었다. 그뿐만 아니라 쓰바사가 살고 있는 집 주소, 게다가 준코의 직장까지 나와 있었다. 게시판에는 쓰바사와 준코를 향한 온갖 욕설이 쓰여 있었다.

다른 페이지에는 쓰바사와 준코의 사진이 실려 있었다. 운동회 때 찍은 사진이겠지. 쓰바사와 준코 옆에 있는 사람들의 얼굴은 모자이크로 처리되어 있었다.

온몸에서 힘이 쭉 빠졌다.

여기에 드러난 정보가 완전히 사라지는 일은 없을 것이다. 예기치 못했던 건 아니지만, 설마하니 정말로 이런 일이 벌어질 줄이야.

우리의 인생은 이미 끝나 버린 걸까.

요시나가는 페이지를 닫고, 검색 칸으로 커서를 옮겼다. 자기 이름을 입력하고 기도하는 심정으로 검색 버튼을 눌렀다.

'요시나가 게이치'라는 이름이 몇 개쯤 떴지만, 한동안 검색 결과를 들여다 봐도 자기와 관련된 정보는 아니었다.

요시나가는 안도감이 든 데에 양심의 가책을 느끼며 태블릿 전원을 껐다.


홈페이지에 나와 있는 업무 시작 시간인 아홉 시가 되자마자 세리자와 법률사무소로 전화를 걸었다.

살인 사건이라고 말하면 전화상에서 거절당할지 모른다는 걱정이 앞서서 상세한 얘기는 하지 않았고, 아들이 경찰에 체포되어서 상담하고 싶다고 밝혔다.

전화에 응대해 준 나가토라는 변호사가 오후 다섯 시 이후에는 시간이 난다고 해서 다섯 시에 사무실로 찾아가기로 약속했다.

이 사무실에서 쓰바사의 사건을 맡아 줄지 아닐지, 또한 그 비용이 요시나가가 지불할 수 있는 금액인지 전혀 알 수 없었지만, 서둘러 전문가의 얘기를 들어 보고 싶었다.

준코의 휴대전화로 전화를 걸었지만, 역시나 받지 않았다.

도대체 어디서 뭘 하나 싶어 답답해하던 중 불현듯 불길한 예감이 뇌리를 스쳤다.

준코가 자살을 시도할 리는 없겠지 하면서도 이미 싹터 버린 불길한 상상은 머릿속을 맴돌며 떠날 줄을 몰랐다.

아, 그러고 보니 본가의 친정 부모님에게는 어떻게든 연락을 취하지 않았을까.

확인하고 싶었지만, 이혼 직후에 준코의 친척 주소는 휴대전화에서 모조리 삭제해 버렸다. 그러나 본가 위치는 기억에 남아 있었다.

준코의 본가가 있는 시즈오카 후지에다 시까지는 이곳에서 편도 두 시간 가량 걸린다. 그렇지만 오후 다섯 시까지는 돌아올 수 있을 것이다.

요시나가는 거기까지 생각하고 욕실로 향했다.

샤워를 하고 호텔을 나선 후, 고탄다 역에서 시나가와 역으로 가서 신칸센을 탔다. 시즈오카 역에서 도카이도혼센으로 갈아탔을 때는 정오가 지나 있었다. 인터넷으로 돌아올 열차 시간을 확인했다. 오후 2시 12분에 출발하는 전철을 타지 못하면 법률 사무소와의 약속에 늦는다. 시간이 별로 없었다.

요시나가는 후지에다 역에 내려서 잰걸음으로 준코의 본가로 향했다. 그런데 익숙한 주택가를 걸어가다 보니 차츰 결심이 움츠러들었다.

처음 이 길을 지났을 때도 발걸음이 무겁긴 마찬가지였다. 준코를 임신시킨 후 처가댁에 인사를 드려야 했기 때문이다.

장인인 유조는 과묵한 사람이었다. 유조와는 거의 대화를 나누지 않고 작별인사를 하게 됐는데, 돌아갈 때 "내 딸을 잘 부탁하네"라며 고개를 깊이 숙였던 모습이 인상에 남아 있다.

요시나가는 아버지나 여동생 유리코에게 아내에 대한 불만이나 험담을 한 적이 없지만, 준코는 친정에 가서 툭하면 남편에 대한 불만을 쏟아 놓았다. 장모인 스즈에는 딸에게 가세해서 요시나가를 비난했다. 설령 그 자리에 쓰바사가 있어도 아빠 체면을 고려해 주지 않았다.

처갓집 건물이 눈에 들어오자, 위 언저리로 뻐근한 통증이 훑고 지나갔다.

문 앞에 서서 마음을 다잡고 인터폰을 누르자, "네──"라는 유조의 목소리가 들렸다.

"갑작스럽게 찾아와서 죄송합니다. 요시나가입니다."

요시나가가 그렇게 말하자, 한동안 침묵이 흘렀다.

"준코 씨랑 대화를 나누고 싶은데, 혹시 여기 있나요?"

"없네."

유조의 말에 낙담해서 한숨이 절로 흘러나왔다.

"꼭 할 얘기가 있는데, 준코 씨랑 연락이 닿질 않아서 ……."

인터폰 끊기는 소리가 났다. 잠시 후에 문이 열리며 유조가 나왔다.

"들어오게."

요시나가는 험악한 표정으로 바라보는 유조에게 가볍게 인사를 하고 문으로 들어섰다.

"사건에 관한 얘긴가?"

현관으로 들어가자마자 딱딱한 목소리로 물어서 요시나가가
고개를 끄덕였다.

"경찰에서 연락이 왔습니까?"

"아니, 목요일 밤에 준코가 집사람한테 연락했어. 쓰바사가
살인 사건 용의자로 체포됐다고. 집으로 오라고 했지만, 지금은
혼자 생각하고 싶다면서 전화를 끊은 모양이야. 휴대전화로 전
화를 걸어도 연결되지 않더니, 조금 전에야 믿을 수 있는 친구
집에 있으니 걱정 말라는 문자가 왔네."

"그분 성함이 뭔가요?"

"모르네."

"그렇군요 ……."

"쓰바사가 체포됐다는 것 말고는 전혀 몰라. 얘기를 좀 해 보
게."

거실로 들어간 유조가 요시나가에게 소파를 권하고 부엌으로
갔다. 환풍기를 켜고 가스레인지 위에 주전자를 올렸다.

"저는 신경 쓰지 마십시오. 어머님은?"

요시나가가 소파에 앉으며 물었다.

"몸이 안 좋아서 쉬고 있어."

요시나가는 불안한 마음으로 이리저리 두리번거렸다. 바로

옆에 있는 거실 서랍장에 시선이 멎었다. 희미하게 먼지가 낀 서랍장 위에 사진 액자 두 개가 놓여 있었다. 하나는 장인과 장모의 사진이고, 다른 하나는 준코보다 세 살 위인 오빠 아키히로의 가족사진이었다. 전에 왔을 때는 요시나가와 준코와 쓰바사의 사진도 장식되어 있었는데, 지금은 보이지 않는다.

"담배 피우고 싶으면 참지 말고 여기서 피워도 돼."

그 말에 요시나가가 시선을 돌렸다. 유조가 환풍기 밑에서 담배를 피우고 있었다.

저런 말을 왜 하나 생각하다 곧바로 자기가 다리를 심하게 떨고 있는 걸 알아챘다.

"어제까지는 끊었는데, 아키히로와 얘기를 나누다 보니 무심코 같이 피우게 되더군."

요시나가도 이 년 전부터 담배를 끊었다.

"아키히로 형님께 쓰바사 얘기는?"

요시나가가 물었다.

"어젯밤에 여기로 불러서 얘기했네."

"괜찮으신가요?"

아키히로는 시내 중학교에서 교직을 맡고 있다. 혹시라도 무슨 지장이 있는 건 아닐까.

"지금까지는 이렇다 할 변화는 없지만, 골머리를 앓고 있어. 직업이 직업인 데다 도쿄와 달리 좁은 지역이잖나. 일단 소문이 퍼지면 도망치거나 숨을 데가 없지."

"죄송합니다."

요시나가는 그 말밖에 달리 할 말을 찾을 수가 없어서 고개를 숙였다.

"사과한다고 끝날 문제가 아닐 텐데!"

느닷없이 험악한 여성의 목소리가 울려 퍼져서 요시나가가 고개를 들었다.

문가에 스즈에가 서 있었다. 이쪽을 노려보고 있었다.

"당신은 위에서 쉬어."

유조가 스즈에에게 말했다.

"인터넷에 쓰바사랑 준코의 이름이 나왔잖아. 준코한테만 책임을 덮어씌우다니, 불쌍하기도 하지 ……."

"그만해."

유조가 달랬지만, 스즈에는 감정이 가라앉지 않는지 요시나가에게 다가왔다.

"이혼한 후로 줄곧 쓰바사는 나 몰라라 했다며?"

"나 몰라라 하지 않았습니다."

불에 기름을 붓는 격이라는 건 알지만, 입 다물고 있을 수는 없었다.

"그럼, 쓰바사 생각을 대체 얼마나 했다는 거야? 기껏해야 두세 달에 한 번 밥이나 먹은 정도였다며. 그걸로 부모 책임을 다

했다는 건가? 매일같이 일하면서 사춘기 아들을 떠안고 사는 우리 준코가 얼마나 고생이 심했는지 알기나 해? 우울증인데도 약으로 버텨 왔다고!"

처음 듣는 얘기였다.

"그만하라니까!"

유조의 질책에 스즈에가 흠칫 놀라며 입을 다물었다.

"지금 누구 책임이냐고 따질 때가 아니잖아. 사정을 냉정하게 들을 게 아니면 당장 올라가."

스즈에는 이쪽으로 날카로운 시선을 던진 채 말없이 그 자리에 서 있었다.

유조가 커피잔 두 개를 들고 다가왔다. 요시나가 앞에 잔을 내려놓고, 맞은편 소파에 앉아서 스즈에를 바라보았다. 스즈에는 못마땅한 표정으로 유조 옆에 앉았다.

"먼저 묻고 싶은 건 …… 쓰바사가 체포됐다는 게 사실인가?"

유조가 요시나가에게 시선을 고정시키고 물었다.

"사실입니다."

요시나가가 대답하자, 유조가 스즈에와 얼굴을 마주 본 후 깊은 한숨을 내쉬었다.

"쓰바사를 만났나?"

유조가 물었다.

"아뇨."

"본인이 했다고 말했나?"

"모릅니다."

요시나가가 고개를 가로저었다.

"모른다니?"

"수사와 관련된 얘기는 해 줄 수 없다고 합니다. 쓰바사가 자기가 했다고 말했는지도, 어떤 증거가 있어서 체포했는지도."

요시나가가 고개를 숙였다.

"쓰바사는 앞으로 어떻게 되나?"

"성인 사건과 마찬가지로 경찰과 검찰에서 수사가 진행되고, 그 후에는 가정재판소로 보내진다고 들었습니다."

"쓰바사는 그다음에는 어떻게 되지? 재판을 받나?"

"죄송합니다만, 저도 자세한 건 전혀 모릅니다. 이따 변호사 선생님과 만나기로 했으니, 그때 여러 모로 얘기를 들어 볼 생각입니다."

"그렇군. 그나저나 쓰바사가 정말로 그런 짓을 ⋯⋯."

유조가 그쯤에서 입을 다물었다.

"저도 믿고 싶지 않습니다. 무슨 착오이길 바랄 뿐입니다."

경찰 측에서 체포 이유도 밝히지 않았고, 쓰바사와 얘기를 나눌 수도 없는 상황이다.

"변호사 선생님에게 쓰바사가 정말로 사건을 일으켰나 아닌가 하는 문제도 포함해서 상담을 받아 볼 생각인데, 저는 쓰바사가 어떤 생활을 했는지, 피해자 소년과 어떤 관계였는지 아무 것도 모릅니다. 준코 씨가 아니면 해결이 안 될 일이 많습니다. 앞으로의 절차를 위해서라도 준코 씨를 꼭 만나야 합니다."

"연락이 오면 그 말은 꼭 전하겠네."

요시나가가 수첩과 펜을 꺼내 태블릿 메일 주소를 써서 유조에게 건네주었다.

"집이나 휴대전화는 못 받을지도 모릅니다. 준코 씨에게 이메일 주소를 알려 주십시오."

"알았네."

유조가 고개를 끄덕이는 모습을 보고, 요시나가는 손목시계로 시선을 던졌다. 1시 45분이 지나 있었다.

"죄송합니다. 2시 12분 전철을 타야 해서 저는 이만 실례하겠습니다."

요시나가가 소파에서 일어선 순간, 유조가 "한 가지만 물어도 되겠나?"라고 말을 건넸다.

"앞으로 어떻게 할 생각인가?"

요시나가는 그 말뜻이 이해되지 않아서 유조를 멍하니 바라보았다.

"쓰바사가 돌아오면, 어떻게 할 생각이냐고?"

"아직 거기까지는 ……."

도저히 생각이 미치지 않았다.

"친권은 분명 준코에게 있지만, 자네가 쓰바사의 아버지라는 사실에는 변함이 없네. 준코에게만 짐을 떠넘기는 일은 없었으면 하네."

"그야 물론 ……."

장인의 말에 애매하게 답변은 했지만, 구체적으로 뭘 어떻게 하면 된다는 뜻일까.

"애당초 자네가 맡아야 해."

그 말에 요시나가가 스즈에게 시선을 돌렸다.

"자네가 경제력도 더 낫잖아. 게다가 아오바는 희귀 성이라 그 애들 둘에게 평생 꼬리표가 따라붙을 거라고."

답변할 말을 찾지 못한 채로 요시나가는 두 사람에게 가볍게 고개를 숙이고 거실에서 나왔다.


아타미 역을 지났을 즈음 간식 판매원이 지나가기에 요시나가가 불러 세웠다.

"커피 주세요."

웃옷 안주머니에서 지갑을 꺼내자, 안에 같이 들어 있던 종이가 바닥에 떨어졌다.

요시나가는 돈을 건네고 커피를 받아든 후, 쓰바사가 보냈던 연하장을 주워 들었다.

── 한 달 전에 페로가 죽었어요. 주워 온 곳에 묻어 줬어요.

연하장을 내려다보고 있으니 페로를 주워 왔을 때 기억이 떠올랐다.

둘이서 산책하던 길에 공터에서 갓 태어난 것처럼 보이는 조그만 고양이를 발견했다. 쓰바사는 새끼 고양이를 다정하게 어루만지며 두 손으로 들어 올리더니 울먹이는 표정으로 요시나가를 올려다보았다.

새끼 고양이는 한눈에 보기에도 매우 허약한 상태였다. 그러나 사택에서는 키울 수가 없었다. 설령 키울 수 있다 해도 준코는 동물을 좋아하지 않아서 집에 들이는 것조차 거부할 거라는 짐작이 갔다.

그러나 새끼 고양이를 예뻐하는 쓰바사를 보니 요시나가는 그냥 내버려 둘 수도 없었다.

그 무렵에 쓰바사는 남동생이나 여동생을 원했다. 그러나 그때는 이미 부부 사이가 차갑게 식기 시작했고, 게다가 준코는 틈만 나면 아이 키우기가 힘들다며 불평을 늘어놨기 때문에 둘다 둘째 아이를 만들려는 생각은 없었다.

쓰바사의 외로움을 조금이라도 채워 줄 수 있다면, 고양이를 키워도 좋겠다는 생각이 들었다.

준코는 준코 대로 회사 사람들에게 신경 쓰며 살아야 하는 사택 생활을 힘들어하는 것 같았다.

요시나가는 새끼 고양이를 집으로 데려온 후, 쓰바사의 정서

함양을 위해 고양이를 키우자는 것과 사택에서 나가자는 제안을 했다. 준코는 그 제안을 받아들였다.

쓰바사는 새끼 고양이를 지극 정성으로 보살폈다. 바로 새집이 구해져서 울음소리가 밖으로 새 나갈까 걱정스러울 만큼 새끼 고양이가 건강해진 무렵에는 사택에서 나왔다.

페로를 주워 온 지 십 년 가까이 지났지만, 쓰바사에게는 줄곧 소중한 존재였을 게 틀림없다. 그 죽음을 깊이 슬퍼하고, 정중하게 애도해 준 지 채 일 년도 안 지나서 사람을 죽이다니, 생각할 수도 없는 일이다.

아무리 생각해 봐도 쓰바사가 사람을 죽였다는 것은 무슨 착오일 게 틀림없다.

커피에 입도 대지 않은 채로 시나가와 역에 도착해서 야마노테 선으로 갈아탔다.

변호사 사무실에 도착한 후의 과정을 생각해 보려 했지만, 너무 피곤해서 머리가 잘 돌아가지 않았다. 지금 상황을 솔직하게 얘기하는 수밖에 없겠지.

나리마스 역에서 오 분쯤 걸어간 곳에 자리 잡은 세련된 6층 건물에서 '세리자와 법률사무소' 간판을 찾아냈다.

엘리베이터를 타고 5층으로 올라가서 사무실을 찾자, 문을 열어 둔 어느 사무실 안쪽에 내선 전화가 놓여 있고, 그 위에 '세리자와 법률사무소'라는 팻말이 걸려 있었다. 전화 받침대

좌우로 문이 있었다.

수화기를 들고 잠깐 기다리자, 여성의 목소리가 들렸다.

"저어 …… 오전 중에 전화드린 요시나가입니다. 나가토 선생님을 부탁드립니다."

"잠깐만 기다리세요."

수화기를 내려놓자마자 오른쪽 문이 열리고 정장 차림의 여성이 나왔다. 반대편 문을 열고, 요시나가를 안으로 안내했다. 세 평쯤 되는 실내에 소파 세트가 놓여 있었다.

"바로 오실 테니 여기서 기다려 주세요."

여성이 상냥하게 말하고 밖으로 나갔다. 소파에 앉아 실내를 둘러보았다.

법률사무소임을 알아볼 수 있는 물건은 딱히 없었다. 요시나가가 다니는 회사 응접실과 거의 차이가 없는 간소한 방이었다.

여성이 다시 들어와서 요시나가 앞에 차를 내려놓고 바로 나갔다.

요시나가가 찻잔으로 손을 뻗었다. 자기 손이 미세하게 떨리는 걸 느끼면서 차를 한 모금 머금었을 때, 노크 소리가 들리며 문이 열렸다.

안경을 쓴 작은 체구의 남성이 안으로 들어와서 요시나가 찻잔을 내려놓고 일어섰다.

"오래 기다리셨습니다. 오전에 전화로 인사드렸던 나가토입니다."

남성이 요시나가를 마주 보며 명함을 꺼냈다. '세리자와 법률 사무소 변호사 나가토 미쓰타카'라고 쓰여 있었다.

"요시나가입니다. 잘 부탁드립니다."

"저야말로 잘 부탁드립니다. 자, 앉으시죠."

나가토가 미소를 건네며 자리를 권했다.

오늘 아침 전화 대응도 좋았지만, 정중한 태도와 온화해 보이는 표정에서 새삼 호감이 느껴졌다. 머리칼에 새치가 조금 섞여 있긴 해도 요시나가와 나이 차이는 별로 안 날 것 같았다.

"곧바로 본론으로 들어가서 죄송합니다만, 자세한 얘기를 들려주시겠습니까? 오전 전화 통화에서는 아드님이 경찰에 체포됐다는 말밖에 못 들었습니다만."

"다마 호숫가에서 일어난 살인 사건을 알고 계신가요? 그저께 열네 살 소년이 체포된 ……."

요시나가가 머뭇거리며 얘기를 꺼내자, 나가토의 동작이 멈췄다.

"아드님이 혹시 ……."

나가토가 날카로운 눈빛으로 바라보았다.

"그렇습니다."

그렇게 대답한 순간, 머리가 후끈 달아올랐다.

"바로 경찰서로 찾아갔지만 체포 이유도 알려 주지 않고, 아들과 대화도 나누지 못한 채로 돌아왔습니다. 앞으로 어떡해야 좋을지 전혀 모르겠고 ……."

"그러셨군요."

나가토가 동정하듯 날카로워졌던 눈빛을 누그러뜨렸다.

"저는 앞으로 어떻게 해야 할까요?"

나가토는 곧바로 대답하지는 않았지만, 이윽고 천천히 몸을 앞으로 내밀었다.

"일단은 냉정해야 합니다."

그건 이미 아는 사실이다. 흘러나올 것 같은 한숨을 애써 집어삼켰다.

"얼마나 도움이 될지는 모르지만, 최대한 조언을 해 드리겠습니다. 처음 한 시간은 무료로 상담해 드립니다."

"그런가요?"

그 한 시간 동안 숨 막히는 이 고통이 조금이라도 누그러질 수 있을까.

"잠깐만 기다려 주시겠습니까. 저도 뉴스로 잠깐 들은 정도밖에 몰라서요."

나가토가 일어서서 밖으로 나갔다. 그로부터 오 분쯤 지나자, 문이 열리고 신문 다발을 든 나가토가 들어왔다.

나가토가 소파에 앉아 신문을 펼쳤다. 손목시계를 보니 5시 15분이었다. 파고들 듯이 신문을 읽는 나가토를 바라보았다.

나가토가 기사를 한차례 훑어봤는지 요시나가에게 시선을 돌렸다.

"조금 전에 경찰에서 체포 이유를 전혀 알려 주지 않았다고 하셨죠?"

요시나가가 몸을 내밀며 "네"라고 대답했다.

"경찰 같은 수사기관에서는 수사와 관련된 얘기는 좀처럼 해 주질 않습니다."

"체포된 아이의 부모인데요?"

요시나가가 믿을 수 없다는 심정으로 묻자, 나가토가 고개를 끄덕였다.

"체포된 이유도 안 알려 주고, 아들도 못 만나게 하는 게 당연하단 말입니까?"

"체포 단계에 있는 피의자는 변호인 외에는 만날 수가 없습니다. 단, 구류 후에는 원칙적으로 변호인 이외의 면회도 허용됩니다."

"구류란 건?"

"경찰은 피의자를 체포한 시점에서 사십팔 시간 이내에 수사해서 조서를 꾸미고, 피의자를 검찰관에게 송치해야 합니다. 그리고 검찰관은 이십사 시간 이내에 재수사를 하고, 재판소에 구류 신청이라는 걸 합니다."

"다시 말해 …… 체포된 지 사흘 이상 지나면, 아들을 만날 수 있다는 뜻입니까?"

"꼭 그런 건 아닙니다."

나가토의 말에 요시나가가 고개를 갸웃거렸다.

"접견금지 결정이 나면, 변호인 이외의 면회는 설령 부모님이나 가족이라도 금지됩니다. 살인은 중대 사건인 만큼 증거 인멸이나 도주의 염려가 있다며 신중하게 대응할 가능성도 있습니다."

"접견을 금지당하면 아들을 언제까지고 못 만난단 말입니까?"

한시라도 빨리 쓰바사를 만나 얘기를 직접 들어보고 싶은 마음이 간절한 요시나가가 강한 말투로 물었다.

"가정재판소 송치까지가 대부분이겠죠. 신문 기사에는 아드님이 사체유기 혐의로 체포되었다고 나와 있으니 다음에는 살인 혐의도 추가될 가능성도 높을 겁니다. 가령 가정재판소 송치까지로 잡아도 사체유기 혐의 체포로부터 최장 사십오 일간은 만날 수 없게 됩니다."

쓰바사가 그렇게 긴 기간 동안 경찰 및 검찰의 호된 조사를 받을 거라는 말인가.

"단, 준항고(準抗告)라는 절차는 밟을 수 있습니다."

"그걸 하면 만날 수 있나요?"

어휘의 뜻은 잘 몰랐지만, 요시나가가 기대를 품으며 물었다.

"접견금지를 취소해 달라고 재판소에 불복신청을 낼 수 있습니다. 가능성은 낮지만, 가족에게는 인정해 주는 경우가 있습니다. 나아가 접견금지 일부해제 신청을 하는 방법도 유효하겠죠. 예를 들면 요시나가 씨나 어머님에 한해서는 접견을 인정해 주기 바란다는 식으로 인물을 특정해서 요청하면 인정받을 가능성도 높아집니다."

법률 얘기를 풀어 나가자 열기가 돌기 시작했는지, 나가토의 말투가 빨라졌다.

"구체적으로는 어떻게 하면 됩니까?"

"변호인에게 부탁하시죠."

"여기에 부탁해도 해 주실 수 있는 거죠?"

"물론 저희는 상관없는데, 그래도 괜찮으시겠습니까?"

"무슨 뜻인지?"

"아드님이 희망하면 국선변호인을 선임할 수 있습니다. 사적으로 변호인을 고용하시면 돈이 듭니다."

나라에서 변호인을 붙여 준다는 건 알고 있었지만, 열네 살 소년에게도 동등하게 적용되는지는 몰랐다. 애당초 무로타는 변호인에 관한 얘기는 입도 벙긋하지 않았다.

"이 정도 중대 사건이면 변호사회 쪽에서 당번 변호사(형사사건으로 체포된 피의자가 요청하면 무료로 법적 원조를 해 주는 변호사)가 파견됐을 겁니다. 그 변호사가 일단 체포된 아드님을 접견하고 부모님 연락처를 물었을 테니, 요시나가 씨에게도 분명 연락이 갔을 텐데요."

"어쩌면 우리 애가 엄마 연락처만 말해서 변호사 분의 연락이 안 닿는 상황에 처해 있을지도 모릅니다."

요시나가가 말하자, 나가토가 고개를 갸웃거렸다.

"삼 년 반 전에 아내랑 헤어져서요. 아이는 아내가 맡아서 키우고 있습니다."

"앞으로의 일도 있으니 어떻게든 빨리 연락하시는 게 좋을 텐데요."

"마음은 그렇지만, 그저께 경찰서에서 만난 후로 연락이 안 됩니다. 그리고 한 가지 여쭙고 싶은데, 국선과 사선의 차이는 어떤 점이 있나요? 돈이 들고 안 드는 점 말고."

요시나가가 묻자, 나가토가 난처한 표정을 지었다.

"혹시 열의나 역량에 상당한 차이가 있다거나?"

"한데 뭉뚱그려서 다 그렇다고 할 순 없습니다. 국선이라도 열의가 있고, 지식이나 경험이 풍부한 변호사가 많이 계세요. 저도 국선을 맡는 경우가 적지 않습니다. 다만, 국선의 단점을 한마디로 표현한다면, 어떤 변호사를 만나게 될지 알 수 없다는 점이겠죠."

"열의도 역량도 없는 변호사가 걸릴 가능성도 있다는 거죠?"

요시나가가 말하자, 나가토가 애매하게 고개를 끄덕였다.

"변호사도 여러 부류니까요."

"그 국선변호사는 소년 사건에 밝은 분이 선임되나요?"

요시나가가 다시 물었다.

"꼭 그런 건 아닙니다. 아니, 오히려 소년범죄에 강한 변호사가 더 드물겠죠."

"홈페이지를 살펴본 바로는 이 사무실이 소년범죄를 많이 맡으시는 것 같은데."

"저희는 분명 다른 곳과 비교하면 소년 안건이 많다고 생각합니다. 그중에서도 세리자와 소장님이 가정재판소의 전직 재판관이었던 관계로 가정재판소 사안을 맡을 때가 많죠. 사무소를 나리마스에 마련한 것도 소년감별소와 가깝다는 이유였다고 합니다."

"지금까지 소년의 살인 사건을 담당하신 적이 있습니까?"

"살인 사건은 아니고 …… 상해치사 사건은 몇 건 있었습니다."

소년에 의한 흉악 범죄가 빈번히 발생한다는 이미지를 줄곧 품고 살았는데, 원래는 성인이 저지른 흉악 사건이 훨씬 더 많을 게 틀림없다. 소년이 체포된 사건이 크게 보도되고 다뤄지기 때문에 그렇게 느꼈을 것이다.

"이런 경우에는 세리자와 선생님이 담당해 주시나요?"

"세리자와 선생님은 고령이라 맡게 되더라도 저나 다른 변호사가 담당하게 됩니다."

"세리자와 선생님은 연세가 어떻게 되시죠?"

"일흔다섯입니다. 직접 담당하지는 않는다고 말씀드렸지만, 그분은 늘 참모로서 저희 일을 확인합니다."

"이 사무실에 의뢰하면, 비용은 얼마나 들까요?"

"이런 안건이라면, 착수금으로 변호인 단계에서 30만 엔, 가정재판소 송치 후 부첨인 단계에서 별도로 30만 엔을 받습니다."

"부첨인이란 건 뭐죠?"

"가정재판소의 처분이 결정될 때까지 소년 옆에서 돕는 변호인을 말합니다."

"왜 호칭이 바뀌는 겁니까?"

"가정재판소는 소년을 처벌하는 곳이 아니라 소년의 갱생을 위해 무엇이 필요한지 판단을 내리는 곳이므로 국가권력으로부터 국민을 보호하기 위해 변호하는 개념이 아닙니다. 소년이 사건을 부인하는 경우에는 변호인과 마찬가지로 사실관계를 놓고 시비를 가리는 활동을 합니다만, 사실관계를 다투지 않는 경우는 소년의 재기에 무엇이 필요한지 본인이나 보호자, 가정재판소가 하나가 되어 생각합니다. 우리의 역할 면에서도 그것이 성인 사건과 크게 다른 점입니다."

"60만 엔 외에도 돈이 더 듭니까?"

나가토가 미안해하는 표정으로 고개를 끄덕였다.

"심판이나 재판 결과가 나온 후 최종 종료 시에 성공 보수와 실비를 정산해 청구합니다. 예를 들면 아드님이 무죄를 주장했다고 가정해 보죠. 그런 경우, 심리불개시 또는 불처분 결정을 얻어 냈을 때 받습니다."

"그건 비용이 어느 정도 되나요?"

"30만 엔입니다."

실비를 포함하면 100만 엔쯤 든다는 뜻인가. 미사키와 결혼할 예정으로 저축해 둔 돈과 거의 같은 금액이다.

"솔직히 돈 얘기를 하려면 마음이 아픕니다. 우리가 첫째로 생각해야 할 것은 자녀분의 장래니까요."

그 말이 가슴에 와 닿아서 요시나가가 얼굴을 들었다.

그러자 나가토가 시선을 피해서 요시나가도 그쪽으로 시선을 같이 돌렸다. 벽시계는 이제 곧 여섯 시를 가리킬 참이었다.

국선변호사가 붙는다고 해도 얼마나 열심히 임해 줄지 알 수는 없다. 좀 더 시간을 갖고 다른 변호사도 찾아보는 게 나을까 싶은 생각도 들었지만, 불안한 마음으로 지내고 있을 쓰바사에게 조금이라도 빨리 아군을 붙여 주는 게 좋을 것이다.

"이쪽에 의뢰하고 싶습니다."

요시나가가 마음을 정하고 말하자, 나가토가 표정을 굳히면서 고개를 끄덕였다.

"아드님의 이름을 가르쳐 주시겠습니까?"

"아오바 쓰바사. 한자는 푸른 잎이라는 뜻의 '青葉'와 날개 '翼'을 씁니다."

"서류를 준비해 올 테니 잠시만 기다려 주십시오."

나가토가 일어서서 밖으로 나간 후, 요시나가는 찻잔으로 손을 뻗어 미지근해진 차를 단숨에 비웠다.

쓰바사가 체포되었다는 현실이 변할 리는 없지만, 자신의 괴로움을 공유해 주는 존재가 생겼다는 데에 조금은 안도감이 들었다.

십 분쯤 지나자 나가토가 돌아왔다. 요시나가의 맞은편 자리에 앉아 종이와 펜을 테이블 위에 내려놓았다. 종이에는 '위임 계약서'라고 적혀 있고, 사건의 내용과 보수에 관한 사항 및 지불 방법 등이 명기되어 있었다.

"여기에 서명을 부탁드립니다."

요시나가는 계약서 마지막 칸에 이름과 주소를 써넣었다.

"그럼, 지금 바로 쓰바사 군을 접견하러 가겠습니다. 내일 같은 시간에 이쪽으로 와 주실 수 있을까요?"

나가토의 말에 요시나가가 "알겠습니다"라며 고개를 끄덕여 보였다.


고탄다 역에서 십 분쯤 걸려서 호텔로 돌아왔다. 방으로 들어가자마자 냉장고를 열고 생수병을 꺼내 단숨에 절반쯤 마셨다. 페트병을 이마에 대며 에어컨을 켜고 침대에 쓰러졌다. 목요일부터 거의 잠을 못 잤으니 조금이라도 쉬려고 눈을 감았다.

지금쯤 나가토는 쓰바사를 만나고 있을 것이다. 쓰바사는 나가토에게 어떤 얘기를 하고 있을까.

유토 군을 죽이지 않았다고 호소하고 있을까. 아니면 유토 군을 죽이고 말았다고 울며 얘기하는 중일까.

만약 쓰바사가 유토 군을 죽였다고 고백한다면, 쓰바사가 살인자라는 게 의심할 여지없는 사실이라면, 나는 과연 내일부터 어떻게 살아가야 할까.

몸은 쉬고 싶다고 호소했지만, 머리는 생각을 멈추지 않았다.

요시나가는 천장을 보고 누워서 손을 뻗어 텔레비전 리모컨을 움켜쥔 후, 전원을 켰다. 채널을 이리저리 돌리다 여행 프로그램을 골랐다.

젊은 연예인이 리포터를 맡은 여행 프로그램을 한동안 바라봤지만, 마음은 전혀 가라앉지 않았다.

요시나가는 텔레비전을 끄고, 침대에서 벌떡 일어났다.

호텔 밖으로 나가 정처 없이 고탄다 역 앞의 번화가 쪽으로 향했다.

곳곳에 음식점들이 많았지만, 들어갈 마음은 내키지 않았다. 가게 앞에 내걸은 요리 사진이나 메뉴를 봐도 식욕이 전혀 동하지 않았다.

목적도 없이 번화가를 방황하던 중에 독특한 간판을 발견하고 발걸음을 멈췄다. 영화 촬영에 쓰는 클래퍼 보드를 본 떠 만든 간판에 'BAR CINEMA'라는 가게 이름이 적혀 있었다.

딱히 술 생각이 난 건 아니지만, 기분을 조금이나마 풀어 줄 만한 것을 찾아 어스름한 계단을 올라갔다. 2층 문을 열고 가게 안으로 발을 들여놓자, 바깥과는 완전 딴판으로 분위기가 조용하게 가라앉아 있었다. 카운터 자리가 여덟 석, 그 뒤로 테이블이 두 개 놓인 가게였다. 손님은 없었다.

"어서 오세요. 한 분이신가요?"

요시나가가 고개를 끄덕이자, 남성 바텐더가 바로 앞의 카운터 자리를 손으로 가리켰다.

벽 여기저기에 오래된 영화 포스터가 붙어 있고, 카운터 안쪽의 술 선반 위에 설치해 둔 모니터에서 영화가 흘러나왔다.

"뭐로 하시겠습니까?"

카운터의 한가운데쯤 앉자, 바텐더가 메뉴를 건네주며 물었다.

"버번 온더록스로."

요시나가가 메뉴를 보지 않고 대답했다.

"버번은 어떻게 할까요?"

"알아서 만들어 주십시오."

바텐더가 잔에 동그란 얼음을 넣고, 선반에서 꺼낸 술을 따르더니 물과 함께 요시나가 앞에 내려놓았다. 잔을 입에 대고 목으로 흘려 넘기자, 위 언저리에 통증이 느껴졌다. 최근 며칠 식사를 제대로 못해서 위가 쓰렸다. 그런데도 잔을 입가로 옮기는 손길은 멈출 줄 몰랐다.

"같은 걸로 한 잔 더."

요시나가가 잔을 내밀며 주문하자, 바텐더가 술병을 집어 들었다.

"퇴근하는 길이세요?"

바텐더가 잔에 술을 따르며 물었다.

"네에, 뭐 ……."

요시나가가 대답을 얼버무리며 메뉴를 펼쳤다. 먹기 편할 것 같은 생 햄 샐러드를 주문하자, 바텐더가 카운터 한쪽에 있는 조리장으로 이동했다.

하릴없이 모니터를 바라보면서 술잔의 술을 조금씩 홀짝였다. 한동안 눈길을 던지고 있다 보니 본 적이 있는 영화라는 걸 알아챘다.

다니엘 데이 루이스가 주연한 『아버지의 이름으로』라는 영화였다. 런던에서 실제로 일어난 폭탄테러 사건을 바탕으로 억울한 누명을 쓰고 체포된 아일랜드인과 그 아버지가 재심을 하며 싸워 가는 과정을 묘사한 사회파 작품이다.

"정신 사나우면 끌게요."

모니터에서 시선을 돌리고 술을 마시고 있으니 바텐더가 샐러드를 들고 다가왔다.

"아뇨, 괜찮습니다. 그나저나 상당히 '영화 전문가' 냄새가 나는 작품을 고르셨네요."

"평소에는 좀 더 편하게 볼 수 있는 영화를 트는데, 개인적으로 저 배우를 좋아해서 손님이 적을 때는 틀어 놓습니다."

"저도 다니엘 데이 루이스를 좋아했어요. 이 영화에서의 연기는 좋았잖아요."

준코와 사귀기 전 퇴근길에 이케부쿠로의 메이가자(名画座)에서 본 기억이 났다. 혼자 영화관에 가서 본 마지막 영화였다.

준코와 사귀기 시작한 후로는 영화를 봐도 거의 대부분은 그녀 취향의 러브 스토리나 코미디를 골랐다. 결혼해서 쓰바사가 태어난 후로는 자신의 선택권이 더더욱 줄어들었다.

나고야에 단신 부임했을 때는 혼자 영화를 즐길 만한 여유가 없었다. 이혼한 후로는 양육비를 보내 주기 위해 빡빡한 생활을 해야 했고, 미사키와 결혼할 마음에 빨리 출세하려고 일에만 전념해서 취미를 즐길 여유가 없었다.

"어서 오세요——."

바텐더의 목소리와 함께 가게 안이 시끌벅적해져서 요시나가가 입구로 시선을 돌렸다.

남자 손님 네 명이 들어와서 테이블에 자리를 잡았다. 양복 차림에 모두 똑같은 종이 봉지를 들고 있었다. 결혼식에 참석했다 오는 길인 듯했다.

바텐더가 테이블로 주문을 받으러 가려고 카운터에서 나오자, 요시나가는 모니터로 시선을 돌리고 잔에 든 술을 마셨다.

저 영화를 본 무렵이 자기 인생에서 최후의 자유 시간이었을지도 모른다.

준코와 결혼하고 쓰바사를 위해 십사 년간 필사적으로 일만 했는데, 내가 얻은 것은 과연 무엇일까.

준코와 결혼하지 않았다면, 쓰바사가 태어나지 않았다면, 이런 고통은 없었겠지.

그토록 훌륭하게 느껴졌던 다니엘 데이 루이스의 연기도 지금은 왜 그런지 별 감흥조차 없었다.

"그나저나 신랑 표정이 영 아니던데."

뒤에서 목소리가 들려서 그쪽으로 시선을 돌렸다.

"이제 기껏 스물다섯이잖아. 언뜻 중얼거리는 말로는 '안전한 날이라고 해 놓고'라고 투덜대던데."

"애가 생기면 어쩔 순 없겠지, 포기해야지."

"어제 총각파티 술자리를 가졌는데, 완전 메리지 블루더라고. 최근에 열네 살짜리 애가 동급생을 죽인 사건 있었지?"

그 말을 듣는 순간, 멍하게 흐렸던 머리가 단번에 정신이 번

쩍 들었다.

"자식이 그렇게 되면 어떡하냐고. 그 사건 때문에 더 불안해졌다나 뭐라나."

"평범한 가정에서 애정을 갖고 키우면 살인 같은 짓은 안 해. 그런 사건을 벌이는 건 성장 환경이 나빠서야."

신경 쓰지 않으려고 애를 썼지만, 심장박동이 격렬해졌다.

"자식이 살인자가 될 때까지 부모가 상황을 알아채지 못하다니, 그게 말이 돼? 그냥 나 몰라라 내팽개쳐 둔 거라고. 그런 사건이 벌어질 때마다 하는 생각인데, 아예 부모도 자식이랑 같이 감옥에 처넣어야 한다니까."

요시나가는 술이 남아 있는 잔을 내려놓았다.

"계산 부탁합니다."

요시나가가 주머니에서 지갑을 꺼냈다.

"벌써 가시게요?"

바텐더가 의외라는 듯이 물었다. 샐러드에는 아직 손도 대지 않았다.

요시나가가 만 엔짜리 지폐를 내고 거스름돈을 받은 후, 뒤쪽 손님들과 눈이 마주치지 않게 애쓰며 가게를 나왔다.

머리는 완전히 깼지만, 몸은 많이 취한 상태인지 계단에서 발을 헛디뎌서 굴러떨어질 뻔했다. 건물에서 나온 후, 호텔을 향해 빠르게 걸어갔다.

방으로 들어가자마자 침대에 쓰러졌다. 눈앞이 가물가물 흔들렸다. 눈을 감으니 머리부터 거꾸로 암흑 속으로 떨어져 내리는 감각이 엄습해 왔다.


손목시계를 보니 이제 곧 4시 30분이 가까운 무렵이었다.

요시나가는 책을 덮어 가방에 집어넣은 후, 태블릿을 꺼내서 이메일을 확인했다. 나가토에게도 준코에게도 연락은 여전히 오지 않았다.

계산을 마치고 찻집에서 나왔다. 이케부쿠로 역에서 전철을 탄 후, 또다시 소년법 관련 책을 펼쳤다.

소년이 범죄를 저질렀을 때는 모두 가정재판소로 송치되며, 소년심판에 의해 처분이 결정된다고 한다. 소년심판은 방청인이 있는 형사재판과 달리 재판관과 가정재판소 조사관, 부첨인, 보호자가 모인 자리에서 진행된다.

그나마 타인의 눈에는 드러나지 않는 데에 일단 안도한 순간, 어휘 하나를 발견했다.

살인이나 상해 등의 사건에서는 피해자나 유족이 소년심판을 방청할 수 있다는 것이다.

유토 군의 가족이 소년심판을 방청할 수 있다는 사실을 알자, 위가 꼬이는 것처럼 아팠다.

좀 더 살펴 나가자, '역송(逆送)'이라는 낯선 말이 나왔다.

살인 같은 중대 사건인 경우, 가정재판소에서 다시 검찰로 송치될 수 있다는 말인 듯했다. 범행을 일으킨 시점의 나이가 열네 살이면 역송될 가능성이 있으며, 그렇게 되면 소년도 성인과 똑같이 일반 법정에서 판결을 받게 된다고 한다.

—— 열네 살짜리 아이가 방청인이 지켜보는 자리에서 재판을 받을 수도 있다는 뜻인가.

요시나가는 책을 덮고, 창밖으로 스쳐가는 경치로 애써 의식을 돌리며 뻐근한 위 언저리를 문질렀다.

나리마스 역에서 전철을 내린 후, 사람들의 혼잡이 좀 가라앉기를 기다렸다 개찰구를 빠져나갔다. 심호흡을 반복하며 사무소로 가는 길을 걸어갔다.

내선 전화로 나가토를 요청하자, 여성 직원이 나와서 어제와 똑같은 방으로 안내해 주었다. 얼마쯤 기다리자 노크 소리가 들려서 요시나가가 자리에서 일어섰다.

나가토가 들어왔지만, 그 표정은 그늘져 있었다.

"자, 앉으시죠."

나가토가 자리를 권해서 요시나가는 소파에 앉았다. 맞은편에 앉은 나가토가 공책을 펼쳤다.

"쓰바사는 만나 보셨습니까?"

요시나가가 묻자, 공책에 시선을 떨어뜨리고 있던 나가토가 얼굴을 들었다.

"네에. 어제와 오늘, 접견하고 왔습니다."

"그렇군요. 연락이 없으셔서 ……."

"접견과 관련해서 말씀드릴 사항이 거의 없어서요. 다른 얘기들은 직접 만나 뵙고 하는 게 좋을 것 같고."

"말할 사항이 없다는 말씀은?"

"쓰바사 군이 아무 말도 하지 않습니다."

이게 무슨 말인가? 난데없이 경찰에 체포되는 바람에 동요한 것일까.

"쓰바사 군은 어떤 말을 물어도 입을 다물고 있었고, 고개를 숙인 채 시선조차 마주치려 하지 않았습니다. 유일하게 아버님 부탁을 받고 찾아왔다고 말했을 때만 저를 힐끗 쳐다보더군요."

"엄마가 아니라 제가 변호사를 의뢰한 게 의외였을까요?"

"그럴지도 모릅니다. 다만, 말을 통 안 하니 실제로는 무슨 생각을 하는지 ……."

변호사에게 맡기면 사건에 관해 알 수 있을 거라고 생각했는데, 쓰바사가 아무 말도 안 한다면 어쩔 도리가 없다.

"그렇다면 쓰바사가 경찰에 무슨 얘기를 했는지도 알 수 없겠군요."

요시나가가 말했다.

"네에."

"경찰에서는 뭐라고 하던가요?"

"알려 주지 않습니다."

"어떤 이유로 체포됐는지도?"

나가토가 고개를 끄덕였다.

"가족 분들에게 하는 것과 마찬가지로 수사기관은 우리에게도 손에 쥔 정보를 밝히진 않습니다."

"그럼, 변호 활동은 어떻게 해 나가죠?"

"쓰바사 군에게 얘기를 듣는 게 선결 과제입니다. 쓰바사 군에게 얻은 정보가 우리 활동의 핵심입니다."

"선생님의 감으로는 어떤가요?"

요시나가가 묻자, 이쪽을 바라보고 있던 나가토가 고개를 살짝 갸웃거렸다.

"쓰바사가 했다고 생각하십니까? 그게 아니면 다른 누군가를 감싸거나 혹은 뭔가 밝히고 싶지 않은 사정이 있어서 입을 다물고 있다고 보십니까?"

"솔직히 잘 모르겠습니다. 쓰바사 군이 뭔가 얘기를 해 주기 전에는."

요시나가가 고개를 숙였다.

"다만, 경찰은 상당한 확신을 갖고 쓰바사 군을 체포했을 겁니다."

나가토의 말에 요시나가가 얼굴을 들었다.

"아이를 체포했는데 나중에 억울한 누명이었다고 밝혀지면, 성인 사건 이상으로 세간에서 호된 뭇매를 맞습니다. 게다가 아이들은 성인보다 영합하기 쉽다고 여겨져서 애매한 진술만으로는 체포하기 힘들 겁니다."

── 그렇다면 쓰바사는 왜 체포됐다는 말인가.

"결정적인 증거가 있다는 뜻인가요?"

나가토는 긍정도 부정도 하지 않았다.

"접견이 끝난 후, 사건 현장과 쓰바사 군의 집 주위를 둘러봤습니다. 안면이 있는 기자가 보여서 슬쩍 떠봤더니 몇 가지 얘기가 나오긴 하더군요."

"무슨 내용인가요?"

"유토 군은 사건이 발생한 날 저녁에 게임센터에서 놀고 있었는데, 쓰바사 군이 보낸 문자를 보고 나갔다고 합니다."

그 말에 호된 충격을 받았다.

"그건 확실한 얘깁니까?"

"게임센터에 함께 있었던 유토 군의 친구가 그렇게 증언했다고 합니다. 내일 발매되는 주간지에 실릴 거라더군요."

"유토 군이 사건을 당하기 전에 쓰바사가 우연히 문자를 보냈다고 볼 수는 없나요?"

요시나가가 기분을 바꾸려고 말해 봤지만, 나가토의 반응은 뜨뜻미지근했다.

"다른 얘기는 뭐가 있습니까?"

요시나가가 불안에 휩싸인 채 물었다.

"같은 시간대에 쓰바사 군이 아파트에서 나가는 모습을 근처 이웃 분이 목격했던 모양입니다."

"그게 무슨 상관이죠?"

"쓰바사 군은 그때 거무스름한 티셔츠에 청바지 차림으로 배낭을 메고 있었다고 합니다. 그 후 8시 30분경에, 이번에는 아파트 주민이 귀가하는 쓰바사 군을 봤습니다. 그때 쓰바사 군은 배낭을 메고 있지 않았다고 합니다. 게다가 입고 있는 옷도 조금 전 목격 정보와는 달랐다는 거죠."

"요컨대 쓰바사가 사건 후에 배낭에 들어 있던 옷으로 갈아입었다? 그런 뜻인가요?"

"경찰에서는 그렇게 보고 있겠죠."

만약 경찰이 피해자의 피가 묻은 옷이 담긴 배낭을 압수했다면, 그보다 확실한 증거는 없을 것이다.

"경찰이 그 배낭을 발견해서 쓰바사를 체포했다는 건가요?"

"거기까지는 알 수 없습니다. 다만, 쓰바사 군은 일단 사체유기 혐의로 체포되었으니 그와 관련된 상당한 정보를 쥐고 있을 것으로 예상됩니다."

숨 쉬기가 힘들었다. 마치 낯선 범죄자의 얘기를 듣고 있는 것 같았다.

"한 가지 여쭤보고 싶은 게 있습니다."

"뭔가요?"

"소년법에 관해 조사하다 역송이라는 것을 알게 됐습니다. 범행 시의 나이가 열네 살이면 역송될 가능성이 있다는 말이죠?"

나가토가 "그렇습니다"라며 고개를 끄덕였다.

"쓰바사가 …… 제 아들이 일반 재판에서 판결을 받을 가능성도 있나요?"

"지금까지는 열네 살에 역송되어 형사재판을 받은 케이스는 없는 것 같지만 그런 일이 절대 없다고 단언할 수는 없습니다."

방청인의 시선에 훤히 드러난 상태로 법정에 서 있는 쓰바사가 머릿속에 떠올랐다.

아직 열네 살인 쓰바사가 그런 상황을 견뎌 낼 리 만무하다.

"저어 …… 지금 시점에서 이런 질문을 하는 게 어떨지 모르겠지만. 만약 쓰바사가 사람을 죽였다면 …… 피해자의 부모가 소송을 걸겠죠?"

"손해배상을 청구한다는 뜻인가요?"

요시나가가 고개를 끄덕였다.

"미성년 자녀가 범죄행위를 저지르면, 부모에게 감독 책임을 묻는 케이스가 많습니다. 또한 아이가 책임능력을 갖추고 있다면, 아이 자신도 책임지게 됩니다."

"책임능력이라는 건 구체적으로 뭘 말하는지 ……."

"이런 행동을 하면 안 된다는 인식이 갖춰져 있느냐 없느냐를 의미합니다. 일반적으로는 초등학교를 졸업할 무렵이 되면 남에게 상처를 입히거나 하물며 죽이면 안 된다는 의식은 갖추게 되겠죠."

"네에 ……."

"중학교 2학년이고 열네 살인 쓰바사 군의 경우, 이치상으로는 쓰바사 군 자신도 배상책임을 지게 됩니다. 다만, 열네 살 소년이 배상책임을 다 지는 건 현실적이지 않겠죠. 그러나 이번 케이스에서 요시나가 씨가 배상책임을 지게 될 가능성은 낮다고 봅니다."

"왜죠?"

"요시나가 씨는 이미 이혼하셨고, 쓰바사 군의 친권자도 감호권자(監護權者)도 아닙니다. 피해자의 부모가 감독책임을 묻더라도 손해배상 책임을 지게 될 가능성은 낮겠죠."

"아내 …… 아니, 전처는 책임을 지게 되나요?"

"그럴 가능성이 높겠죠."

"대체 얼마 정도나 ……."

"반대 입장이라면, 요시나가 씨는 상대에게 얼마쯤 청구하시겠습니까? 자녀분의 목숨을 앗아 갔다면."

나가토가 요시나가 쪽으로 시선을 고정시키고 물었다.

요시나가는 그저 말없이 나가토의 눈을 묵묵히 쳐다볼 수밖에 없었다.

얼마를 준다 해도 평생 용서할 수 없겠지.

"부모라면 당연히 최대 배상을 청구하지 않을까요?"

"그렇군요."

요시나가가 고개를 떨어뜨렸다.

──준코에게만 짐을 떠넘기는 일은 없었으면 하네.

장인 유조가 했던 말이 가슴을 무겁게 짓눌렀다.

"그러나 저는 요시나가 씨도 아버지로서의 책임은 져야 한다고 생각합니다. 만약 쓰바사 군이 사건을 일으킨 게 확실하다면, 유족분들에게 어떤 형태로든 사과를 하셔야겠죠."

"편지를 쓰거나 …… 하는 방법 말이죠?"

"마음을 전하는 방법은 여러 가지입니다. 형식적으로 사죄해도 상대 마음에 전해지지 않으면 아무 의미가 없습니다. 아마 피해자의 부모님은 앞으로도 평생 용서할 수 없는 심정으로 살아가시겠죠."

오열을 참듯이 얼굴을 일그러뜨린 피해자 아버지의 모습과 그때 자기가 품었던 마음이 되살아나서 이루 말할 수 없이 우울해졌다.

"그건 그렇고, 쓰바사 군과 만나고 싶다고 하셨는데──."

그 말에 요시나가가 퍼뜩 제정신이 들어 시선을 돌렸다.

"부모님에 한해서만 접근금지 일부 해제 요청이 받아들여졌습니다."

쓰바사를 만날 수 있다.

그러나 그런 생각을 하자, 조금은 두려운 마음도 들었다.

"오전 아홉 시부터 오후 네 시 사이에 경찰서에서 면회가 가능합니다. 단, 쓰바사 군은 검찰 조사를 받아야 하기 때문에 언제든 만날 수 있는 건 아니죠. 경찰에 문의해 본 바로는 내일 아침 제일 빠른 시간이면 접견할 수 있다고 합니다."

만나고 싶다. 그러면서도 만나기가 두렵다.

"저 혼자 가야 합니까?"

요시나가가 물었다.

"보통은 그렇습니다. 경찰서 접수창구에서 사정을 설명하면 안내해 줄 겁니다. 별로 어려운 일은 아닙니다."

"나가토 선생님이 같이 가 주실 수는 없나요?"

혼자 경찰서에 가는 게 너무 불안했다.

나가토가 수첩을 꺼내서 자기 일정을 확인했다. 요시나가 쪽으로 시선을 돌린 후, "알겠습니다"라며 고개를 끄덕였다.

"그럼, 내일 아침 8시 40분에 가미키타다이 역 로터리에서 뵐까요?"

"잘 부탁드립니다."

요시나가가 힘없이 고개를 숙였다.

캄캄하다.

요시나가는 불을 켜려고 손을 뻗었다. 그러나 아무리 손을 더듬어도 분명히 거기 있어야 할 스위치가 닿지 않았다. 손을 이리저리 휘젓자 무슨 버튼에 닿은 듯했고 이내 방이 훤히 밝아졌다.

시야에 들어온 광경은 자기 방도 미사키의 방도 아니었다. 간소한 호텔 방이었다.

심장박동이 거칠게 뛰며 가슴에 통증을 느꼈다.

시계로 시선을 돌리니 아직 다섯 시를 갓 지난 무렵이었다. 잠든 게 분명 세 시 무렵이었으니 두 시간 정도밖에 안 지났다.

어차피 잠은 다시 오지 않을 테고, 혹시 늦잠을 자서 지각하면 큰일이다.

침대에서 일어난 요시나가는 욕실로 가서 샤워를 했다. 나갈 채비를 마치고, 곧장 방에서 나왔다.

프런트에 사람이 보이지 않았다. 카운터 위에 있는 벨을 울리자, 안쪽 방에서 종업원이 나왔다.

"체크아웃하시겠습니까?"

종업원이 물어서 요시나가는 순간적으로 망설였다.

예약은 어제까지만 해 놓았다. 앞으로 며칠 더 묵을까 했지만, 앞으로 들어갈 비용을 생각하면 언제까지고 호텔에서 지낼 순 없겠지.

"네, 부탁합니다."

요시나가가 계산을 마친 후, 호텔에서 나왔다. 밖은 여전히 어스름한 어둠에 휩싸여 있었다. 나가토와 만나기로 한 약속 시간에는 너무 이른 게 분명하지만, 요시나가는 개의치 않고 곧장 역으로 향했다.

오늘 회사는 꾀병을 핑계로 지각할 생각이었다. 동료들의 눈에 띄면 안 된다. 이 시간이라면 누구와도 마주치지 않겠지.

술 냄새를 풍기며 쓰바사를 만날 순 없는 노릇이라 역 구내 편의점에 들러서 휴대용 구강청결제를 집어 들었다. 어젯밤에도 잠이 들 때까지 술을 마셨다. 술기운으로 조금이나마 사고를 마비시키지 않으면, 눈을 감기조차 두려웠다.

잡지 선반에 꽂힌 주간지가 눈에 들어왔다. 월요일에 발매된 주간지가 늘어서 있었다.

요시나가는 망설인 끝에 잡지를 집어 들고 계산대로 향했다.

역 화장실로 들어가 구강청결제로 입을 헹군 후 전철을 탔다. 아직 여섯 시 전이라 차 안은 한가했다.

좌석에 기대 앉자, 전철 천장에 매달린 주간지 광고가 눈으로 날아들어서 얼른 얼굴을 돌렸다. 티 나지 않게 차 안을 둘러보니 고개를 쳐들고 잠을 자거나 나른한 듯 다리를 뻗고 있었다. 승객들 대부분 하나같이 지친 모습이었다. 이렇게 이른 아침부터 일을 하러 가야 하는 삶에 불만을 품고 있을지도 모르지만,

지금 자기의 눈에는 누구나 다 행복해 보였다.

정면으로 시선을 돌리자, 창에 비친 자기 얼굴이 보였다. 몰골이 형편없었다.

지난주까지 자신감에 넘쳤던 모습은 온 데 간 데 없었다. 이제 두 번 다시 그런 모습은 볼 수 없을지 모른다.

신주쿠 역에서 주오 선으로 갈아타고, 가방에서 주간지를 꺼냈다. 표지에 큼지막하게 적힌 '14세 소년의 흉악 범죄'라는 글자를 보자, 가방에 다시 집어넣고 싶은 충동이 일었다.

그러나 조금이라도 정보를 얻어 내야 한다는 생각에 잡지를 펼쳤다.

어제 나가토에게 들은 대로 쓰바사가 유토 군에게 문자를 보낸 것, 그 후의 목격 증언이 상세하게 실려 있었다. 개중에는 요시나가조차 모르고 있는 내용까지 기사화되어 있었다.

용의자 소년 A는 초등학교 4학년 무렵까지 활발한 소년이었지만, 부모가 이혼한 후로는 소속되어 있던 축구부도 그만두고, 학교도 자주 결석했다는 동급생의 증언이 실려 있었다. 히가시무라야마 시로 이사한 후에도 친구는 거의 없었던 듯하고, 친하게 지냈던 아이는 피해자인 유토 군과 그 애의 친구 정도였다고 한다.

어머니는 밤 늦게까지 집에 오지 않을 때가 많아서 소년 A의 자택이 친구들이 모이는 아지트인 셈이었다고 쓰여 있었다.

준코에게 들은 얘기와는 달랐다. 회사에 다니면서 쓰바사의 저녁까지 챙겨 줘야 하기 때문에 직장에서 가까운 히가시무라야마 시로 이사했다고 하지 않았나.

그러나 준코에게 초점이 맞춰졌던 모멸은 금세 다시 자기 가슴으로 날아들었다.

떨어져 사는 아버지는 아들에게 무관심했는지 고작해야 세 달에 한 번 정도 만났다. 소년 A는 친구에게 "나는 부모에게 사랑받지 못한다"는 비관적인 말을 했다고 한다.

──나는 부모에게 사랑받지 못한다.

거짓말이다. 쓰바사가 그런 말을 했을 리가 없다.

그러나 그 문장은 줄곧 머릿속에서 떠나지 않았다.


"죄송합니다. 오후에 출근해도 될까요? 몸이 좀 안 좋아서."

요시나가가 휴대전화에 대고 그렇게 말하자, 모리타 과장이 "정말 괜찮은 건가?"라고 되물었다.

"병원에 들러도 오후에는 출근할 수 있으니 저녁에 잡힌 회장님과의 회식에는 늦지 않을 겁니다."

"아들 일로 피로가 많이 쌓여서 그렇겠지."

"자꾸 폐만 끼쳐서 죄송합니다."

전화를 끊은 요시나가는 나가토와 만나기로 약속한 역 앞 로터리로 시선을 돌렸다.

약속 시간보다 한 시간 이상 빨리 가미키타다이 역에 도착했다. 역 앞 커피숍으로 들어가서 쓰바사를 만났을 때 상황을 떠올려 봤지만, 어떻게 대해야 할지 어떤 말을 건네야 할지 전혀 정리하지 못한 채 시간만 흘러갔다.

역에서 나오는 나가토 모습이 보여서 요시나가도 커피숍에서 나왔다.

"안녕하십니까?"

요시나가의 긴장을 풀어 주려는 듯이 나가토가 부드러운 미소를 지으며 인사를 건넸다.

"아침 일찍부터 죄송합니다. 오늘 하루 잘 부탁드립니다."

"택시를 타고 경찰서 안까지 들어가 달라고 하죠."

나가토가 택시 승차장을 향해 걸어갔다.

"저어──."

요시나가가 불러 세우자, 나가토가 멈춰 서서 뒤쪽을 돌아보았다.

"계속 생각했습니다만, 쓰바사를 만나면 어떤 얘기를 해야 할지 아직 결정을 못 내렸습니다."

요시나가가 본심을 있는 그대로 내비쳤다.

"제가 드릴 수 있는 말씀은 감정적으로 휩쓸리면 안 된다는 겁니다. 쓰바사 군이 얘기를 해 주지 않으면 아무것도 시작할 수 없으니까요. 몰아붙이지 말고, 일단은 아버지로서 무슨 일이 있어도 쓰바사 군을 받아들일 거라는 자세를 보여 주세요. 시간은 십오 분뿐입니다."

요시나가가 애매하게 고개를 끄덕였다. 머리로는 이해하지만, 쓰바사가 눈앞에 나타나면 과연 냉정을 유지할 수 있을까.

택시에 올라탄 후, 나가토가 운전기사에게 목적지를 알렸다.

"그 경찰서에서 큰 사건이 있었죠. 손님은 경찰이나 매스컴 쪽에서 나오신 분인가요?"

운전기사가 물었다.

"아뇨, 경찰서에 비품을 납품하는 업자입니다. 큰 사건을 처리 중인 경찰서에 가면, 기자들이 이것저것 캐물어서 곤란하거든요."

나가토가 웃으면서 말했다.

경찰서가 가까워지자, 요시나가가 고개를 숙였다. 지난번에 왔을 때와 마찬가지로 기자들이 많이 모여 있었다.

"곧장 안으로 들어가 주세요."

나가토가 그 말을 하자마자 택시가 곧바로 멈췄다. 고개를 들어보니 입구 안쪽에서 제복 경찰관이 택시를 제지시켰다.

카메라와 마이크를 든 기자들이 몰려드는 모습에 어쩔 줄 몰라 하며 나가토에게 시선을 돌렸다. 나가토가 당황한 듯이 창을 내리고 웃옷 주머니에서 뭔가를 꺼내서 경찰관에게 보여 주었다. 경찰관이 안으로 들어가라고 수신호를 보냈고, 매스컴에 에워싸이기 일보 직전에 택시가 경찰서 안으로 들어갈 수 있었다.

나가토가 한숨을 내쉬며 경찰관에게 보여 줬던 배지를 옷깃에 달았다.

택시에서 내려서 나가토와 함께 경찰서로 들어갔다. 곧장 접수창구로 가서 나가토가 제복 경찰관에게 방문 용건을 밝혔다. 제복 경찰관이 어디론가 전화를 건 후 "이쪽으로 오시죠"라고 안내했고, 나가토가 요시나가에게 눈짓을 하며 앞장섰다. 엘리베이터를 타고 2층에서 내려서 복도를 걸어가자, 눈앞에 철문이 보였다.

"이 안쪽이 유치장입니다."

나가토의 말에 요시나가가 멈춰 섰다.

—— 저 너머에 사람을 죽였을지도 모르는 아들이 있다.

철문을 멍하니 바라보고 있자, 나가토가 "왜 그러세요?"라고 물어서 요시나가도 그제야 발걸음을 뗐다.

철문 바로 앞에서 왼쪽으로 돌아서자 카운터가 보이고 제복 경찰관이 서 있었다.

"아오바 쓰바사 군의 아버님입니다. 면회 부탁합니다."

나가토가 말하자 경찰관이 "여기에 기입해 주십시오"라며 종이를 내밀었다. 이름과 주소를 기입하자, 조금 앞쪽에 있는 문 앞으로 데려갔다.

"들어가시죠."

경찰관의 안내를 받으며 요시나가가 안으로 들어갔다.

아무도 없는 면회실 중앙에는 방을 가르는 투명한 판이 세워져 있고, 그 밑에는 카운터가 마련되어 있었다. 바로 앞에 의자세 개가 놓여 있고, 투명판 한가운데 둥그런 공기 구멍 같은 것이 뚫려 있었다.

외국 영화에서 본 교도소 면회 풍경이 떠올랐다. 기억과 달랐던 점은 전화가 달려 있지 않은 것이다. 예전에 본 영화에서는 분명 수감자와 가족이 수화기 너머로 얘기를 나눴었다.

"제가 동석해야 하나요?"

그렇게 묻는 나가토에게 시선을 돌렸다. 한참 생각하다 "괜찮습니다"라고 대답하자, 나가토가 방에서 나가며 문을 닫았다.

요시나가는 의자에 앉았다. 크게 심호흡을 했을 때, 문이 열리는 소리가 들렸다.

아크릴판 너머로 남자 간수에게 이끌리듯 운동복을 입은 소년이 들어왔다.

"쓰바사……."

무심코 목소리가 새 나왔지만, 쓰바사는 아무런 반응도 보이지 않은 채, 남성이 이끄는 대로 요시나가의 맞은편에 앉았다.

이토록 가까이 있건만, 눈앞에 있는 사람은 정말로 쓰바사인지도 판단할 수 없을 만큼 고개를 푹 숙인 채 인형처럼 굳어 있었다.

"면회 시간은 십오 분입니다."

간수가 그렇게 말하고, 쓰바사의 대각선 뒤편에 있는 의자에 앉았다.

손목시계로 눈을 돌리자, 9시 8분이었다. 요시나가는 쓰바사에게 시선을 되돌렸다. 입을 열었지만, 좀처럼 말이 나오지 않았다. 숨을 크게 들이쉬고, 마른침을 삼킨 후에야 다시 입을 열었다.

"몸은 괜찮니?"

그렇게 말문을 열었지만, 쓰바사는 반응이 없었다.

"밥은 제대로 먹고?"

쓰바사는 움직이지 않았다.

"얼굴 좀 보여 줘."

그런데도 아무런 반응이 없어서 요시나가가 도움을 요청하듯 간수 쪽을 바라보았다. 간수와 눈이 마주쳤지만, 딱딱하게 굳은 표정을 풀지 않은 채로 바라볼 뿐이었다.

요시나가는 난처해하며 쓰바사에게 시선을 돌렸다.

"이런 환경은 힘들지? 아빠도 긴장하고 있어."

쓰바사의 양쪽 팔이 희미하게 떨리는 것을 알 수 있었다. 아크릴판 너머를 들여다보니, 쓰바사는 양 무릎 위에 올린 손을 꽉 움켜쥐고 있었다.

"무슨 할 말 없어? 변호사 선생님에게 있었던 일을 솔직하게 얘기해. 네 앞일을 진지하게 고민해 주시는 분이야."

입을 굳게 다물고 있는 쓰바사를 바라보고 있자니, 더 이상 말이 나오지 않았다. 빠르게 뛰는 자신의 심장박동 소리만 들릴 뿐이었다.

"그날 …… 지지난주 월요일 밤에 아빠 휴대전화로 연락했었 잖아."

쓰바사의 뺨이 어렴풋이 굳었다.

"무슨 할 얘기가 있었던 거지?"

쓰바사는 고개를 숙인 채, 아무 대답도 하지 않았다.

"전화 못 받아서 미안하다. 공교롭게 마침 일하는 중이었어. 최근 한동안 중요한 일을 처리하다 보니 ……. 자주 만나지도 못해서 미안하다. 하지만 이젠 괜찮아. 아빠 기획이 궤도에 올 라서 앞으로는 주말에도 제대로 쉴 수 있고, 여름휴가도 낼 수 있어. 오랜만에 아빠랑 같이 놀러 갈까? 어디가 좋을까?"

그 자리에 적합하지 않은 대화라는 건 충분히 알고 있었다. 그러나 달리 무슨 말을 해야 좋을지 갈피를 잡을 수가 없었다.

"아빠가 이번에 가루이자와에 미술관을 만들 거야. 아이들과 함께 뛰놀 수 있는 콘셉트라 벽에 낙서할 수도 있고, 바깥 공원 에는 재미있는 놀이기구도 설치할 예정이란다. 네 생각을 하면 서 짜 낸 기획안이야. 너라면 어떤 걸 좋아할까 상상하면서 ……. 내후년 봄에 오픈 예정이지. 그런데 그때쯤에는 넌 이미 고등학생이겠구나. 고등학생이 보기엔 조금 유치하다고 느낄지도 모르지 ……. 그렇지만 ……."

"면회 시간이 끝났습니다――."

그 소리에 요시나가가 얼굴을 돌렸다. 간수가 이쪽을 보며 고개를 끄덕거렸다.

쓰바사에게 시선을 돌리자, 고개를 숙인 채로 자리에서 일어섰다. 등을 돌린 쓰바사를 하릴없이 바라보다가 자기도 모르게 벌떡 일어섰다.

"쓰바사――."

요시나가가 소리치자, 쓰바사가 걸음을 멈췄다.

"아빠는 널 사랑했어."

쓰바사가 이쪽을 돌아보았다. 그날 처음 눈을 마주쳤다.

그러나 쓰바사는 뭔가 할 말이 있는 듯한 일별을 던진 후, 문안으로 들어갔다.

요시나가는 허탈감을 안고 밖으로 나왔다. 복도에 서 있던 나가토가 이쪽을 쳐다보았다.

"얘기를 좀 하던가요?"

질문을 하는 나가토에게 힘없이 고개를 가로저었다.

"그렇군요 ……. 쓰바사 군은 지금부터 검찰 조사를 받는다고 하니, 저는 오후에 접견해 보겠습니다."

"잘 부탁드립니다."

요시나가는 무력감에 괴로워하며 고개를 숙였다.

부모인 자기도 대화조차 나누지 못했다.

복도를 걸어가는데 건너편에서 걸어오는 무로타가 보여서 걸음을 멈췄다.

"면회 오셨습니까?"

무로타가 물었다.

요시나가가 고개를 끄덕이자, 무로타가 고개를 살짝 갸웃거렸다.

"어머님은 같이 안 오셨습니까?"

"지난번에 여기 다녀간 후로 연락이 닿질 않아서요."

"무슨 말이죠?"

"패닉에 빠졌을지도 모르겠습니다. 부모님에게는 친구 집에 있으니 걱정하지 말라고 연락은 한 모양입니다."

"그렇군요. 그럼, 다음에 오실 때 학생이 갈아입을 옷을 좀 챙겨 오실 수 있나요?"

바로 고개를 끄덕일 수는 없었다. 회사를 툭하면 지각할 수 없는 노릇이었다.

그렇게 생각하다 곧바로 그건 핑계일 뿐이라고 마음속으로 인정했다. 쓰바사를 마주하는 게 두려울 뿐이다.

쓰바사와 대면했을 때, 자기는 줄곧 두려움에 떨었다. 쓰바사의 입에서 언제 자기를 절망의 구렁텅이로 내동댕이치는 말이 흘러나올지 몰라 온전한 정신을 유지할 수 없었다.

"변호사를 통해 보내셔도 상관없습니다. 그럼, 이만."

무로타가 요시나가 옆에 서 있는 나가토를 힐끗 쳐다보더니 다시 걸음을 옮겼다.

"잠깐만요."

요시나가가 돌아보며 불러 세우자, 무로타가 걸음을 멈추고 이쪽으로 시선을 돌렸다.

"쓰바사가 …… 형사님들에게는 무슨 얘기를 했나요?"

요시나가가 물었다.

"지난번에도 말씀드렸듯이 수사와 관련된 사항은 ……."

"그게 아니라, 사건과 관련 없는 내용이라도 상관없으니 쓰바사가 어떤 얘기를 했는지 알고 싶습니다."

무로타가 무슨 의미인지 모르겠다는 듯이 미간을 찌푸렸다.

"최소한 …… 쓰바사가 어떤 상황인지만이라도 가르쳐 주실 수 없을까요?"

"죄송합니다만, 그것도 말씀드릴 수 없습니다."

그 말에 낙담한 요시나가가 어깨를 힘없이 늘어뜨렸다.

"그건 그렇고, 쓰바사 군은 어떤 것에 흥미가 있나요?"

"흥미, 라니요?"

요시나가가 고개를 갸웃거렸다.

"취미나 좋아하는 거 말입니다."

"축구일까요. 그건 왜 ……."

"아뇨, 아무것도 아닙니다."

무로타가 고개를 흔들며 걸어갔다.

무로타의 뒷모습을 넋 놓고 바라보고 있는데, 나가토가 "그만 가실까요?"라며 재촉해서 엘리베이터로 향했다.

"어쩌면 쓰바사 군은 우리한테만이 아니라 경찰이나 검찰에도 아무 말 안 했을지 모릅니다."

"왜 그런 말씀을 ……."

요시나가가 나가토에게 시선을 돌렸다.

"잡담으로라도 쓰바사 군의 입을 열려는 시도인지도 모릅니다."

"그런데도 쓰바사를 체포했다는 건 상당한 증거를 잡았다는 뜻일까요?"

"그렇다고 볼 수 있죠."

나가토를 바라보며 깊은 한숨을 내쉬었다.

1층 접수창구로 내려간 나가토가 택시 회사에 전화를 걸겠다고 했다.

벤치에 앉아 잠시 기다리고 있는데, 밖에서 술렁거리는 소리가 들려왔다. 대체 무슨 일인가 싶어 옆에 있는 나가토를 바라보았다.

"신경 쓰시지 않는 게 좋아요."

요시나가는 궁금해서 자리에서 일어나 문으로 향했다.

"요시나가 씨, 안 돼요──."

나가토의 제지를 뿌리치고 건물 밖으로 나갔다.


호무라 회장과 모리타 과장이 원탁 맞은편 자리에서 요시나가의 설명에 귀를 기울였다. 중화요리집의 룸이라 평소 상황과 달라서 조금 어색했지만, 긴장감은 느껴지지 않았다. 좌우에 앉아 있는 쓰루미와 오야가 요시나가의 말 한 마디 한 마디에 고개를 주억거렸다. 요시나가는 호무라와 손에 들고 있는 자료를 번갈아 보면서 얘기를 이어갔다.

"설계부와 협의한 바로는 8월 중에 상세한 도면을 보여드릴 수 있다고 합니다. 이르면 올해 안에 착공에 들어가서 이듬해 10월에는 완성할 수 있을 겁니다."

대강 한 차례 설명을 마치자, 자료를 보고 있던 호무라가 요시나가에게 시선을 던지며 만족스러운 듯이 고개를 끄덕였다.

"내후년 봄에는 개관할 수 있겠군."

"네."

요시나가가 고개를 끄덕였다.

"그렇군. 기대가 크니 다들 열심히 해 주게. 자자, 일 얘기는 그만하고 식사나 하지. 배가 고플 텐데."

호무라가 주위를 둘러보며 말하자, 쓰루미는 "미팅 전까지 긴장이 돼서 점심도 제대로 못 먹었거든요"라며 웃었다.

모리타가 일어나 룸에서 나가더니 왜건을 끄는 웨이터와 함께 돌아왔다. 각각의 앞에 술잔이 놓이고, 맥주잔이 채워졌다.

"그럼, 앞으로 잘 부탁하네. 건배——."

잔을 부딪치자, 곧바로 요리가 나오기 시작했다. 쓰루미와 오야는 어지간히 배가 고팠는지 덜어 주는 음식에 쉴 새 없이 젓가락을 뻗었다.

호무라 옆에 앉아 있던 미사키와 눈이 마주쳐서 순간적으로 시선을 피했다. 그대로 눈앞에 놓인 개인 접시에 시선을 고정시켰다.

"중국요리를 별로 안 좋아하나?"

요시나가가 호무라를 바라보고, "아닙니다"라며 웃었다.

"아들이 걱정돼서 그래?"

모리타가 이쪽으로 시선을 돌렸다.

"아 참, 그리고 보니 아들 상태는 좀 어떤가?"

호무라가 걱정스러운 표정으로 물었다.

"생명에 지장은 없습니다. 걱정을 끼쳐서 죄송합니다."

"후유증 같은 건?"

"골절상이 몇 군데 있지만, 괜찮을 겁니다."

미사키는 요시나가 쪽으로 시선을 던지지 않고, 조용히 음식들을 입에 넣었다.

"그거 참 다행이군. 아들이 몇 살이지?"

"열네 살입니다."

"어려운 나이군. 우리 손자도 동갑인데, 최근에는 애가 도통 말을 안 듣는다고 아들 부부가 투덜거리더라고. 그러고 보니 …… 다마 호수 살인 사건의 범인도 열네 살이었지?"

호무라의 말에 잔을 들고 있던 손이 굳어 버렸다. 조금 전 광경이 뇌리를 스쳐 지나갔다.

온갖 매스컴의 카메라가 경찰서 건물과 버스 사이에 쳐 놓은 블루시트 틈새로 엿보이는, 쓰바사의 다리인 듯한 발밑으로 집중되어 있었다.

"하긴, 자네 집이야 문제없겠지. 아이와 뛰놀 수 있는 미술관 기획을 낼 정도 아닌가. 보나마나 원만하겠지."

요시나가가 모리타에게 시선을 던졌다. 화제를 바꿔 달라고 눈빛으로 호소했다.

"이 친구는 이혼해서요. 아들과 떨어져 삽니다."

모리타가 말하자, 호무라가 "그래?"라며 의외라는 표정을 지었다.

"네에, 뭐 ……."

요시나가가 말을 얼버무렸다.

"아들은 얼마나 자주 만나나?"

"두세 달에 한 번 정도입니다. 애가 외로울 겁니다."

"그렇군. 그래서 이런 기획이 나온 모양이로군. 교통사고를 당한 건 재난이지만, 이번 일을 계기로 부자지간에 함께 있는 시간을 늘려 가면 돼. 일과 양립시키긴 힘들겠지만, 어쨌든 기대하겠네."

호무라가 자기 단골 술집에서 한잔 더 하자고 권했지만, 요시나가는 몸이 좋지 않다며 정중하게 거절했다.

시부야 역에서 전철을 타자, 노약자석 하나가 비어 있었다. 평소에는 사람이 없어도 절대 앉지 않는데, 서 있는 게 너무 힘들어서 앉았다.

가방에서 태블릿을 꺼내 보니 나가토에게 메일이 와 있었다.

'조금 전에 쓰바사 군을 접견하고 왔습니다. 그러나 안타깝게도 오늘도 전혀 말을 하지 않았습니다. 내일 다시 만나러 가겠습니다.'

화면을 바라보며 한숨을 내쉬었다. 메일 화면을 닫으려는 순간, 새 메일이 도착했다.

── 미사키가 보낸 메일이었다.

'양복 주름투성이던데, 입을 거 없으면 우리 집에서 가져가지 그래요?'

요시나가의 물건들을 언제까지고 자기 집에 놔두면 폐가 된다는 의미일까? 아니면 요시나가를 다시 받아들일 마음이 있다는 뜻일까?

　고탄다 역에서 전철을 내린 후, 하타노다이에 있는 집으로 가야 할지 미사키 집이 있는 나카노부로 가야 할지 망설였다.

　집 앞에는 기자들이 진을 치고 있을지도 모른다. 그렇다고 미사키 집으로 가서 그녀에게 결정적인 이별 선고를 받는다면, 자기가 어떻게 될지 알 수가 없었다.

　오늘 발매된 〈위클리 세븐〉에는 소년 A와 그 부모에 관한 정보가 꽤 상세히 실려 있었다. 자기들과 관련된 취재는 더 이상 하지 않을 거라는 생각에 하타노다이에 있는 집으로 돌아가기로 했다.

　집으로 가는 길을 걸으며 미사키와 보낸 나날을 떠올렸다.

　가족이라는 울타리가 없어지고, 자신의 생활비와 쓰바사의 양육비를 벌기 위해서만 일하고 있을 때, 같은 부서에 배속된 미사키를 만났다.

　외근을 마치고 둘이 전철을 탔는데, 바로 앞에 엄마와 어린아이가 앉아 있었다. 아이는 신발을 신은 채로 의자 위에 서서 바깥 경치를 구경하고 있었고, 옆에 앉은 엄마는 그런 아이를 나무라지도 않고 휴대전화만 만지작거리고 있었다.

　"다른 사람도 앉아야 하니까 구경할 거면 신발을 벗을까?"

　미사키가 부드럽게 아이에게 주의를 주자, 아이 엄마가 불쾌한 표정으로 노려보았다. 그런데도 미사키가 그런 시선에 주눅

들지 않고 아이를 타이르자, 아이는 신발을 벗었다.

웬만한 상식이나 매너를 갖춘 인간이라면 누구나 하는 생각이겠지만, 실제 행동으로 옮기기는 어렵다.

아이나 여성뿐만 아니라 술집에서 취해서 요란하게 떠들어대는 철부지 젊은이에게도, 혼잡한 길에서 담배를 피우며 걸어다니는 사람에게도 가능한 한 모나지 않게 주의를 주는 미사키가 신선해 보였다.

한번은 동료들과 섞여서 한잔하러 갔는데, 미사키가 건방지게 행동하는 옆 테이블의 젊은이들에게 주의를 줬다가 심하게 공격을 당한 적이 있었다. 동료들은 다툼이 커질까 염려되어 후배인 미사키에게 사과하라고 타일렀다. 그런데 요시나가는 상대가 잘못했으니 사과할 필요 없다고 무심코 말해 버려서 젊은이 중 한 사람에게 얻어맞고 말았다.

가게에서 나와 둘이 역으로 가는 길에 미사키가 자기 때문에 괜한 요시나가만 봉변을 당했다며 사과했다.

"앞으로는 부주의하게 그런 말은 하지 않도록 조심할게요"라며 고개를 숙이는 미사키에게 요시나가는 무심코 "신경 쓸 거 없어. 그런 네가 좋아"라고 말하고 말았다.

그 말이 사실상 고백이 되어 두 사람은 사귀기 시작했다.

준코와는 달리 마라톤이나 요가처럼 몸을 움직이는 활동을 좋아하는 미사키와 취미가 잘 맞는다고 할 수는 없었다. 그러나 용서할 수 없는 부분과 관련된 가치관은 놀라울 정도로 비슷해서 지금까지 싸움다운 싸움을 해 본 적이 없었다.

미사키와 교제해 갈수록 일에 대한 의욕도 높아졌다.

이 여자와 평생을 같이하고 싶다. 쓰바사의 양육비를 지불해도 사는 데 어려움이 없는 수준으로 출세하고 싶어서 지금껏 일에만 매진해 왔다.

오늘은 구름 위의 존재였던 호무라 회장에게 인정을 받았으니 본래라면 두 사람에게는 최고의 밤일 터였다. 그런데 지금은——.

집이 있는 맨션 건물이 눈에 들어오자, 미사키 생각이 머릿속에서 멀어졌다.

수상쩍은 사람이 보이면 바로 도망치려고 주위로 이리저리 시선을 던지며 맨션으로 다가갔다. 언뜻 보기에는 별다른 인기척이 없었다.

입구를 들여다보며 아무도 없는 걸 확인하고 안으로 들어갔다. 재빨리 현관문 비밀번호를 누르고 엘리베이터로 향했다.

집에 도착해서 거실 문을 열자, 전화기로 시선이 갔다. 부재중 전화가 와 있음을 알리는 표시가 깜박거리고 있었다. 매스컴에서 전화가 쇄도한 건 아닐까 두려워했지만, 요시나가의 번호는 아직 알려지지 않았을지도 모른다.

쓰러지듯 소파에 앉았다.

앞으로 어떻게 해야 하나. 쓰바사는 왜 아무 말도 하지 않는 것일까. 왜 나를 쳐다보려고도 하지 않는 것일까. 쓰바사가 정말 유토 군을 죽였을까.

갑자기 전화벨이 울렸다. 요시나가가 튀어 오르며 전화기로 시선을 돌렸다.

소파에서 일어나 전화기의 액정 화면을 확인했다. 저장해 둔 번호에서 걸려 온 전화가 아니었다. 잠시 후 부재중 전화 응답 메시지로 바뀌었다.

"여보세요? 〈위클리 세븐〉의 나카오 기자입니다. 댁에 계신가요?"

전화기에서 흘러나오는 소리를 듣고, 요시나가는 곧바로 창 쪽을 바라보았다. 커튼이 드리워져 있었다. 집으로 들어오는 모습을 지켜보고 있었을까.

"만나 주실 수 있을까요? 여쭤보고 싶은 게 있습니다."

자기도 모르게 전화기를 노려보았다.

"저는 이번 일주일 동안 쓰바사 군에 관해 알아봤습니다. 쓰바사 군과 피해자의 관계, 사건이 벌어진 배경 등에 관해서죠. 다만, 도무지 이해가 안 가는 점이 있어서 가족 분들의 얘기를 들어보고 싶습니다."

이해가 안 되는 점이 뭐란 말인가.

마음이 흔들려서 하마터면 수화기로 손을 뻗을 뻔했다.

"저는 아드님이 정말 범인일까 하는 의문을 품고 있습니다."

그 말에 이끌려 요시나가가 수화기를 집어 들었다.

"여보세요 ……. 왜 그런 생각을 했습니까?"

"역시 받아 주시는군요. 드릴 말씀이 많습니다. 잠깐 만나 주시겠습니까?"

"당신은 왜 쓰바사가 범인이 아니라는 거죠?"

"전화로는 말하기 뭣하니 …… 만나 뵐 수 있을까요? 근처에 있습니다."

요시나가는 망설였다.

"저는 쓰바사 군과 피해자인 유토 군을 계속 조사했습니다. 어쩌면 요시나가 씨가 모르고 계신 얘기도 해 드릴 수 있을지 모릅니다."

그 말에 마음이 흔들렸다.

준코와 연락이 닿지 않는 지금 상황에서는 쓰바사가 체포될 때까지 어떻게 지냈는지 알 수가 없었다.

"한 가지 조건이 있습니다."

요시나가가 고민한 끝에 입을 열었다.

"뭔가요?"

"나를 만나면, 다른 사람은 찾아가지 않았으면 합니다."

"쓰바사 군의 어머님이나 양가 가족 분들 말이죠?"

"그렇습니다."

"우리 잡지사의 직원들은 찾아가지 않겠다고 약속드릴 수 있습니다. 단, 다른 매스컴은 저희가 관여할 수 없습니다."

"알겠습니다. 어디로 가면 됩니까?"

"지난번에 요시나가 씨가 택시를 타셨던 바로 앞에 패밀리 레스토랑이 있죠. 거기서 기다리겠습니다."

전화를 끊고 수화기를 내려놓았다. 수화기가 손에서 난 땀으로 젖어 있었다.

정말 만나도 될까? 그러나 쓰바사가 범인이 아니라고 생각하는 이유를 들어 보지 않을 수는 없었다.

그렇더라도 절대 긴장을 풀어선 안 된다. 우리를 폭로하는 게 그들의 일이다. 절대 틈을 보이면 안 된다고 마음속으로 다짐하며 맨션을 벗어나 패밀리 레스토랑으로 향했다.

가게 안으로 들어가 주위를 둘러보았다. 나카오는 창가 맨 안쪽 자리에 혼자 앉아 있었다.

요시나가가 가까이 다가가자 나카오가 자리에서 일어섰다. 앞쪽 자리로 시선을 돌리자 낯익은 남자 하나가 앉아 있었다. 지난번에 나카오와 같이 있었던 카메라맨이다.

"촬영하실 겁니까?"

요시나가가 나카오에게 시선을 돌렸다.

"아뇨, 바로 뒤에 다른 손님이 있으면 편하게 얘기를 나눌 수 없을 테니 자리만 맡아 뒀을 뿐입니다. 공기라고 여겨 주세요."

나카오가 그렇게 말하고 의자에 앉더니, 여전히 서 있는 요시나가에게 맞은편 자리를 손으로 가리키며 "앉으시죠"라고 권했다.

요시나가는 나카오의 맞은편에 앉아 점원에게 커피를 주문했다. 커피가 나오자, 나카오가 앞으로 몸을 내밀었다.

"먼저 이것부터 여쭙고 싶은데, 쓰바사 군이 범행을 인정했나요?"

"모릅니다."

나카오가 고개를 갸웃거렸다.

"경찰은 수사와 관련된 얘기를 전혀 해 주질 않아요."

"쓰바사 군을 면회하셨잖아요?"

요시나가가 고개를 끄덕였다.

"입을 열지 않습니다. 나뿐만 아니라 변호사 선생님에게도 지금까지 전혀 말을 하지 않아요."

"이유가 뭐라고 생각하십니까?"

요시나가는 모른다고 고개를 가로저었다.

"아버지로서는 어떻게 보시나요? 쓰바사 군이 정말로 사건을 일으켰다고 생각하십니까?"

"도저히 믿을 수 없어요. 하지 않았다고 생각하고 싶죠. 그러나 체포된 건 사실입니다."

"체포되었다고 해서 곧바로 범인이 되는 건 아닙니다."

"그렇죠 ……. 분명 그쪽 잡지에서 썼던 대로 쓰바사와는 두세 달에 한 번 정도밖에 못 만났어요. 최근 교우 관계도 거의 모릅니다. 그렇지만 정말 착한 아이예요."

요시나가는 쓰바사가 페로를 주웠을 때 얘기를 들려주었다.

"쓰바사 군은 초등학교에서 사육 담당을 맡았었다고 합니다. 전학한 후에도 담당자가 아닌데 솔선해서 동물들을 보살폈다고 동급생들이 말하더군요."

"그런 아이가 사람을 죽이다니, 상상할 수도 없어요."

요시나가가 말하자, 나카오가 동의하듯 맞장구를 쳤다.

"나카오 씨는 왜 쓰바사가 범인이 아니라고 생각하죠?"

"조금 어폐가 있군요. 저는 범인이 아니라고 생각하는 건 아닙니다."

"그렇습니까?"

배신당했다는 마음에 나카오를 바라보며 입술을 깨물었다.

"다만, 쓰바사 군과 유토 군의 관계를 조사해 봤는데, 사건을 일으킬 만한 동기가 보이질 않아요. 두 사람의 관계는 주위에서 봐도 양호했던 것 같고, 같이 자주 놀았던 친구 둘에게 얘기를 들어 봐도 쓰바사 군이 왜 그런 짓을 했는지 짐작이 안 간다고 하더군요. 그래서 쓰바사 군을 만나 본 요시나가 씨에게 직접 얘기를 들어보고 싶었습니다."

"유토 군은 어떤 아이였나요?"

"한마디로 말하면 머리가 좋은 아이였습니다. 학년에서도 최상위 성적이었고."

"쓰바사가 유토 군과 친해진 계기는 아십니까? 예를 들면 둘이 특별활동을 같이했다거나."

"아뇨, 두 학생은 특별활동을 하지 않았어요. 친하게 지낸 다른 두 아이도."

"이상하군요. 쓰바사는 축구부였을 텐데."

"아 네 ……. 그리고 보니 중학교에 들어갔을 당시에는 축구부였다고 누군가에게 듣긴 했습니다. 그런데 바로 그만뒀다고 하더군요."

"그건 몰랐습니다."

축구부를 그만뒀다는 얘기는 금시초문이었다.

"그만둔 이유에 관해서는?"

"학업에 전념하고 싶다거나 하는 이유이지 않을까요?"

"그래서 머리가 좋은 유토 군과 친해졌다?"

"뭐, 유토 군과는 초등학교 때 같은 반이었으니 그 전부터 사이는 좋았겠죠. 서로 비슷한 처지라 파장이 맞았을지도 모르고. 유토 군의 어머니는 사 년 전에 돌아가셨습니다."

우리와 같은 편부모 가정이란 말인가.

"아버지는 반년 후에 다른 여성과 재혼했다더군요. 그 무렵에는 성적도 떨어졌던 모양이지만, 중학교에 들어온 후로는 안정이 됐고. 계모와의 관계는 어색했을지 몰라도 유토 군의 아버님은 그에게 애정을 쏟은 모양이에요. 쓰바사 군이 물건을 훔치다 잡힌 적이 있는데, 혹시 아십니까?"

요시나가가 고개를 끄덕였다.

일 년쯤 전인가 갑자기 준코에게 연락이 왔다. 중요한 업무가 있어서 당장 갈 수 없으니 대신 가 달라고 부탁했지만, 요시나가도 그 후에 접대가 있어서 거절했다. 준코는 당황한 듯했지만, 요시나가도 어린 시절에 한 번 우발적으로 물건을 훔친 적이 있었기에 그다지 심각하게 받아들이지 않았다. 다음에 쓰바사를 만나면 주의를 주겠다고 하고 전화를 끊었다.

"그때 같이 있었던 유토 군도 사무실에 끌려갔다고 합니다. 쓰바사는 동요했는지 입을 다물어 버렸고, 유토 군은 쓰바사 군이 훔칠 리가 없다며 필사적으로 두둔했답니다. 분명 자기도 모르는 새에 누군가가 일부러 가방에 넣었을 거라고."

"뭘 훔쳤습니까?"

"햄스터 사료였어요. 참고로 둘 다 햄스터는 키우고 있지 않습니다."

그렇다면 유토 군이 한 말이 맞지 않을까.

"감시카메라 영상은?"

"사각(死角)이라 훔치는 순간이 잡힌 영상은 없었다고 합니다. 그러나 경비원이 쓰바사가 품속에 물건을 넣는 모습을 확인했다고 증언해서 두 학생은 경찰서에 갔다고 하고요. 보호자와 좀처럼 연락이 닿지 않아서 한동안 경찰서에서 보호를 받았다고 합니다."

쓰바사는 어떤 심정으로 부모를 기다렸을까.

"가게 측에서는 인정하지 않으면 지문을 채취해서라도 확실하게 범인을 밝히겠다고 호소한 듯한데, 급히 달려온 후지이 씨……, 유토 군의 아버지가 그건 인권침해라며 맹렬하게 항의했답니다. 능력 있는 변호사라고 하니 말주변이 뛰어났겠죠. 그의 태도가 기세등등했는지 가게 측은 소송을 철회했고, 쓰바사 군도 물건을 훔친 일이 학교에 알려지지 않고 원만하게 해결되었다고 합니다."

만약 요시나가가 그 자리에 있었다면, 후지이 씨처럼 의연하게 행동할 수 있었을까.

"쓰바사를 그렇게까지 감싸 주는 사이였다면, 이번 사건은 더더욱 이해할 수 없습니다."

"저도 동감입니다."

"체포 이유를 모르시나요? 쓰바사가 범행을 자백했다거나 뭔가 결정적인 증거가 있었다거나."

"저희 쪽에도 정보는 들어오지 않았습니다. 열네 살이라는 점 때문에 경찰에서도 신중하게 임하겠죠."

"그렇군요……."

요시나가가 고개를 숙였다.

"오늘은 이쯤 해 둘까요? 내일도 일하시죠?"

나카오의 목소리에 요시나가가 손목시계로 눈을 돌렸다. 밤 열두 시가 지나 있었다.

"다음에 또 말씀을 들어 볼 수 있을까요? 저희 쪽에서도 뭐든 알게 되면 알려 드릴 테니."

나카오를 바라보며 고개를 끄덕이는 게 옳을지 어떨지 망설였다.

이 남자는 정말로 내 편일까.

"약속드릴 수는 없습니다. 전화로 했던 말, 잘 부탁드립니다."

요시나가가 고개를 숙이고 일어섰다.

"마지막으로 한 가지만 ……."

그 목소리에 요시나가가 뒤를 돌아보았다.

"만약 쓰바사 군이 사람을 죽인 게 명확히 밝혀진다면, 어떻게 하시겠습니까?"

나카오가 요시나가를 바라보며 물었다.

"그렇지 않을 거라고 믿고 있습니다."

요시나가는 그렇게 대답하고 출구를 향해 걸어 나갔다.


졸음이 몰려와서 책으로 떨어뜨리고 있던 시선을 창밖으로 돌렸다. 손잡이를 꽉 움켜잡고 몸을 지탱하며 구름에 가려진 태양을 바라보았다. 머리를 깨우려고 창으로 들어오는 빛에 얼굴을 갖다 댔다.

8시 30분이 지나 가미키타다이 역에 도착한 후, 지각 핑계거리를 고민하며 휴대전화를 꺼냈다.

이런저런 궁리를 해 봤지만, 역시 몸이 안 좋다는 핑계밖에 떠오르지 않아서 모리타의 직통 번호로 전화를 걸었다.

"네, 호무라 건설입니다──."

호출음이 몇 번 울린 후, 귀에 익은 목소리가 들려서 몸이 굳었다.

"제2기획팀의 요시나가인데 …… 모리타 과장님 계십니까?"

"아직 출근 전인데요. 무슨 일로?"

억양 없는 미사키의 목소리가 들렸다.

"오늘도 두 시간쯤 지각할 것 같다고 전해 줄래요?"

한동안 침묵이 이어졌다.

"몸이 안 좋다고 전해 드리면 될까요?"

"네. 다른 직원들에게도 미안하다고 전해 주세요. 그럼, 부탁합니다."

요시나가가 빠르게 말하고 전화를 끊었다.

언제까지 이런 짓을 계속해야 할까. 거짓말을 계속해야 하는 것도 괴로웠다. 하지만 그렇게 하지 않으면 소중한 직장을 잃어버린다. 쓰바사가 범인이 아니라는 것을 인정받을 때까지는 어떻게든 견뎌 낼 수밖에 없다.

요시나가는 휴대전화 전원을 끄고 주머니에 넣은 후, 택시 승차장으로 갔다.

오늘 운전기사는 아무 말도 묻지 않았다. 경찰서가 가까워지자 많은 기자들이 모여 있는 모습이 눈에 들어왔다.

"경찰서 안까지 들어가 주십시오."

요시나가가 운전기사에게 그렇게 말하며 창문을 내렸다. 택시를 세우는 제복 경찰관에게 "면회 왔습니다"라고 말하고, 차를 통과시켰다.

택시비를 계산하고 택시에서 내리자마자 건물 안으로 들어갔다. 1층 접수창구에 들렀다 유치장으로 향했다.

"아오바 쓰바사와 면회를 하고 싶습니다. 아버지입니다."

요시나가가 말하자, 경찰관이 유치장 철문으로 다가갔다. 노크를 하니 문이 살짝 열렸다. 안에 있는 사람과 뭐라고 대화를 나눴다.

한동안 그 자리에서 기다리자 이윽고 경찰관이 돌아왔다.

"면회를 거부한답니다."

그 말뜻이 이해가 되지 않아서 경찰관을 바라보았다.

"무슨 말인가요?"

"만나고 싶지 않다고 말했답니다."

"아빠가 왔다고 전해 주신 거 맞죠?"

경찰관이 고개를 끄덕였다.

"그런데 왜 ⋯⋯."

"왜냐니 ⋯⋯ 본인이 거부하는 이상, 면회는 불가능합니다."

왜 나를 만나길 거부하는 것일까.

"학생이 갈아입을 옷인가요?"

경찰관이 요시나가의 오른손에 들린 종이 백을 손으로 가리켰다.

이곳에 오기 전에 이십사 시간 영업하는 청바지 가게에 들렀다. 초여름이라고는 해도 밤에는 유치장이 춥겠다 싶어서 두툼한 셔츠 몇 장과 편하게 입을 수 있는 면바지를 샀다.

"맞습니다. 이걸 좀 전해 주시겠습니까?"

"그럼, 여기에 기입해 주시죠."

경찰관이 서류를 내밀며 요시나가의 짐을 받아들었다.

"저어 ⋯⋯ 옷 이외의 물건도 전해 줄 수 있나요?"

요시나가가 물었다.

"네, 책 같은 차입물은 인정됩니다. 그리고 돈을 넣어 주는 분도 계시죠. 돈을 내면 점심은 자기가 원하는 음식을 먹을 수 있으니까."

"그렇군요. 그럼 돈도 부탁드립니다."

요시나가가 주머니에서 지갑을 꺼냈다.

택시가 경찰서 부지를 벗어나자, 요시나가가 휴대전화를 꺼내서 전원을 켰다.

나가토에게 부재중 전화가 와 있었다.

"상의하고 싶은 일이 있으니, 시간 나실 때 연락 부탁드립니다."

메시지를 듣고, 나가토의 휴대전화로 전화를 걸었다.

"여보세요, 나가토입니다."

낮게 가라앉은 목소리를 듣자, 상의하고 싶은 게 대체 뭔지 안 좋은 예감이 들었다.

"수고하십니다. 지금 쓰바사에게 면회를 다녀오는 길입니다."

"어떠셨어요?"

"말을 안 하는 정도가 아니라 아예 면회를 거부당했습니다."

"그렇군요."

귓가에 깊은 한숨소리가 들려서 다음 말을 삼켰다.

"이런 케이스는 처음입니다. 닷새 동안 쓰바사 군을 접견했지만 사건에 관한 건 물론이고, 거의 아무 얘기도 하지 않습니다."

"거의라고 하시면 조금은 대화를 하셨다는 건가요?"

"어젯밤에 접견했을 때, 쓰바사 군이 딱 한 마디 입을 열었습니다. 왜 아빠랑 둘이서만 만날 수가 없냐고. 규칙이 그렇다고 대답하니까 그 후로는 다시 입을 닫았습니다."

"그런 말을 왜 물었을까요?"

"저도 모르겠습니다. 저랑은 둘이만 만날 수 있으니 어쩌면 제가 미움을 샀는지도 모르죠."

"그런 말씀 마세요. 제가 믿을 데라고는 나가토 선생님뿐입니다."

요시나가가 호소했다.

"최근 며칠, 저도 이런 사태를 타개해 보려고 동기 변호사와 상의해 봤습니다. 혹시 괜찮으시면 다른 변호사를 고용해 보시면 어떨까요? 저보다 소년사건을 많이 맡아 본 변호사인데, 필요하시면 협력하겠다고 했습니다."

"어떤 분인가요?"

"쉰 살의 여성 변호사입니다. 자녀가 셋이라 모성이 느껴지는 분이니 어쩌면 쓰바사 군의 마음을 열 수 있지 않을까 싶은데."

"그분에게 협력을 요청하면 선임료가 두 배로 든다는 뜻인가요?"

그렇게까지 많은 비용을 준비할 수 있을 것 같지 않았다.

"아뇨, 제 능력이 미치지 못한 일이니 제 몫은 받지 않겠습니다."

"그렇다면 부디 부탁드릴 수 있을까요?"

"알겠습니다. 그분을 소개해 드릴 테니 오늘 저녁에 사무실로 와 주시겠습니까?"

법률사무소 입구에 놓여 있는 내선 전화로 용건을 전하자, 여성 직원이 나왔다. 여성이 안내해 주는 방으로 들어갔다. 요시나가는 소파에 앉아 실내를 둘러보았다.

책장 유리문에 비친 자기 얼굴을 보고 흠칫 놀랐다.

열 살은 더 늙어 버린 것 같은 얼굴이었다.

노크 소리가 들려서 요시나가가 소파에서 일어섰다.

문을 열고 나가토와 한 여성이 들어왔다. 여성은 요시나가와 눈이 마주치자 부드럽게 미소를 지으며 인사했다.

"요시나가입니다. 잘 부탁드립니다."

고개를 숙이는 요시나가에게 그 여성도 명함을 건네며 "간자키입니다. 저야말로 잘 부탁드립니다"라며 다시 한 번 인사를 했다.

명함으로 시선을 돌리니 '미나미이케부쿠로 법률사무소 변호사 간자키 교코'라고 쓰여 있었다.

"앉으실까요?"

나가토의 권유에 요시나가가 자리에 앉자, 간자키가 지그시 바라보았다.

"식사는 제대로 드세요?"

간자키의 질문에 요시나가가 쓸쓸한 웃음을 흘렸다.

"식욕이 전혀 없어서요."

"당연히 그렇겠지만, 일단은 건강을 해치지 않도록 요시나가 씨 자신의 생활을 지키는 데 유념하셔야 해요."

간자키가 자아내는 분위기는 중학교 3학년 때 돌아가신 어머니와 조금 비슷했다.

"쓰바사 군의 얘기를 하기 전에 먼저 요시나가 씨에 관해 잠깐 여쭤보고 싶어요."

간자키가 몸을 앞으로 숙였다.

"네."

"건설회사에서 일하신다고 들었는데, 지금까지 무슨 문제 같은 건 없었나요?"

"회사 사람들에게 사건이 알려졌느냐는 뜻인가요?"

간자키가 고개를 끄덕였다.

"지금 상황에서는 …… 하지만 어차피 언젠가 알려질까 봐 불안합니다."

"그러시겠죠. 다만, 설령 그런 사태가 벌어진다 해도 절대 성급하면 안 돼요. 조금 전에도 말씀드렸지만, 무슨 일이 있어도 요시나가 씨 자신의 생활을 지켜내는 데 각별히 유념해야 합니다. 건강을 해치거나 실직당하면, 쓰바사 군의 앞날에도 피해가 생길 테니까요."

쓰바사의 사건이 알려지면, 과연 지금 회사에서 추진하고 있는 일을 계속할 수 있을까.

"주의하겠습니다."

요시나가가 자신이 없는 채로 고개를 끄덕였다.


파티션 너머에서 시끄러운 얘기 소리가 들려서 요시나가는 작업을 중단하고 시계를 보았다. 정오가 지나 있었다.

요시나가가 돌아보는 동시에 미사키가 자리에서 일어나 부스 밖으로 나갔다. 쓰루미와 오야가 일어서서 요시나가에게 다가왔다.

"식사하러 안 가세요?"

쓰루미가 물었다.

"아냐, 됐어 ……. 지각만 하는 몸이니 그냥 일이나 해야지. 둘이 다녀와."

"쓰바사 군이 그런 상황이니 어쩔 수 없잖아요."

오야가 말했다.

"그리고 식욕도 별로 없어."

"얼굴색이 안 좋아요. 식사는 제대로 챙겨 드셔야죠."

걱정스럽게 들여다보는 두 사람에게 요시나가가 억지로 미소를 건넸다.

"괜찮아. 감기가 들려는지 몸이 좀 나른하고 식욕이 없을 뿐이야. 걱정 끼쳐서 미안해."

두 사람이 자리를 뜬 후, 요시나가는 태블릿을 꺼냈다. 메일함을 열어 보니 새 메일이 두 통 와 있었다. 나가토와 준코가 보낸 메일이었다. 닷새 만에 온 나가토의 메일도 궁금하지만, 일단 준코의 메일부터 열었다.

'계속 연락을 못해서 미안해. 마음의 정리가 필요했어. 쓰바사가 어떤지 알려 줘.'

메일을 읽으며 안도의 한숨을 내쉬었다.

설마 이상한 짓은 안 하겠지 싶으면서도 준코의 소식이 줄곧 마음에 걸려 걱정스러웠다.

'나도 하고 싶은 얘기가 많아. 만나서 얘기할까?'

준코에게 답장을 보낸 후, 나가토가 보낸 메일을 열었다.

'연락이 늦어서 죄송합니다. 간자키와 제가 매일같이 접견하러 갔습니다만, 여전히 접견을 거부하고 있습니다. 포기하지 않고 노력해 보겠습니다. 무슨 진전이 있으면 바로 연락드리겠습니다.'

닷새 만의 소식이라 기대했던 만큼 실망도 컸다.

"점심시간까지 일하나? 열의가 대단한데."

갑자기 건네는 말에 요시나가가 뒤를 돌아보았다.

에가와가 이쪽으로 다가오는 모습이 보여서 얼른 메일을 닫고 태블릿을 내려놓았다.

"몸이 좀 안 좋아서 팀에 폐만 끼치고 있어요."

요시나가가 에가와에게 시선을 돌리며 말했다.

"그러고 보니 얼굴색이 매우 안 좋네."

에가와가 옆자리에 앉아 요시나가를 물끄러미 바라보았다.

"대수로운 건 아닙니다. 피로가 조금 쌓였을 뿐이죠."

"쓰바사 군이 걱정돼서 그렇겠지."

요시나가는 적당히 맞장구를 치고, 책상 위의 컴퓨터로 다시 시선을 돌렸다. 빨리 떠나 주기만 바라며 업무 자료를 넣어 둔 파일을 열었다.

"어느 병원이야?"

에가와의 목소리에 요시나가는 손을 멈추고 시선을 돌렸다.

"쓰바사 군이 입원한 병원 말이야. 조후라고 했지?"

에가와를 바라보니 말문이 막혔다.

"우리 집사람한테 쓰바사 군 얘기를 했더니 문병을 가고 싶다네. 쓰바사 군을 귀여워했잖아."

분명 에가와의 아내는 사택에서 쓰바사를 만날 때마다 반갑게 말을 걸어 주었다.

"아뇨, 됐습니다. 힘들게 거기까지 가시면 제가 더 죄송하죠."

"전업주부라 간단한 장보기나 세탁 정도는 도울 수 있어."

"사모님께 그런 일을 …… 죄송해서 안 되죠."

요시나가가 고개를 흔들었다.

"우리는 아이가 없어서 남의 아이라도 어떻게든 보살펴 주고 싶은 모양이야. 힘들 때는 서로 돕고 사는 거라고 전해 달라더군."

"마음을 써 주신 것만으로도 감사합니다. 그런데 쓰바사에게 먼저 물어보고 말씀드려도 될까요? 어쩌면 사모님을 기억 못할지도 모르고."

요시나가가 횡설수설하며 대답하자, 지그시 바라보고 있던 에가와가 웃었다.

"그 말도 일리가 있군. 이미 십 년이나 지났으니까."

에가와가 그렇게 말하며 일어섰다.

"마음은 정말 감사합니다. 사모님께도 안부 전해 주십시오."

"쓰바사 군에게도 안부 전해 줘."

요시나가의 어깨를 두드린 에가와가 돌아서서 걷기 시작했다. 에가와의 모습이 사라지자, 온몸에서 힘이 빠졌다.


요시나가가 점원에게 자기 이름을 밝혔다.

"요시나가 씨군요. 손님 한 분이 기다리고 계세요."

점원의 안내를 받아 개별실로 향했다. 복도를 걸어가며 준코와 나눠야 할 얘기를 머릿속으로 정리했다.

준코가 도쿄 역 근처에 있으면서 주위 사람들에게 얘기가 안 들리는 장소면 좋겠다고 희망해서 예전에 접대할 때 사용했던 고급 요릿집으로 예약해 두었다.

"이쪽입니다"라며 멈춰 선 점원이 장지문을 열었다.

둥그스름한 작은 등이 눈에 들어왔다. 준코가 천천히 뒤쪽으로 얼굴을 돌렸다. 얼굴을 마주 보며 둘이 동시에 마른침을 삼켰다. 지난번에 만났을 때와는 딴사람처럼 보일 정도로 준코의 눈가는 깊이 꺼지고 뺨도 핼쑥해져 있었다. 보나마나 준코도 요시나가를 보며 똑같은 생각을 품고 있을 것이다.

요시나가가 준코에게 고개를 끄덕여 보인 뒤, 맞은편 자리에 앉았다.

"일단 맥주 괜찮아?"

준코가 고개를 끄덕여서 요시나가가 점원에게 생맥주 두 잔을 주문했다.

점원이 개별실에서 나가며 장지문을 닫았다. 준코는 불안한 듯이 시선을 이리저리 헤매며 시선을 맞추려 하지 않았다.

메뉴를 손에 든 준코에게 "뭘 먹을래?" 하고 물어봤지만, "식욕이 없어"라며 고개를 가로저었다.

"주문을 안 할 순 없잖아. 전에 회사 일로 왔을 때는 코스를 시켰는데, 요리가 띄엄띄엄 나오면 차분하게 얘기를 나눌 수 없겠지."

"당신에게 맡길게. 알아서 시켜 줘."

맥주가 나온 후, 빨리 나올 것 같은 안주 세 종류를 시켰다. 건배하지 않은 채로 맥주를 입으로 가져갔다. 준코는 맥주를 그대로 놔 둔 채, 테이블의 한 점에 시선을 고정하고 있었다.

"지금까지 어디 있었어?"

주문한 요리가 나온 후, 요시나가가 애써 부드러운 말투로 물었다.

"가나에 집에 있었어."

"가나에?"

어디선가 들은 기억이 있는 이름이다 생각하면서 요시나가가 되물었다.

"대학 동기 ……. 남편 때문에 이런저런 일이 있었던."

"아아."

기억이 났다. 분명 요시나가가 나고야에 단신 부임했을 때, 남편의 폭력을 견디지 못해 집을 뛰쳐나온 동급생을 잠깐 재워 주기로 했다는 얘기를 들은 적이 있었다. 열흘 정도 함께 지낸 듯한데, 요시나가는 한 번도 만난 적이 없었다. 그 친구는 결국 남편과 이혼해서 새집을 구했다는 얘기를 들었다.

"인터넷에 나랑 쓰바사에 관한 얘기가 떴어. 친정에 가면 가족에게 폐를 끼칠 테니 유일하게 의지할 수 있겠다 싶은 가나에한테 연락했지."

"어디 살아?"

"오사카. 혹시 전남편이 찾아다니며 귀찮게 굴까 봐 오사카에 새 터전을 잡았거든. 사정 얘기를 했더니 빈방이 있으니까 한동안은 거기서 지내도 된다고 했어."

"사정 얘기를 했다니, 사건에 관해서?"

준코가 고개를 끄덕였다.

"얘기를 안 할 순 없잖아. 그 친구는 우리 쓰바사를 알고 있으니, 나 혼자만 집에 못 돌아가는 상황이라고 하면 이해가 안 갈 거 아냐. 우리 집에서 지낼 때 쓰바사를 워낙 귀여워했어서 충격은 굉장히 크겠지만 ……. 그때 은혜를 갚는 거래."

"그렇군."

요시나가가 고개를 끄덕였다.

"지금까지 연락 못해서 미안해. 그렇지만 쓰바사에 관해, 사건에 관해 차분히 생각을 좀 해 보려고 하면 몸이 떨리면서 구역질이 자꾸 나서 ……. 신경정신과에 갔더니 패닉장애래."

만났을 때부터 상태가 이상하다고 생각은 했는데, 그렇게까지 심각한 줄은 몰랐다.

"외출해도 괜찮아?"

준코가 애매하게 고개를 끄덕였다.

"가나에가 당신 얘기가 나왔다고 하기에 〈위클리 세븐〉을 읽었어. 그래서 연락해야겠다고 생각했고."

오늘 발매된 〈위클리 세븐〉에 요시나가가 한 얘기가 기사화되었다. 범인은 부모에게도 변호사에게도 사건에 관한 얘기를 전혀 하지 않았다는 내용과 아버지는 아들이 범인이 아니라고 믿고 있다는 내용이었다.

요시나가가 한 말은 분명했지만, 우리 편에서 작성한 기사는 아니었다. 자기가 벌인 일에 계속 입을 다물고 있는 범인 소년과 그 아들을 맹신하는 아버지라는 논조라, 잡지를 찢어 버리고 싶은 내용이었다.

"왜 하필 주간지 같은 곳에?"

준코가 비난하는 표정으로 바라보았다.

"집에 전화를 걸어서 쓰바사가 진짜 범인인지 의문스럽다고 하기에 무심코 만나고 말았어. 게다가 당신한테는 연락도 없고 ……. 쓰바사에 관해 조금이라도 알고 싶었으니까. 내 생각이 짧았어."

"쓰바사가 아무 말도 안 한다는 게 진짜야?"

요시나가가 고개를 끄덕였다.

"사건에 관해서도 얘기를 안 하고, 잡담조차 안 해. 그것뿐이 아니야. 쓰바사는 나나 변호사와의 면회를 계속 거부하고 있어."

"왜?"

요시나가는 자기도 모르겠다고 고개를 가로저었다.

"내일, 나랑 같이 쓰바사 만나러 갈래?"

요시나가가 머뭇거리며 묻자, 준코가 겁을 먹은 듯이 시선을 피했다.

"지금 당신 상황에서 힘든 일이란 건 이해하지만, 쓰바사가 이대로 계속 만나 주지도 않고 아무 말도 하지 않으면 정말 일이 커질지도 몰라."

준코가 이쪽으로 시선을 돌렸다.

"쓰바사는 검찰 조사가 끝나면 가정재판소로 송치돼서 소년 심판을 받게 돼. 변호사 선생님도 앞으로의 변호 방침을 세울 수 없을 뿐 아니라 심지어 역송될 가능성도 있다고 하더군."

"역송이라니 ……?"

"일반 방청인들 앞에 서서 형사재판을 받게 된다는 뜻이야."

준코가 마른침을 삼키더니 천천히 고개를 끄덕였다.

"오늘 밤은 가까운 호텔을 잡을게. 미안하지만, 당신 이름으로 예약해 줄 수 있을까?"

"알았어."


"정말 죄송합니다. 몸을 추스르고 오후에는 출근하도록 하겠습니다."

전화를 끊은 순간, 현기증이 났다. 개별 화장실에서 나와 세면대에서 세수를 하고 자리로 돌아갔다.

커피를 마시고 있는데, 눈앞에 인기척이 느껴져서 고개를 들었다. 모자를 깊숙이 눌러쓰고 안경과 마스크를 한 여성이 컵을 들고 있었다. 한 박자 뜸을 들인 후에야 준코라는 걸 알았다.

"잘 잤어?"

준코가 맞은편 자리에 앉으며 말했다.

"안경을 쓰나?"

요시나가가 묻자, 준코가 고개를 옆으로 흔들었다.

"호텔에 들어간 후에 생각이 나서 샀어."

준코는 맞은편 자리에 앉아 마스크를 벗고 커피를 마셨다. 불안한지 몸을 미세하게 떨고 있었다.

"그건 뭐야?"

준코가 발밑에 놓인 종이 백으로 시선을 던지며 물었다.

"차입물이야."

어젯밤에 비즈니스호텔을 찾아 체크인을 한 뒤, 준코와 헤어져서 도쿄 역 근처에 있는 서점에 들렀다. 한동안 가게 안을 서성였지만, 쓰바사가 읽고 싶어 할 만한 책을 짐작할 수가 없었다. 결국 축구 잡지와 중학생들 사이에서 유행한다는 만화 몇 권을 사서 집으로 돌아갔다.

"슬슬 갈까?"

요시나가가 말하자, 준코의 어깨가 흠칫 떨렸다. 극도로 긴장한 상태였다.

"괜찮아. 만약 매스컴이 에워싸는 상황이 벌어지면 내가 방패가 돼 줄게."

요시나가가 준코를 향해 고개를 끄덕이며 자리에서 일어섰다. 가게에서 나와 로터리에서 택시를 탔다.

"히가시야마토 경찰서요."

운전기사에게 행선지를 전하자, 택시가 달리기 시작했다.

"오늘도 일로 가십니까?"

그 목소리에 운전석으로 시선을 돌린 요시나가는 자기도 모르게 얼굴을 찌푸렸다.

맨 처음 나가토와 함께 면회 갔을 때 탔던 택시의 운전기사였던 것이다.

"그렇습니다."

요시나가가 무뚝뚝하게 대답했지만, 백미러에 비친 운전기사의 눈은 힐끔힐끔 이쪽을 살피고 있었다.

경찰서 앞에 무리 지어 있는 매스컴이 가까이 다가오자, 무릎 위에 놓인 준코의 양손이 떨리기 시작했다.

무의식적으로 준코의 손을 움켜쥔 자신의 행동이 스스로도 놀라웠다.

처음으로 이 손을 잡은 건 언제였을까.

자신은 준코라는 여성을 만나 이렇게 그 살을 어루만지고 결혼해서 쓰바사가 태어났다.

지금까지 분명 숱한 일들이 있었지만, 처음 손을 잡았을 때처럼 사랑스러움이 느껴졌다.

우리는 여전히 가족인 것일까. 아무리 끊으려 해도 끊을 수 없는 인연이 남아 있다는 뜻일까. 설령 그것이 서로가 원치 않는 결합이라 할지라도.

"곧장 경찰서 안까지 들어가 주십시오."

요시나가가 운전기사에게 말하고 창문을 내렸다. 입구에 있던 제복 경찰관과 눈이 마주치자, 아무런 제지 없이 안으로 들여보내 주었다.

택시에서 내리자마자 건물 안으로 들어갔다. 걸음걸이가 불안한 준코를 부축하며 접수창구에 들렀다 유치장으로 향했다.

"아오바 쓰바사와 면회하고 싶습니다. 쓰바사의 아버지와 어머니입니다."

요시나가가 말하자, 경찰관이 철문으로 향했다. 문 너머로 안에 있는 사람과 얘기를 주고받고 돌아왔다.

"만나고 싶지 않답니다."

경찰관이 말했다.

"오늘은 엄마가 같이 왔습니다. 꼭 만나고 싶어 한다고 쓰바사에게 전해 주실 수 있을까요."

요시나가가 재차 매달렸지만, 눈앞의 경찰관은 고개를 가로저었다.

"아무도 만나고 싶지 않다는데 ……."

"쓰바사는 건강한가요?"

준코가 경찰관에게 물었다.

"건강 상태에 문제는 없습니다. 밥도 잘 먹고 있어요."

"그렇군요 ……."

"앞으로는 이쪽으로 미리 연락을 주시면, 본인의 의사를 포함해서 면회를 할 수 있는지 없는지 알려드리겠습니다."

요시나가가 이를 악물며 고개를 끄덕였다.

"본부에 있는 분이 어머님 얘기를 들어보고 싶어 합니다."

경찰관의 말을 듣고, 준코가 요시나가 쪽으로 시선을 돌렸다.

"1층 접수창구에서 기다릴게. 저어, 이걸 쓰바사에게 전해 주고 싶은데요."

요시나가가 책이 든 종이 백을 경찰관에게 내밀었다.


전철에 탄 후, 3인석 자리가 비어 있어서 준코와 나란히 앉았다. 차 안에는 빈자리가 눈에 많이 띄었고, 요시나가의 옆쪽 자리도 비어 있었다.

"경찰서에서 뭘 물어봐?"

요시나가가 궁금했던 얘기를 물어봤지만, 준코는 맞은편 빈자리를 멍하니 바라본 채 침묵을 지켰다.

"응?"

요시나가가 재촉하자, 준코가 가까스로 얼빠진 눈빛을 요시나가를 향해 돌렸다.

"거의 대부분은 유토 군 얘기였어."

준코가 한숨 섞인 목소리로 말했다.

"어떤 얘기?"

"쓰바사가 유토 군에 관해 어떤 얘기를 했느냐. 예를 들면 험 담이나 좋지 않게 생각하는 듯한 말을 하진 않았느냐고."

"쓰바사가 그런 얘기를 했나?"

"안 했던 …… 것 같아. 지금은 나도 자신이 없어. 했을지도 모르지만, 잊어버린 건지도 모르겠고. 일 핑계를 대고 싶진 않지만, 복직한 후로는 나도 한계에 다다를 정도로 힘들었거든. 매장이 바뀐 후로는 특히 더 그랬지, 점장이 굉장히 엄한 사람이라."

"그래도 만약 무슨 큰 고민거리가 있었으면, 당신한테는 얘기했겠지."

동급생을 죽일 정도로 문제를 안고 있다면 더더욱 그렇다.

"아무 말도 안 했을 거야. 쓰바사는 내 건강을 걱정했으니까. 고민이 있어도 턱밑에 차오를 때까지 혼자 해결하려 했을지도 몰라."

"다른 건 또 뭘 물어봤지?"

"쓰바사 입으로 직접 유토 군의 가정 상황을 얘기한 적이 없냐고. 아빠나 엄마 얘기 같은 거. 그런 것도 난 기억이 안 나."

"아빠는 변호사고 엄마는 사 년 전에 돌아가셨대. 그리고 반 년 후에 다른 여성과 재혼한 모양이야."

"기자한테 들었어?"

요시나가가 고개를 끄덕이고, 나카오에게 들은 물건 훔쳤을 때 얘기를 준코에게 들려주었다.

"쓰바사는 유토 군의 아빠 얘기는 전혀 안 했어. 그날 일을 끝내고 히가시무라야마로 가고 있는데, 쓰바사한테서 집에 돌아왔다는 문자가 왔어. 그래서 집으로 돌아가서 물건 훔친 얘기를 캐물었는데 ……."

"자기가 했다고 하던가?"

"아무 말도 안 하고 방에만 틀어박혀 버렸어. 나도 너무 피곤해서 결국 그 얘기는 그대로 흐지부지 끝나 버렸지."

"죄가 없는데 경찰서까지 끌려가서 충격을 받았을지도 모르지. 햄스터 사료 따윌 훔칠 이유가 없잖아."

"그럴까 ……."

나지막이 중얼거리는 준코의 말에 요시나가는 고개를 갸웃거렸다.

"어쩌면 나를 시험해 본 건지도 몰라."

"무슨 소리야?"

"그날 나는 회사 연수 때문에 교토에 있었어. 중요한 연수라 쉽게 빠져나올 수 없다는 건 쓰바사도 알고 있었거든."

"엄마의 관심을 끌기 위해 일부러 잡혀 갔단 뜻이야?"

"잘 모르겠지만, 쓰바사를 별로 잘 챙겨 주지 못하게 된 건 사실이야. 자기가 경찰에 잡히면 엄마가 자기와 일 중에서 어느 걸 우선할지 시험해 봤을지도 몰라. 정말로 안 훔쳤다면, 당연히 안 했다고 말하지 않았을까?"

만약 쓰바사가 그런 이유로 물건을 훔쳤다면, 요시나가도 시험당한 것일지도 모른다. 그때 요시나가는 준코보다 훨씬 가까운 장소에 있었다.

── 나는 부모에게 사랑받지 못한다.

불현듯 그 말이 머릿속을 스쳐 지나가 자기도 모르게 고개를 숙였다.

"헤어지지 말았어야 했는지도 ……."

준코가 중얼거리는 소리에 요시나가가 얼굴을 들었다.

"당신이 먼저 헤어지고 싶다고 했잖아."

요시나가가 말하자, 준코가 "그랬지"라며 고개를 끄덕였다.

"줄곧 괴로웠거든. 그때는 오로지 헤어져야겠다는 생각뿐이었어."

"뭐가 그렇게 괴로웠지?"

"결혼한 후로 계속 비난받는 것 같아서."

말뜻을 이해할 수 없었다.

"당신을 비난하는 말을 한 기억이 없는데."

"그랬지. 심한 말을 들은 적은 없었어. 그런데 당신은 집에 있으면 늘 따분해하는 표정이었어. 내가 임신하지 않았으면, 좀 더 자유로이 살 수 있었을 텐데. 별다른 의미 없는 당신의 말이나 태도에서 그런 마음이 느껴져서 힘들었어."

상상도 못했던 그 말에 난처해졌다.

분명 그 당시 두 사람에게 임신은 예상 밖의 일이었다. 준코를 비난하는 마음을 품은 적은 없지만, 결혼해서 쓰바사가 태어난 후로 마음에 여유가 사라진 것은 사실이다. 준코가 일을 그만두게 되면서 가족을 둘이나 부양해야 한다는 중압감이 커졌기 때문이다.

"하지만 나도 마찬가지였을 거야. 결혼해서 쓰바사가 태어났고, 이제 죽을 때까지 자유가 없는 건가 생각했지. 당신이나 쓰바사에게 밥을 해 주고 집안일만 죽어라 하다 인생이 끝나 버리는 건 아닌가 싶었지. 그래도 쓰바사만 웃어 주면 좋았어. 그런데 당신과 싸움만 하다 보니 이대로 계속 살면 쓰바사의 웃는 얼굴까지 잃을 수 있다는 생각에 괴로워지더라고. 하지만 그런 건 지금의 고통에 비하면 ……."

준코가 얼굴을 돌렸다.

그리고 대화는 끊겼다.

역에 정차할 때마다 차 안의 승객이 늘어나서 입을 더욱 무겁게 만들었다.

요시나가는 맞은편에 앉아 있는 젊은 남녀를 바라보았다. 유모차가 앞에 놓여 있으니 아마 부부겠지.

두 사람을 보면서 우리에게도 저런 시절이 있었다는 기억을 떠올렸다.

"쓰바사가 저만 할 때 ……."

준코가 중얼거리는 소리를 듣고, 요시나가가 시선을 돌렸다.

"아이를 키우는 건 정말 힘들다고 생각했어. 무슨 이유로 우는지 모르니 당황해서 어쩔 줄 몰라 하고, 초조해하고 …… 내가 하고 싶은 것도 참고, 잠자는 시간까지 아껴 가며 쓰바사를 제1순위로 두고 최선을 다하는데, 왜 내 마음대로 되지 않나 답답했지. 그래도 그 무렵이 쓰바사를 가장 잘 이해해 줄 수 있었던 시기였을지도 몰라."

"으응."

유모차를 바라보며 맞장구를 칠 수밖에 없었다.

"앞으로 어떻게 될까."

준코가 중얼거리듯 말했지만, 요시나가도 알 수가 없었다.

"철없는 소리를 해서 미안하지만, 오늘은 그냥 오사카로 돌아가고 싶어. 조만간 다시 와서 변호사 선생님도 만나 뵐게."

지금은 준코에게 무리를 강요할 수 없다.

"알았어. 쓰바사가 만나 준다고 하면 연락할게. 그때 같이 가지."

준코가 힘없이 고개를 끄덕였다.

"집 열쇠를 좀 빌려줄 수 있을까?"

요시나가의 말에 준코가 고개를 갸웃거렸다.

"다음 역에서 내려서 당신 집에 가 볼까 해서."

"왜?"

어떻게 하면 쓰바사가 만나 줄까 줄곧 궁리해 봤다.

쓰바사는 이루 말할 수 없는 불안감에 휩싸여 있을 게 틀림없다. 쓰바사가 늘 봐 오던 물건이나 좋아하는 물건을 전해 주면, 마음을 여는 계기가 될지도 모른다.

"쓰바사의 개인 물건은 경찰이 와서 거의 다 가져갔어. 그리고 ⋯⋯."

아마도 아는 사람들이 많은 장소로 돌아가고픈 생각은 전혀 없을 테지.

"나 혼자 갈 생각이야."

준코가 가방에서 열쇠고리를 꺼냈다. 열쇠 하나를 빼서 요시나가에게 건네주었다.

"열쇠는 나중에 우편으로 보내 줄게."

"그냥 갖고 있어. 사실은 당신한테 부탁할 생각이었어."

"뭘?"

"지금 당장은 아니지만, 내 대신 집에 있는 물건들을 처분해 줬으면 해. 당신한테 이런 부탁을 하기가 미안하지만, 난 이웃 사람들한테 얼굴이 알려져 있잖아. 부동산에는 내가 해약해 달라고 미리 연락해 둘게."

그 말대로 쓰바사가 범인이라고 확정되면, 두 번 다시 그곳에는 돌아갈 수 없을 것이다.

"알았어."

요시나가가 열쇠를 주머니에 넣고 일어섰다. 역에 도착한 후, 준코에게 가볍게 손을 흔들고 전철에서 내렸다.


문을 여니 현관에 신문 더미가 어지럽게 흩어져 있었다.

요시나가는 신문을 주워 들어 신발장 위에 올린 후, 신발을 벗고 안으로 들어갔다.

바로 왼쪽에 있는 문을 열었다. 세 평 정도 넓이의 방에 침대와 수납장이 놓여 있었다. 준코의 방인 듯했다.

복도 오른편은 화장실과 세면실과 욕실이다. 막다른 곳에 보이는 문을 열자 다이닝 룸이었다. 다섯 평쯤 되는 실내 한쪽에 부엌이 있고, 식탁과 식기장과 나무선반이 있었다. 선반 맨 위에 놓여 있는 꽃병에 시선이 멈췄다. 꽃병에 꽂힌 꽃이 시들어 있었다.

준코는 나름대로 집을 조금이나마 편안한 곳으로 만들기 위해 노력한 모양이다.

왼편에 있는 문을 열자, 책상과 침대와 커다란 책꽂이가 놓여 있었다.

—— 쓰바사의 방이다.

요시나가는 방으로 들어가서 주위를 둘러보았다. 준코 말대로 책꽂이에도 책상 위에도 아무것도 없었다. 책상 서랍을 열어

봤지만, 연필 한 자루도 없었다. 침대는 매트리스 커버가 벗겨진 상태였고, 옷장 안에는 컬러 상자들이 들어 있을 뿐, 옷가지 종류는 보이지 않았다.

이렇게까지 송두리째 가져가 버리나 싶어 매우 놀랐다.

실내를 둘러보는 중에 군데군데 벽 색깔이 다른 것을 알아챘다. 아마 포스터나 캘린더까지 모조리 떼어 갔겠지.

기껏 여기까지 왔는데, 자기 뜻을 이루지 못한 데 실망하며 방에서 나왔다.

정면에 있는 나무선반이 눈에 들어와서 가까이 다가갔다. 위에서 두 번째 칸에 액자가 놓여 있었다. 페로의 사진이었다.

쓰바사의 마음에 위로가 될지 어떨지는 모르지만, 요시나가는 그 액자를 집어서 가방에 넣었다.

액자 옆에 나란히 꽂힌 책으로 시선을 던진 요시나가는 고개를 갸웃거렸다.

요시나가는 요리책과 통신판매 카탈로그 사이에서 책 하나를 빼냈다.

《남자의 요리, 소중한 사람을 기쁘게 만드는 레시피》라는 제목의 책을 팔랑팔랑 넘겼다. 귀퉁이를 접어 둔 페이지에서 손길이 멈췄다.

카레 요리를 소개한 페이지를 바라보는 중에 옛 기억이 되살아났다.

그것은 분명 나고야 부임의 마지막 해였다. 쓰바사가 초등학교 3학년 때 일이다. 그 무렵 요시나가는 주말에도 업무상 미팅이 많아서 도쿄 집에는 거의 돌아올 수 없었다. 쓰바사가 6월 셋째 주 일요일에는 집에 꼭 와 달라고 졸라 대서 요시나가는 당일 일정으로 집에 가기로 했다.

아무런 의심 없이 축구 시합이라도 있나 싶었는데, 그게 아니었다.

집으로 돌아오자, 점심으로 카레가 준비되어 있었다. 아버지의 날 선물로 쓰바사가 혼자 만들었다고 했다. 그날이 아버지의 날이라는 것조차 까맣게 잊고 있었다.

요시나가 입맛에는 조금 달짝지근한 카레였지만, 아들에 대한 사랑과 그런 아들을 좀처럼 만나지 못하는 서운함에 감정이 북받쳐 올라서 자기도 모르게 싫다며 뿌리치는 아들을 꽉 끌어안았다.

냄비에 있던 카레를 거의 다 먹어 치우자, 쓰바사가 얼굴 가득 환한 미소를 지으며 "또 만들어 줄 테니까 일 열심히 하세요"라며 요시나가를 배웅해 주었다.

쓰바사가 직접 만든 음식을 먹은 것은 그때가 처음이자 마지막이었다.

이 책은 쓰바사가 샀을까. 요시나가에게 직접 만든 카레를 또 대접해 주려고.

대답을 알 길 없이 책을 덮었다. 계간지인지 표지에 '2009년 겨울호'라고 쓰여 있었다.

—— 쓰바사가 초등학교 6학년 때 겨울.

그 무렵의 기억을 떠올리자, 가슴속으로 괴로움이 뭉근하게 번져 나갔다.

분명 그 무렵에 쓰바사는 요시나가의 집에 오고 싶어 했다. 가끔 문자를 보내서 미조노쿠치 집에 가 보고 싶다고 졸랐지만, 요시나가는 '어질러져 있으니 다음에 와'라며 미루기만 했다.

미사키가 자주 와서 집의 인테리어는 도저히 요시나가가 골랐다고 볼 수 없는 그녀의 취향으로 꾸며져 있었고, 군데군데 그녀의 개인 물건도 있었기 때문이다.

요시나가는 입술을 깨물며 책을 가방에 넣었다.


집으로 돌아가 태블릿을 열자, 간자키에게 메일이 와 있었다.

시간 될 때 연락해 줄 수 있냐고 쓰여 있었고, 간자키의 휴대 전화 번호가 적혀 있었다.

요시나가는 바로 간자키의 휴대전화로 전화를 걸었다.

"여보세요 ……. 간자키입니다."

"요시나가입니다. 무슨 일이 있나요?"

"아뇨, 별일은 아닌데 …… 그냥 어떻게 지내시나 해서."

"그렇군요."

"괜히 신경 쓰이는 메일을 보낸 모양이네요, 죄송합니다. 다만 아버님과 잡담이라도 나누다 보면 뭔가 타개책이 보이지 않을까 해서. 바쁘시면 나중에 시간 되실 때라도 괜찮습니다."

"아닙니다. 저도 선생님과 대화를 나누면 마음이 조금 안정됩니다. 다른 누구에게도 할 수 없는 얘기라."

"오늘은 쓰바사 군의 어머님과 함께 경찰서에 다녀가신 것 같던데."

"네. 어제야 가까스로 연락이 닿아서. 그런데 쓰바사가 만나 주지 않았습니다."

"저도 마찬가지예요. 이렇게까지 애를 태우니, 쓰바사 군과의 만남이 너무 기대돼요."

이렇게 긍정적인 사람이 다 있나 싶어서 무심코 웃음이 흘러 나왔다.

"그나저나 힘들지 않으세요? 매일 경찰서에 가시던데, 일에 지장은 없으세요?"

"솔직히 그렇긴 하죠. 오늘은 경찰관이 미리 연락을 주면 본인의 의사도 포함해서 면회할 수 있는지 없는지 알려 주겠다고 했습니다. 내일부터는 그렇게 할까 생각 중입니다."

"한 가지 생각을 해 봤는데, 매일 편지를 써 보시면 어떨까요?"

"편지요?"

뜻밖의 제안에 요시나가가 되물었다.

"네. 쓰바사 군에게 매일 편지를 써 보는 거죠. 일이 끝난 후에 제 사무실에 가져다 주시면, 다음 날 제가 차입물과 함께 들고 갈게요. 그렇게 하면 일에 지장도 덜 생기지 않을까요?"

회사에서 간자키의 사무실까지는 삼십 분도 안 걸린다. 그렇게만 해 준다면 요시나가로서도 고마운 일이다.

"알겠습니다. 지금 당장 편지를 써서 내일 밤에 차입물과 같이 그쪽으로 들고 가겠습니다."

"기다릴게요."

요시나가는 전화를 끊은 후, 수납장 서랍에서 편지지와 펜을 꺼냈다.

편지지를 바라보며 한동안 생각을 했지만, 좀처럼 말이 떠오르지 않았다.

쓰바사는 뭘 원하는 것일까. 생각하면 할수록 사고가 굳어서 떠오르는 말은 하나같이 다 진부하게만 여겨졌다.

요시나가는 난관의 돌파구를 찾아내듯 어린 시절 아버지에 관한 기억을 더듬어 보았다.

상사(商社)에서 일했던 아버지는 해외 출장 등으로 휴일에도 집에 없는 날이 많았고, 평소 귀가하는 시간도 요시나가와 유리코가 잠든 후였다.

자기가 기억을 못 하는 것뿐일지 모르지만, 아버지가 야단을 치거나 칭찬을 해 준 기억도 거의 없었다.

　요시나가의 어린 시절 가족에 관한 기억은 거의 대부분이 돌아가신 어머니로 채워져 있었다. 요시나가가 갓 중학교 3학년생이 됐을 무렵 유방암이 발견되어서 여름방학이 되기도 전에 세상을 떠났다.

　입원한 어머니를 어떻게든 기쁘게 해 드려야겠다는 마음에 요시나가는 반에서 제일 머리가 좋은 친구에게 중간고사 때 답안지의 이름 칸을 흐릿하게 쓰고 나중에 돌려받으면 자기에게 빌려달라고 부탁했다.

　당시 요시나가는 집에서도 학교에서도 딱히 문제를 일으키지 않는 지극히 평범한 아이였지만, 공부는 그다지 잘하지 못했다.

　백 점에 가까운 시험지의 이름을 자기 이름으로 바꿔 써서 문병 갈 때 들고 가자, 아버지와 어머니 모두 매우 기뻐했다. 특히 어머니는 "이 정도면 입원하는 것도 나쁜 일은 아니네"라며 만면에 웃음을 가득 머금고 요시나가의 머리를 쓰다듬어 주었다.

　"고마웠다. 엄마가 무척 기뻐했어."

　장례식 후에 아버지가 그때 일을 떠올리며 말했다.

　요시나가가 어머니를 속인 죄책감에 괴로워하자, 아버지가 다시 말했다.

　"앞으로는 네 힘으로 엄마를 기쁘게 할 수 있도록 노력해야 한다."

아버지는 알아챘던 것이다.

그다지 많지 않은 아버지의 기억 가운데 그때 지었던 조금 쓸쓸한 미소가 선명하게 되살아났다.


주머니 안에서 진동이 울려 요시나가는 휴대전화를 꺼냈다.

간자키에게 온 전화였다.

"이봐——."

요시나가가 말을 건네자, 앞에서 걷고 있던 쓰루미와 오야가 멈춰 서며 돌아보았다.

"먼저 가 있어."

휴대전화를 들어 올리며 말하자, 두 사람이 "알겠습니다"라며 빌딩을 향해 걸음을 내디뎠다.

"여보세요 …… 요시나가입니다."

요시나가가 전화를 받았다.

"점심시간에 죄송해요."

미안해하는 간자키의 목소리가 들렸다.

"괜찮습니다. 무슨 일이시죠?"

"조금 전에 쓰바사 군이 저의 면회에 응해 줬어요."

그 말에 심장이 크게 술렁거렸다.

"그래서요?"

요시나가가 다음 말을 재촉했다.

"마음을 여는 게 먼저일 것 같아서 사건에 관해서는 언급하지 않았어요. 다른 것들을 이것저것 물어봤지만, 쓰바사 군이 대답을 들려준 건 없어요. 다만, 아버지가 만나고 싶어 한다고 전하니까 쓰바사 군이 고개를 끄덕였어요."

"면회에 응하겠다는 뜻일까요?"

"저는 그렇게 받아들였어요. 경찰에 확인한 바로는 오늘은 검찰 조사가 없어서 네 시까지는 면회가 가능하대요."

주말 면회는 허가되지 않으니 오늘 못 가면 글피까지 만날 수 없다. 그 사이에 쓰바사의 마음이 바뀌어 버릴지도 모른다.

"알겠습니다. 어떻게든 빠져나가겠습니다."

"아, 네. 그럼, 저도 여기서 기다릴게요."

요시나가는 전화를 끊은 후, 잰걸음으로 회사로 향했다. 제2기획팀 부스로 들어가자, 쓰루미와 오야와 미사키가 이미 자리에 앉아 일을 하고 있었다.

"지금 디자이너 아오키 씨와 급하게 미팅을 하게 됐어."

요시나가가 말하자, 세 사람이 이쪽으로 시선을 돌렸다.

"저희도 동행하는 게 좋을까요?"

쓰루미가 물었다.

"아니, 오늘은 나 혼자만 가도 돼. 다섯 시까지는 들어올 테니 잘 부탁해."

쓰루미와 오야는 요시나가의 거짓말을 믿는 듯했지만, 미사키는 수상쩍어하는 눈빛으로 바라보았다.

"다녀올게."

요시나가가 서둘러 웃옷과 가방을 챙겨 부스를 떠났다. 엘리베이터를 타고 1층으로 향했다. 입구를 빠져나와 빌딩에서 나왔다.

"요시나가 씨──."

이름을 부르는 소리에 뒤를 돌아본 순간, 등줄기에 소름이 돋았다.

"아오바 쓰바사 군의 아버님이시죠?"

그렇게 물으며 다가오는 여성에게서 시선을 피하는 순간, 눈 깜짝할 새에 열 명쯤 되는 사람들에게 에워싸이고 말았다.

"아버지로서 뭐라고 한마디 해 주실 수 있나요?"

눈앞의 여성이 녹음기를 요시나가에게 들이대며 말했다. 그 안쪽에는 요시나가에게 카메라를 향한 남자가 셋이나 있었다.

"아뇨 ······. 사람을 잘못 봤습니다."

요시나가가 재빨리 손으로 얼굴을 가렸다.

"거짓말하시면 안 되죠. 조사는 이미 끝났어요. 부모님으로서 확실하게 인터뷰를 하는 게 더 좋을 텐데요."

남성의 목소리가 들렸다.

"그만해요. 멋대로 촬영하지 말라고!"

"아드님은 지금 어떤 상황인가요?"

"사건에 관해 인정했습니까?"

"피해자 가족은 만나 보셨습니까?"

화살처럼 빗발치는 질문의 회오리에 의식이 몽롱해져 갔다.

어떻게든 도망치고 싶었지만, 주위를 둘러싼 사람들 무리에는 도무지 빠져나갈 틈이 없었다.

"아드님이 왜 그런 행동을 했다고 생각하세요?"

"모릅니다 ……."

그렇게 대답할 수밖에 없었다.

"모르다뇨, 아버지잖아요?"

"아들은 엄마랑 같이 살아서 난 잘 모릅니다."

"그렇다고 자기 책임이 아니라고 말할 순 없겠죠?"

그런 말은 안 했는데도 순식간에 왜곡되었다.

"경찰은 아무것도 알려 주지 않습니다. 그래서 아무것도 모릅니다. 왜 아들이 체포당한지도."

이러면 안 된다고 생각하면서도 말투에 그만 노기가 서리고 말았다.

"주간지에도 그렇게 인터뷰 하셨던데, 아드님에게는 죄가 없다고 믿는다는 뜻인가요?"

"일 때문에 급하니 어서 비켜 주세요."

그 자리에서 도망치려고 몸을 비틀자, 바로 앞에 있던 여성이 엉덩방아를 찧으며 넘어졌다.

"아얏!"

여성이 비난하는 듯한 시선을 던진 순간, 바로 옆에서 "이런 건 좋지 못한 행동이에요"라는 남성의 목소리가 들렸다.

"미안합니다. 정말 급한 일이 있어서."

요시나가는 사람들 무리를 헤치고 나와 도로를 향해 전속력으로 달리기 시작했다.


접수창구 앞 벤치에 앉아 있는 간자키를 발견했다.

가까이 다가가자, 간자키가 요시나가를 알아채고 일어섰다.

"무슨 일 있었어요?"

요시나가의 이변을 눈치챘는지 간자키가 눈썹을 찡그렸다.

"회사 앞에서 기자들에게 둘러싸였습니다."

"그래서 뭐라고 하셨어요?"

"기억이 안 납니다. 머릿속이 하얘져서. 다만, 호의적으로 받아들여지진 않겠죠."

"회사까지 들이닥치는 건 너무 지나치네요. 제가 항의할까요?"

"아뇨, 됐습니다 ……. 불길에 기름을 붓고 싶진 않아요."

간자키가 탄식을 흘렸다.

"쓰바사를 만나고 오겠습니다."

요시나가가 기분을 바꾸고 말하자, 간자키가 어깨를 살며시 두드려 주었다.

"냉정하셔야 해요."

요시나가가 가볍게 고개를 끄덕이고 접수창구로 향했다.


아크릴판 앞의 의자에 앉아 손목시계로 시선을 돌렸다.

십오 분밖에 없어도 초조해하면 안 된다. 오늘의 목적은 쓰바사와 평범하게 대화를 나누는 것이다. 아빠와 아들의 대화를 하는 것이다.

문이 열리는 소리가 들리고, 간수와 함께 고개를 숙인 쓰바사가 들어왔다. 지난번 면회했을 때 봤던 운동복 차림이 아니라, 요시나가가 사다 준 긴소매 셔츠에 면바지를 입고 있었다.

쓰바사가 고개를 숙인 채 요시나가 앞에 앉았다.

"쓰바사 ……."

요시나가가 몸을 살짝 내밀며 이름을 불렀지만, 쓰바사는 얼굴을 들려 하지 않았다.

"지난번에 엄마랑 함께 여기 왔었어."

쓰바사는 아무런 반응도 보이지 않았다.

"얼굴 좀 들어 줄 수 있겠니? 네 얼굴이 보고 싶구나. 네가 건강한지 엄마한테 전해 주고 싶어서 그래."

요시나가가 호소하자, 쓰바사가 천천히 얼굴을 들었다.

전에 봤을 때보다 뺨이 많이 꺼진 것처럼 느껴졌다.

"밥은 제대로 먹니?"

쓰바사가 살며시 끄덕이고, 또다시 고개를 숙였다.

"밤에는 춥지? 갈아입을 옷이 부족하면 바로 갖다 줄게."

제발 얼굴을 들어 줬으면. 그런 간절한 마음으로 부드럽게 말을 건넸다.

"차입물로 넣어 준 요리책은 네가 산 거니?"

제발 얼굴을 좀 들어 줬으면.

"아빠한테 또 카레를 만들어 주려고 했던 거야?"

쓰바사가 드디어 얼굴을 들었다. 고개를 끄덕이지도 옆으로 흔들지도 않았다.

"집에 부르지 못해서 미안하다. 하지만 다음에는 카레 만들러 와. 기대하고 있을게."

쓰바사가 고개를 숙였다.

"옛날에 네가 아버지의 날에 만들어 줬던 카레 ……. 아빠는 지금껏 그때보다 맛있는 카레는 먹어 본 적이 없어 ……."

그 말을 하는데 코끝이 찡해졌다. 눈이 젖어 들며 쓰바사의 모습이 흐릿해졌다.

"물건 훔쳤을 때, 바로 달려가지 못해서 정말 미안했다. 난 좋은 아빠가 아니었을지도 몰라. 그렇지만 이것만은 믿어 주겠니. 널 사랑한다, 쓰바사."

요시나가는 쓰바사의 얼굴을 또렷이 보고 싶어서 오른손으로 눈물을 훔쳤다.

쓰바사가 얼굴을 들고 자신을 지긋이 응시하고 있었다. 그러나 마치 바닥을 알 수 없는 깊은 늪을 보는 것처럼 쓰바사의 감정은 전혀 엿볼 수가 없었다.

"네가 다른 무엇보다 소중해. 그러니 있었던 일을 솔직하게 말해 줄 수 있겠니? 아빠한테도 나가토 선생님이나 간자키 선생님한테도 ……. 한시라도 빨리 널 이런 상황에서 구해 내고 싶어."

쓰바사가 입술을 꽉 다물었다. 얼굴이 차츰 붉어졌다.

"뭔가 잘못된 거지? 네가 그런 일을 하다니, 있을 수도 없는 일이잖아?"

쓰바사의 콧김 소리가 들렸다. 또다시 고개를 숙였지만, 자기의 말은 전해지고 있었다.

"물건을 훔쳐서 잡혔을 때, 유토 군이 널 필사적으로 감싸 줬다며? 그런 친구를 어떻게 …… 안 그래?"

── 부탁한다. 아니라고 말해 줘.

"유토 군을 …… 죽였니?"

쓰바사가 얼굴을 들더니 고개를 꾸벅 끄덕였다.


문을 열고 복도로 나온 순간, 요시나가는 현기증이 나서 벽에 손을 짚었다. 문을 닫으려고 돌아봤을 때, 아크릴판 너머로 쓰바사의 모습이 보이지 않았다.

분명 십오 분 정도밖에 지나지 않았는데, 면회실에 들어갔던 게 오랜 옛날 일처럼 느껴졌다.

걸음을 내디뎠지만, 눈앞이 흔들리고 발밑은 땅속으로 꺼져 들어가는 것 같았다. 좀처럼 엘리베이터까지 갈 수가 없었다.

몽롱한 의식으로 복도를 걸어가는데, 뒤에서 요시나가를 부르는 소리가 들렸다.

걸음을 멈추고 돌아보니 이쪽으로 다가오는 누군가의 모습이 흐릿하게 보였다. 바로 코앞까지 와서야 가까스로 무로타라는 걸 알아챘다.

"학생이 인정했다면서요. 다른 얘기는 없었습니까?"

무로타가 요시나가의 얼굴을 들여다보듯이 물었지만, 쓰바사가 고개를 끄덕인 후의 기억은 애매했다.

"시간 됐습니다"라는 간수의 말을 듣고 의자에서 일어섰을 때, 쓰바사가 요시나가를 불러 세웠다.

요시나가가 방심 상태에서 시선을 돌리자, 쓰바사가 작은 목소리로 뭐라고 중얼거렸다. 그러나 뭐라고 했는지 기억이 나지 않았다.

"글쎄요 ……."

요시나가가 애매하게 말끝을 흐리자, 무로타가 의아하다는 듯이 고개를 갸웃거렸다.

"다음에는 언제 오십니까?"

"모릅니다."

한참을 생각하다 대답한 요시나가는 무로타에게 고개를 숙이고 엘리베이터로 향했다.

몽롱한 의식 속에서도 앞일을 생각해 보려 애썼다.

그러나 쓰바사가 유토 군을 죽였다고 인정한 이상, 어떤 생각도 의미가 없는 것처럼 여겨졌다.

—— 쓰바사가 사람을 죽였다.

그 사실을 앞에 두고, 요시나가가 할 수 있는 일은 아무것도 없었다.

1층 접수창구에 도착하자, 벤치에 앉아 있던 간자키가 벌떡 일어섰다. 웃는 얼굴로 말을 건네려다 이내 표정이 굳었다.

"쓰바사가 …… 인정했습니다."

요시나가가 말하자, 이쪽을 바라보고 있던 간자키가 마른침을 삼키는 소리가 들렸다.

"그리고?"

간자키의 입매가 바짝 긴장되었다.

"그다음은 거의 기억이 나질 않습니다. 너무 충격적이라서요 ……."

"제가 지금 다시 접견해 볼게요."

"잘 부탁드립니다."

요시나가가 힘없이 고개를 숙였다.


누군가 어깨를 세게 흔들어서 요시나가가 고개를 돌렸다.

흐릿했던 시야 속으로 제복 경찰관의 모습이 나타났다.

"괜찮으세요? 어디 몸이라도 안 좋으세요?"

"괜찮습니다."

"정말 괜찮아요?"

경찰관이 요시나가의 얼굴을 들여다보았다.

"일 때문에 지쳐서 잠깐 멍해 있었을 뿐이에요. 걱정을 끼쳐서 죄송합니다."

요시나가가 고개를 숙이자, "그럼, 조심하십시오"라며 경찰관이 자리를 떠났다.

손목시계로 눈을 돌리니 오후 여섯 시가 지나 있었다. 경찰서에서 나온 뒤로 세 시간 가까이 지나 있었다.

여기는 어디일까. 건물로 둘러싸인 광장 벤치에 앉아 있었다. 가로등이 켜 있었다.

요시나가가 휴대전화를 꺼내서 회사의 자기 자리 번호로 전화를 걸었다.

"네, 호무라 건설입니다——."

오야의 목소리가 들렸다.

"나야. 외근지에서 몸이 좀 안 좋아졌어. 여기서 바로 퇴근할 테니 다른 직원들에게도 전해 주게."

요시나가는 그렇게 말한 후, 오야의 다음 말을 가로막듯이 전화를 뚝 끊었다.

태블릿을 꺼내서 준코에게 메일을 쓰기 시작했다.

── 쓰바사가 인정했어.

그렇게만 써서 메일을 보낸 후 일어섰다. 눈앞의 빌딩 간판에는 '신주쿠 마인즈 타워'라고 적혀 있었다. 불빛이 많은 쪽으로 한동안 걸어가자, 수많은 네온 간판이 시야를 파고들며 반짝거렸다.

눈에 띄는 술집 문으로 손을 뻗었다. 그러나 손잡이를 잡기 직전에 손을 다시 거둬들였다.

술을 마셔 봐야 아무 소용이 없다는 건 지겹도록 잘 알고 있었다. 하는 수 없이 역 쪽으로 발길을 돌렸지만, 도중에 다시 걸음을 멈췄다.

기자들에게 둘러싸였을 때 광경이 떠올랐다. 직장까지 밀어닥친 걸 보면, 집 주위에도 기자들이 진을 치고 있진 않을까.

인터넷카페 간판이 눈에 들어왔지만, 들어갈 마음이 내키지 않아 다시 걸음을 내디뎠다.

정처 없이 걷고 있는데, 가전제품 가게 앞에 놓인 텔레비전 영상이 눈으로 날아들어서 걸음을 멈췄다.

'열네 살 범인 아버지의 진상 고백'이라는 자막이 떴다. 화면에서 모자이크로 얼굴이 가려진 자기 모습을 바라보았다.

자기를 아는 사람이라면, 모자이크 속 남자가 요시나가라는 건 금세 알아챌 것이다.

연예인도 공인도 아닌 자기가 텔레비전 화면 속에 있었다. 고작 회사원에 불과한 자기가. 아무런 허가도 구하지 않고 이렇게 쉽게 방송이 나가 버리는 것인가. 범죄자의 부모는 그런 존재란 말인가.

요시나가는 무심코 자조하며 다시 걸음을 내디뎠다. 불빛이 반짝이는 쪽이 아니라 보다 어두운 쪽으로 걸어갔다.

나는 이제 어떻게 되어 버리는 것일까.

이제부터 세간의 거센 비난에 훤히 드러나게 되겠지. 지금 직장도 더 이상 다닐 수 없게 될지 모른다. 재취업을 하려 해도 살인범의 아버지는 고용해 주지 않을지도 모른다. 만약 어딘가에서 일을 하게 되더라도 평생토록 세상을 두려워하며 살아가야 하는 것이다.

아니, 내가 지금 해야 하는 생각이 그런 것일까.

쓰바사는 왜 친구를 죽였을까. 준코와 헤어지지 않았다면 이런 일은 벌어지지 않았을까. 죄를 저지르기 전에 막을 수는 없었을까.

이게 다 내 탓일까. 쓰바사가 사람을 죽이고 만 것은 아버지인 내 책임일까.

유족인 후지이 씨에게 사죄해야 한다. 그렇지만 대체 어떻게 사죄를 해야 한단 말인가. 사랑하는 자식의 생명을 앗아간 데 대한 사죄는 어떻게 해야 하는 걸까.

후지이 씨는 뭘 요구할까. 변호사는 실제로 자기 가족이 피해를 입었을 때 어떻게 할까.

손해배상 문제도 있다. 나가토는 요시나가가 배상책임을 물을 가능성은 낮다고 했지만, 준코나 그녀의 부모가 그걸 인정할 리 없다.

어디를 향해 뭣 때문에 계속 걷고 있는지도 알 수 없었다.

경찰서에서 나와서 헤어졌을 때, 준코도 이런 심정이었을까. 갈 곳도 없이 주위 사람들의 시선에 겁을 먹은 채 헤매었을까.

그러나 지금 요시나가에게는 이럴 때 도와줄 만한 사람이 없었다.

주머니 속에서 진동이 울려서 요시나가가 걸음을 멈췄다.

대체 얼마나 걸었을까.

3월 지진재해 때 시부야에서 집이 있는 미조노쿠치까지 걸어갔을 때 이상으로 다리에 통증이 느껴졌다.

휴대전화 화면에 표시된 시계를 보고 다섯 시간 이상 계속 걸었다는 걸 알았다. 문자가 와 있었다. 미사키가 보낸 문자였다.

'만나서 대화하고 싶어'라는 한 문장이 쓰여 있었다.

'지금 가도 돼?'라고 문자를 보내자, 곧바로 '기다릴게'라는 답장이 왔다.

요시나가는 어스름한 주위의 어둠을 둘러보았다. 주택가였다. 전봇대에 붙은 번지 표지를 봐도 여기가 대체 어디쯤인지 짐작도 가지 않았다.

한참을 걸어서 큰길로 나온 후, 택시를 타고 미사키의 집으로 향했다.

맨션에 도착해서 무거운 다리를 힘겹게 들어 올리며 입구 계단을 올라갔다. 평소에는 여벌 열쇠로 직접 문을 열고 들어가지만, 오늘은 집 호수를 입력하고 인터폰을 눌렀다.

"네──" 하고 대답하는 미사키의 목소리가 들렸다.

"나야."

요시나가가 말하자, 말없이 자동문이 열렸다.

미사키의 집으로 다가가자, 미사키가 문을 열고 얼굴을 내밀었다.

"오늘 회사에서 빠져나가서 어디 갔었어?"

요시나가가 현관으로 들어가자, 미사키가 물었다.

"쓰바사를 만나러 갔었어."

"그래서 ……."

"쓰바사가 죄를 인정했어."

미사키가 숨을 삼켰다.

"쓰바사 군이 정말로 사람을 죽였다고 했다는 거야?"

요시나가가 고개를 끄덕였다.

"앞으로 어떡할 거야 ······."

미사키의 다급한 목소리에 요시나가는 잘 모르겠다며 고개를 가로저었다.

"앞으로는 변호사 선생님에게 맡길 수밖에 없겠지."

"쓰바사 군이 돌아오면 ······ 어떻게 할 거야?"

"모르겠어."

"당신이 맡게 될 수도 있어?"

"아니, 같이 사는 건 아직 상상이 안 돼."

마음속에 있던 진심을 밝히자, 이쪽을 바라보던 미사키의 눈빛이 변했다.

"무책임한 부모라고 생각하겠지. 그렇지만 아직은 상상이 안 돼. 그런 짓을 한 아들과 같이 ······ 같이 산다는 게 ······."

이런 말을 하면 미사키에게 멸시당할 거라는 건 알지만, 그럼에도 입이 멋대로 움직였다.

"난 같이 살지 않았어. 비겁하다는 건 알지만, 쓰바사가 그런 짓을 저지른 건 내 책임이 아니라고 주장하고 싶은 마음도 있다고."

요시나가는 차마 미사키를 똑바로 쳐다볼 수 없어서 고개를 숙였다.

"남들보다 두 배쯤 올바른 길을 추구하는 당신이 본다면, 최악의 부모라고 생각하겠지만 ……."

"나는 …… 당신이 생각하는 그런 여자가 아니야."

요시나가가 얼굴을 들었다.

"난 올바르지 않아. 오히려 최악일지도 몰라."

요시나가는 고개를 저으며 부정했다.

"당신이 쓰바사 군에게 보낸 연하장을 내가 버렸어."

충격적이었다. 눈앞에 있는 소중한 사람의 얼굴이 다른 사람처럼 일그러져 보였다.

"쓰바사 군의 존재가 거추장스럽게 느껴졌어. 이젠 제발 당신한테서 좀 떨어져 나가길 바랐어. 그 정도로 당신을 사랑했어."

미사키가 그렇게 말하며 눈을 내리떴다.

미사키에 대한 분노보다는 그녀의 마음을 전혀 몰랐던 자기에 대한 혐오감이 더 컸다.

"그래서 설령 쓰바사 군이 사람을 죽였대도 상관없다고 생각했어. 우리가 함께한 이 년이란 시간은 그 정도 일로 무너지진 않을 거라고. 당신과 계속 같이 살고 싶다고 ……."

미사키가 시선을 돌려 자신을 바라보았다. 눈에 눈물이 그렁거렸다.

"그렇지만 …… 앞으로의 일을 생각하면 ……."

미사키는 그쯤에서 말문이 막혔다.

"더 이상 얘기 안 해도 돼."

요시나가가 말하자, 미사키가 얼굴을 숙인 채 고개를 저었다. 얼굴을 들고 자신을 바라보는 미사키의 눈에서 눈물이 흘러넘쳤다.

"같이 살 수 없을 것 같아. 미안해 ……."

요시나가는 미사키를 바라보며 고개를 가로저었다. 가방에서 열쇠고리를 꺼내 집 열쇠를 뽑아 미사키에게 건네주었다.

"지금까지 고마웠어. 단, 한 가지 부탁이 있어. 내 개인 물건들을 조금만 더 맡아 줄 수 있을까? 상황이 안정되면 알려 줄 테니 그쪽으로 보내 줬으면 해."

미사키가 살며시 고개를 끄덕였다.

요시나가는 미사키에게 돌아서서 문을 열고 복도로 나왔다. 문을 닫고, 그 자리에 우두커니 섰다.

이제 나는 어디로 가야 하나.

알 수가 없었다. 다만 이곳에서 어쨌든 빨리 떠나야 한다.

건물 입구를 벗어나 어스름한 길을 걸어가는데, 아크릴판 너머에 있던 쓰바사의 모습이 뇌리에 떠올랐다.

── 또 만나러 와 줄 거야?

면회실에서 나오려는 순간, 요시나가를 불러 세운 쓰바사는 마지막으로 그렇게 물었던 것이다.

나는 그 말에 대답을 했을까.

제2장

두 개의
재판

주머니 속에서 진동이 울려서 요시나가는 작업하던 손길을 멈췄다. 휴대전화를 꺼내 보니 간자키에게 온 전화였다.

"간자키입니다. 지금 잠깐 통화 괜찮으세요?"

전화를 받자, 간자키의 목소리가 들렸다.

"네에."

"조만간 만나 뵙고 싶은데, 예정은 어떠세요?"

"선생님만 괜찮으시면, 오늘 저녁에라도 찾아 뵙겠습니다."

"그럼, 여섯 시쯤 어떨까요?"

"알겠습니다."

요시나가는 전화를 끊은 후, 준코의 개인 물건을 다시 종이 상자에 담아 나갔다.

준코는 자기 옷가지와 핸드백, 귀금속 외에는 모조리 처분해도 된다고 했지만, 쓰바사가 돌아왔을 때를 대비해서 조금은 남겨 두는 게 좋을지도 모른다.

준코의 방에서 나온 요시나가는 다이닝 룸으로 가서 주위를 둘러보았다.

나무선반 맨 위에 올려 둔 꽃병에 꽂힌 꽃이 바짝 말라 있었다. 꽃을 쓰레기 봉지에 버리고, 꽃병은 테이블 위에 내려놓았다. 고양이 모양의 잡지꽂이와 캐릭터 벽시계를 들고, 꽃병과 함께 준코 방으로 갖고 갔다. 종이 상자에 꽃병과 잡지꽂이, 시계를 넣고 검테이프로 붙였다.

준코의 방을 정리한 후, 욕실과 화장실을 둘러보며 온갖 물건들을 분리해서 쓰레기 봉지에 집어넣었다.

수건이 들어 있던 조그만 나무선반을 쓰레기 봉지에 집어넣으려다 손길을 멈췄다.

예전에 여름방학 숙제로 쓰바사와 함께 만든 선반이라는 기억이 떠올랐다. 차마 버릴 수가 없었다.

다이닝 룸으로 돌아가서 잡지와 신문을 비닐 끈으로 묶고, 그릇 종류를 정리해 나갔다. 숟가락과 포크는 타지 않는 쓰레기, 나무로 된 젓가락이나 국자는 타는 쓰레기다. 다른 서랍 하나를 열어 보니 배달 피자 같은 음식 광고지와 나무망치와 코르크 컵받침 하나가 들어 있었다. 그것들도 모두 타는 쓰레기 봉지에 넣었다.

벨이 울렸다. 요시나가가 일어서서 인터폰으로 다가갔다.

"대시 정리센터에서 나왔습니다."

인터폰을 받자, 남성의 목소리가 들렸다.

요시나가가 "잠깐만 기다리세요"라며 현관으로 나갔다. 문을 열고 밖에 서 있던 작업자 두 명을 안으로 들이고, 곧장 다시 다이닝 룸으로 돌아갔다.

"이 집의 모든 물건들을 가져가 주셨으면 합니다. 현관 왼쪽 방에 있는 종이 상자만 그대로 두시고."

요시나가의 말에 작업자들이 놀란 듯이 실내를 둘러보았다.

"텔레비전이나 가구나 아직 다 새것 같은데요."

나이가 지긋한 작업자가 말했다.

"네, 상관없습니다. 가구와 전기제품뿐만 아니라 봉지에 담아 둔 쓰레기와 잡지 같은 것들도 함께 처분해 주세요. 일단 제가 분리는 해 놨습니다."

"알겠습니다."

두 작업자는 의아해하는 표정으로 짐을 옮기기 시작했다.

요시나가는 한차례 정리를 끝낸 후, 휴대전화를 꺼냈다. 택배 회사에 연락해서 보낼 물품을 가져가라고 했다.

정리센터 직원들과 나중에 온 택배 기사가 모든 짐을 가지고 나간 후, 요시나가는 실내를 청소하면서 부동산회사 직원을 기다렸다. 한 시간쯤 지나 벨이 울려서 인터폰으로 향했다.

"부동산에서 왔습니다. 퇴거 수속 하러 왔습니다."

"잠깐만 기다리세요."

요시나가가 인터폰을 끊고 현관으로 갔다. 문을 열자 양복 차림의 남성과 예순 살 가량으로 보이는 여성이 서 있었다.

"이 집의 주인인 고쿠보 씨입니다. 퇴거 수속에 동행하시겠다고 해서."

남성의 설명을 듣고 고쿠보에게 시선을 돌리자, 적의가 깃든 눈빛으로 쏘아보고 있었다.

"네, 들어오시죠."

요시나가가 두 사람을 안으로 들였다.

"그럼, 먼저 지저분한 곳이 없는지 확인하겠습니다."

남성이 그렇게 말하며 준코가 썼던 방으로 들어갔다. 요시나가와 고쿠보는 곧장 다이닝 룸으로 향했다.

"아오바 씨는 안 계세요?"

한동안 실내를 둘러보던 고쿠보가 물었다.

"아, 네."

"친척 분이신가요?"

"아뇨 ……. 지인인데, 대리인을 맡아 달라는 부탁을 받았습니다."

요시나가가 잠시 망설이다 대답했다.

"폐를 끼쳐서 죄송하다고 주인분께 전해 달라는 부탁도 받았습니다."

"나 참 세상에, 이건 폐 정도로 끝날 얘기가 아니죠. 사과 한 마디 없이 종적을 감춰 버리다니 ……."

요시나가는 고개를 끄덕이는 수밖에 달리 방법이 없었다.

"비교적 깨끗하게 사용하신 것 같군요."

그 목소리에 요시나가가 남성에게로 시선을 돌렸다.

"아무리 깨끗하게 썼어도 보증금은 돌려줄 수 없어요. 이런 일이 벌어진 이상 여간해선 임차인을 구할 수 없을 테니까."

"알겠습니다. 아오바 씨도 이해하고 있습니다."

요시나가가 남성에게 집 열쇠를 넘겨준 후, 건네받은 서류에 서명을 하고 다이닝 룸에서 나왔다. 탈의실에 있던 나무선반을 집어 들고 현관으로 향했다.


입구에 놓인 내선 전화를 들자, 여성의 목소리가 들렸다.

요시나가가 이름을 밝히자, 문이 열리고 여성 직원이 나왔다.

"이쪽으로 오세요."

여성이 바로 왼편에 있는 방으로 안내했다. 얼마 후 문이 열리고 간자키가 들어왔다. 요시나가와 눈을 마주친 간자키가 고개를 살짝 갸웃거리며 맞은편 자리에 앉았다. 양복 차림이 아니라 그럴 테지.

"오늘은 휴가를 냈습니다."

"몸이 안 좋으세요?"

간자키가 걱정스러운 표정으로 물었다.

"아뇨, 쓰바사가 살던 집과 살림살이를 처분하고 왔습니다. 휴가는 언제든 낼 수 있는 위치라 이웃들의 시선이 비교적 적은 평일이 좋을 것 같아서 오늘 다녀왔습니다."

"그러셨군요. 오늘 와 달라고 부탁드린 이유는 앞으로의 일을 상의하기 위해서예요. 쓰바사 군은 내일 가정재판소로 송치돼요."

벌써 그런 시기가 되었나.

쓰바사가 체포된 지 한 달하고 열흘 이상 지났다. 그 사이에 요시나가의 환경은 크게 바뀌었지만, 쓰바사의 태도는 거의 변함이 없었다.

쓰바사는 여전히 사건 얘기를 하지 않았다. 유토 군을 죽인 사실은 인정했지만, 왜 그런 일까지 벌였는지에 관해서는 입을 굳게 다물고 있었다.

"본래는 다치카와 지부 관할인데, 워낙 큰 사건이라 가스미가세키 본부에서 담당할 가능성이 높을 거예요."

요시나가를 바라보며 간자키가 한숨을 한 번 내쉬었다. 큰 사건을 혼자 담당하는 중압감 때문이겠지.

"실은 사흘 전에 쓰바사 군에게 부첨인 선임 서류에 서명을 해 달라고 부탁했는데 거절당했어요. 저를 신용하지 않는지도 몰라요."

한숨을 흘리는 간자키를 보니, 원통하다는 듯이 고개를 숙였던 나가토의 모습이 뇌리를 스쳐서 머리를 감싸 쥐고 싶었다.

"그럴 리가요. 쓰바사를 지켜 줄 유일한 존재이신데."

나가토가 변호를 포기한 지금 상황에서는 의지할 사람이라곤 오로지 간자키 뿐이었다.

쓰바사는 언제부터인가 변호사의 면회는 응해 줬지만, 나가토와 간자키가 교대로 찾아가도 마음을 열지는 않았다. 그래도 간자키와는 약간의 잡담을 나눴다고 한다. 나가토는 자기에게 절대 입을 열지 않는 쓰바사의 태도에 무력감을 느껴서 더 이상 견딜 수가 없었겠지.

쓰바사가 살인 혐의로 체포됐을 무렵, 나가토가 변호를 접고 싶다는 말을 꺼냈다.

"힘이 되어 드리지 못해 죄송합니다"라며 원통하다는 듯이 고개를 숙이는 나가토를 보고, 요시나가는 결국 그의 뜻을 받아들일 수밖에 없었다.

"쓰바사가 서명하지 않으면, 간자키 선생님은 부첨인이 될 수 없습니까?"

요시나가가 물었다.

"아뇨, 보호자 서명이 있으면 돼요. 그래서 아오바 씨에게 선임 서류를 보냈다 다시 받았습니다."

"가정재판소에 송치된다는 건 쓰바사가 내일부터 소년감별소에 간다는 뜻이겠죠?"

"감호조치를 받게 될 테니까요."

가정재판소가 심판을 내리기 위해 소년감별소에 수용해서 조사하는 것을 감호조치라 부른다. 감별소에 수용되는 기간은 보통 4주가 최장 한도다.

책에서 조사한 바에 따르면, 감별소에서는 담당자가 소년과 대화를 나누거나 신체검사, 심리검사를 실시하고, 작문 혹은 일기 쓰기를 유도해서 소년의 행동을 관찰하며 그 결과를 보고서로 정리해서 소년심판의 자료로 활용한다고 한다.

"역송 여부는 언제 결정 납니까?"

"소년심판에서 보호관찰이나 소년원 송치 같은 보호처분이 내려지거나 검찰관 송치 결정이 내려져요."

"소년심판은 언제쯤 열리죠?"

"대략 3주 남짓 남았다고 생각해 두세요. 나중에 정식으로 심판일이 지정될 거예요."

"그렇게 빨리요?"

요시나가가 놀라서 물었다.

한 달도 채 못 가 우리의 운명이 결정되어 버린다는 뜻인가.

검찰관 송치 결정이 내려져서 형사재판이 열리면, 열네 살 쓰바사는 물론이고 부모인 요시나가와 준코도 증인으로서 방청인 앞에 얼굴을 드러내야 하겠지.

"어쨌든 부첨인으로서는 매우 곤란한 상황이에요. 쓰바사 군이 전혀 입을 열지 않아서 방침을 세울 수도 없어요. 그뿐만 아니라 이대로라면 재판관이 사건에 대한 반성이 없다고 판단할 여지도 있고, 피해자의 감정도 더욱 사나워지겠죠."

"역송될 가능성이 높아진다는 얘기군요."

요시나가가 말하자, 간자키가 고개를 끄덕였다.

"저는 앞으로 부첨인으로 활동하겠지만, 쓰바사 군이 사건을 일으켰다고 인정한 이상, 보호관찰 처분은 매우 어려울 거예요. 검찰관 송치를 고려한다면 소년원 송치 등의 보호처분으로, 소년원 송치 결정이 나도 장기간이 아니라 하루라도 빨리 사회로 돌아갈 수 있도록 노력하겠습니다."

"선생님은 어떤 자료를 가지고 활동하시게 되나요?"

"쓰바사 군과 면회를 거듭하면서 수사 기록을 열람하고 사건 내용을 파악합니다. 또한 요시나가 씨와 아오바 씨, 가정재판소의 조사관에게 얘기를 들어 보죠. 피해자의 유족에 대한 대응도 필요해요. 그리고 재판관을 면회하거나 의견서를 쓰는 형태로 쓰바사 군에게 최대한 좋은 처우가 내려질 수 있도록 타협점을 찾아 나갑니다."

"그걸 다 4주 안에 해내야 한다는 거군요."

"맞아요. 우리에게는 남은 시간이 별로 없어요."

"소년심판은 며칠 동안 열립니까?"

"보통은 하루에 끝나요."

"재판관뿐만 아니라 조사관도 심판에 출석하죠?"

"네. 재판관을 대신해서 가정재판소의 조사관이 쓰바사 군이나 보호자와 면회를 하죠. 동시에 소년감별소의 담당 공무원도 쓰바사 군에 관해 조사해서 감별결과통지서라는 걸 작성하고, 그것을 근거로 가정재판소의 조사관이 소년조사표라는 자료를 심판에게 제출하게 되죠. 그것이 심판 결과를 크게 좌우해요."

가정재판소 조사관의 심증에 따라 쓰바사의 처우가 결정될 수도 있다는 말인가.

"우리는 언제 조사관과 면회하게 됩니까?"

"조만간 연락이 갈 거예요. 친권을 아오바 씨가 갖고 있으니 요시나가 씨에게도 연락이 갈지 어떨지는 모르겠지만, 통상적으로는 조사관이 부모님 사시는 곳으로 보호자 조회서라는 서류를 보내요."

"그게 대체 뭐죠?"

"쓰바사 군의 성장 내력이나 성격, 가정 상황, 사건의 내용 등에 관해 얼마나 이해하고 있는가, 또한 앞으로 쓰바사 군에게 어떤 생활을 유도하고 어떻게 감독해 나갈 것인가 등등 여러 가지 사항을 기입하셔야 해요. 그 후 조사관이 면접을 요청할 테고, 똑같은 내용을 물을 겁니다."

"쓰바사를 앞으로 어떻게 키울지 생각해 둬야겠군요."

"맞아요. 무슨 수를 써서라도 쓰바사 군이 역송되지 않도록 최선을 다해야겠지만, 그러기 위해서는 쓰바사 군이 왜 그런 사건을 일으켰는지 알아내고, 피해자와 그 가족에게 사죄와 반성의 마음을 전해야 해요. 그런데 ……."

간자키가 거기까지 말하고 한숨을 내쉬었다.

──쓰바사는 사건에 관해 아무 말도 하지 않는다.

쓰바사의 마음을 알 수 없는 것에만 초조해했는데, 4주 안에 열리는 소년심판에서 역송 여부가 결정된다는 말을 들으니 절박감이 밀려왔다.

"요시나가 씨──."

이름을 부르는 간자키의 목소리가 변한 걸 느끼고, 다음 말을 상상했다.

"쓰바사 군에게 면회를 가 주실 수 있을까요?"

간자키의 말이 채 끝나기도 전에 요시나가가 시선을 떨어뜨렸다.

"요시나가 씨의 심정은 충분히 짐작이 가요. 하지만 이대로는 어떻게 해 볼 방법이 없어요. 지난번에 경찰서에서 아오바 씨를 만났어요. 접수창구에서 잠깐 얘기를 나눴는데, 건강이 매우 안 좋아 보였어요. 오사카에서 여기까지 오는 것도 벅찰 테니 쓰바사 군을 자주 만나기는 어렵겠죠. 요시나가 씨는 이쪽에 사니까 좀 더 자주 만나러 가 주셔야 해요. 쓰바사 군의 마음을 여는 계기가 될지도 몰라요."

"애 엄마가 만나도 쓰바사는 여전히 사건에 관한 얘기를 안 했죠?"

준코에게서 쓰바사가 사건에 관해 무슨 얘기를 했다는 소식은 오지 않았다.

"그렇다네요. 수사기관 쪽은 어땠는지 모르지만, 변호사보다도 먼저 요시나가 씨에게 살해를 인정한 건 사실이에요. 요시나가 씨에게는 어쩌면 ……."

요시나가 자신도 그런 가능성에는 생각이 미쳤다.

——또 만나러 와 줄 거야?

그렇게 물었을 때, 쓰바사의 눈에서는 자기에게 뭔가를 호소하는 듯한 느낌이 감돌았다.

그렇기에 더더욱 아들과의 만남이 두려웠다.

"만약 쓰바사에게 …… 아들에게 상상을 초월하는 얘기를 듣는다면, 이번에야말로 제가 어떻게 될지 알 수가 없어요. 한심스럽게 보이겠지만, 그게 무섭습니다."

쓰바사가 범행을 인정한 날, 경찰서에서 나온 후 신주쿠에서 제정신을 차릴 때까지의 기억이 거의 나지 않았다.

미사키와 헤어진 후의 기억이 단편적으로 떠올랐다.

요시나가는 신주쿠 역 플랫폼에 하염없이 서 있었다. 전철이 들어올 때마다 맨 앞줄에 서서 몇 대나 그냥 보내 버렸다. 안전선 안쪽에 서서 조금만 용기를 낼 수 있다면 편안해질 수 있지 않을까, 이 고통에서 해방될 수 있지 않을까 생각했다.

"요시나가 씨."

간자키의 의연한 목소리에 요시나가 얼굴을 들었다.

"당신은 쓰바사 군의 아버지예요."

간자키의 눈을 바라보며 깊은 숨을 한 번 내쉬었다.

"알겠습니다."


서류 정리를 끝낸 후, 요시나가가 가방을 들고 일어섰다.

"그럼 죄송하지만, 먼저 실례하겠습니다."

주위에서 아무런 반응이 없어서 요시나가는 가볍게 목례를 하고 인사부 사무실에서 나왔다.

사무실을 벗어나 엘리베이터 홀로 향했다. 엘리베이터를 기다리는데, 뒤에서 얘기 소리가 들려서 돌아보았다. 미사키와 에가와가 다가왔다.

"수고하셨습니다."

요시나가가 인사를 건네자, 미사키가 억지 미소를 지으며 인사를 받았다.

"지금부터 디자이너 아오키 씨와 미팅이 있어."

에가와의 말에 고개를 끄덕인 요시나가는 엘리베이터로 시선을 돌렸다.

어색한 시간을 꾹 참고 있었지만, 더 이상은 견딜 수가 없어서 그 자리를 벗어났다. 화장실로 들어가 세면대에서 손을 씻으며 시간을 때웠다.

"쓰바사 군과 관련된 볼일인가?"

그 목소리에 요시나가가 얼굴을 돌렸다. 화장실로 들어온 에가와가 가까이 다가왔다.

"아 네, 뭐 ……."

인사부로 내쫓겨 회사 안에서 허드렛일만 하는 요시나가가 외근을 나갈 일은 없었다.

회사 앞에서 기자들에 에워싸인 다음 주에 요시나가는 인사부 부장에게 불려 갔다. 그때 이미 동료들 대부분은 요시나가의 아들이 그 사건의 범인임을 알고 있었다. 인사부 부장은 희망퇴직 쪽으로 얘기를 풀어 나갔지만, 요시나가는 간자키의 충고를 떠올리고 이대로 회사에 계속 남고 싶다고 호소했다. 회사로서는 받아들일 수밖에 없었던 모양이지만, 아무리 그래도 아이들이 뛰놀 수 있는 미술관 건설을 맡길 수는 없다며 기획팀에서 제외시켰다.

에가와가 요시나가 옆에 서서 손을 씻기 시작했다. 눈앞의 거울에 비친 에가와의 시선에서 도망치려고 고개를 숙였다.

"여러모로 힘든 건 알지만, 조만간 시간 좀 내줄 수 있을까? 최근에 좋은 술집을 찾아냈어."

요시나가는 무슨 말을 하고 싶은 건지 이해가 안 가서 에가와에게 시선을 돌렸다.

"도중에 프로젝트에 참가하다 보니 고민되는 점들이 있더군. 기회가 된다면 기획 입안자였던 자네의 의견을 좀 들어 보고 싶은데."

"에가와 팀장님 정도면 제 의견 따윈 필요 없을 텐데요."

보나마나 비참한 자기 모습을 안주 거리로 삼겠지.

"필요 없다고 생각했으면, 아예 부탁도 안 해. 선배로서 부끄러움을 감수하고 하는 말이야."

"부끄러움을 참긴요, 되려 잘됐다고 생각하신 거 아닌가요?"

에가와가 요시나가 쪽을 바라보며 고개를 갸웃거렸다.

"무자식이 상팔자라고."

에가와의 표정이 험악해졌다. 입가를 일그러뜨리며 요시나가를 바라보았다.

"부모 책임이 터무니없이 크다는 걸 통감하는 중이야. 하지만 자식이 없어서 다행이라고 생각한 적은 없어. 아내에게 자식을 원한다는 말을 꺼낸 적도 없지만."

그렇게 받아친 에가와가 손수건으로 손을 닦고, 잰걸음으로 그 자리를 떠났다.

어떤 사정이 있어서 두 사람이 아이 갖기를 포기했는지도 모른다.

이루 말할 수 없는 자기혐오에 빠졌다.

마음이 왜 이렇게까지 황폐해졌을까. 이래서야 무례한 언동으로 자신에게 상처를 주는 사람들과 전혀 다를 게 없다.

계단을 내려가자, 개찰구 밖에 서 있는 간자키가 보였다.

"기다리시게 해서 죄송합니다."

약속 시간인 두 시까지는 아직 오 분쯤 남아 있었지만, 요시나가는 그렇게 말을 건네며 간자키에게 다가갔다.

"저도 지금 막 도착했어요. 여기 오기 전에 가정재판소에 들렀어요. 재판관과 조사관이 결정 났고, 심판기일도 지정됐어요. 8월 25일 목요일, 오후 1시 10분부터예요."

"변경 요청도 할 수 있습니까?"

"어지간한 사정이 있거나 부첨인 활동에 시간이 필요한 경우는 변경을 신청할 수 있어요. 다만, 주말과 공휴일에는 심판이 열리지 않기 때문에 요시나가 씨는 어쨌든 직장을 쉬셔야 해요."

"알겠습니다. 간자키 선생님도 그 기간이 괜찮으신가요?"

요시나가가 수첩을 꺼내서 8월 25일에 표시를 하며 물었다.

"굉장히 빡빡한 일정이긴 하지만, 무턱대고 심판기일만 미뤄서는 안 된다고 생각해요. 쓰바사 군의 감호조치 기간이 길어져 버릴 테니까."

"재판관과 조사관은 어떤 분들입니까?"

"심판은 재판관 세 명의 합의로 결정됩니다. 심판장 스구로 씨는 오십 대 중반의 남성이고, 조사관 세토 씨 역시 사십 대 후반의 남성입니다. 제가 직접 접해 본 적은 없지만, 동료에게 들은 바로는 두 분 다 온정주의는 아니라고 해요. 특히 조사관 세토 씨는 피해자 편을 드는 경향이 있는 듯하고, 가해자에게 엄한 판단을 내리는 경우가 많다고 하네요."

"그렇군요 ……."

한숨을 내쉬기 직전에 "자, 가실까요?"라며 간자키가 역 출구를 향해 걸음을 내디뎠다.

계단을 올라 출구가 가까워질수록 불쾌한 열기가 피부에 들러붙었다. 밖으로 나가 눈부신 햇빛 아래 훤히 드러나자 시야가 흔들렸다.

소년감별소는 유라쿠초 선 히카와다이 역에서 1킬로미터쯤 떨어진 위치에 있다고 한다. 2시 30분에 면회 예약을 해 놔서 여유는 별로 없었지만, 요시나가의 발걸음은 자기도 모르게 자꾸 늦어졌다.

"이제 와서 묻긴 좀 그런데 …… 쓰바사가 왜 간자키 선생님에게는 말을 했을까요?"

요시나가가 묻자, 간자키가 얼굴을 돌려 바라본 채 고개를 옆으로 흔들었다.

"저도 잘 모르겠어요. 쓰바사 군이 면회에는 응해 줬지만, 처음 사흘간은 아무 얘기도 안 했거든요. 맨 처음에 했던 말이 기억나요. 왜 아빠랑 단둘이 만날 순 없냐고 물었죠."

그러고 보니 나가토에게도 그런 말을 물었다는 얘기를 들은 기억이 났다.

"아빠랑 단둘이 만나고 싶냐고 되물었더니 아무 대답도 안 했어요. 그래도 그때부터는 띄엄띄엄 얘기를 하게 됐죠."

"실제로 쓰바사랑 둘이 만나는 건 불가능한가요?"

"글쎄요, 어떨지. 감별소에서는 근친자나 보호자에 한해서 인정받는 경우가 있다고 들은 기억이 있긴 한데."

요시나가는 간자키의 대답을 들으며 곧바로 후회했다.

쓰바사와 둘이만 만나는 게 두려웠다.

"쓰바사하고는 평소 어떤 얘기를 나누세요?"

요시나가가 화제를 바꿨다.

"좋아하는 텔레비전 프로그램이나 만화 얘기 같은 걸 많이 해요. 둘째 아들이 쓰바사 군이랑 동갑이라 집에 가면 정보를 얻어 내죠."

"자녀분이 셋이라고 하셨죠. 변호사 일을 하면서 힘들지 않으세요?"

"뭐, 힘이야 들지만 그럭저럭 해 나가요."

간자키가 미소를 흘리며 말했다.

자기는 외동아들의 마음조차 헤아리지 못하고 있다.

"우리 집 가훈은 '완벽한 부모도 자식도 없다'는 거예요."

요시나가의 심정을 헤아렸는지 간자키가 농담처럼 말했다.

"이건 대단히 실례되는 질문이겠지만 ……."

요시나가가 말을 꺼내다 그쯤에서 입을 다물었다.

"뭔데요?"

"아니, 아무것도 아닙니다. 죄송합니다."

"궁금하잖아요. 지난번에도 말씀드렸지만, 우리에게는 남아 있는 시간이 별로 없어요. 서로 하고 싶은 말이나 묻고 싶은 말이 있으면 그때그때 바로바로 얘기하기로 해요."

"알겠습니다. 정말로 실례되는 질문이겠지만 …… 만약, 만에 하나라도 선생님의 자녀분이 사건에 휘말렸다면, 살해당하는 일이 벌어졌다면, 범인에게 어떤 마음이 들까요?"

요시나가가 그렇게 물은 후로 긴 침묵이 흘렀다.

더위가 훨씬 심해진 것처럼 느껴져서 손수건으로 이마의 땀을 훔쳤다.

"그러고 보니 피해자의 아버님이 변호사시죠."

그제야 간자키가 입을 열었다.

"네에."

"굉장히 어려운 질문이지만 …… 아무래도 미워할 수밖에 없겠죠."

"죄를 지은 사람을 보호하는 일을 하셔도 그런가요?"

"일은 바꿀 수 있지만, 가족이라는 사실은 변하지 않으니까."

간자키가 단호하게 말했다.

"그렇겠죠 ……."

유토 군의 아버지 역시 변호사라는 직업과는 전혀 다른 차원에서 쓰바사와 그의 부모인 우리를 증오하고 있겠지.

"변호사도 워낙 다양한 인간들이 있으니 한마디로 정의하긴 힘들겠지만 …… 저에 한해서 말한다면 사건을 일으킨 피의자나 피고인 소년을 면회하기 전에는 피해자나 그 가족에 관해 상상해 보려고 노력해요. 피해를 당한 사람이 내 가족이라고 생각하면서 경찰서나 구치소, 감별소로 들어가죠. 면회실 문을 열고 난 후에는 가해자가 만약 내 남편이거나 자식이라면 …… 하는 생각을 해요. 재판이나 심판이 끝날 때까지 늘 그런 일이 반복되죠."

"그렇게 쉽게 생각을 바꿀 수 있을까요?"

"물론 쉽진 않겠지만, 누구나 양쪽 입장에 처할 가능성을 갖고 있어요. 그러니 양쪽 입장을 상상하는 건 직업에 상관없이 필요한 일이라고 생각해요."

간자키의 얘기를 들으면서 자신도 그래야 한다고 생각했다.

만약 요시나가가 피해자의 부모였다면, 만약 쓰바사가 동급생에게 살해당했다면, 자기는 상대나 그 부모에게 무엇을 요구할까.

"저는 앞으로 피해자 가족에게 어떻게 사죄해야 할까요?"

"어떤 식의 사죄가 상대의 마음에 가 닿느냐는 사람에 따라 달라요. 아무리 사죄해도 상대가 받아들이지 않는 경우도 있으니까요."

"그렇겠죠 ……."

"단, 그렇다고 해서 절대 포기하면 안 돼요. 쓰바사 군과 요시나가 씨와 어머님, 그리고 제가 앞으로 필사적으로 깊이 고민해 보기로 하죠."

요시나가는 고개를 끄덕이고 계속 걸어갔다. 주택이 늘어선 보도를 걸어가자, 왼쪽에 푸른 산울타리가 이어진 광경이 눈에 들어왔다. 산울타리 안쪽에 옆으로 긴 2층짜리 건물 두 동이 나란히 늘어서 있었다.

"여기예요."

간자키의 말에 요시나가가 건물을 바라보았다.

"여기가 소년감별소라고요?"

요시나가가 묻자, 간자키가 고개를 끄덕였다.

분명 산울타리로 감춰 놓듯이 세워 둔 콘크리트 벽이 보이긴 했지만, 죄를 저지른 소년을 수용하는 곳이니 좀 더 견고한 느낌을 풍기는 시설일 거라고 상상했었다.

──저 안에 쓰바사가 있다.

마침내 도착했다는 생각과 동시에 이대로 돌아가고픈 충동에 휩싸였다.

자기 마음과는 정반대로 간자키가 기세를 불어넣듯 힘차게 걸어가서 요시나가는 허둥지둥 그 뒤를 따라갔다. 왼쪽으로 꺾자, '도쿄 소년감별소'라는 팻말이 걸린 정문이 나타났다. 문을 지나 건물을 향해 걸어갔다.

건물로 들어가니 썰렁한 공기가 온몸을 감쌌다. 바로 왼편에 접수처가 있고, 유리 너머로 직원들 몇 명이 보였다.

간자키가 직원을 불러서 방문 목적을 밝혔다. 건네받은 종이에 이름 등의 정보를 기입하자 직원이 나왔다. 직원의 안내를 받으며 '대기실' 팻말이 걸린 방으로 들어갔다.

"여기서 기다려 주세요."

직원이 그렇게 말하고 대기실에서 나갔다.

"아드님에게 차입물을 넣어 주면 어떨까요?"

간자키가 실내에 있는 자동판매기로 시선을 돌리며 말했다.

"주스를 사 줄 수 있나요?"

요시나가가 물었다.

"면회할 때는 마실 수 있어요. 소년에게 현금을 줘서 본인이 구입하는 형태도 가능하고."

경찰서에서도 현금을 넣어 줄 수 있다는 말을 듣고 놀랐다.

"그럼, 좀 사 가죠."

요시나가가 자동판매기로 가서 쓰바사에게 줄 콜라와 간자키와 자기가 마실 페트병 차를 뽑아서 돌아왔다.

간자키에게 차를 건네자, "고맙습니다"라며 받아들었다.

벤치에 앉아 기다리고 있으니 제복을 입은 남성이 안으로 들어왔다. 자기와 같은 세대로 보였다.

"아오바 쓰바사 군과 면회하실 분입니까?"

"쓰바사의 아버지 요시나가입니다. 오늘은 잘 부탁드리겠습니다."

요시나가가 일어서서 고개를 숙였다.

"담당자 히라이즈미입니다."

한눈에 보기에도 인상이 좋았다.

"저어, 한 가지 여쭙고 싶은데."

간자키가 말을 걸자, 히라이즈미가 얼굴을 돌렸다.

"쓰바사 군과 요시나가 씨가 둘이서만 만날 수 있나요?"

"입회인 없이 만날 수 있느냐는 뜻인가요?"

간자키가 고개를 끄덕였다.

"소장님 판단으로 인정해 주는 경우도 있지만, 사건이 사건인 만큼 인정받기가 쉽진 않겠죠. 소장님에게 여쭤볼까요?"

"부탁드립니다."

히라이즈미가 고개를 가볍게 끄덕인 후, 대기실에서 나갔다.

"인정해 주시면 좋을 텐데."

요시나가는 고개도 끄덕이지 못한 채, 다시 간자키와 나란히 벤치에 앉았다.

이십 분쯤 지나서 히라이즈미가 돌아왔다. 요시나가와 간자키가 일어서서 히라이즈미의 대답을 기다렸다.

"죄송합니다만, 인정해 줄 수 없다고 합니다."

"그렇군요 ……."

한숨 섞인 목소리로 말하며 자신을 바라보는 간자키에게 요시나가가 고개를 끄덕여 보였다.

"자, 이쪽으로 오시죠."

"저는 여기서 기다릴게요."

간자키의 말에 고개를 끄덕인 요시나가가 히라이즈미와 함께 대기실 밖으로 나갔다.

복도를 걸어가던 히라이즈미가 정면에 보이는 문을 열었다. 일단 건물 밖으로 나가서 걸어가다 또 다른 건물로 들어갔다. '면회실'이라는 팻말이 걸린 문 앞에서 멈춰 섰다.

"여기입니다."

히라이즈미가 문을 열고 안으로 안내했다.

방으로 들어간 요시나가는 실내 광경을 보고 어안이 벙벙해졌다.

"여기서 쓰바사를 만납니까?"

무심코 그렇게 묻자, 히라이즈미가 "그렇습니다"라며 고개를 끄덕였다.

경찰서 면회실과는 완전히 다르게 아무런 가로막도 없는 좁은 방에는 테이블과 의자 세 개가 놓여 있었다.

"앞쪽 의자에 앉아서 잠시만 기다려 주세요."

히라이즈미가 방에서 나간 후, 요시나가는 콜라와 차를 테이블에 내려놓고 의자에 앉았다.

잠시 후 노크 소리가 들려서 요시나가가 뒤를 돌아보았다. 문이 열리고 히라이즈미가 들어왔다. 그 뒤를 따라오는 쓰바사의 모습이 보였다.

운동복 차림의 쓰바사는 경찰서에서 만났을 때처럼 고개를 숙이고 있었다.

"쓰바사 ……."

요시나가가 이름을 부르자, 쓰바사가 얼굴을 들었다.

자기가 알고 있는 아들의 얼굴이었다.

"저쪽에 앉아요."

히라이즈미가 자리를 권하자, 쓰바사가 요시나가의 맞은편 자리에 앉았다. 히라이즈미는 두 사람이 앉은 것을 확인한 후, 바로 옆에 있는 의자에 앉아 손에 들고 있던 공책을 펼쳤다.

요시나가는 쓰바사에게 시선을 돌렸다. 손을 조금만 뻗으면 닿을 거리에 쓰바사가 앉아 있었다.

"시간은 십오 분 정도로 부탁드립니다."

하고 싶은 얘기와 듣고 싶은 얘기가 산더미 같은데, 처음 입을 뗄 말이 도무지 떠오르지 않았다.

"아버지가 일부러 가져오셨으니 마시지 그래?"

히라이즈미의 목소리에 쓰바사가 책상 위로 시선을 던졌다.

"아, 참. 내가 깜박했구나."

요시나가가 페트병 차를 손에 들자, 쓰바사도 콜라를 잡았다. 뚜껑을 따서 콜라를 한 모금 마셨다.

"콜라도 괜찮니?"

음료수로 목을 축인 덕분인지 드디어 말이 나왔다.

"이왕이면 …… 오렌지 주스가 좋아. 사과 주스도 좋고."

쓰바사가 나지막이 중얼거렸다.

"그래, 알았다."

또다시 말문이 막혔다. 침묵이 이어지고, 쓰바사의 얼굴에서 테이블로 시선이 옮겨 갔다.

"말랐네."

쓰바사의 말에 요시나가가 얼굴을 들었다. 장난치다 야단을 맞았을 때처럼 풀 죽은 얼굴로 요시나가를 바라보고 있었다.

"그래 ……. 넌 어떠니? 밥은 잘 먹니?"

쓰바사가 고개를 끄덕였다.

"여기서는 운동도 할 수 있어. 움직이면 배가 고프고."

"그렇구나. 아빠도 운동을 좀 하는 게 좋을지 모르겠구나. 예전에는 자주 축구도 같이하면서 몸을 움직였는데 ……."

거기까지 말했을 때, 쓰바사가 고개를 숙였다.

"엄마는 …… 괜찮아?"

꺼져 들어갈 듯한 목소리가 들렸다.

"솔직히 말하면 몸이 별로 안 좋은 모양이야. 지금은 오사카에 살고 있어서 자주 만나러 오긴 힘들지도 몰라. 그렇지만 그만큼 아빠가 자주 올게."

쓰바사가 고개를 숙인 채로 "으응 ……"이라고 중얼거렸다.

"아빠가 지금껏 일에만 매달려서 정말 미안했어. 그렇지만 이제부터는 좀 더 …… 좀 더 널 바라볼게. 네 생각을 할게."

요시나가가 몸을 내밀며 호소하자, 쓰바사가 얼굴을 들었다.

쓰바사가 물끄러미 이쪽을 바라보았다. 경찰서에서 만났을 때와 같은 무반응이 아니라, 뭔가 감정이 북받쳐 오르는지 눈동자가 흔들렸다.

"왜 부첨인 선임 서류에는 서명하지 않았니?"

요시나가가 조용히 묻자, 쓰바사의 눈빛이 변했다.

"간자키 선생님은 널 지키려고 필사적으로 일하고 계셔. 네 편이야. 그러니 그때 있었던 일을 간자키 선생님에게 다 얘기해 드려. 그렇지 않으면 ……."

"왜?"

말을 가로막듯이 쓰바사가 끼어들어서 요시나가는 입을 다물었다.

"아빠랑 둘이서 만날 순 없어?"

쓰바사가 그렇게 말하며 물끄러미 쳐다봤지만, 요시나가는 뭐라 대답할 말이 없었다.

"변호사 선생님이랑은 둘이서만 만날 수 있는데, 왜 아빠랑은 만날 수 없는 거야?"

"그건 …… 규칙이 그러니까."

"그놈들이 그렇게 대단해? 아빠나 엄마보다도 …… 그런 건 아니잖아."

요시나가는 쓰바사를 바라보며 할 말을 잃었다.

쓰바사의 말뜻도 경멸이 깃든 눈빛의 정체도 요시나가로서는 도무지 이해할 수 없었다.


대기실로 돌아오자, 간자키가 일어섰다.

"어떠셨어요?"

간자키가 물었지만, 뭐라 대답할 말이 없었다.

"어디서 차라도 한잔 하시겠어요?"

간자키가 물었다.

"가능하면 사람이 별로 없는 곳이 좋겠습니다."

"그럼, 맞은편에 공원이 하나 있어요. 조금 더울 수도 있는데 괜찮으세요?"

"선생님만 괜찮으시면."

"그럼, 이번에는 제가 대접할게요. 뭐가 좋으세요?"

간자키가 자동판매기로 다가갔다.

"죄송합니다. 그럼, 캔커피로."

간자키에게 시원한 캔커피를 건네받고 소년감별소에서 나왔다. 아까는 몰랐는데, 도로 맞은편에 큰 공원이 보였다. 파란 신호로 바뀌어서 횡단보도를 건너 공원으로 들어갔다.

한참 걸어간 곳에 있는 벤치에 나란히 앉았다. 주위 나무들이 햇볕을 가려 줘서 얼마간 시원하게 느껴졌다.

"꽤 큰 공원이네요."

요시나가가 주위를 둘러보며 캔커피 뚜껑을 땄다.

"네. 운동장이랑 테니스 코트까지 있어요. 가끔 여기서 점심을 먹기도 해요."

요시나가는 태평하게 웃으며 캔커피를 마시는 간자키를 곁눈으로 쳐다보며 조금 전 쓰바사의 언동을 떠올렸다.

―― 그놈들이 그렇게 대단해?

쓰바사는 왜 자기를 보호해 주는 존재인 변호사를 '그놈들'이라고 표현했을까.

게다가 그 말을 했을 때, 쓰바사의 표정은 적의에 가득 찬 것처럼 보였다.

변호사에게 그런 감정을 품은 이유를 알 수 없었다.

딱 한 가지 짚이는 점이 있다면, 유토 군의 아버지인 후지이 씨가 변호사라는 사실이다.

쓰바사는 후지이 씨의 직업을 알고 있었을까.

물건을 훔쳤다는 의심을 받고 경찰서로 끌려갔을 때, 후지이 씨가 와서 인권침해라고 가게에 항의했다고 하니 쓰바사는 알고 있었을지도 모른다.

그렇지만 그때 후지이 씨는 쓰바사가 무죄라고 믿고 보호해 줬다. 변호사에게 왜 그런 적의를 품고 있는지 이해할 수가 없었다.

어쩌면 자기가 죽이고 만 유토 군의 아버지가 변호사라 모든 변호사들이 자기 편이 되어 줄 리 없다고 생각하는 걸까.

"쓰바사 군이 무슨 얘기를 하던가요?"

간자키의 말에 요시나가가 고개를 끄덕였다.

"가벼운 잡담을 하고, 간자키 선생님에게 그때 일을 다 말씀 드리라고 호소했습니다. 그랬더니 ……."

그쯤에서 말을 끊자, 간자키가 이쪽을 쳐다보며 고개를 갸웃거렸다.

"변호사랑은 둘이서만 만날 수 있는데, 왜 나랑은 만날 수 없느냐고 묻더군요."

"역시 쓰바사 군은 요시나가 씨랑 단둘이 만나고 싶어 하는군요."

"아마도. 게다가 ……."

변호사에게 뭔가 반감을 품고 있는 것 같다고 하면, 간자키는 어떻게 생각할까. 설마 그 정도로 쓰바사를 버리지는 않겠지만, 그래도 지금처럼 가족같이 따뜻하게 대해 줄지 어떨지는 불안했다.

"몇 번씩 똑같은 말 하게 만들지 마세요. 우리에게는 남은 시간이 별로 없어요."

간자키가 살짝 강한 말투로 말했다.

"네, 그렇죠. 실은 조금 전 면회에서 쓰바사가 선생님들을 그놈들이라고 불렀습니다."

"그놈들이요?"

간자키는 그 표현이 뜻밖이었는지 미간을 찡그리며 요시나가에게 되물었다.

"네. 왜 나랑 둘이서만 만날 수 없느냐고 물은 후에 그놈들이 그렇게 대단하냐고. 나나 아내보다도 ……. 그런 건 아니잖냐고 내뱉듯이 말하더군요."

"변호사에게 반감을 품고 있다는 뜻인가요?"

간자키가 당황한 듯이 물었다.

"잘 모르겠습니다만 …… 어쩌면 그럴지도 모르겠습니다."

"아니, 왜?"

"유토 군의 아버지가 변호사라는 걸 알고 있으니, 변호사가 자기 편이 되어 줄 리 없다고 믿고 있을지도 모르죠. 추측해 보자면 그 정도밖에는 …….."

요시나가의 말에 간자키가 납득한 듯이 고개를 끄덕였다.

"그럴 가능성은 분명 있네요. 어쨌거나 쓰바사 군은 아직 열네 살이에요. 변호사라는 직업이 어떤 건지 아직 제대로 이해하지 못했다고 생각할 수도 있어요. 별안간 경찰서에 끌려갔고, 그 후로 집에 돌아가지도 못한 채 몇십 일 동안이나 어른들에게 조사를 받았죠. 그런데 유일하게 자기 편이 되어 줄 변호사가 유토 군의 아버지와 같은 직업이라고 하면 …… 정말로 그 사람을 믿어도 될지 계속 의심할 수밖에 없을 거예요."

요시나가는 고개를 끄덕이면서도 과연 그 이유뿐일까 석연치 않은 마음을 떨쳐 낼 수 없었다.

"그래서 부첨인 선임 서류에도 완강하게 서명하지 않았는지도 모르겠네요. 다음 면회할 때 쓰바사 군에게 차분히 얘기해 볼게요. 피해자 아버님의 직업이 무엇이든 간에 변호사는 개별적으로 활동하니까 자기 의뢰인을 위해 최선을 다하는 사람이라고."

"그렇게 해 주십시오."

"역시 요시나가 씨가 와 주셔서 다행이에요. 이걸로 돌파구가 열릴지도 몰라요."

"그런데도 쓰바사가 아무 말도 안 한다면 ……."

불안감을 떨쳐 낼 수 없어서 얼굴을 숙였다.

"끈기를 갖고 계속 얘기해 나갈 수밖에 없어요. 오랜만에 하는 면회라 혹여 동요하실까 봐 미리 말씀드리지는 않았는데, 조금 전에 가정재판소에서 경찰과 검찰이 작성한 수사 자료 ……

정식으로는 법률기록이라고 하는데, 그걸 볼 수 있었어요."

그 말에 이끌려서 요시나가가 간자키에게 얼굴을 돌렸다.

"쓰바사가 범행을 자백했나요?"

간자키가 고개를 끄덕이는 모습을 보니 맥박이 빨라졌다.

"왜 ……. 쓰바사는 왜 유토 군을."

침착해야 한다며 마음을 다독이려 애썼지만, 거칠어진 맥박은 가라앉을 줄 몰랐다.

"솔직히 말씀드리면, 동기에 관한 진술은 애매해요. 화가 나서 …… 라고 쓰여 있는데, 뭣 때문에 화가 났는지, 두 사람 사이에 어떤 다툼이 있었는지 하는 내용은 자료에 없었어요."

"쓰바사의 자백이 체포의 결정적인 근거였나요?"

"사건 현장에서 2킬로미터쯤 떨어진 쓰레기장에 배낭이 버려져 있었고, 그 속에 쓰바사 군의 지문이 찍힌 칼과 유토 군의 혈흔이 묻은 옷이 들어 있었어요."

"자료나 사진을 저도 좀 볼 수 없을까요?"

"보여 드릴 순 있는데, 복사하려면 시간이 좀 걸려요. 끝나면 알려 드릴게요."


"그렇군요 ……. 계속해서 잘 부탁드립니다."

요시나가는 전화를 끊은 후, 무거워진 발걸음으로 소파로 향했다.

오늘 면회에서도 쓰바사는 간자키에게 아무 말도 하지 않았다고 한다.

피해자의 아버지가 변호사라도 자기는 쓰바사를 가장 중요하게 생각한다고 호소했지만, 쓰바사는 완강하게 입을 다물고 있었다고 한다. 수사 자료에 쓰여 있는 내용을 물어봐도 반응하지 않았다고 했다.

요시나가는 식탁에 휴대전화를 집어 던지고, 그대로 소파에 쓰러졌다. 정리장 위에 놓인 나무선반을 바라보았다.

쓰바사가 아무 말도 하지 않는 이유는 변호사가 자기를 지켜 주지 않을 거라는 오해에서만 비롯된 것일까.

호소하듯이 바라보던 쓰바사의 눈빛을 떠올리자, 어쩌면 요시나가에게만 할 수 있는 말이 있는 건 아닐까 생각했다.

그런데 설령 그렇다면 그건 과연 무엇일까. 쓰바사는 대관절 뭘 원하는 것일까.

쓰바사와 함께 만든 선반을 바라보며 이런저런 생각을 해 봤지만, 도무지 짐작조차 할 수 없었다. 그 대신 그 선반을 만들 때 기억이 몇 가지 떠올랐다.

그것은 쓰바사가 초등학교 5학년 여름방학 때 만든 선반이다. 준코와 이혼한 뒤 반년쯤 지난 무렵이었다.

준코에게 친권을 넘겨 줘서 요시나가는 한 달에 한 번 정도밖에 아들을 만날 수 없었다.

여름방학의 마지막 일요일에 쓰바사와 만나기로 해서 요시나가가 조후 역까지 데리러 갔다. 커다란 종이 봉지를 들고 온 쓰바사에게 어디로 놀러 가고 싶냐고 묻자, 아빠 집에 가 보고 싶다고 대답했다.

모처럼 둘이 보내는 시간이니 유원지나 영화를 보러 가지 않겠느냐고 제안했지만, 쓰바사는 만들기 숙제가 어려우니 도와줬으면 좋겠다고 말하며 들고 있던 종이 봉투를 내밀었다. 그 속에 나무선반 조립 세트가 들어 있었다.

요시나가는 쓰바사와 함께 선반을 만들기로 하고, 자기 집이 있는 미조노쿠치로 향했다. 가는 길에 산 햄버거를 먹으며 둘이서 선반을 조립하기 시작했다.

말로는 어렵다고 했지만, 쓰바사는 능숙하게 못질을 해 가며 선반을 만들었다. 그런데 표정은 어딘지 모르게 우울하게 가라앉아 있었다.

요시나가가 학교에서 무슨 일이 있었느냐고 묻자, 쓰바사가 띄엄띄엄 얘기하기 시작했다.

쓰바사는 같은 반의 사토라는 친구 때문에 고민하고 있었다. 쓰바사는 사토랑 친했는데, 여름방학이 시작되기 직전에 반 아이들 모두가 그 애를 무시하게 됐다고 한다. 계기는 사토가 청소 당번을 자주 빼먹었다는 사소한 이유였다. 쓰바사는 여름방학 동안에도 사토랑 자주 놀았는데, 개학하면 그 애를 어떻게 대해야 할지 모르겠다며 요시나가에게 고민을 호소했다.

사토와는 지금 이대로 사이좋게 지내고 싶지만, 그러면 이번에는 자기까지 반 아이들에게 따돌림당할까 두려워서 쓰바사는 고민하고 있었다.

요시나가는 자기 나름의 견해를 쓰바사에게 들려주었다.

사토가 쓰바사에게 소중한 친구라면 그 아이를 무시하면 안 된다. 아니, 자기에게 소중한 친구가 아니라고 해도 그런 일을 해서는 안 된다. 그러나 반 아이 모두에게 따돌림당하게 된 원인은 사토에게도 있다. 그러니 사토에게도 청소 당번을 빼먹으면 안 된다고 확실하게 얘기하고, 지금까지처럼 친하게 지내면 되지 않겠느냐고 말했다. 만약 그 일로 반 아이들 모두가 쓰바사를 무시하게 된다면, 그건 주위 사람들이 옳지 않은 것이니 신경 쓰지 않아도 된다고.

"최소한 아빠는 네가 옳다는 걸 알고 있으니까."

요시나가가 그렇게 말하자, 쓰바사가 가슴에 맺혔던 응어리가 조금은 풀어진 듯이 "그러네"라며 미소를 지었다.

그 후로는 평상시의 밝은 쓰바사로 돌아와서 선반을 완성시켰고, 저녁을 먹을 때는 학교에서 있었던 일이나 친구들에 관한 얘기를 즐겁게 풀어 놓았다.

자주 만나지는 못하지만 조금이나마 부모 역할을 했다고 만족한 요시나가는 쓰바사를 조후까지 바래다 주었다.

그때는 자기 말을 이해해 준 쓰바사가 자랑스러웠다. 쓰바사를 그 누구보다 잘 이해하고 있다고 믿어 왔다. 그런데 지금은 ……

갑자기 휴대전화 진동 소리가 울려서 생각이 중단되었다.

요시나가는 일어서서 부엌 식탁 위에 놓인 휴대전화를 집어 들었다. 준코에게 온 전화였다.

"여보세요 ……. 지금 통화 괜찮아?"

전화를 받자, 준코의 목소리가 들렸다.

"으응."

"어제 택배로 짐이 도착했어."

"그 정도면 되는 건가?"

"고마워. 마음 불편한 일을 시켜서 미안해."

"아니야. 몸은 좀 어때?"

"솔직히 말하면 별로 안 좋지만, 가나에한테만 계속 폐를 끼칠 수는 없는 노릇이라 혼자 살기 시작했어."

"돈은 있고?"

"가나에가 우메다 역 근처에서 잡화점을 해. 거기서 아르바이트 자리를 내줬어. 그리 여유가 있는 건 아니지만 그럭저럭."

"그러면 가구나 전기제품도 그쪽으로 보내줄 걸 그랬나?"

"오사카까지 보내느니 차라리 사는 게 쌀 거야. 그리고 낯익은 가구가 있으면 더 괴로워질 테니까. 도망치지 않고 정면으로 마주해야 한다는 건 알지만 ……."

준코가 그렇게 말끝을 흐리면서 대화가 끊겼다.

"꽃병도 넣었네."

한참 후에 준코의 목소리가 들렸다.

"내가 당신을 조금 오해했었어."

"무슨 말이야?"

"방에 장식해 둔 꽃을 보고, 바쁜 와중에도 당신 나름대로 정서적인 생활을 만들어 가려고 노력했구나 싶더군."

상대의 얼굴이 보이지 않아서일까, 요시나가가 순순히 속마음을 전할 수 있었다.

"그거야말로 오해야."

준코의 말에 요시나가가 고개를 갸웃거렸다.

"꽃병도 꽃도 내가 산 게 아니야. 쓰바사가 페로가 죽은 후부터 장식하는 거야."

"페로는 어떻게 죽었지?"

"창문을 열어 둔 틈을 타 밖으로 도망쳤다가 차에 치여 죽은 것 같아. 쓰바사가 발견해서 바로 묻어 줬대. 굉장히 침울해했는데, 제대로 위로해 줄 여유도 없었어."

"그랬군 ……."

히가시무라야마에서 페로를 주운 빈터까지는 상당한 거리다. 페로의 사체를 들고 전철로 이동했을 쓰바사의 모습을 상상하자 가슴이 아팠다.

"오늘, 오랜만에 쓰바사를 만나고 왔어."

요시나가가 말했다.

"어떻게 지내?"

"유치장에서 만났을 때랑 비교하면 조금은 건강해진 것 같은데 …… 여전히 사건에 관한 얘기는 전혀 하질 않아."

"간자키 선생님한테도?"

"어어. 아, 그런데 ……."

요시나가는 거기까지 말하다 말을 머뭇거렸다.

"뭔데?"

"오늘, 간자키 선생님이 경찰 기록을 봤다고 하더군. 쓰바사는 범행을 자백했어. 게다가 유토 군을 찌른 것으로 보이는 칼과 피 묻은 옷도 발견됐대."

침묵이 흘렀다.

"그렇구나 ……. 나한테도 오늘 세토 씨라는 가정재판소 조사관에게서 연락이 왔어. 다음 주 금요일 열한 시에 만나고 싶은데, 시간이 어떠냐고 물었어."

"어디서 만나기로 했지?"

"가스미가세키의 도쿄 가정재판소까지 와 달래. 가능하면 당신과 함께 오라고 했는데, 금요일 그 시간이면 일할 때지?"

"괜찮아, 휴가를 내면 되니까. 십오 분 전에 가정재판소 앞에서 만나면 어때?"

"알았어."


시부야 역을 향해 걸어가는데, 주머니 속에서 휴대전화가 진동했다. 꺼내 보니 간자키에게서 온 전화였다.

요시나가가 주위로 시선을 던지고, 보도 한구석으로 가서 전화를 받았다.

"간자키입니다. 지금 통화 괜찮으세요?"

"네. 일이 끝나서 역으로 가는 길입니다."

"제가 지금 다른 사건으로 시부야 근처에 있어요. 지금 만나뵐 수 있을까요?"

"시부야는 좀 …… 제가 사무실로 갈까요?"

언제 어디서 회사 사람이 얘기를 엿들을지 모른다.

"그럼, 도라노몬은 어때요? 아는 술집이 있어요."

"술집이요?"

요시나가는 뜻밖의 말에 자기도 모르게 되물었다.

"가끔은 좋잖아요. 술이라도 한잔하면서 얘기하면 좋은 수가 떠오를지 누가 알아요."

그 말을 들으니 쓰바사는 여전히 사건에 관해 얘기하지 않았다고 짐작할 수 있었다.

어둑한 계단을 내려가자 묵직하고 중후한 문이 보였다.

분명히 간자키가 알려 준 'JUDGE'라는 가게 이름이 플레이트에 쓰여 있었지만, '회원제'라고도 적혀 있어서 망설여졌다.

"어머, 요시나가 씨가 먼저 도착하셨네요."

그 목소리에 요시나가가 뒤를 돌아보았다. 간자키가 계단을 내려왔다.

"왜 그러고 계세요? 자, 들어갈까요?"

간자키가 문을 열고 들어가서 요시나가도 그 뒤를 따라갔다.

"어서 오세요."

동굴을 본 따 만든 듯한 어스름한 가게 안으로 발을 들여놓자, 카운터 안쪽에 있던 나이 지긋한 남성 바텐더가 인사를 건넸다.

"룸으로 가도 될까요?"

간자키가 묻자, 바텐더는 "물론이죠"라며 안쪽을 손으로 가리켰다.

간자키를 따라 룸으로 들어서니 촛불만 켜 놓은 세련된 공간이 나타났다.

요시나가는 간자키와 마주 보는 형태로 소파에 앉았다.

"이런 데서 자주 마십니까?"

"가끔은요. 아주 기쁜 일이 있을 때나 아주 고민스러운 일이 있을 때."

간자키의 표정을 보며 오늘 밤은 후자일 거라고 생각했다.

"이곳 바텐더는 전직 변호사 출신 괴짜예요. 대화 내용을 신경 쓸 필요가 없어서 가끔씩 이용해요."

바텐더가 위스키 병과 얼음과 물 세트를 들고 왔다.

"요시나가 씨, 위스키 괜찮아요?"

"네."

요시나가가 대답하자, 바텐더가 위스키 미즈와리(술에 물이나 얼음을 타서 묽게 만든 것)를 만들어 주었다.

"이젠 편하게 드십시오."

바텐더가 그렇게 말한 후, 인사를 하고 룸에서 나갔다.

간자키와 가볍게 잔을 부딪치고 술로 입술을 축였다.

"쓰바사는 여전히 사건에 관한 말은 안 하죠?"

목소리를 조금 낮추고 묻자, 간자키가 고개를 끄덕였다.

"저도 변호사 동료들에게 이번 일을 넌지시 얘기하며 타개책이 없을까 상의해 봤는데 …… 어쩌면 쓰바사 군은 후지이 씨가 변호사라는 것과는 상관없이 변호사라는 직업 자체에 부정적인 이미지를 갖고 있을지도 모른다는 얘기가 나왔어요. 그래서 부침인 선임 서류에 서명을 안 하는 게 아니냐는 ……."

"그렇지는 않을 겁니다."

"왜 그렇게 생각하시죠?"

요시나가는 간자키에게 쓰바사가 물건을 훔쳤다는 의심을 받고 경찰에 끌려갔을 때 급히 달려온 후지이 씨에게 도움을 받았던 얘기를 들려주었다.

"그런 일이 있었군요."

간자키가 몸을 살짝 앞으로 내밀었다.

"쓰바사 군은 정말로 물건을 훔치지 않았을까요?"

"모르겠습니다. 다만 저희 부부끼리 얘기했을 때, 애 엄마가 어쩌면 자기를 시험해 보려고 일부러 물건을 훔쳤을지 모른다고 하더군요. 그날 애 엄마가 일 때문에 먼 곳에 있어서 쉽사리 빠져나올 수 있는 상황이 아니라는 걸 쓰바사가 알고 있었대요. 그런데도 자기를 위해 달려오나 안 오나 시험해 본 거 아니겠냐고."

"만약 그랬다면, 후지이 씨는 쓰바사 군의 계획을 방해한 셈이군요."

"하지만 열네 살짜리 아이라도 자기 편은 변호사밖에 없다는 건 분명히 알 겁니다. 경찰에게 붙잡혀 가서 몇십 일이나 집에 돌아가지 못했으니 쓰바사는 지금 불안할 게 틀림없어요."

"그렇겠죠……."

"무슨 좋은 방법이 없을까요? 쓰바사가 이대로 아무 얘기도 하지 않는다면 ……."

간자키가 한숨 대신이라는 듯이 술을 들이켰다.

"해결책이 될지 어떨지는 모르겠지만 ……."

그렇게 말문을 열며 술잔을 내려놓더니 핸드백에서 책을 꺼냈다. 책장을 팔랑팔랑 넘기다 요시나가 앞으로 내밀었다. 테이블 위에 있던 촛불을 책 가까이 대며, 어떤 항목을 가리켰다.

"쓰바사 군이랑 단둘이 만날 가능성이 있는 방법이에요."

요시나가가 촛불 불빛에 흔들리는 글씨를 응시했다. 소년법의 조문(條文) 같았다.

'(부첨인) 제10조 제1항 소년 및 보호자는 가정재판소의 허가를 얻어 부첨인을 선임할 수 있다. 단, 변호사를 부첨인으로 선임할 때는 가정재판소의 허가를 필요로 하지 않는다.'

이어서 '제2항'을 읽은 요시나가는 의미를 알 수 없어서 간자키를 쳐다보았다.

"이게 무슨 말입니까?"

'제2항'에는 '보호자는 가정재판소의 허가를 얻어 부첨인이 될 수 있다'고 되어 있었다.

"저도 이 조문은 완전히 놓치고 있었어요."

"제가 쓰바사의 부첨인이 될 수 있다는 말인가요?"

요시나가가 반신반의하는 마음으로 물었다.

"조문을 읽어 보는 한해서는 그래요. 가정재판소의 허가가 필요하지만, 부첨인은 복수(複數)로 세울 수 있으니까 요시나가 씨가 부첨인이 되면, 아드님이랑 둘이서 얘기할 수 있어요."

"부첨인이라면 간자키 선생님과 같은 일을 하게 된다는 뜻인가요?"

법률에 관해서는 거의 문외한인 자기가 잘 해낼 리가 없다.

"피해자 가족에 대한 대응은 요시나가 씨가 해서는 안 되겠죠. 단, 쓰바사 군과 둘이만 만나는 것, 조사관과 면회해서 요시나가 씨가 몰랐던 내용을 듣는 것, 재판관에게 보호자로서 솔직한 심정을 전할 수는 있을 거예요."

"보호자가 부첨인이 된 케이스는 얼마나 있나요?"

"최소한 저는 들은 적이 없습니다."

간자키가 고개를 가로저었다.

"그러면 왜 이런 조문이 있죠?"

"이건 어디까지나 제 개인적인 의견인데, 형사법의 변호인과 소년법의 부첨인 역할은 매우 비슷하면서도 분명하게 다른 면이 있어요."

"무슨 뜻인지?"

"변호인은 오로지 피의자나 피고인의 대리인으로서 권리와 이익을 옹호하는 역할을 합니다. 그러나 소년법의 부첨인은 가정재판소나 소년감별소와 협력해서 앞으로 소년이 확실하게 갱생할 수 있는 길을 모색하죠."

나가토의 사무소를 처음 방문했을 때 들었던 얘기 같기도 한데, 오랜 옛날 일처럼 느껴졌다.

"빨리 사회로 돌아가게 해야 한다고 호소할 수도 있고, 반대로 소년원 같은 시설에서 확실한 교육을 받는 편이 낫다고 호소할 수도 있어요. 어쨌든 소년심판은 소년을 벌하는 장이 아니라 소년의 미래를 고려해서 최선의 방법을 찾아내는 장이니까요. 따라서 부첨인도 소년에게 일방적으로 관대한 처분만 요청하지는 않죠. 그런 의미에서 보면 부첨인과 보호자의 역할이 비슷하니까 보호자에게도 부첨인이 될 권리를 인정해 주는 거 아닐까요."

—— 쓰바사의 부첨인이 될 수 있을지도 모른다.

갑작스럽게 들은 뜻밖의 얘기에 요시나가는 할 말을 잃었다.

"지난번에 쓰바사 군이 요시나가 씨랑 둘이서만 만나고 싶어 한다는 말씀을 하셨잖아요. 부첨인으로 인정받으면 시간 제약 없이 쓰바사 군과 단둘이 만날 수 있어요. 요시나가 씨가 시간을 갖고 꾸준히 설득해 가면, 쓰바사 군도 사건에 관한 얘기를 털어놓을지도 모르잖아요."

간자키가 열기를 머금은 목소리로 호소했다.

"그렇지만 ……."

"가정재판소에서 인정해 줄지 어떨지는 모르지만, 내일 쓰바사 군에게 확인하고, 부첨인 선임 서류를 내 볼까요?"

"잠깐만요."

요시나가가 간자키의 폭주를 억제하듯 손짓으로 제지시켰다.

"간자키 선생님, 이런 생각도 해 봐야 하지 않을까요. 만약 제가 쓰바사의 부첨인이 되면, 유토 군의 가족분들은 어떻게 생각할까요? 아들이 저지른 짓을 사죄하기는커녕 옹호하려 든다고 해석해서 분노만 더 사지는 않을까요? 게다가 혹시라도 그런 사실이 매스컴에 알려지면, 얼마나 뭇매를 맞게 될지 상상조차 안 갑니다."

"분명 그럴지도 모르죠 ……. 하지만 쓰바사 군이 이대로 계속 입을 다물고 있으면, 피해자 가족은 그거야말로 정말 납득할 수 없을 거예요."

"조금 냉정하게 생각해 볼 시간을 주십시오. 너무 갑작스러운 얘기라 머리가 따라가질 못해서 ……."

요시나가가 술잔으로 손을 뻗었다.

"그건 그렇고 조사관과의 면회 일정은 정해졌나요?"

요시나가가 술을 한 모금 마신 뒤, 간자키에게 시선을 돌렸다.

"금요일 열한 시에 둘이 같이 가서 면회하기로 했습니다."

"그렇군요. 혹시 가능하시면 목요일 밤에 준코 씨가 이쪽으로 와 주실 수 있을까요? 그날 수사 기록 복사본을 보여 드릴 수 있어요. 두 분 다 쓰바사 군의 사건 개요를 어느 정도는 알고서 조사관을 만나는 게 좋을 것 같아요. 그리고 조사관과의 면회를 대비한 마음가짐 같은 것도 전달해 드리고 싶고요."

"나중에 애 엄마에게 연락해 보겠습니다."

"그리고 이제 슬슬 후지이 씨에게 연락을 해 보시는 게 좋을 거예요."

그 말에 요시나가의 신경이 순식간에 곤두섰다.

"받아 줄지 어떨지는 모르지만, 두 분이서 사죄 편지를 준비해 주실 수 있을까요? 쓰바사 군에게도 편지를 쓰라고 권하긴 했는데 ……."

간자키가 고개를 가로저으며 말했다.

"알겠습니다. 어떤 내용으로 쓰면 될까요?"

"핑계나 변명은 하지 말고, 부모로서 사죄하는 마음을 솔직하게 써 내려갈 수밖에 없다고 생각해요."

"그렇겠죠."

아무래도 자꾸만 우울해져서 요시나가는 한숨을 내쉬며 고개를 숙였다.


"제가 대접을 받아서 정말 죄송합니다."

계단을 올라가 밖으로 나간 간자키가 말했다.

"위스키는 선생님 거였으니까 저야말로 대접받은 셈이죠. 신바시 역이 가까운 것 같으니 저는 걸어가겠습니다."

"저는 지하철이라."

간자키가 그렇게 말하며 반대 방향을 가리켰다.

"그럼, 목요일 저녁에 잘 부탁드리겠습니다."

요시나가가 간자키에게 가볍게 인사를 건네고, 신바시 역을 향해 걸음을 내디뎠다. 인기척이 없는 장소를 찾아 휴대전화를 꺼내서 준코에게 전화를 걸었다.

"여보세요 ……."

준코의 목소리가 들렸다.

"나야. 조금 전까지 간자키 선생님과 얘기를 나눴는데, 금요일이 아니라 목요일 밤에 이쪽으로 와 줄 수 있나?"

"왜?"

"수사 자료 복사본을 볼 수 있대. 그리고 조사관과의 면회를 앞둔 마음가짐도 전해 주고 싶다고."

"알았어. 가까운 호텔을 잡을게."

"그리고 …… 사죄 편지를 써 달라고 했어."

"으응, 그래야겠지."

준코의 목소리가 더욱더 침울해졌다.

"간자키 선생님을 일단 만난 후에 나중에 둘이 생각해 보자고. 저녁 일곱 시에 사무소가 있는 빌딩 앞에서 만나면 어떨까?"

"알았어."

요시나가는 전화를 끊고 다시 걸음을 내디뎠다.

── 시간을 갖고 꾸준히 설득해 가면, 쓰바사 군도 사건에 관한 얘기를 털어놓을지도 모르잖아요.

조금 전에 들었던 간자키의 말이 뇌리에 떠올랐다.

쓰바사와 둘이만 대화를 나누면 새로운 얘기를 들을 수 있을지도 모른다고 요시나가 스스로도 마음속 한구석에서 예감하고 있었다.

그러나 쓰바사의 입을 통해 어떤 얘기를 듣게 되느냐가 자기에게는 위협인 셈이었다.


이케부쿠로 역을 벗어나 간자키의 사무소가 가까워질수록 요시나가의 발걸음은 무거워졌다.

쓰바사가 저지른 살인이라는 행위를, 잔학한 범행의 양상을 이제 곧 자기 눈으로 마주해야 한다.

조금 앞쪽에 준코로 보이는 뒷모습이 보여서 요시나가가 다가갔다.

"준코——."

요시나가가 부르자, 준코가 멈춰 서서 이쪽을 돌아보았다. 눈이 마주치자 준코의 표정이 살짝 부드러워졌다.

"여기서 만나서 다행이네. 혼자 기다리게 되면 못 견딜 것 같았어."

준코도 요시나가와 똑같은 심정이겠지.

"숙소는 어디에 잡았어?"

요시나가가 물었다.

"이 근처 호텔."

"나중에 방에 가도 되나? 편지를 써야 하는데."

준코가 고개를 끄덕이자, 요시나가는 둘이 함께 사무소가 있는 빌딩으로 걸어갔다.

빌딩으로 들어가 엘리베이터를 탄 후, 준코의 몸이 미세하게 떨리고 있다는 걸 알아챘다. 그러나 요시나가는 아무런 위로의 말도 건넬 수가 없었다.

엘리베이터에서 내려 사무소로 가서 입구에 놓인 내선 전화를 들어 요시나가가 용건을 전했다. 잠시 후 여성 직원이 나와서 요시나가 일행을 방으로 안내했다.

옆에 앉은 준코는 몹시 긴장한 듯했다. 그리고 자기 또한 가슴이 옭죄는 것처럼 고통스러웠다.

노크 소리가 들려서 준코와 동시에 일어서자, 한 손에 종이 다발을 든 간자키가 들어왔다.

"오사카에서 오시느라 피곤하시죠. 편히 앉으세요."

간자키가 요시나가 부부에게 소파를 권하고, 종이 다발을 테이블 위에 내려놓으며 맞은편 자리에 앉았다.

"쓰바사의 상태는?"

요시나가가 소파에 앉으면서 묻자, 간자키가 고개를 옆으로 흔들었다.

"여전해요. 수사 자료에 쓰여 있는 내용을 떠봤지만, 쓰바사 군은 전혀라고 해도 좋을 만큼 반응이 없어요."

"그렇군요 ……."

요시나가가 테이블 위에 놓인 자료로 시선을 돌렸다. 회사에서 쓰는 복사 용지 한 뭉치보다 두꺼워 보였다. 500매는 넘지 않을까.

"아오바 씨는 구리하라 나오키 군과 구보 마코토 군이라는 친구를 아시나요? 유토 군과 함께 쓰바사 군의 집에 자주 놀러 왔다고 하던데."

간자키가 묻자, 준코가 "이름까지는 ……"이라며 고개를 저었다.

"경찰이 두 학생도 참고인 조사를 했는데, 쓰바사 군과 유토 군의 사이가 나빠 보이지는 않았다고 증언했답니다. 오히려 유토 군이 쓰바사 군을 감쌌다고."

"쓰바사를 감싸다뇨?"

요시나가가 되물었다.

"아, 네. 두 분 앞에서 이런 말씀을 드리기는 조심스럽지만, 쓰바사 군은 학교에서도 문제 행동이 있었던 모양이에요."

간자키가 준코에게 시선을 돌려서 요시나가도 옆을 바라보았다. 준코는 간자키를 바라보며 입을 다물고 있었다.

"예를 들면 학교 비품을 망가뜨리거나 여학생 치마를 들치거나 화장실에 앉아 있는 학생에게 호스로 물을 뿌린다거나 ……. 아이들 장난이라고 치부해 버리면 그만이겠지만, 아오바 씨도 몇 번인가 선생님께 불려 간 적이 있다고 들었어요."

"진짜야?"

처음 듣는 얘기에 놀라서 물어보니 준코가 고개를 살며시 끄덕였다.

"담임선생님께 주의를 몇 차례 들은 적이 있는 건 사실이에요."

"쓰바사 군이 왜 그런 행동을 했는지 짚이는 점은 있으세요?"

간자키가 부드러운 말투로 물었다.

"6학년 중간에 전학을 갔으니 외로웠겠죠. 그게 아니면 일이 바빠서 별로 잘 챙겨 주지 못하는 저의 관심을 끌기 위해서였는지도 몰라요. 일 때문에 전학을 시켰다는 미안한 마음이 있어서 좀처럼 따끔하게 야단을 칠 수가 없었어요."

"그렇군요. 뭐, 아무튼 그런 점도 있어서 쓰바사 군이 반에서 고립된 모양인데, 유토 군과 다른 두 아이하고는 사이좋게 지냈다는 겁니다."

"그 두 아이도 쓰바사가 왜 그런 짓을 했는지 짚이는 게 없다고 했나요?"

"전혀 모르겠다고 했습니다."

간자키가 자료에서 종이 몇 장을 꺼내서 요시나가와 준코 앞에 내려놓았다.

사진을 컬러 복사한 종이였다. 배낭, 칼, 손전등, 청바지, 검은 티셔츠가 찍혀 있었다. 칼은 한눈에 보기에도 혈흔처럼 보이는 것이 묻어 있었고, 청바지는 군데군데 거뭇하게 얼룩져 있었다.

"이게 그때 말씀하신?"

요시나가가 묻자, 간자키가 고개를 끄덕였다.

"버려진 배낭 안에는 손전등과 의류, 칼이 들어 있었고, 칼과 의류에는 유토 군의 혈흔이 묻어 있었습니다. 또한 칼자루에서는 쓰바사 군의 지문이 검출되었어요."

간자키가 거기까지 말하고, 새로운 컬러 복사지를 요시나가와 준코에게 보여 주었다.

노란색 운동복 한 벌이 찍혀 있었다.

"쓰바사 군의 방에서 압수한 물건인데, 아파트로 돌아오는 쓰바사 군을 목격한 주민이 이것과 똑같은 옷을 입고 있었다고 증언했습니다. 이 운동복에도 미량이긴 하지만 유토 군의 혈흔이 묻어 있었죠."

"처음 보는 옷이에요."

운동복 사진을 뚫어져라 바라보던 준코가 말했다.

"범행 전에 샀겠죠. 유명한 캐주얼 의류 브랜드인데, 어느 매장에서 구입했는지는 밝혀지지 않았습니다."

준코가 사진을 보며 고개를 살짝 갸웃거렸다.

"왜 그래?"

요시나가가 묻자, 준코가 "아무것도 아니야"라며 요시나가를 바라본 채 고개를 저었다.

"칼과 의류를 준비했다는 건 쓰바사가 처음부터 유토 군을 죽일 생각으로 불러냈다는 뜻인가요?"

요시나가가 간자키에게 시선을 돌리며 물었다.

"단정할 순 없습니다. 다만, 심판에서는 그렇게 판단할 가능성이 높겠죠. 쓰바사 군은 다섯 시가 조금 지나서 유토 군의 휴대전화로 전화를 걸었습니다. 유토 군은 5시 30분쯤 엄마에게 '잠깐 나갔다 오겠다'고 말하고 집을 나왔죠. 그 후, 유토 군이 역 앞 게임센터에 있는 모습을 친구가 목격했답니다."

간자키가 그렇게 말하며 자료를 들척이다 종이 두 장을 뽑아서 요시나가 부부 앞에 내려놓았다.

요시나가는 눈앞에 놓인 컬러 복사지 두 장을 뚫어져라 쳐다보았다.

둘 다 자전거에 탄 소년의 사진이었다. 한 장은 비교적 밝게 찍혀 있어서 쓰바사라고 추측할 수 있었다. 다른 한 장은 화면이 어두워서 가까스로 소년처럼 보이는 사진이었다.

"사건 현장 옆을 통과하는 다마 호수 주변 편의점의 방범 카메라 영상이에요."

사진 오른쪽 밑에 날짜와 시간이 나와 있었는데, 쓰바사로 보이는 소년이 찍힌 사진에는 18시 14분, 다른 한 장의 사진에는 19시 11분이라고 되어 있었다.

"유토 군의 사망 추정시각은 오후 7시 30분에서 오후 9시 30

분 사이인 두 시간 정도라고 합니다. 쓰바사 군은 6시 40분경에 유토 군에게 문자를 보냈어요. 유토 군은 그걸 보고 게임센터에서 사건 현장으로 향했을 것으로 예상됩니다."

간자키의 얘기를 들으며 그날 밤 일을 떠올렸다.

쓰바사가 요시나가의 휴대전화로 연락했을 때가 6시 47분이었으니 쓰바사는 아직 유토 군을 죽이지 않았다는 의미다.

그때 쓰바사는 무슨 얘기를 하려고 했을까.

"문자 내용은 뭐였죠?"

준코의 목소리에 요시나가가 제정신을 차리고 사진에서 간자키에게 시선을 옮겼다.

"유토 군의 소지품에 휴대전화는 없었습니다. 경찰이 그것에 관해 캐물었지만, 쓰바사 군은 아무 얘기도 하지 않은 모양이에요. 쓰바사 군은 자기가 보낸 문자를 지워 버렸지만, 과학수사연구소에서 복원해 보니, '지금 그곳으로 오면 훨씬 더 재미있는 걸 보여 줄게'라는 내용이었습니다."

"그곳이라면 사건 현장일까요?"

요시나가가 물었다.

"그렇겠죠."

"재미있는 거라니?"

간자키가 고개를 옆으로 흔들었다.

"수사를 해 봤지만 전혀 입을 열지 않았어요. 열네 살 소년이 사십 일에 걸친 긴 조사를 받았는데도 입을 열지 않다니, 조금 믿기지 않는 일이긴 해요. 그러나 쓰바사 군이 유토 군을 살해했다는 물적 증거는 확고해진 상황입니다."

요시나가는 얼굴을 숙였다. 준코가 무릎 위에 올린 주먹을 움켜쥐었다.

"내일, 가정재판소 조사관과 면회가 있다고 하셨죠."

간자키의 말에 요시나가와 준코가 얼굴을 들었다.

"네. 어떤 걸 물어보실까요?"

준코가 물었다.

"보호자 조회서를 써서 가정재판소에 제출하셨죠? 대개는 거기 쓰인 것과 같은 내용을 물어요. 성인 사건이 아니다 보니 부모님이 얼마나 진지하게 이번 사태를 마주하고 있느냐가 쓰바사 군의 처분에도 큰 영향을 미칩니다."

"피해자 가족에 대한 사죄나 쓰바사를 앞으로 어떻게 키워 갈 것이냐는 내용들이겠죠?"

요시나가가 말하자, 간자키가 고개를 끄덕였다.

"지금부터 둘이 사죄 편지를 작성해서 내일이라도 갖고 오겠습니다."

요시나가가 손목시계로 눈을 돌렸다. 여덟 시가 지나 있었다.

요시나가가 "이제 그만 갈까"라고 준코에게 눈짓을 하며 일어섰다.

"그건 그렇고, 부첨인 건은 어떡하실래요?"

방을 나오려는 순간 간자키가 물어서 요시나가가 걸음을 멈추고 돌아보았다.

"아니, 아직 ……. 다시 연락드리겠습니다."

요시나가가 말을 머뭇거리며 사무소에서 나와 엘리베이터로 향했다.

"부첨인 얘기가 뭐야?"

엘리베이터에 올라타 문이 닫히자 준코가 물었다.

"내가 부첨인이 되면 어떻겠냐고."

"그게 무슨 소리야?"

준코가 놀란 듯이 되물었다.

"소년법 제10조에 보호자는 가정재판소의 허가를 얻어 부첨인이 될 수 있다고 돼 있어."

"그래서 ……."

문이 열려서 엘리베이터에서 내렸다. 건물 밖으로 나가 준코를 따라갔다.

"지난번에 면회했을 때 쓰바사가 그러더군. 변호사랑은 단둘이 만날 수 있는데, 왜 나랑은 둘이만 못 만나냐고."

"나한테는 그런 말 안 했는데 ……."

"간자키 선생님은 혹시 나랑 둘이만 만나면, 쓰바사가 사건에 관해 얘기할 수도 있다고 생각하는 모양이야. 부첨인이 되면 쓰바사랑 둘이서만 만날 수 있으니까."

"난 반대야."

강경한 말투였다.

"안 그래? 부첨인은 쓰바사를 옹호하는 입장이잖아. 그런 걸 했다간 상대방의 분노만 더 살 텐데. 손해배상 청구를 제기할지도 모르잖아."

"내가 부첨인이 되든 안 되든 손해배상 청구는 제기당할 수 있어."

"당신은 하고 싶어?"

준코가 날카로운 말투로 물었다.

쓰바사가 유토 군에게 보낸 문자 내용이 마음에 걸렸다.

경찰의 엄격한 수사에서조차 완강하게 입을 다물었다는, 유토 군에게 보여주려 했던 재미있는 것이란 대체 뭘까.

그날 밤에 둘 사이에 대체 무슨 일이 있었는지 알고 싶었다. 그리고 그때 전화를 받았더라면 자기에게 무슨 얘기를 하고 싶었는지도. 다만 ……

"아니, 나도 물론 기본적으로는 당신이랑 생각이 같아."

역 근처에 있는 호텔에 체크인을 마친 후, 요시나가와 준코는 무거운 발걸음으로 방으로 향했다. 준코와 함께 방에 들어가서 불을 켰다. 비좁은 싱글 룸이었다.

요시나가가 겉옷을 벗어서 옷걸이에 걸고, 테이블 위에 놓인 찻주전자나 컵, 호텔 안내문 등을 치우고 공간을 만들었다.

"내용은 같이 고민해도 당신이 쓰는 게 좋겠지."

요시나가가 가방에서 편지지와 봉투와 펜을 꺼내 테이블에 내려놓고, 준코에게 의자를 권했다.

"대체 뭐라고 써야 할까."

준코가 땅이 꺼져라 한숨을 내쉬며 요시나가 바로 뒤에 있는 침대에 걸터앉았다.

"간자키 선생님은 핑계나 변명은 하지 말고 지금 심정을 솔직하게 쓸 수밖에 없다고 하셨어."

준코가 의자에 앉아 펜을 쥐었지만, '후지이 님께'라고 쓴 후로 다음을 이어갈 수 없는 듯했다.

요시나가가 가방에서 수첩과 펜을 꺼냈다. 머리를 싸매고 있는 준코의 등을 바라보며 필사적으로 첫 문장을 고민해 봤다.


가스미가세키로 향하는 마루노우치 선의 차 안은 혼잡했다.

결국 편지를 다 쓴 시간이 새벽 세 시 무렵이라 요시나가는 준코와 같은 호텔에 방을 잡을 수밖에 없었다. 다행히 출발역인 이케부쿠로에서 타서 앉을 수는 있었지만, 승객들의 훈김에 휩싸여 숨이 갑갑했다.

도쿄 역에서 북적이던 승객들이 많이 내려서 차 안이 조금 한가해졌다. 그런데도 가슴이 짓눌리는 것 같은 감각은 조금도 나아지질 않았다.

"세토 씨는 어떤 사람일까?"

중얼거리는 준코의 말에 요시나가가 시선을 옆으로 돌렸다.

"사십 대 후반 남성이래. 호된 소리를 들을 거라고 각오해 두는 게 좋아."

요시나가가 말하자, 준코가 입술을 꽉 물었다.

"만약에 …… 쓰바사를 둘이 돌볼 생각은 없냐고 물으면 뭐라고 대답해야 하지?"

"재결합 얘기야?"

준코가 고개를 끄덕였다.

"그러길 원해?"

질문이 약삭빠르다는 건 스스로도 잘 알고 있었다.

"솔직히 말하면 셋이서 다시 사는 건 상상이 안 돼. 그렇지만 거짓말으로라도 그럴 생각이라고 대답하는 게 낫지 않을까. 그게 쓰바사에게는 더 ……."

주위 사람들이 신경 쓰이는지 준코가 그쯤에서 말을 끊었다.

"내 생각에는 섣불리 둘러대지 않는 게 좋다고 봐."

"그래도 ……."

"그럴 마음이 없다는 걸 들키면 오히려 역효과야. 모르는 건 솔직하게 모르겠다고 대답하는 게 좋아. 앞으로 쓰바사를 어떻게 대하는 게 옳은지의 문제는 간단히 대답할 수 없다. 하지만 둘이 진지하게 고민해 가겠다고."

준코는 진심으로 납득한 것 같지는 않았지만, "그래야겠지"
라며 고개를 끄덕였다.


"아오바 씨──."

남성 목소리가 들려서 요시나가와 준코가 시선을 돌렸다.

대기실 밖에 안경 속 날카로운 눈빛으로 이쪽을 바라보고 있
는 남성이 서 있었다.

"세토 씨이신가요?"

요시나가가 위축되며 일어나 묻자, 남성이 고개를 끄덕였다.

"이쪽입니다."

세토가 억양 없는 목소리로 말하며 앞장서 걸어갔다.

복도를 걸어가던 세토가 자신의 방 앞에서 멈춰 섰다. 세토는
문을 열고 들어가서 책상 위에 서류를 내려놓고 맞은편 의자에
앉았다.

"앉으시죠."

세토가 자리를 권해서 요시나가와 준코는 바로 앞에 놓인 의
자에 앉았다.

시선을 곧바로 거둬들이고 서류를 들척이는 세토의 손길을
요시나가가 바라보았다.

"매우 골치 아픈 사안이군요."

그 말에 요시나가가 얼굴을 들었다. 은테 안경을 꿰뚫고 나오는 세토의 차디찬 눈빛을 마주하는 순간, 자기도 모르게 몸을 뒤로 뺄 뻔했다.

"그저께 학생을 만나고 왔습니다. 사건과 관련해서 이런저런 질문을 했습니다만, 전혀라고 해도 좋을 만큼 아무 얘기도 하지 않더군요. 후지이 군을 왜 살해했는지, 후지이 군에게 어떤 원한이 있었는지, 지금은 후지이 군에게 어떤 마음을 갖고 있는지. 뭘 물어봐도 줄곧 입을 다물고 있었습니다."

그의 말에는 짜증이 배어 있었지만, 말투 자체는 억양 없이 담담하게 울려 퍼졌다.

"학생이 왜 이번 사건을 일으켰다고 생각합니까?"

단도직입적인 세토의 질문에 요시나가와 준코가 서로 얼굴을 마주 보았다.

준코가 힘없이 고개를 흔드는 모습을 보고, 요시나가가 세토에게 시선을 돌렸다.

"저희도 잘 모르겠습니다. 부모로서는 이루 말할 수 없이 한심한 말이겠지만……"

요시나가가 준코의 심정을 대변했다.

"현재까지의 조사에 따르면, 학생과 후지이 군은 사이가 좋았다더군요. 후지이 군과 같은 반인 구리하라 군과 구보 군도 아오바 씨의 집에 자주 모이곤 했어요. 그건 알고 계십니까?"

세토가 준코에게 시선을 돌려서 요시나가도 덩달아 옆을 바라보았다.

"이름까지는 몰랐지만, 쓰바사의 반 친구들이 집에 자주 놀러 오는 건 알고 있었어요."

"이름을 모르다니, 그게 무슨 말이죠? 그 학생들과 만나 본 적이 없나요?"

"일 때문에 집에 들어오는 시간이 대체로 열한 시 무렵이라 직접 만난 적은 없어요. 집에 오면 주스캔이나 먹다 남은 과자 봉지들을 보고 친구가 놀다 갔다는 건 알았지만."

"어떤 친구가 집에 왔는지 어머니는 관심이 없었습니까?"

"몇 번인가 어떤 친구냐, 뭘 하며 놀았느냐고 물어본 적은 있는데, 반 친구라는 정도 밖에는 ……. 더 이상 캐물으면 짜증스러워해서요. 물론 이건 고작 핑계겠지만, 저도 일에 지쳐 있었고 아이에게 조금 미안한 마음도 있었기 때문에 그 이상은 캐묻지 못했습니다."

"미안한 마음이라뇨?"

"제 일 때문에 쓰바사가 초등학교 6학년 때 히가시무라야마로 이사했거든요."

"반년만 기다리면 졸업인데, 전학을 시켜 버린 게 미안했다는 뜻인가요?"

준코가 고개를 끄덕였다.

"학생이 졸업할 때까지 이사를 미뤄야겠다는 생각은 안 해 봤습니까?"

"물론 그러고 싶었죠. 하지만 이미 3개월 전에 조후에서 도코로자와로 근무지가 바뀌었어요. 그때까지는 집에서 일터까지 걸어 다닐 수 있었는데, 이동이 되면서 왕복 두 시간 가까이 통근 시간이 늘어났죠. 게다가 새 직장은 시간 외 근무가 많아서 귀가시간이 자정을 넘을 때도 자주 있었어요. 제가 힘들다는 생각도 있었지만, 제가 빨리 집에 들어오는 게 쓰바사에게도 더 좋을 거라고 생각했어요."

"조후에 있었을 때도 반 친구가 자주 놀러 왔습니까?"

세토의 질문에 준코가 고개를 옆으로 저었다.

"아뇨, 그러진 않았던 것 같아요. 축구부에 들었을 때는 친구 얘기를 자주 했는데, 4학년 때 그만둔 후로는 거의 안 했어요."

"왜 그만뒀습니까?"

세토의 질문에 준코가 대답을 머뭇거렸다.

"부모님이 이혼한 충격 때문일까요?"

세토의 날카로운 눈빛에서 도망치듯 준코가 요시나가에게 시선을 돌리고, "그럴지도 몰라요"라며 고개를 끄덕였다.

"쓰바사 군이 초등학교 4학년 때 이혼하셨는데, 원인은 무엇이었습니까?"

준코는 대답하지 못했다. 빗발치듯 쏟아지는 세토의 질문에 주눅이 들어서겠지.

"성격과 가치관의 차이 때문이었습니다."

요시나가가 대신 대답하자, 세토의 시선이 준코에게서 옮겨왔다.

"성격과 가치관이 같은 사람은 아예 없을 텐데요."

냉담한 세토의 말에 요시나가는 아무 말도 할 수 없었다.

"학생은 부모의 이혼을 어떻게 받아들였습니까?"

"물론 서운했겠지만, 이해해 줬다고 생각합니다."

요시나가가 세토를 바라보며 말했다.

"왜 그렇게 생각하셨죠?"

"저는 쓰바사가 다섯 살 때 나고야로 단신부임을 갔습니다. 핑계일지도 모르지만, 저도 일이 바빠서 좀처럼 집에 오기가 힘들었습니다. 이 사람 혼자 쓰바사를 키우느라 고생이 많았을 겁니다."

훌쩍이는 소리가 들려서 시선을 옆으로 돌렸다. 준코가 손수건을 눈가에 대고 있었다.

요시나가가 준코의 어깨를 가볍게 두드려 주고, 세토 쪽으로 돌아앉았다. 요시나가의 언동에서 진위를 읽어내려 하는 세토의 날카로운 시선을 정면으로 받아들였다.

"삼 년 후 단신부임을 마치고 돌아온 뒤로는 서로 불만만 쏟아내며 부딪치기만 했습니다. 쓰바사는 일 년 가까이 그 광경을 지켜봤기 때문에 셋이 같이 사는 건 자기에게도 불행하다고 납득했을 겁니다."

"이혼 얘기를 꺼냈을 때, 학생의 반응은 어땠나요?"

"'어쩔 수 없지 ……'라고 말했습니다. 물론 시큰둥한 분위기가 아니라 서운해하는 느낌이긴 했지만."

지금도 그때 보았던 쓰바사의 눈빛이 떠오른다.

부부 사이의 깊은 골을 무슨 수를 써서라도 메워야겠다는 생각이 들 정도로 서운함이 깃든 눈빛이었는데, 그 당시 자신은 그쪽을 선택하지 않고 빨리 뿌리쳐야 한다고 느껴 버린 것이다.

"엄마를 선택한 건 학생의 뜻이었습니까?"

"이 사람이 쓰바사를 꼭 맡고 싶다고 해서. 저도 엄마가 곁에 있는 게 좋을 거라고 생각했습니다."

"학생과는 어느 정도 빈도로 만나셨습니까?"

"한동안은 한 달에 한 번 정도 만났습니다. 그런데 차츰 두 달에 한 번이나 세 달에 한 번이 됐습니다."

"빈도가 왜 줄어들었죠?"

세토가 책상 위로 양손을 깍지 끼며 물었다.

"쓰바사의 문자가 뜸해졌기 때문입니다."

"아버님께서는 연락을 안 했나요?"

그 말에 가슴이 찔려서 자기도 모르게 시선을 피했다.

"저를 만나도 별로 즐거워 보이질 않고 ……. 친구랑 노는 게 더 중요한가 싶어서."

곧바로 세토에게 시선을 되돌리며 말했다.

"아버님은 후지이 군이나 다른 친구들의 이름을 알고 계셨습니까?"

"아뇨 ……. 이번 일이 있기 전까지 히가시무라야마로 이사한 사실조차 몰랐습니다."

요시나가가 대답하자, 세토가 미간에 주름을 잡으며 찡그린 표정을 지었다.

"학생이 전학을 한 게 재작년 여름이에요. 이 년 가까이 지났는데, 그걸 몰랐다고요?"

요시나가는 괴로운 마음으로 고개를 끄덕였다.

"쓰바사를 집 근처에서 만나질 않아서 몰랐습니다."

"왜 그렇게 중요한 얘기를 안 했을까요?"

"직접 말하지는 않았지만, 전달되긴 했습니다."

세토가 고개를 살짝 갸웃거렸다.

"작년에 온 연하장 주소는 히가시무라야마로 되어 있었습니다."

짐 정리를 하러 준코의 집에 가기 위해 우편물을 찾았을 때, 쓰바사가 보낸 올해와 작년 연하장의 주소가 예전과 다르다는 걸 알아챘다.

"쓰바사로서는 그걸로 전했다고 생각했겠지만, 제가 알아채지 못했습니다."

어쩌면 요시나가가 그에 관해 언급하지 않아서 쓰바사는 아빠가 자기에게 관심이 없다고 느꼈을지도 모른다.

아빠 집에 놀러 가고 싶다고 해도 에둘러서 거절했고, 게다가 이사한 것조차 알아채지 못했다. 새로운 생활을 시작한 지 반년 만에 쓰바사는 아빠에게 실망해 버린 게 아닐까.

"수사 기록을 읽고, 한 가지 이상하게 여겨지는 점이 있었는데요."

세토의 말에 요시나가가 시선을 돌렸다.

"학생이 사건을 일으킨 날, 아버지 휴대전화로 연락을 했었죠."

요시나가가 고개를 끄덕였다.

"전화가 왔는데 못 받았습니다."

"기록에도 그렇게 쓰여 있습니다. 아버님이 학생의 휴대전화로 연락해서 부재중 메시지를 남겼다고."

"그렇습니다."

"왜 전화를 했다고 생각하십니까?"

요시나가가 고개를 옆으로 저었다.

지금까지 수없이 생각해 봤지만, 알 수가 없었다.

"시간적으로 보면 후지이 군을 살해하기 직전입니다. 학생은 아버지에게 무슨 얘기를 하고 싶었을까요? 뭔가 짚이는 게 없습니까?"

"저도 모르겠습니다."

"그렇군요."

세토가 뚫어져라 쳐다봐서 요시나가는 얼굴을 살짝 숙였다.

"소년심판에서 어떤 처분이 내려지든 학생은 아마도 미성년인 나이에 사회로 돌아가게 될 겁니다. 학생이 돌아왔을 때, 부모로서 어떤 역할을 하실 생각인가요?"

요시나가는 준코에게 시선을 돌렸다. 준코는 이쪽을 바라본채로 움직이지 않았다. 하는 수 없이 요시나가가 세토에게 시선을 돌렸다.

"솔직히 말하면 잘 모르겠습니다."

요시나가가 말했다.

"어느 쪽에서 학생을 맡을지도 아직 고민해 보지 않았단 말인가요?"

"무책임하다고 생각하시겠지만, 지금 당장은 몇 년 후의 일까지 생각이 미치질 않습니다. 저희에게 이번 일은 너무나 ……. 다만, 앞으로는 쓰바사가 반드시 갱생할 수 있도록 둘이서 진지하게 고민해 나가겠습니다."

세토는 요시나가를 바라보며 고개를 끄덕이지도 무슨 말을 하지도 않았다. 시선을 돌리더니 벽시계를 바라보았다.

"슬슬 시간이 다 됐군요."

세토의 말에 쏟아져 나오는 한숨을 애써 참았다.

"통상적으로는 보호자와의 면회는 한 번이지만, 이번에는 사건이 사건인 만큼 다시 오셔야 할 것 같습니다. 그때까지 좀 더 건설적인 대화를 나눌 수 있도록 오늘 나눈 대화 내용을 머릿속으로 반추해 주시기 바랍니다."

"알겠습니다."

요시나가가 옆으로 눈짓을 하며 일어섰는데, 준코는 그대로 앉은 채로 세토를 바라보고 있었다.

"그만 가지."

요시나가가 말을 건넨 순간, 준코가 세토 쪽으로 불쑥 몸을 내밀었다.

"우리 쓰바사가 역송될까요?"

준코가 묻자, 서류를 정리하던 손길을 멈춘 세토가 시선을 돌렸다.

"학생의 처분을 결정하는 건 제가 아니라 재판관입니다."

세토가 억양 없는 목소리로 말했다.

"그래도 조사관님의 보고에 따라 심판 결과가 크게 좌우되는 건 맞죠? 쓰바사는 아직 열네 살이에요. 형사 재판장에서 많은 사람들의 시선에 드러나면, 두 번 다시 일어설 수 없게 되진 않을까요?"

"준코, 그만해."

요시나가가 준코에게 손을 뻗었다.

"학생은 한 생명을 앗아갔습니다."

날카로운 그 목소리에 요시나가는 흠칫 놀라며 손을 거두고 세토를 바라보았다.

"후지이 군은 어떤 일이 있어도 다시 일어설 수 없어요."

세토를 바라보며 두 사람 다 아무 말도 할 수 없었다.

"유족분들을 아직 만나 뵙지 못했지만, 피해자 조회서에 적힌 내용을 보니 가해자에게 준열한 처벌 감정을 품고 있습니다. 게다가 가해 학생이나 부모인 당신들과 지금까지 얘기를 나눠 보니 엄한 판단을 내려야 할지도 모르겠군요."

세토의 매서운 눈빛을 바라보자 현기증이 났다.

"부디 얘기를 나눌 수 있는 기회를 다시 한 번 주십시오."

요시나가는 가까스로 그렇게 말하고 고개를 숙인 후, 준코를 재촉해서 방에서 나왔다.

아무 말도 하지 못한 채 복도를 지나 엘리베이터를 탔다. 가정재판소 밖으로 나온 요시나가는 깊은 한숨을 한 번 내쉬었다.

"지금 바로 도쿄 역으로 갈 건가? 편지는 내가 가져갈게."

요시나가가 지하철 출입구로 시선을 던지며 말하자, 준코가 손목시계를 보았다.

"지금 쓰바사 만나러 가지 않을래?"

준코가 말했다.

"둘이?"

"응."

요시나가는 시선을 떨어뜨리고 생각했다. 이혼한 후로는 셋이 만난 적이 없었다. 셋이 다시 같이 살지도 않을 텐데, 둘이 만나러 가면 쓰바사는 어떻게 생각할까.

"쓰바사한테는 괴로운 일일 것 같아서 그래?"

요시나가의 마음을 헤아린 듯이 준코가 말했다.

"으응."

"어쩌면 쓰바사가 입을 여는 계기가 될지도 몰라."

"그래도 ······."

"어쨌든 소년심판 때는 쓰바사랑 셋이 만나게 되잖아. 그게 끝날 때까지 우린 가족이어야 해."

준코의 말에 요시나가가 고개를 끄덕였다.

마루노우치 선을 타고 이케부쿠로 역에 도착한 후, 유라쿠초 선으로 갈아타고 히카와다이 역으로 향했다.

소년감별소로 향하는 동안 대화는 거의 없었다.

"무슨 얘기를 해야 할까."

감별소 문 앞에 멈춰 선 준코가 나지막이 중얼거렸다.

"나도 몰라."

요시나가가 고개를 옆으로 젓고, 문을 지나 건물을 향해 걸어 갔다.

"이곳에 수용되어 있는 아오바 쓰바사와 면회하고 싶습니다. 쓰바사의 부모입니다."

접수처 직원에게 용건을 밝히자, "대기실에서 기다려 주십시오"라며 손짓으로 가리켰다.

대기실로 들어가 준코에게 벤치를 권하고 자동판매기로 다가갔다. 오렌지 주스와 녹차 페트병 두 개를 사서 준코에게 돌아갔다. 벤치에 앉아 한동안 기다리자, 히라이즈미가 들어왔다.

"수고하십니다."

준코와 함께 일어서서 다가가자, 이쪽으로 시선을 돌린 히라이즈미가 조금 의외라는 표정을 지었다.

"오늘은 두 분이 함께 오셨나요?"

"네."

"쓰바사 군도 기뻐하겠군요."

히라이즈미의 표정이 부드럽게 풀어졌다.

요시나가와 준코는 히라이즈미를 따라 걸어갔다. 다른 건물에 있는 면회실 문을 열고, 히라이즈미가 안으로 안내했다. 준코와 같이 방으로 들어가니, "앉아서 기다리십시오"라며 히라이즈미가 문을 닫았다.

요시나가는 주스와 차를 테이블에 내려놓고, 바로 앞 의자에 준코와 나란히 앉았다.

노크 소리가 들려서 요시나가가 뒤를 돌아보았다. 문이 열리고 히라이즈미가 들어왔다. 뒤따라 들어온 쓰바사가 이쪽으로 시선을 던지더니 놀란 듯이 어깨를 떨었다.

"쓰바사 ……."

준코는 일어서서 한 발짝 내디뎠지만, 요시나가는 앉은 채로 쓰바사를 바라보았다.

히라이즈미가 쓰바사를 재촉해서 맞은편 자리에 앉히자, 준코도 다시 의자에 앉았다. 준코는 쓰바사를 만지고 싶은 충동을 억제하려는지 치마를 꽉 움켜쥐고 있었다.

쓰바사는 두 사람이 쳐다봐서 당황스러운 모양인지 테이블 쪽으로 시선을 피했다.

"주스, 고마워요."

쓰바사가 손을 뻗어 주스캔을 집었다. 희미하게 떨리는 손끝으로 뚜껑을 따고, 요시나가도 준코도 아닌 쪽으로 시선을 헤매며 주스를 마셨다.

"몸은 괜찮니?"

준코가 묻자, 쓰바사가 고개를 꾸벅 끄덕였다.

"오늘은 차입물을 준비하지 못했는데, 필요한 게 있어?"

쓰바사가 손에 든 캔으로 시선을 던진 채 고개를 힘없이 옆으로 저었다.

"정말 괜찮아? 어려워 말고 편하게 말해도 돼."

"지난번에 돈 받았잖아. 필요한 건 매점에서 살 수 있어."

"그렇구나."

다음 말이 떠오르지 않는다는 듯이 준코가 요시나가에게 시선을 돌렸다. 그러나 요시나가도 할 말이 떠오르지 않았다.

"오랜만이네."

쓰바사가 중얼거리는 소리에 요시나가와 준코가 얼굴을 마주보았다. 그리고 바로 쓰바사에게 시선을 되돌렸다. 쓰바사는 고개를 숙인 채 이쪽을 보려하지 않았다.

"셋이 만나는 거 말이니?"

요시나가가 묻자, 쓰바사가 고개를 끄덕였다.

"그렇구나. 삼 년 반 만인가. 마지막으로 식사했을 때 기억나니?"

쓰바사가 고개를 끄덕였다.

"중국요리 먹었지."

"으응."

요시나가는 그때 일을 떠올리며 쓰바사를 바라보았다.

"아빠도 엄마도 웃었어. 평소보다 훨씬 말을 많이 해서 왜 헤어지는 건지 이해할 수 없었어."

가족의 마지막 만찬은 쓰바사를 위해 평화롭게 먹자고 준코와 미리 입을 맞춰 두었다.

그때 부모의 행동을 쓰바사로서는 이해하기 힘들었겠지. 지금은 자기도 눈앞에 있는 아들의 마음을 몰라 번민하고 있다.

"유토 군이 갖고 있던 휴대전화를 네가 감췄니?"

요시나가가 물어보자, 쓰바사가 얼굴을 들었다.

"어디 감췄어?"

쓰바사가 시선을 휙 피했다.

"유토 군에게 보여주려고 했던 훨씬 재미있는 거는 뭐고?"

쓰바사는 고개를 숙인 채로 아무 대답도 하지 않았다.

"그날 아빠 휴대전화로 연락했었지. 무슨 얘기를 하려고 했니? 전화를 끊은 후에 무슨 일이 있었던 거야?"

요시나가가 필사적으로 물었지만, 쓰바사는 완강하게 외면한 채 얼굴을 들지 않았다.

"왜 아무 말도 안 해?"

몸을 내밀며 양손으로 쓰바사의 어깨를 붙들자, 쓰바사가 놀란 듯이 고개를 들고 요시나가를 쳐다봤다.

"이대로 아무 말도 안 하면 정말 힘들어져. 여러 사람들이 보는 앞에서 형사재판이란 걸 받게 된다고! 알기나 해?"

쓰바사가 요시나가의 손을 뿌리치면서 얼굴로 주스가 날아들었다. 캔이 바닥에 굴러떨어지는 메마른 소리가 울려 퍼졌다.

"여보, 그만해."

준코의 목소리가 들렸지만, 요시나가는 개의치 않고 쓰바사의 어깨를 붙들고 흔들었다.

"넌 한 생명을 앗아 갔어!"

요시나가가 소리치자, 쓰바사가 깜짝 놀란 듯이 눈을 휘둥그레 떴다.

"그 사실에서 도망치면 안 돼."

"그만해!"

준코가 달려들며 쓰바사에게서 요시나가를 떼어 놓았다. 그런데도 쓰바사에게 계속 손을 뻗자, 히라이즈미가 끼어들었다.

"오늘은 이만하시죠."

히라이즈미가 그렇게 말하며 쓰바사를 일으켰다.

"쓰바사, 확실하게 말을 해!"

히라이즈미에게 이끌려 방을 나가는 쓰바사의 등에 대고 호소했다. 문이 닫히자, 도저히 가라앉힐 수 없는 초조함에 자기 허벅지를 주먹으로 있는 힘껏 내리쳤다.

"당신은 왜 그런 소리를 해?"

준코가 요시나가를 비난하듯이 말했다.

"쓰바사가 이대로 아무 말도 안 하면 정말로 역송될지 몰라."

"그렇지만 화를 낸다고 말한다는 보장도 없잖아. 오히려 역효과야. 좀 더 참을성 있게 ……."

"일이 있는데, 면회만 하고 살 순 없잖아."

요시나가가 받아쳤다.

"나도 일은 있어. 그래도."

"일이라고 해 봤자 고작 친구 가게 아르바이트 아냐!"

말을 내뱉고 나서 잘못했다고 후회했지만, 이미 엎질러진 물이었다.

요시나가를 바라보는 준코의 시선이 차갑게 변해 있었다.

"그래. 난 당신이랑 달라서 정규직 사원은 꿈도 못 꾸겠지. 집을 구하는 것조차 두려웠어. 아니, 지금도 두려워서 견딜 수가 없어. 언제 주위 사람들에게 쓰바사 일이 알려져서 쫓겨날지 모르니까 ……"

── 미안해.

그 말을 하기도 전에 준코가 먼저 일어섰다. 곧바로 요시나가에게 등을 돌려 밖으로 나갔다.

요시나가는 좀처럼 자리에서 일어설 수가 없었다.


감별소에서 나온 후, 그 길로 곧장 간자키의 사무실로 갔다.

허탈감에 사로잡힌 채 한동안 기다리자, 문이 열리고 간자키가 들어왔다.

"아오바 씨는 돌아가셨어요?"

간자키가 맞은편 자리에 앉으며 물었다.

"네."

면회실에서 나와 준코를 찾아 봤지만, 먼저 가 버렸는지 이미 보이지 않았다. 그 뒤로 연락도 하지 않았다.

"편지는 갖고 오셨나요?"

요시나가가 가방을 열고 봉투를 꺼냈다. 그러나 바로 간자키에게 건넬 수가 없었다.

어젯밤 그토록 고민하며 쓴 편지인데도 세토에게 자기들의 미숙함이 훤히 드러나 버린 지금은 아무래도 그 내용이 얄팍하게만 느껴졌다.

"왜 그러세요?"

요시나가가 편지에서 시선을 들고 간자키를 바라보았다.

"말로 뭔가를 전한다는 게 참 어려운 일이더군요."

"그렇죠. 말만으로는 다 전할 수 없다고 생각하시는 게 좋을 거예요. 하지만 그렇다고 해서 아무것도 안 할 순 없죠. 제가 잠깐 읽어 봐도 될까요?"

요시나가가 편지를 건네자, 간자키가 편지지를 꺼내서 파고들듯이 읽어 내려갔다. 다 읽은 후에 정중한 손길로 편지지를 봉투 안에 다시 넣어 테이블에 내려놓았다.

"제가 맡아 두겠습니다."

간자키가 고개를 끄덕이며 말했다.

"내용은 어떤가요?"

"특별한 문제는 없을 것 같아요. 하지만 편지만으로 유족의 마음이 위로된다면 이렇게 고생할 일도 없겠죠."

"그렇죠."

"쓰바사 군이 가정재판소로 송치된 지 일주일이 지났어요. 이제 3주밖에 안 남았어요. 무슨 수를 써서든 쓰바사 군의 마음을 열고, 피해자와 유족에게 속죄하는 마음을 이끌어 내지 못하면 역송된다 해도 이상하지 않을 상황이에요."

간자키가 하고픈 말이 무엇인지 짐작이 갔다.

"어제 부첨인 얘기를 꺼냈는데, 애 엄마는 반대했습니다. 괜히 상대의 분노만 더 부채질할 거라고."

"그렇군요 ……."

"시간이 허락하는 한 쓰바사에게 최대한 자주 면회를 가서 간자키 선생님에게 사건에 관한 얘기를 하라고 호소하겠습니다. 부디 쓰바사를 잘 부탁드립니다."

지금 자기가 할 수 있는 일은 이렇게 간자키에게 고개를 숙이는 정도뿐이었다.


요시나가는 머리에 묵직한 통증을 느끼며 눈을 떴다.

캄캄한 어둠 속에서 침대 옆으로 손을 뻗었다. 집에 들어온 후의 기억은 가물가물하지만, 평소 놔두는 자리에 휴대전화가 있었다. 전화기에 표시된 오후 4시 21분이라는 시각을 보며 자기혐오에 빠졌다.

어젯밤의 애매한 기억을 머릿속으로 더듬어 보았다. 고탄다 역에서 전철을 내린 후, 번화가 쪽으로 걸어갔다. 자신을 둘러싼 현실과 절망적인 미래에 대한 상상을 잠시만이라도 떨쳐버리고 싶은 충동에 휩싸였다.

전에 들렀던 'CINEMA'라는 바에 가서 술을 마시며 모니터만 마냥 바라봤던 기억은 났다. 폐점 시간까지 영화를 네 편이나 봤지만, 대화 내용도 영화 장면도 기억나지 않았다.

해야 할 일과 고민해야 할 것들이 산더미같이 쌓였는데, 대체 뭘 하고 있는 걸까.

요시나가는 침대에서 일어났다. 어제부터 입고 있던 옷을 벗고 욕실로 향했다.

샤워를 하고 옷을 입은 후, 집에서 나왔다. 근처 슈퍼마켓에 가서 곧장 반찬 매장으로 걸어갔다. 식욕은 없지만 아무것도 안 먹을 수는 없는 노릇이었다.

닭튀김 도시락을 바구니에 넣으려다 손길을 멈췄다. 불현듯 생각이 떠올라서 도시락을 진열대에 다시 내려놓고 채소 매장으로 갔다.

양파, 당근, 감자를 바구니에 담았다. 닭고기와 카레와 향신료 몇 종류를 골라 계산대로 향했다.

집으로 돌아오자마자 부엌으로 들어갔다. 쌀을 씻어서 전기 밥솥에 안치고, 거의 사용해 본 적이 없는 부엌칼과 도마를 꺼 냈다. 어설픈 손놀림으로 채소를 썰었다.

왜 혼자서 다 먹지도 못할 만큼 재료를 잔뜩 사 왔는지, 왜 양 파 채를 더욱 가늘게 썰려고 안간힘을 쓰는지 이해가 되지 않았다. 그런데도 칼질하는 손길을 멈출 수는 없었다.

큰 냄비에 고기와 채소를 볶고, 물과 월계수를 넣어 끓였다. 그리고 열심히 거품을 걷어 내는 데 의식을 집중시켰다.

카레를 마저 넣고 냄비를 젓고 있을 때, 휴대전화가 울렸다. 불을 줄이고 부엌에서 나가 휴대전화를 집어 들었다. 간자키의 전화였다.

"여보세요 ……."

요시나가가 전화를 받았다.

"간자키입니다. 지금 통화 가능하세요?"

"네."

"조금 전에 후지이 씨의 대리인이라는 분에게 연락을 했는데, 만나는 것도 편지를 건네는 것도 거절당했어요."

"그렇군요 ……."

예상한 일이긴 했지만, 납덩이라도 삼킨 것처럼 가슴이 답답했다.

"우선 급히 보고할 사항부터 말씀드릴게요. 내일도 쓰바사 군을 면회하러 가요. 상대가 한 말을 그대로 옮길 수는 없겠지만, 유토 군 가족의 심정을 저 나름대로 전달할 예정이에요."

"잘 부탁드립니다."

요시나가는 전화를 끊고 부엌으로 돌아갔다. 냄비에 든 카레가 눈에 들어왔고, 마치 봇물이 터진 것처럼 허무함이 북받쳐 올랐다.

요시나가는 익숙한 주택가를 걸어갔다.

마지막으로 본가를 찾은 것은 올 2월에 퇴원한 아버지를 모셔다 드렸을 때였다.

집 앞에 도착해서 잠시 밖에서 안의 상황을 살펴보았다. 덧문은 닫혀 있지 않았지만, 아버지가 집에 계신지 어떤지는 알 수 없었다. 뜰 끝자락으로 시선을 던지자, 잡초가 무성하게 우거져 있었다.

요시나가는 머뭇거리다 벨을 눌렀다.

잠시 후 "네──"라고 대답하는 아버지의 목소리가 들렸다.

"저예요, 아버지. 게이치."

요시나가가 말하자 인터폰이 끊겼다. 대문 안으로 들어가서 기다리니 현관문이 열리며 아버지가 얼굴을 내밀었다.

"웬일이냐?"

요시나가와 눈이 마주치자마자 아버지가 물었다.

"웬일은요 ……. 어떻게 지내시나 궁금해서."

"올 거면 미리 연락이라도 하지."

"우연히 이쪽에 볼일이 있었어요. 안 계시면 그냥 가도 상관없으니까."

아버지가 "그랬구나"라며 요시나가에게 등을 돌렸다. 아버지를 따라 현관으로 들어가 거실로 향했다.

"몸은 좀 어떠세요?"

거실로 들어간 요시나가가 묻자, 아버지가 돌아보았다.

"뭐, 그냥 그렇지."

"어디 불편하신 데는 없고요?"

"유리코가 가끔 다녀가서 괜찮아."

아버지가 그렇게 말하며 거실 의자에 앉았다.

"자주 찾아뵙지 못해서 죄송합니다. 혹시 제가 도와드릴 일이 없나 해서 들렀어요."

"내 걱정은 안 해도 돼. 유리코에게 들었는데, 일이 바쁜 모양이던데."

"옛날의 아버지만큼은 아니에요. 차라도 마실까요. 양갱 사왔어요."

요시나가가 부엌으로 들어갔다. 차를 끓이고 양갱을 접시에 담아 아버지 앞에 내려놓았다.

"어머니께도 드려라."

양갱을 불단에 올린 요시나가가 무릎을 꿇고 앉았다. 미소를 머금은 어머니의 영정 사진을 바라보며 향을 피웠다.


창이 열리는 소리가 들려서 요시나가가 풀을 뽑던 손길을 멈추고 돌아보았다.

"아주 깨끗해졌구나. 그 정도만 해 둬."

거실에서 얼굴을 내민 아버지가 말했다.

"조금만 더 정리하고 들어갈게요."

"좀처럼 만나지도 못하잖니. 가끔은 대화도 나눠야지. 별건
아니지만, 내가 만두를 구웠다."

아버지가 들어오라고 손짓을 해서 요시나가는 풀을 담은 쓰
레기 봉지를 묶어 놓고 일어섰다.

세면대로 가서 손을 씻고 거실로 들어가자, 테이블 위에 만두
가 한가득 담긴 접시가 올려져 있었다.

"아버지가 만드셨어요?"

요시나가가 의자에 앉으며 묻자, 부엌에서 맥주병과 컵을 들
고 온 아버지가 "냉동식품이지"라며 맞은편에 앉았다.

"고등학교 때가 떠올라서 질리니?"

아버지가 요시나가에게 맥주를 따라 주며 말했다.

"스무 살 넘을 때까지는 그랬는데, 지금은 괜찮아요."

고등학교 때 돌아가신 어머니를 대신해서 아버지가 자주 도
시락을 싸 줬는데, 거의 대부분 만두와 밥과 자차이(채로 썬 개채
(芥菜) 뿌리에 고추기름, 설탕 따위로 양념한 중국식 밑반찬)였다.

그때는 요시나가와 유리코도 원망스러운 마음뿐이었는데, 지
금 와서 돌이켜 보면 바쁜데도 불구하고 매일같이 도시락을 챙
겨 준 아버지가 훌륭했다는 생각이 든다.

"내가 서툰 덕분에 유리코가 일찍부터 요리를 잘하게 됐지."

아버지가 웃으며 맥주를 들이켰다.

고등학교 첫 해를 거의 매일 만두와 밥으로만 버텨 낸 유리코는 급기야 짜증이 났는지 2학년이 되자 스스로 도시락을 싸기 시작했다. 요시나가 몫도 함께 만들어 줘서 고등학교 3학년 일 년간은 제대로 된 도시락을 먹을 수 있었다.

"쓰바사는 건강하니?"

아버지의 질문에 순간적으로 미소가 사라졌다.

지푸라기라도 붙잡는 심정으로 여기까지 찾아오긴 했지만, 역시나 아버지에게는 말할 수가 없었다.

"아, 네 ······. 건강해요."

요시나가가 그렇게 대답하며 아버지와 자기 잔에 맥주를 따랐다.

"내년 설에는 오랜만에 쓰바사를 데려오면 좋겠다만."

준코와 이혼한 후로 아버지는 쓰바사를 만나지 못했다.

"어려울지도 몰라요."

요시나가가 말하자, 이쪽을 바라보고 있던 아버지가 고개를 살짝 갸웃거렸다.

── 쓰바사는 살인을 저질러서 한동안은 돌아올 수 없다.

그렇게 말하면, 아버지는 과연 어떤 반응을 보일까.

── 나는 과연 앞으로 어떻게 해야 할까.

아버지는 이 질문에 대답을 해 주실까.

"설에는 후지에다에 있는 외갓집에 가는 것 같고, 게다가 최근에는 엄마랑 같이 오사카로 이사 갔어요."

"왜?"

"애 엄마 친구가 오사카에서 가게를 하는 모양인데, 그 일을 돕게 됐다네요. 저도 좀처럼 만나기가 어려워질 거예요."

"그렇구나, 서운하네."

"어쩔 수 없죠, 뭐."

아버지와 시선을 마주치기가 괴로워서 괜히 만두로 젓가락을 뻗었다.

"그건 그렇고, 좀 전에 네 엄마랑은 무슨 얘길 나눴니?"

"네?"

요시나가가 아버지에게 시선을 돌렸다.

"평소보다 합장을 길게 하던데. 무슨 부탁이나 보고할 얘기라도 있었니?"

"그때 거짓말을 해서 미안하다고 했어요."

요시나가가 그렇게 말하자, 아버지가 무슨 뜻인지 모르겠다는 듯이 고개를 갸웃거렸다.

"중학교 3학년 때 시험."

"아아."

아버지가 생각이 난 듯이 고개를 끄덕였다.

"아버지는 어떻게 그게 내 시험지가 아닌지 아셨어요?"

"그야 간단하지. 이름과 답안지 필적이 달랐잖아. 네 글씨체는 다른 애들보다 둥글둥글했으니까."

"그랬군요."

자기도 모르게 씁쓸한 웃음이 새어 나왔다.

"어머니도 알아챘을까요?"

"글쎄, 어떨지. 그 무렵에는 아주 약해졌을 때라서 ……."

오히려 아버지는 장례식이 끝난 후에 요시나가에게 '고마웠다'고 말했다.

"행동의 옳고 그름을 떠나서 자식이 왜 그랬는지를 먼저 생각해 보는 게 부모야."

요시나가는 그 말에 흠칫 놀라 숨을 삼키고 아버지를 바라보았다.

"넌 고등학교에 들어간 후로 열심히 노력했지. 중학교 시절에는 상상할 수도 없었던 대학에 합격하고, 좋은 회사에 들어갔어. 네 엄마도 틀림없이 지켜보고 있겠지."

갑자기 벨이 울렸다. 요시나가가 인터폰으로 향했다.

"제가 나갈게요."

요시나가가 아버지에게 말하고 현관으로 나갔다. 문을 열자 장바구니를 든 유리코가 서 있었다.

"오빠, 집에 와 있었네. 혹시 ……."

유리코가 탐색하는 듯한 시선으로 물어서 요시나가가 고개를
저었다.

"그렇구나. 난 저녁 하러 왔어. 같이 먹고 가."

유리코가 현관으로 올라서며 말했다.


"오빠, 이제 그만 갈까——."

유리코의 말에 요시나가가 벽시계를 쳐다보았다. 어느새 거
의 여덟 시가 다 되어 있었다.

"그래야겠군. 이것만 정리하고 가자."

"설거지쯤은 내 손으로 할 수 있으니 그냥 둬."

일어서려 하는 아버지를 손짓으로 말리고, 요시나가가 식탁
의 그릇들을 부엌으로 들고 가서 유리코와 함께 설거지를 했다.

"아버지, 무슨 일 있으면 바로 연락하셔야 해요."

유리코가 현관문까지 배웅을 나온 아버지에게 말했다.

"그래 알았다, 난 괜찮아. 풀도 뽑아 주고 저녁까지 챙겨 줘서
고맙다. 일 때문에 바쁘겠지만, 또 놀러 오너라."

요시나가는 아버지의 해맑은 미소에 양심의 가책을 느끼며
고개를 끄덕거렸다.

집 밖으로 나오자 그때까지 참고 있던 깊은 한숨이 흘러나왔
다. 유리코와 함께 역을 향해 걸어가기 시작했다.

"아버지는 못 알아채신 것 같지?"

유리코가 물어서 요시나가가 애매하게 고개를 끄덕였다.

오늘 접한 모습으로는 아버지가 사건을 알고 있는 것처럼 보이지 않았다.

"혹시 내가 방해한 거야?"

"아냐, 네가 안 왔어도 얘기 못 했어. 앞일이 막막해서 여기까지 오긴 했지만 ……."

"얼마 전 뉴스에 가정재판소로 송치됐다고 나왔어. 앞으로 소년심판이란 걸 받는 거지?"

"이번 달 25일이야."

"그렇게 빨리?"

"으응."

"심판이 끝나면, 쓰바사가 바로 돌아올 순 있어?"

"어려울 거야. 얼마 전에 수사 자료를 봤는데, 쓰바사의 죄를 뒤집을 순 없을 것 같더라."

"소년원에 들어가게 된다는 뜻이야?"

"그렇겠지. 그보다 혹시라도 형사재판에 회부될까 봐 너무 불안해."

"그럴 가능성이 높아?"

"쓰바사가 동급생을 살해한 사실은 인정했어. 그런데 그 밖의 상황과 관련해서는 여전히 입을 꾹 다물고 있어. 재판관이나 조사관의 심증이 좋을 리 없겠지."

요시나가가 시선을 돌리자, 유리코의 표정이 한층 더 어두워
져 있었다.

"히토미 쨩이랑 유타는 아니?"

요시나가가 물었다.

"유타는 모르는데, 히토미가 좀 이상해. 우리한테 무슨 말을
하지는 않지만, 어쩌면 ……."

요시나가가 유리코를 바라보며 탄식을 흘렸다.

"스마트폰이 있으니 인터넷으로 볼 수도 있고 ……. 분명하게
설명을 할지 말지 애들 아빠랑 망설이고 있는 중이야."

"조금만 더 기다려 줄 수 있겠니?"

"그건 상관없는데, 왜?"

"최소한 쓰바사가 그런 짓을 한 원인이라도 확실하게 밝혀질
때까지만."

"그런데 쓰바사가 계속 입을 열지 않는다며?"

"으응. 이대로 가면 문제야."

── 행동의 옳고 그름을 떠나서 자식이 왜 그랬는지를 먼저
생각해 보는 게 부모야.

아버지의 말을 들었을 때부터 그 말뜻을 깊이 새김질하고 있
었다.

마치다 역의 개찰구 앞에 도착한 요시나가가 멈춰 섰다.

"잠깐 전화 통화를 할 데가 있으니 여기서 헤어지자."

요시나가가 유리코를 바라보며 말했다.

"알았어. 심판 결과가 나오면 알려 줘."

요시나가가 고개를 끄덕이자, 유리코가 개찰구 안으로 들어갔다. 유리코의 모습이 사라진 후, 휴대전화를 꺼내서 간자키에게 전화를 걸었다.

"여보세요, 요시나가인데 …… 지금 통화 괜찮으십니까?"

"네."

간자키의 목소리에 뒤섞여 시끌벅적한 아이들 소리가 들려왔다. 아마 집이겠지.

"오늘 쓰바사는 어땠나요?"

요시나가가 물었다.

"여전해요."

"그렇군요. 선생님에게 부탁이 있습니다."

"뭔데요?"

요시나가가 숨을 크게 들이마셨다 내쉬었다.

"쓰바사의 부첨인이 될 수 있게 수속을 해 주십시오."

한동안 침묵이 흘렀다.

"그럼, 지금 바로 사무소로 와 주실 수 있나요? 부첨인 선임 서류를 작성하죠."


"요시나가 씨, 들어오세요."

히라이즈미의 말에 요시나가가 자리에서 일어섰다. 대기실을 벗어나 히라이즈미를 따라 복도로 걸어갔다.

"지금 심정은 물론 이해하지만, 학생을 자극하는 언동은 삼가 주십시오."

히라이즈미가 딱딱한 목소리로 말했다.

"알겠습니다."

요시나가는 면회실로 들어가서 테이블에 주스와 커피를 내려 놓고 의자에 앉았다.

오늘은 사건 얘기는 꺼내지 말고, 쓰바사의 기분을 풀어 주는 것에만 집중하자.

문이 열리는 소리가 들려서 요시나가가 뒤를 돌아보았다. 쓰바사가 히라이즈미에게 재촉당하듯이 안으로 들어왔다. 그리고 고개를 숙인 채로 요시나가의 맞은편 자리에 앉았다.

"쓰바사 ⋯⋯. 지난번에는 미안했다."

요시나가가 몸을 내밀며 말했지만, 쓰바사는 고개를 숙인 채 꿈쩍하지 않았다.

"그래도 이것만은 알아줬으면 해. 아빠도 엄마도 간자키 선생님도 다 널 생각해서 그러는 거야."

머릿속으로 열심히 다음 말을 찾고 있는데, 쓰바사가 얼굴을 들었다.

"그저께 그 사람이 종이를 줬어."

쓰바사가 나지막이 말했다.

"그 사람이라니, 간자키 선생님?"

쓰바사가 고개를 끄덕였다.

"서명하라고 했어. 부첨인 칸에 아빠 이름이 적혀 있던데?"

쓰바사가 물어보듯이 말하자, 옆에 앉아 있던 히라이즈미가 놀란 듯이 요시나가를 바라보았다.

"어어, 그래. 아빠가 너의 부첨인이 될 생각이야. 그러면 너랑 단둘이 만날 수 있어."

쓰바사가 물끄러미 쳐다보았다.

"물론 가정재판소에서 허가를 안 해 주면 부첨인이 될 수 없지만."

"일은?"

쓰바사가 물었다.

"한동안 휴가를 내야지."

그저께 오늘부터 소년심판이 있는 25일까지 유급휴가를 내고 싶다고 인사부 상사에게 부탁했다. 설령 부첨인이 되지 못하더라도 시간이 허락하는 한 쓰바사를 최대한 많이 만나러 가고 싶었다. 2주 이상 회사를 쉬면 비난받을 줄 알았는데, 시원스럽게 승인해 주었다. 상사의 얼굴은 기분 탓인지는 모르지만 왠지 안도하는 것처럼 보였다.

"아이들이 뛰놀 수 있는 미술관은 어쩌고?"

"아빠가 없어도 미술관은 만들 수 있지. 만약 부침인이 못 되어도 면회가 가능할 때는 매일같이 만나러 올게."

쓰바사가 고개를 숙였다.

"주스, 안 마셔? 아빠는 좀 마셔야겠다."

요시나가가 캔커피를 집어 뚜껑을 딴 후, 입으로 가져갔다.

쓰바사도 주스를 들고 뚜껑을 땄다.

요시나가는 주스를 홀짝이는 아들을 지그시 바라보았다.

앞으로 매일같이 쓰바사를 만날 수 있다고 생각하니, 억지로라도 얘기를 끌어내야 한다는 초조감은 옅어졌다.

"식사는 어떤 게 나오니?"

요시나가가 물었다.

"어떤 거라니 …… 그냥 평범한 도시락이지."

"맛은 있니?"

"맛이 없진 않아. 그런데 저녁시간이 다섯 시라 한밤중에는 배가 고파."

"그렇구나. 점심은 열두 시부터고?"

쓰바사가 고개를 끄덕였다.

"지금 제일 먹고 싶은 음식은 뭐야?"

"라면 ……. 그리고 생선회랑 초밥."

쓰바사는 초밥을 좋아해서 만날 때는 초밥집에 자주 데려갔다. 쓰바사는 언제쯤 자기가 좋아하는 음식을 자유롭게 먹을 수 있을까.


감별소에서 나온 요시나가가 손목시계로 시선을 돌렸다. 오
전 11시 30분을 조금 지나 있었다.

현기증이 날 정도로 햇볕이 강했다. 주위를 둘러보다 편의점
간판을 발견한 후, 그쪽을 향해 걸어갔다. 가게에서 샌드위치와
캔커피를 사 들고 감별소 맞은편에 있는 공원으로 들어갔다. 그
늘진 벤치에 앉아 눈앞에 펼쳐진 운동장을 바라보았다. 나이가
지긋한 남녀가 즐겁게 게이트볼을 하고 있었다.

다시 손목시계를 보고 정오가 지난 것을 확인한 후, 봉지에서
샌드위치와 캔커피를 꺼냈다.

오늘 쓰바사의 점심은 뭐가 나올까.

살갗에 들러붙는 열기와 흘러내리는 땀 때문에 식욕이 멀리
달아났지만, 그래도 조금씩 샌드위치를 입으로 가져 갔다.

주머니 속에서 휴대전화가 진동했다. 꺼내 보니 간자키에게
서 온 전화였다.

"여보세요, 요시나가입니다."

요시나가가 전화를 받았다.

"간자키예요. 수고가 많으세요. 가정재판소에서 불러서 다녀
왔어요."

"그래서 ……."

"허가를 받았어요."

요시나가는 휴대전화를 귀에 바짝 붙이고 큰 숨을 내쉬었다.

"이것저것 의논할 게 많아요. 지금 사무소로 와 주시겠어요?"

"알겠습니다."

요시나가는 전화를 끊고, 남은 샌드위치를 입안 가득 그러넣고 미지근해진 커피로 흘려 넘겼다.

간자키는 한 손에 든 종이 다발을 테이블에 내려놓고, 요시나가의 맞은편 자리에 앉았다.

"제1단계는 돌파했네요."

그렇게 말하며 미소를 머금는 간자키에게 요시나가가 고개를 끄덕여 보였다.

"살인 사건에서 보호자가 부첨인이 된 전례가 없어서 가정재판소에서도 굉장히 신중했던 것 같아요. 반대 의견도 있었던 모양인데, 쓰바사 군이 사건에 관해 얘기를 하지 않는 한, 진정한 갱생은 도모할 수 없다는 저희의 호소에 강하게 찬성해 주신 분이 있었나 봐요."

"그렇군요 ……."

"아버지와 둘만의 대화를 통해서 쓰바사 군이 사건에 관해 제대로 얘기를 풀어놓고, 반성하는 마음이 깊어지길 기대하겠다고 재판장님이 말씀하셨어요. 그렇지만 소년심판 법정에서 요시나가 씨가 부첨인의 자리에 앉을 것이냐 말 것이냐는 좀 더 고려하는 게 좋겠다고 말씀하셨어요. 유토 군의 가족이나 대리인이 방청할 가능성도 있으니까."

"알겠습니다. 저는 앞으로 어떻게 해야 할까요?"

"지금부터 요시나가 씨는 쓰바사 군과 둘이서만 만날 수 있습니다. 일단 쓰바사 군을 면회해서 사건에 관해 물어봐 주세요."

"해 보겠습니다."

"저는 일단 학교 관계자를 만나 볼게요. 아무리 수사 자료를 읽어 봐도, 쓰바사 군이 유토 군에게 살의를 품을 이유가 보이질 않아요. 그렇지만 아무 이유도 없이 그런 일을 벌였다고 생각할 순 없으니까요. 그리고 후지이 씨의 대리인에게 다시 한번 연락해서 사죄의 마음을 조금이라도 전해 볼 생각이에요. 그리고 앞으로의 예정인데 ……."

간자키가 종이 다발 위에 내려 둔 수첩을 펼쳐서 요시나가도 가방에서 수첩을 꺼냈다.

"소년심판이 25일이고, 그보다 사흘 전쯤에 소년조사표가 제출돼요."

"가정재판소의 조사관이 만든 기록 말이죠?"

간자키가 고개를 끄덕여서 수첩의 8월 22일 칸에 '소년조사표 제출'이라고 써넣었다.

"그때까지 쓰바사가 사실을 얘기하게 만들어야 한다는 뜻이군요."

요시나가가 22일 칸에 '리미트'라고 덧붙여 썼다.

"아뇨, 여유가 그렇게 많진 않아요."

요시나가가 수첩에서 시선을 들고 간자키 쪽을 바라보았다.

"경찰이나 검찰에 하지 않았던 얘기를 쓰바사 군에게 끄집어내는 거라서 조사관은 소년조사표를 작성하기 전에 그것이 사실인지 아닌지 검증해야 해요."

"유예 기간은 어느 정도인가요?"

요시나가가 묻자, 간자키가 손에 들고 있던 펜을 턱에 대고 생각에 잠겼다.

"글쎄요 ……. 내용에 따라 다르겠지만, 나흘에서 닷새는 필요하겠죠."

요시나가가 22일 칸에 사선을 긋고, 17일 칸에 다시 '리미트'라고 써 넣었다.

"쓰바사 군에게 새로운 얘기를 들으면, 곧바로 조사관에게 연락해 주세요. 세토 씨의 직통 전화번호를 알려 드릴게요."

간자키가 휴대전화를 꺼내서 요시나가도 자신의 것을 꺼내 들었다.

세토의 준열한 눈빛을 떠올리자 주눅이 들 지경이었지만, 앞으로는 아버지와 부첨인이라는 양쪽 입장에서 쓰바사의 미래를 생각해야 한다며 스스로 각오를 다졌다.

"지금 바로 감별소에 가실 건가요?"

"아뇨, 내일부터 할 생각입니다. 자료를 최대한 꼼꼼하게 읽은 후에 만나고 싶으니까."

"그럴 것 같아서 요시나가 씨의 몫도 복사해 뒀어요."

간자키가 그렇게 말하며 테이블 위의 종이 다발로 시선을 던졌다.

"빌려 가도 되겠습니까?"

요시나가가 고개를 끄덕이는 간자키를 보고, 종이 다발을 가방에 넣은 후 일어섰다.

"지금 바로 지쿠이치 선생님에게 연락하라고 할게요."

"저도 무슨 일이 있으면 바로바로 연락드리겠습니다."

요시나가가 인사를 하고 문으로 향했다. 방에서 막 나오려는 순간, "요시나가 씨——"라며 간자키가 불러 세워서 뒤를 돌아보았다.

"아오바 씨에게 부첨인이 됐다는 얘기는……."

요시나가가 잠시 생각한 후, 고개를 가로저었다.

"말 안 할 생각입니다. 부첨인이 되는 걸 반대했는데, 괜한 마음고생을 시키고 싶진 않아서."

간자키가 동조하듯 고개를 끄덕였다.

"앞으로 가혹한 날들이 이어질 거예요. 하지만 아무리 괴로워도 아드님을 받아들여 주세요. 무슨 일이 있어도 부정하지 말고, 아드님의 얘기를 들어 주세요. 쓰바사 군을 구해 줄 사람은 아버지뿐이에요."

요시나가는 간자키에게 고개를 끄덕여 보이고 밖으로 나왔다.

어깨에 멘 가방의 무게와 땀으로 젖은 셔츠의 불쾌감을 참아 내며 이케부쿠로 역까지 걸어가서 야마노테 선을 탔다. 다카다 노바바 역에서 전철을 내려서 세이부신주쿠 선으로 갈아탔다.

부첨인으로 쓰바사를 만나기 전에 한 가지 꼭 해 둬야 할 일이 있었다.

요시나가는 자리에 앉아 가방에서 자료를 꺼냈다. 두툼한 자료 중에서 사건 현장과 사건 당일의 상황에 관해 적어 둔 자료를 뽑아서 읽기 시작했다.


풀과 나무를 헤치며 어스름한 잡목림 사이를 걸어가다 보니 어느새 등줄기가 서늘해졌다.

울창하게 우거진 나무들에 햇볕이 차단된 탓인지, 내면에서 배어나는 두려움이 그렇게 만드는 건지 알 수가 없었다.

주위에서 들려오는 매미 울음소리에 의식을 돌려 봤지만, 불안한 마음은 누그러지지 않았다. 오히려 불안을 더욱 부채질하듯 귓전에서 울려 퍼졌다.

눈앞으로 빛이 보였다. 발길에 휘감기는 잡초를 짓밟으며 앞으로 더 걸어가자, 나무들이 우거지지 않은 일대가 나타나며 강럴한 햇볕이 쏟아져 내렸다.

잡초에 파묻히듯 주스캔 몇 개가 놓여 있었다. 가까이 다가가니 캔 옆에 시든 꽃다발이 놓여 있었다.

아무래도 이곳이 유토 군의 사체가 발견된 장소인 듯했다.

요시나가는 그 자리에 웅크려 앉아 역 앞에서 사 온 꽃다발을 내려놓고, 눈을 감으며 두 손을 모아 쥐었다.

이제부터 쓰바사의 편에 서게 된 점을 유토 군에게 사죄한 후, 눈을 뜨며 일어섰다.

쓰바사는 이곳에서 유토 군을 죽였다.

발밑의 잡초에도 유토 군의 피가 스며 있는 것 같아 도망치고 싶은 충동이 몰려 들었지만, 요시나가는 애써 참으며 그 자리를 서성거렸다.

두 아이들에게 이곳은 어떤 장소였을까.

오후 일곱 시가 지났다면, 가로등도 없이 나무들로 에워싸인 이곳은 상당히 어둡지 않았을까. 설령 손전등이 있대도 이런 곳으로 들어오고 싶지는 않을 것이다.

갑자기 나무들 틈새에 피어 있는 빨간 꽃이 시야에 들어와서 요시나가가 가까이 다가갔다.

어디선가 본 기억이 나서 가만히 바라보던 중에 준코 아파트의 꽃병에 꽂혀 있던 꽃과 같다는 걸 알아차렸다.

"요시나가 씨, 기다리고 있었습니다."

그 목소리에 요시나가가 얼굴을 돌렸다.

숨을 한 번 크게 내쉰 후 일어서서 대기실 밖에 있는 히라이즈미 쪽으로 걸어갔다.

"어제 가정재판소에서 연락을 받고 깜짝 놀랐습니다."

복도를 걸어가면서 히라이즈미가 말했다.

"제가 부첨인이 된 거 말입니까?"

히라이즈미가 고개를 끄덕였다.

"십삼 년간 이 일을 해 왔지만, 이런 경우는 처음이에요."

"쓰바사가 사건에 관해 아무 얘기도 안 해서 ……. 고육지책입니다."

"얘기를 해 주면 좋을 텐데."

히라이즈미가 방 앞에 멈춰 서서 문을 열었다.

"들어가시죠. 부첨인 분의 면회실입니다."

히라이즈미의 안내를 받으며 요시나가가 안으로 들어갔다. 지금까지의 면회실보다 조금 더 작은 방이었고, 테이블을 가운데 두고 마주 보도록 의자 두 개가 놓여 있었다.

의자에 앉아 등 뒤로 문 닫히는 소리를 듣자 잊었던 공포가 되살아났다.

내가 과연 견뎌 낼 수 있을까.

쓰바사가 유토 군을 살해한 상황을 얘기해도 끝까지 참아 내며 들을 수 있을까.

── 아무리 괴로워도 아드님을 받아들여 주세요.

그렇다. 설령 귀를 틀어막고 싶어도 나는 그 말을 끝까지 들어야 한다. 그리고 쓰바사를, 쓰바사가 저질러 버린 사태를 확실하게 받아들여야 한다.

문이 열리는 소리가 들려서 요시나가가 뒤를 돌아보았다.

히라이즈미에게 재촉을 받듯이 혼자 안으로 들어온 쓰바사와 눈이 마주쳤다.

쓰바사는 곧바로 시선을 떨어뜨리고, 요시나가의 맞은편 자리에 앉았다.

"시간제한은 딱히 없습니다. 면회가 종료되면 이 전화로 직원을 불러 주세요."

히라이즈미가 문 옆에 있는 전화기를 가리키며 설명해서 요시나가가 고개를 끄덕였다.

문이 닫히자, 요시나가는 쓰바사 쪽으로 돌아앉았다. 쓰바사는 여전히 고개를 숙이고 있었다.

"미안하지만, 부첨인은 주스 차입물 같은 건 갖고 올 수 없단다."

요시나가가 말문을 열자, 쓰바사가 얼굴을 들었다.

"부첨인 됐어?"

"으응. 이제부터는 둘이서만 얘기할 수 있어."

"아, 그렇구나 ……."

쓰바사가 시선을 피했다.

가까스로 둘이서만 얘기할 수 있게 됐건만, 무슨 얘기부터 꺼내야 할지 몰라 한동안 쓰바사만 바라보았다.

"아빠는 어제부터 너의 식사 시간에 맞춰서 밥을 먹으려고 노력해. 분명 네 말대로 밤이 되니 라면이 먹고 싶어서 견딜 수가 없더구나."

쓰바사의 뺨이 어렴풋하게 풀렸다. 그러나 금세 다시 표정을 굳혔다.

"우리 집 근처에 맛있는 라면집이 있어. 하루빨리 널 그곳에 데려가고 싶구나."

쓰바사가 요시나가와 시선을 맞췄다.

"널 오랫동안 소년원 같은 데 두고 싶지 않아. 하물며 형사재판 법정에는 절대 세울 수 없어."

요시나가가 그 시선을 맞받으며 말하자, 쓰바사가 얼굴을 숙였다.

"유토 군과의 사이에 도대체 무슨 일이 있었던 거니?"

쓰바사가 얼굴을 숙이면서 고개를 살며시 옆으로 저었다.

"아빠를 못 믿겠니?"

쓰바사의 동작이 멈췄다. 하지만 잠시 후, 다시 고개를 옆으로 저었다.

"그럼, 얘기 좀 해 봐. 유토 군에게 문자로 보냈던, 훨씬 더 재미있는 게 뭐였어?"

쓰바사는 여전히 입을 굳게 다물고 있었다.

"그날 밤에 아빠한테 무슨 얘기를 하고 싶었던 거야?"

요시나가는 고개 숙인 쓰바사를 바라보며 어떡해야 좋을지 갈피를 잡을 수가 없었다.


"간자키 씨는 지금 외출 중인데, 삼십 분 후면 돌아올 것 같아요. 죄송하지만 조금만 기다려 주세요."

여성 직원이 밖으로 나가자, 요시나가는 수사 자료를 꺼내서 읽기 시작했다.

어제도 밤 늦게까지 읽었지만, 도저히 다 읽을 수가 없었다. 아직 5분의 1밖에 못 읽었다.

요시나가는 자료 중에서 쓰바사와 유토 군의 친구였던 구리하라 나오키와 구보 마코토의 조서 부분을 찾아 읽기 시작했다.

구리하라와 구보는 둘 다 히가시무라야마 시에서 태어나 쓰바사와 유토 군과 같은 초·중학교에 다녔다. 쓰바사가 전학 왔을 때, 그 두 학생은 6학년 3반, 쓰바사와 유토 군은 1반이었다.

유토 군과 구리하라와 구보는 중학교에서 같은 반이 되었고, 초등학교 5학년 때 같은 반이었던 유토 군이 쓰바사와 친하게 지내다 보니 자연스레 넷이 같이 놀게 되었다고 한다. 이 네 아이는 중학교 1, 2학년 내내 같은 반이라 특히나 친한 사이가 되었던 모양이다.

구리하라도 구보도 쓰바사가 유토 군을 죽인 동기는 전혀 모르겠다고 답변했다. 자기들도 친구였지만, 초등학교 6학년 때부터 알아 온 쓰바사와 유토 군은 특히 더 사이가 각별했다고 했다.

두 아이는 쓰바사가 유토 군에게 문자로 보냈던 '훨씬 더 재미있는 것'의 의미도 모르겠고, 사건 현장에도 가 본 적이 없다고 답했다.

네 아이는 자주 쓰바사의 집에 모여 비디오 게임을 하거나 같이 숙제를 하면서 시간을 보냈다고 한다. 유토 군도 구리하라도 구보도 반에서 성적은 상위권이라 쓰바사에게 공부를 가르쳐 주었다. 구리하라의 부모님은 두 분 다 시내 학교에서 교사로 일하고 있고, 구보의 아버지는 경찰관이라고 한다. 양쪽 다 엄격한 가정인 것 같다고 쓰여 있었다.

두 아이는 쓰바사의 인상에 관해서 평소에는 얌전하고 성실해 보이는데 난데없이 장난을 치며 문제 행동을 일으키는 바람에 주위를 놀라게 했다고 말했다.

아빠와는 떨어져 살고, 엄마도 늦게까지 집에 오지 않으니 그 외로움을 해소하기 위해 문제를 일으켰던 게 아닐까, 라고.

거기까지 읽었을 때, 간자키가 들어왔다.

"기다리시게 해서 죄송해요."

간자키가 맞은편 자리에 앉으며 말했다.

"아닙니다."

요시나가가 테이블 위에 펼쳐 뒀던 자료를 정리해서 클립으로 꽂았다.

"면회는 어떠셨어요?"

기대에 가득 찬 간자키의 표정을 보니 요시나가는 말문이 막혔다.

"얘기를 안 하던가요?"

요시나가가 탄식을 흘리며 고개를 끄덕였다.

"한 시간 가까이 이런저런 얘기를 물어봤지만, 계속 고개를 숙인 채 아무 말도 안 했습니다."

"너무 실망하진 마세요. 설령 이런 사건이 아니더라도 자식이 부모에게 뭐든 다 말하는 건 아니니까. 얘기해 줄 때까지는 나름대로 시간이 필요할 거예요. 끈기 있게 차근차근 해 나가죠, 뭐."

"그렇긴 하지만 유예는 앞으로 일주일밖에 안 남았습니다."

"아직 일주일이나 남았다고 생각하기로 해요. 일단 입을 열면 한꺼번에 다 얘기해 줄지도 몰라요."

간자키가 위로를 해 줘도 요시나가의 낙담은 컸다.

"저는 조금 전 구메가와 제1중학교에 다녀왔어요."

간자키의 말에 요시나가가 얼굴을 들었다.

"뭘 좀 알아내셨습니까?"

간자키가 고개를 옆으로 저었다.

"교장선생님과 담임선생님의 말씀을 들어봤는데, 수사 자료에 쓰여 있는 내용과 같아요. 두 분 다 수사 협력 차원에서 반 학생들 모두에게 개별적으로 쓰바사 군과 유토 군의 얘기를 물어봤다는데 ……."

"그렇군요."

"내일은 쓰바사 군이 다녔던 혼마치 초등학교에 다녀올 생각이에요."

간자키는 그렇게 말하고 몸을 내밀며 요시나가의 어깨를 두드렸다.


이글이글 타오르는 듯한 햇볕이 살갗을 파고들었다.

요시나가는 현기증이 날 것 같았지만, 다리를 애써 벋디디며 감별소 문을 나섰다.

오늘도 쓰바사는 사건에 관해 아무런 얘기도 하지 않았다.

자기와 단둘이 있으면 사건에 관해 얘기할 거라는 생각이 잘못된 착각이었을까. 쓰바사는 단지 아빠랑 둘만 있는 시간을 갖고 싶어서 그런 말을 했던 것일까.

그러나 가까스로 어렵게 요시나가랑 둘만 있게 됐는데도 쓰바사는 적극적으로 얘기하려 들지 않았다. 요시나가가 사건과 관계없는 얘기를 해도 쓰바사는 말수가 적었고, 그저 맞장구를 칠 뿐이었다.

주머니 속에서 휴대전화가 진동했다. 전화기를 꺼내 화면을 보자 주눅이 들었다.

"여보세요, …… 요시나가입니다."

요시나가는 긴장하며 전화를 받았다.

"세토입니다. 지금 통화 괜찮으십니까?"

정중하지만 지극히 사무적인 말투가 귀에 울려 퍼졌다.

"네, 괜찮습니다. 지금 감별소 면회가 끝났습니다."

"가능하면 오늘 중으로 뵙고 싶은데, 시간이 어떠신가요?"

"네, 지금부터는 별다른 예정이 없습니다."

"그럼 두 시에 가정재판소에서 뵙죠."

"알겠습니다."

요시나가는 전화를 끊었다.


세토가 '조사실' 팻말이 걸린 문을 열고 안으로 들어갔다. 요시나가도 뒤따라 들어가서 문을 닫았다.

"앉으시죠."

세토가 안쪽 자리에 앉으며 맞은편 의자를 손으로 가리켰다.

"단도직입적으로 여쭙겠습니다. 학생이 무슨 얘기를 했습니까?"

세토가 의자에 앉기 무섭게 물어서 대답이 바로 나오지 않았다.

"어제부터 부첨인으로 면회하고 계시죠?"

"네에 ……. 그런데 아직 얘기를 안 하네요."

요시나가가 대답했다.

"그런가요. 아버지랑 둘만 있으면 얘기할지도 모른다는 기대로 특별히 내린 조치였는데."

"혹시 가정재판소에서 저희의 호소에 찬성해 주셨다는 분이 ……."

"접니다. 담당 재판관과 다른 분들은 거의 다 반대했지만, 학생이 입을 열지 않으면 조사관으로서도 어쩔 수가 없으니까요."

"대단히 감사합니다."

요시나가가 고개를 숙였다.

"인사받을 일은 아닙니다. 학생이 이대로 계속 사건에 관해 아무 말도 하지 않는다면, 설령 어떤 처분을 받든 후지이 군의 유족은 납득하실 수 없을 겁니다. 게다가 학생 자신도 자기가 저지른 죄와 정면으로 마주할 수 없어요. 그래서야 소년원이나 소년교도소에 몇 년이 수감되든 아무 의미도 없습니다."

"후지이 씨는 제가 부첨인이 된 걸 ……."

"말씀드렸습니다."

"뭐라고 하시던가요?"

"아버님이 변호사이다 보니 지금껏 그런 얘기는 들어 본 적이 없다며 분노를 감추지 않으셨습니다. 그러나 한 가지 약속을 드리니 납득해 주셨습니다."

"어떤 약속인가요?"

"소년심판의 부첨인과 형사재판의 변호인은 비슷한 듯하면서도 크게 다른 점이 있습니다."

요시나가는 알고 있다는 뜻으로 고개를 끄덕여 보였다.

"형사재판의 변호인은 피고인의 현재 이익을 중시하지만, 부첨인은 그렇지 않다는 말씀이시죠?"

"그렇습니다. 소년에게는 엄격한 조치라고 해도 장래 갱생을 고려해서 조언하는 게 부첨인의 역할입니다. 후지이 씨는 범인의 보호자가 부첨인이 되면 아오바 군에게 유리한 형태로 심판이 진행되지 않겠냐고 염려하셨습니다."

보통은 다들 그렇게 생각하겠지.

"그렇지는 않을 거라고 단호하게 말씀드렸습니다. 오히려 통상적인 부첨인보다 엄격한 잣대로 판단하겠다고 약속했습니다. 설령 열네 살짜리 소년을 형사재판 법정에 세우는 일이 벌어지더라도."

세토의 날카로운 눈빛을 회피하고 싶었지만, 요시나가는 그 시선을 똑바로 맞받아쳤다.

"심판일에는 후지이 씨의 대리인이 방청하러 오신답니다."

요시나가가 고개를 끄덕였다.

"그런데 …… 지난번에 저희와 다시 면접을 하겠다고 하셨는데."

"조금 전에 어머님께 연락해서 16일 세 시에 면접하기로 했습니다. 요시나가 씨는 그날 안 오셔도 됩니다."

요시나가가 고개를 갸웃거렸다.

"그 시간을 학생 면회에 써 주세요. 요시나가 씨와는 조사표를 작성하기 직전에 면접할 겁니다. 그때 부첨인만이 아니라 보호자로서의 의견도 함께 듣겠습니다."

"조사표를 작성하기 직전이라면 언제쯤일까요?"

"18일에 학생과 마지막 면접을 하고, 조사표 작성에 들어갑니다. 그날 오후에 만나실까요?"

"알겠습니다."

요시나가가 고개를 끄덕였다.


어떻게 하면 쓰바사가 본심을 들려줄까.

남은 시간이 얼마 없었다. 앞으로 닷새 안에 쓰바사에게 사건에 관한 얘기를 듣고, 조금이라도 반성하는 마음을 이끌어내고, 요시나가 자신도 부모로서 해야 할 말을 찾아내야 한다.

휴대전화 벨소리가 울려서 요시나가가 나무선반에 고정되어 있던 시선을 휴대전화로 옮겼다. 전화기를 손에 들어 발신자를 확인하자, 등록되지 않은 번호였다.

매스컴에서 걸려 온 전화일까.

받지 않은 채 부재중 메시지로 전환되었고, 요시나가는 휴대전화를 귀에 대고 메시지를 들었다.

녹음 신호음이 울렸는데도 상대는 말을 하지 않았다. 그러나 전화를 끊지도 않았다. 이윽고 가녀린 목소리가 들렸다.

"히토미예요. 다시 전화할게요."

그 이름을 듣자마자 요시나가가 얼른 전화를 받았다.

"여보세요, 요시나가입니다."

아직 전화가 끊기지는 않았지만, 상대는 반응이 없었다.

"히토미 짱 맞지? 웬일이니?"

"아니 …… 그게 …….”

쓰바사 얘기를 하려는 게 아닐까 짐작은 갔지만, 말문을 어떻게 열어야 할지 막막했다.

"히토미 짱, 내일 무슨 약속 있니?"

요시나가가 물었다.


백화점 옥상으로 나간 요시나가가 주위를 둘러보았다.

여름방학이라 그런지 평일 낮인데도 가족이나 커플 들로 북적거렸다. 곧바로 조금 떨어진 벤치에 밀짚모자를 쓰고 앉아 있는 히토미를 발견했다.

손수건으로 이마의 땀을 훔치며 다가가자, 히토미가 요시나가를 알아보고 일어섰다.

"더운데 기다리게 해서 미안하다. 여기라도 괜찮아?"

이곳을 약속 장소로 지정한 사람은 히토미였다.

"주위에 사람이 없는 게 좋을 것 같아서."

히토미가 얼굴을 숙였다.

히토미의 말과 표정을 보니 쓰바사에게 벌어진 일을 이미 알고 있다고 확신할 수 있었다.

"마실 걸 좀 사 올게. 뭐 마실래?"

"그럼, 저는 아이스 밀크 티로 부탁드릴게요."

요시나가가 고개를 끄덕이고 매점으로 갔다. 아이스 밀크 티와 아이스 커피를 사들고 벤치로 돌아와서 히토미에게 건네주었다.

"엄마한테 오늘 외삼촌 만난다는 얘기는 했니?"

커피를 한 모금 마시고 물어보자, 히토미가 고개를 옆으로 저었다.

"용케 내 전화번호를 알았네."

"엄마 휴대전화 주소록을 훔쳐봤어요. 갑자기 전화 드려서 죄송해요."

"쓰바사 때문이니?"

히토미가 고개를 살짝 끄덕였다.

"인터넷에 쓰바사의 이름과 사진이 나온 걸 봤는데 …… 엄마한테는 물어볼 수가 없어서 ……. 그거 거짓말이죠?"

히토미가 이쪽으로 시선을 던지며 꺼져들 듯한 목소리로 물었다.

히토미의 눈빛이 애처로워서 요시나가는 시선을 피했다.

"정말이야."

얼마간 침묵이 흐른 뒤 히토미에게 시선을 돌리자, 무릎 위에 놓인 캔을 힘껏 움켜쥐고 있었다.

"가능하면 덮어 두고 싶었는데. 유타도 아니?"

"아뇨 ……. 그럼, 쓰바사는 이제 어떻게 돼요? 교도소에 가요?"

금방이라도 울음을 터뜨릴 것 같은 목소리였다.

"모르겠다. 넌 소년법에 관해 아니?"

"그냥 대충요."

"쓰바사는 지금 소년감별소라는 곳에 있어. 이제 곧 소년심판이라는 게 행해질 거고, 그 결정에 따라 처우가 바뀌게 되지. 보호관찰이라고 해서 그냥 집으로 돌려보내 줄 수도 있고, 소년원이나 소년교도소에 들어가게 될 가능성도 있어."

"중학교를 못 다니게 된다는 뜻이에요?"

"그렇지. 하지만 소년원에서도 학교 공부는 시킨단다."

"소년교도소는?"

"만약 그런 처우를 받게 된다면, 열여섯 살까지는 소년원에서 공부할 수 있다는구나."

히토미의 표정이 너무나 침통해서 비관적인 이야기는 최대한 피했다.

"그런 사진이 인터넷에 나돌면, 쓰바사는 이제 ……."

"걱정해 줘서 고맙다. 그렇지만 쓰바사가 돌아오면 제대로 생활할 수 있게 삼촌이랑 숙모도 앞으로 열심히 고민해 나갈 거야."

애써 눈물을 참듯 히토미가 고개를 끄덕였다.

"쓰바사에 관한 얘기를 조금만 들려 줄 수 있을까. 자주 같이 놀았잖아?"

"만난 건 가끔이지만, 문자나 인터넷 게임으로 연락을 주고받았어요."

"쓰바사한테 후지이 유토 군의 이름을 들어 본 적 있니?"

요시나가가 묻자, 히토미가 어깨를 바르르 떨었다.

"그 사건의?"

요시나가가 고개를 끄덕이자, 히토미가 "들어 본 적 없어요"라며 고개를 옆으로 저었다.

"구리하라 군이나 구보 군 이름은? 쓰바사랑 꽤 친했던 모양인데."

"중학교에 들어가서 조금 지난 무렵부터 학교 얘기는 거의 안 했어요."

수사 자료에 따르면, 쓰바사가 축구부를 그만둔 것은 6월 무렵이었다.

"쓰바사가 그 무렵에 축구부를 그만둔 건 알았니?"

히토미가 고개를 끄덕였다.

"왜 그만뒀대?"

"피곤하다고 했어요."

"피곤하다고?"

요시나가가 되물었다.

"몸이 피곤하다기보다 마음이 피곤했던 것 같아요. 숙모도 바쁜 것 같고, 페로도 죽어 버려서 굉장히 충격이 컸던 모양이라."

히토미의 말에 요시나가가 고개를 갸웃거렸다.

"페로가 죽은 게 작년 12월 아니니?"

"아뇨, 작년 5월 말쯤이었어요."

이건 또 무슨 소리일까.

쓰바사는 왜 연하장에 거짓말을 썼을까. 반년이 넘었다고 쓰는 것보다는 한 달 전이라고 써야 요시나가에게 더 위로를 받을 수 있을 거라 생각했을까.

"잠깐만."

요시나가가 히토미에게 양해를 구하고, 가방에서 수첩을 꺼냈다. 페이지를 들척이며 1월 일정표를 확인했다. 1월 10일 국경일에 쓰바사를 만났다.

그때는 무슨 얘기를 나눴을까. 어쨌든 페로 얘기는 하지 않았다. 페로가 5월 말쯤 죽었으면, 그 직후에 깊은 슬픔에 빠져 있었을 게 틀림없다.

"쓰바사 분위기가 조금 달라진 점은 없었니?"

"사건 반년 전쯤부터는 연락을 별로 안 했어요. 문자를 보내도 답장이 없는 경우가 많았고."

"사건 한 달 전쯤 너희 집에 놀러 갔었지?"

"유타 생일이라 시간 되면 놀러 오라고 했거든요. 줄곧 소중히 간직했던 오카조노 선수의 사인볼을 유타에게 선물해 줬어요."

이혼하기 전에 쓰바사와 둘이 J리그 연습을 보러 갔다 받은 공이었다.

"그때는 어땠지?"

"그냥 평범했어요."

"음, 그래 ……."

요시나가가 손목시계로 시선을 돌렸다. 한 시가 지나 있었다.

"점심이라도 사 주고 싶지만, 삼촌이 지금 가 봐야 할 데가 있단다."

쓰바사의 마음을 조금이라도 풀어 주기 위해 감별소에 가기 전에 들르고 싶은 곳이 생겼다.

"아뇨, 괜찮아요. 식욕도 없고. 쓰바사를 만나면 ……."

히토미가 거기까지 말하다 뒷말을 머뭇거렸다.

"저는 모르는 척하는 게 좋겠죠."

"그러는 게 좋겠지."

"쓰바사가 말하지 않는 한, 몇십 년이든 모르는 걸로 할게요."

"고맙다."

요시나가가 일어서며 인사를 건네고, 옥상 출입구를 향해 걸어갔다.

요코하마 역에서 도큐토요코 선을 타고 유텐지 역에서 내렸다. 예전에 살았던 사택은 그 역에서 오 분쯤 떨어진 곳에 있다.

개찰구를 빠져나와 지상으로 나온 후, 십 년 전 기억을 더듬어 페로를 주웠던 곳을 찾아갔다. 차츰 기억이 되살아나서 그 빈터를 발견했다.

쓰바사를 만나면 일단 사건 얘기부터 꺼내지 말고, 페로의 명복을 빌어 주고 왔다고 말하자. 페로를 잃고 가슴 아팠을 너와 함께해 주지 못해 미안하다고 순순히 사과하자.

생명에 관해 둘이 얘기를 나누면, 그것이 자연스레 유토 군을 애도하는 마음으로 이어질지도 모른다.

요시나가가 걸음을 멈췄다. 주위를 한 바퀴 빙 둘러보고 다시 정면을 향했다.

역시 이곳이 틀림없다. 그런데 빈터였던 장소에는 커다란 맨션이 들어서 있었다.

쓰바사가 페로를 묻은 후에 건물이 세워졌을까. 하지만 외벽을 살펴보니, 일이 년 전에 세워진 건물로는 보이지 않았다.

요시나가가 근처를 지나가던 나이 지긋한 남성을 불러 세웠다.

"저어, 실례지만 이 맨션이 들어선 게 몇 년이나 됐습니까?"

요시나가가 물었다.

"육칠 년쯤 전인가? 정확히는 모르겠소만."

그의 대답을 들으며 요시나가는 그저 멍하니 맨션을 바라보았다.


문이 열리자, 쓰바사가 평소와 다름없이 고개를 살짝 숙인 자세로 들어와서 요시나가의 맞은편 자리에 앉았다.

"오늘 유텐지에 다녀왔다."

요시나가가 그렇게 말하자, 쓰바사의 어깨가 움찔 흔들리며 얼굴을 들었다.

"페로를 주웠던 빈터는 맨션이 들어섰더라. 육칠 년 전쯤에 지은 모양이야. 그리고 페로가 죽은 건 작년 12월이 아니라 5월 말쯤이었지?"

쓰바사는 아무 대답도 하지 않고 얼굴을 숙였다.

"올 1월에 만났을 때, 아빠가 페로 얘기를 안 해서 미안해. 같이 성묘라도 갔으면 좋았을 텐데 ……."

요시나가가 그쯤에서 입을 닫았다. 몸을 살짝 내밀고 귀를 기울이자, 쓰바사의 호흡이 조금 빨라진 것처럼 느껴졌다.

"미안하다. 네 마음을 조금도 헤아리지 못해서. 페로는 어디에 잠들었니? 아빠도 꼭 명복을 빌어 주고 싶으니 알려 주렴."

쓰바사가 얼굴을 들었다. 얼굴이 벌겋게 달아오르고 눈이 붉어져 있었다.

"그럴 마음도 없으면서 속 보이는 소리 하지 마!"

매섭게 노려보는 쓰바사의 시선에 요시나가는 완전히 얼어붙고 말았다.


거실로 들어와 불을 켠 요시나가는 소파에 널브러지듯 쓰려졌다.

조금 전 쓰바사의 과격한 언동에 큰 충격을 받은 상태였다.

요시나가에게 던진 쓰바사의 눈빛은 변호사를 '그놈들'이라고 표현했을 때처럼 증오의 빛으로 물들어 있었다. 그때와 달랐던 점은 쓰바사의 눈이 젖어 있었다는 것이다.

요시나가는 쓰바사에게 더 이상 말을 건넬 수가 없어서 면회를 종료할 수밖에 없었다.

눈을 감고 몇 분쯤 쉬고 일어나서 서랍장으로 갔다. 서랍을 열고 작년 수첩과 쓰바사에게 받은 연하장을 들고 소파로 돌아왔다.

'한 달 전에 페로가 죽었어요. 주워 온 곳에다 묻어 줬어요.'

쓰바사는 왜 이런 거짓말을 썼을까.

요시나가가 작년 수첩을 들추며 5월 페이지를 펼쳤다. 5월 5일 칸에 '핫케이지마'라고 쓰여 있었다. 황금연휴였던 그날, 쓰바사와 둘이서 핫케이지마로 놀러갔던 것이다.

페이지를 뒤로 넘기며 쓰바사를 그다음 만났던 날을 찾아보았다. 8월 22일 날짜에 '쓰바사와 식사'라고 쓰여 있었다. 석 달 반 동안 쓰바사를 만나지 않은 셈이다.

요시나가는 휴대전화를 꺼내 문자 수신 기록을 찾아보았다.

요시나가가 바빠서 못 만난 게 아니었다. 2주일에 한 번쯤 '우리 만날까?'라는 문자를 보냈지만, 쓰바사는 그때마다 '바빠서'라고 거절했다.

8월 22일에 만날 약속을 했을 때 문자를 찾아서 읽어 보았다. 요시나가는 하루 종일 휴일인 일요일이니 느긋하게 보낼 생각이었는데, 쓰바사는 친구와 약속이 있다며 두 시간 정도밖에 못 만난다는 냉정한 답장을 보내 왔다.

유라쿠초에서 친구랑 영화를 보기로 약속했다기에 한 시간가량 점심을 함께 먹고 헤어졌다. 게다가 가게에서 직접 만나기로 해서 요시나가가 계산하는 사이에 어느새 사라지고 없었던 기억이 떠올랐다.

그때도 페로가 죽었다는 얘기는 나오지 않았다.

핫케이지마에 갔을 때는 즐겁게 보냈는데 하며 조금 서운하기도 했지만, 친구와 지내는 시간이 더 중요한 때이기도 하고 바쁜 일 때문에 연락이 뜸해졌다.

손에 들고 있던 휴대전화가 울리며 화면에 '간자키'라는 글자가 떴다.

"여보세요 ……. 요시나가입니다."

요시나가가 전화를 받았다.

"간자키예요. 오늘도 쓰바사 군한테 면회 다녀오셨죠?"

"네에."

"무슨 일 있었어요?"

요시나가의 음색에서 이변을 알아차린 모양이다.

"우리에게 남은 시간이 얼마 없지만, 고민이 있을 때는 차분하게 얘기를 들어 드릴게요."

"그게 ……."

요시나가가 히토미에게 들은 얘기와 면회 때 쓰바사와 주고받은 대화 내용을 들려주었다.

"그런 일이 있었군요. 쓰바사 군은 왜 거짓말을 했을까요?"

"모르겠습니다. 다만, 페로가 죽은 시기부터 쓰바사가 저를 좀 서먹서먹하게 대하게 된 것 같긴 해요."

"어쩌면 요시나가 씨와 함께 주워 온 페로를 죽게 만들어 버렸다는 심리적 부담감이 있었을지도 모르겠네요. 그래서 좀처럼 말을 못 꺼냈고, 요시나가 씨를 만나는 것에도 저항감을 느꼈던 거 아닐까요?"

분명 그렇게 생각하니 이해가 갔다.

"묻어 준 장소에 관해서는 왜 그랬을까요?"

요시나가가 묻자, 간자키가 나지막이 신음을 했다.

"그렇게 써야 제가 더 기뻐할 줄 알았을까요?"

"그럴지도 모르겠네요."

그러나 페로를 실제로 묻은 위치를 물었을 때, 쓰바사는 격렬하게 화를 냈다. 요시나가로서는 그 분노를 도무지 이해할 수가 없었다.

"왠지 자신이 없어지네요 ……."

요시나가가 한숨 섞인 말을 내뱉었다.

"언제 자신 있긴 했어요?"

간자키의 말에 요시나가는 할 말을 잃었다.

"자신 같은 건 분명 처음부터 없었을 거예요. 다만, 어떻게든 부모자식 간의 유대를 되찾고 싶으니 힘을 낼 수 있는 거 아닐까요?"

"그렇겠네요."

"내일, 쓰바사 군에게 면회 가기 전에 저에게 잠깐 시간을 내주실 수 있나요?"

"어디서?"

"쓰바사 군이 다녔던 혼마치 초등학교에 유토 군 말고도 쓰바사 군과 친했던 학생이 있다고 해서요. 오늘 만나러 갔는데, 공교롭게도 부재중이라 못 만나고 왔어요."


히가시무라야마 역의 개찰구를 빠져나가자, 간자키가 곧 다가왔다.

"안녕하세요?"

요시나가가 건네는 인사를 간자키가 환하게 웃는 얼굴로 받았다.

"자, 가실까요?"

요시나가는 고개를 끄덕이고, 간자키와 함께 걸어갔다.

"어떤 아이죠?"

요시나가가 물었다.

"오타 마사토 군이라는 학생인데, 담임선생님 말씀에 따르면 얌전한 성격인 것 같아요. 쓰바사 군이랑 똑같이 6학년 때 전학을 온 모양인데, 반 아이들이랑 놀지도 않고 늘 혼자 책을 읽었다네요. 그런데 쓰바사 군이 전학 온 후로는 둘이 얘기하는 모습을 자주 봤대요."

"같은 전학생 처지라 마음이 잘 맞았을까요?"

"그럴지도 모르죠. 하지만 오타 군은 사립 중학교에 들어가서 쓰바사 군이랑은 멀어져 버렸대요."

"쓰바사는 오타 군 이외의 반 아이들과는 어떻게 지냈나요?"

"딱히 문제는 없었던 것 같아요. 6학년 중간에 전학 와서 선생님도 은근 걱정을 하셨던 모양인데, 반 아이들과 허물없이 잘 지냈다고 하시던데요."

"유토 군과는?"

"선생님이 보시기에는 특별히 친했던 것 같대요. 유토 군은 가정 사정도 복잡해서 상당한 문제아였나 봐요."

초등학교 4학년 때 엄마가 돌아가셨고, 그로부터 반년 후에 아버지가 재혼했다는 얘기를 들려준 나카오의 말이 떠올랐다.

"6학년 때는 나름 안정을 찾은 것 같지만, 그때까지는 학교를 빠지거나 반 아이들에게 폭력을 휘두르기도 했대요. 그런데 쓰바사 군이 전학 온 후로는 온화해졌다고. 그런 만큼 이번 사건에 굉장한 충격을 받은 상태였어요."

친한 친구라고 믿었던 두 사람이 일 년 몇 개월 후에는 살인 사건의 가해자와 피해자가 되었다.

둘 사이에 대체 무슨 일이 있었던 것일까.

"이쪽이에요."

간자키가 눈앞에 보이는 맨션을 손으로 가리키며 입구로 들어갔다.

"쓰바사 군의 아버지라는 걸 알면 조심스러워서 솔직하게 애기하지 않을지도 모르니까 요시나가 씨는 별도로 소개하지 않는 게 좋겠죠?"

요시나가가 고개를 끄덕이자, 간자키가 인터폰을 눌렀다.

잠시 후, "네——"라고 대답하는 여성의 목소리가 들렸다.

"바쁘실 텐데 죄송합니다. 저는 '미나미이케부쿠로 법률사무소'에 소속된 간자키 변호사입니다."

"변호사님이요?"

의아해하는 듯한 여성의 목소리가 들렸다.

"실은 마사토 군에게 잠시 물어보고 싶은 얘기가 있어서 찾아뵈었습니다."

"우리 마사토한테 무슨 말을?"

"일단 저희 얘기만이라도 잠깐 들어 주실 수 있을까요?"

한동안 침묵이 흘렀지만, 이윽고 자동잠금장치 문이 열렸다.

"고맙습니다."

안으로 들어가서 간자키와 함께 엘리베이터를 타고 3층으로 올라갔다. '오타'라는 팻말이 붙은 301호 인터폰을 누르자, 곧바로 문이 열렸다. 요시나가보다 조금 연상으로 보이는 여성이 얼굴을 내밀었다.

"저어 ……, 우리 마사토랑 대체 무슨 얘기를 나누시겠다는 거죠?"

여성이 당황스러운 듯이 두 사람 쪽을 바라보았다.

"실은 제가 어떤 사건의 변호를 맡고 있는데 ……, 마사토 군이 의뢰인의 반 친구였다고 하기에 잠깐 얘기를 들어 보고 싶어서요."

"마사토의 반 친구 ……, 혹시 후지이 유토 군 사건인가요?"

간자키가 고개를 끄덕이자, 여성의 표정이 금세 험악해졌다.

"저희가 드릴 말씀은 전혀 없어요. 반 친구래도 초등학교 때 얘기잖아요. 그런 사건에는 일체 관여하고 싶지 않아요."

여성이 거친 목소리로 쏘아붙이자, 복도 막다른 곳에 보이는 방문이 열렸다. 안경을 쓴 소년이 나와서 가까이 다가왔다.

"엄마, 왜 그래?"

소년이 묻자, 여성이 "아무 일도 아니니까 들어가 있어"라며 손사래를 쳤다.

"마사토 군?"

간발의 차이도 없이 간자키가 말을 건네자, 안경 쓴 소년이 고개를 끄덕였다.

"나는 간자키 변호사예요. 초등학교 때 같은 반이었던 친구의 사건을 변호하고 있어요. 잠깐 얘기 좀 나눌 수 있을까?"

마사토가 자기 엄마에게 시선을 돌렸다. 엄마가 고개를 젓자, 마사토가 이쪽으로 다시 시선을 돌렸다.

"아오바의 변호사님이에요?"

마사토가 물었다.

"쓰바사 군이 범인이라는 걸 아니?"

"이 주변에서는 모르는 사람이 없을걸요. 저는 아오바랑 별로 친하지 않아서 할 얘기는 거의 없는데."

"그래도 좋으니까 잠깐만이라도 얘기를 나눌 수 있을까?"

"그럼, 잠깐 바람이라도 쐬고 올까."

"얘, 그게 무슨 소리야."

어머니가 나무랐다.

"뭐, 어때. 신경 쓰여서 오히려 공부에 더 집중이 안 될 텐데."

마사토는 엄마에게 그렇게 말하고 신발을 신고 나왔다. 문이 닫히자, 앞장서서 걸어갔다.

"좀 전에 쓰바사 …… 군이랑 별로 친하지는 않았다고 했는데."

요시나가가 뒤에서 말을 건네자, 마사토가 돌아보았다.

"우리 엄마가 워낙 걱정이 많아요. 두 달 전쯤에 경찰이 왔을 때도 너무 신경을 써서요."

"어디서 얘기할까?"

간자키가 물었다.

"근처에 공원이 있어요."

맨션에서 나와 마사토를 따라 공원으로 향했다. 간자키가 공원 앞에 있는 자판기에서 주스와 차를 사서 공원으로 들어갔다.

공원 벤치에 간자키와 마사토가 나란히 앉고, 요시나가는 선

채로 얘기를 듣기로 했다.

"불쑥 찾아와서 미안해. 괜찮으면 마셔."

간자키가 마사토에게 주스를 건네며 말했다.

"아뇨, 괜찮아요. 계속 방에만 틀어박혀 있어서 숨이 막힐 지경이었으니까."

마사토가 주스 뚜껑을 따고 맛있게 마셨다.

"한창 공부하던 중이었니?"

마사토가 표정을 일그러뜨리며 고개를 끄덕였다.

"사립학교에 들어가면 편해질 줄 알았는데."

"지금부터 이런저런 괴로운 얘기를 하게 될지 모르는데 ……. 후지이 군 사건을 알았을 때, 충격적이었지?"

"딱히."

아무렇지도 않은 듯이 말을 툭 뱉는 마사토를 보며 간자키가 고개를 살짝 갸웃거렸다.

"슬프다거나 불쌍하다는 생각이 안 들었어?"

"전혀."

"왜?"

"싫어했던 녀석이라."

"어떤 점이 싫었니?"

"그 녀석은 선생님이 주목하고 있었기 때문에 대신 다른 애들한테 명령해서 나를 무시하거나 괴롭히게 만들었어요."

"후지이 군이 왜 너한테 그런 짓을 했지?"

"글쎄요. 자기보다 공부를 잘했다거나 하는 하찮은 이유였겠죠, 아마."

"반 아이들 모두에게 그런 대우를 당했니?"

"이쪽으로 전학 온 뒤로 계속. 난데없이 모두가 꺼리는 사육 당번을 강요했고, 방과 후에 청소해 주고 먹이까지 잘 챙겨 주는데도 방법이 틀렸다느니 잘 못한다느니 험담을 퍼부었어요."

"마사토 군은 쓰바사 군이랑 친했지?"

"친했다고 해야 하나 ……."

마사토가 그쯤에서 생각에 잠기듯 얼굴을 숙였다.

"아니야?"

간자키가 묻자, 마사토가 얼굴을 들었다.

"반 애들 중에서 유일하게 저를 평범하게 대해 줬어요. 동물을 좋아하는지 전학 온 다음 날부터 사육 당번을 맡아 줬고요. 그래서 쓰바사랑 얘기하게 됐어요."

"하지만 그러면 쓰바사 군도 반에서 따돌림을 당하지 않나?"

요시나가가 궁금해서 물었다.

"저도 쓰바사한테 충고했어요. 나랑 얘기하면 모두에게 무시당하니까 그만두는 게 좋을 거라고. 나는 이제 익숙해졌고, 사립 중학교에 갈 생각이라 앞으로 반년만 참으면 되는데 반 아이들 대부분은 같은 중학교에 들어가니까요. 너한테 득 될 게 없다고."

"그랬더니 쓰바사 군이 뭐라든?"

"그래도 할 수 없다면서 웃었어요. 자기는 잘못된 행동을 하지 않았고, 옳다고 봐 주는 사람이 있으면 그걸로 족하다고."

마사토의 말에 가슴속 깊은 곳에서 감정이 북받쳐 올랐다.

"전학 와서 세 달쯤은 쓰바사도 괴롭힘을 당했는데, 겨울방학이 시작되기 조금 전부터는 그런 게 없어졌어요."

"왜?"

간자키가 물었다.

"그때쯤부터 후지이랑 굉장히 친해진 것 같아요. 후지이의 눈에 든 후로는 다들 예전처럼 괴롭히진 않았어요."

"후지이 군과 쓰바사 군은 왜 그렇게 갑자기 친해졌을까?"

요시나가가 물었다.

"후지이는 부모님을 싫어했거든요. 쓰바사도 부모에게 불만이 있었던 것 같고, 아빠는 이미 자기가 어떻게 되든 아무 관심도 없다는 말을 그 무렵에 털어놨어요."

간자키가 요시나가를 힐끗 쳐다보고, 곧바로 마사토에게 시선을 되돌렸다.

짚이는 바가 있었다. 재작년 겨울이면, 쓰바사가 요시나가의 집에 놀러오고 싶어 했던 시기다. 그러나 자기는 이런저런 이유를 대며 자꾸 미루기만 했다.

"둘 다 부모님에게 불만이 있어서 친해진 거 아닐까요?"

"쓰바사 군이 아빠를 미워했니?"

무심코 묻자, 간자키와 마사토가 동시에 요시나가 쪽을 바라보았다.

"불만은 있었겠지만, 미워하지는 않았던 것 같아요."

마사토가 말했다.

"왜 그렇게 생각하지?"

"쓰바사 집에 놀러갔을 때 페로 얘기를 들었어요. 아 참, 페로는 쓰바사가 키웠던 고양이에요. 쓰바사가 어렸을 때 아빠랑 산책하던 길에 빈터에서 발견했대요. 엄마는 키우는 걸 반대했지만, 아빠가 반려동물을 키울 수 있는 집으로 이사까지 하면서 키울 수 있게 해 줬대요. 지금까지 아빠한테 받은 선물 중에서 최고였다고 자랑했거든요."

마사토의 얘기를 들으면서 요시나가는 자신의 깊은 죄를 깨닫게 되었다.

그토록 소중히 여겼던 페로가 죽었다는 말을 듣고도 자기는 아들에게 위로의 말 한마디도 건네주지 못했다.

어제 봤던 쓰바사의 눈빛이 떠올라 가슴이 아팠다.

"중학교는 다른 데로 갔지만, 가끔 쓰바사 집에 놀러가곤 했어요. 변함없이 페로를 귀여워했고, 아빠 얘기도 가끔 했어요. 건설회사에서 일하시는데, 엄청난 건물을 만들고 있다고."

"중학교에 들어간 후로 쓰바사가 달라진 점은 없었니?"

간자키가 묻자, 마사토가 얼굴을 살짝 숙였다.

"페로가 죽은 후로는 딴사람처럼 어두워졌어요."

"언제쯤?"

"작년 황금연휴가 지난 무렵부터였나. 초등학교 때 받은 도움이 고맙기도 해서 가끔 만나러 가서 위로해 줬는데, 언제부터인가 이젠 자기 집에 오지 말라고 했어요."

"후지이 군과의 관계는 어땠을까?"

요시나가가 물었다.

"같이 있는 모습을 가끔 봤어요. 그러고 보니 사건 한 달 전쯤에 편의점에서 우연히 마주쳤어요."

"두 사람이 사이가 좋아 보였니?"

간자키가 흥미로운 듯이 몸을 내밀었다.

"얘기를 나눈 건 아니라 몰라요."

"그래."

마사토가 생각에 잠기듯이 시선을 허공으로 들었다.

"왜 그래?"

요시나가가 묻자, 마사토가 시선을 돌렸다.

"아, 그러고 보니 지금 생각났는데 ……. 그 녀석이 쓰바사를 이상하게 불렀어요. '야, 피고!'라고."

"피고?"

요시나가가 되물으며 간자키와 얼굴을 마주 보았다.

"그게 무슨 뜻이야?"

간자키가 물었다.

"글쎄요 ……. 그 녀석의 아빠가 변호사라서 농담 삼아 쓰바사를 '피고'라고 불렀을까요?"

요시나가는 간자키를 바라보며 뭔가 석연치 않은 기분에 휩싸였다.

"아, 전 그만 가 봐도 될까요? 안 그러면 엄마한테 야단맞아요."

마사토가 손목시계를 보며 말했다.

"응, 그러네. 시간 내줘서 고마워."

간자키와 마사토가 일어섰다.

공원 밖으로 나가 맨션 앞에서 마사토와 헤어진 후, 간자키와 함께 역으로 향했다.

"쓰바사가 유토 군에게 괴롭힘을 당했던 건 아닐까요?"

요시나가의 말에 간자키가 시선을 돌리며 고개를 끄덕였다.

"그럴 가능성은 있다고 봐요. '피고'라는 말이 농담치고는 너무 강하잖아요. 다만, 유토 군은 쓰바사가 학교에서 문제를 일으켰을 때 감싸주기도 해서 ……."

"그렇긴 하죠."

"오늘 쓰바사 군에게 그런 얘기를 해 보면 어떨까요?"

"아닙니다, 어제 일도 있으니 오늘은 그냥 돌아갈 생각입니다."

요시나가가 그렇게 대답하자, 간자키의 표정이 불만스럽게 변했다.

"둘 다 시간을 좀 갖는 게 좋을 것 같습니다. 내일 쓰바사를 만나면 그 얘기를 꺼내 보겠습니다."

요시나가는 뒷말을 덧붙이며 간자키의 시선을 피했다.


주전자를 불에 올리고, 선반에서 컵라면을 꺼냈다.

마사토에게 들은 얘기는 요시나가로서는 기쁨과 괴로움을 동시에 주는 내용이었다.

쓰바사는 떨어져 살고 있어도 요시나가가 이런 아이였으면 하는 바람에 부응하듯 살아왔다.

자기는 과연 어땠을까. 쓰바사의 바람에 부응했다고는 도저히 말할 수 없을 것 같았다.

── 그렇게 착한 아이였던 네가 어쩌다가 유토 군을 죽이고 말았을까.

물 끓는 소리가 들려서 요시나가는 주전자로 시선을 돌렸다. 가스 불을 끄고, 컵라면으로 손을 뻗다가 멈췄다.

컵라면 뚜껑을 덮어 버리고, 선반에서 머그컵을 꺼내 인스턴트커피 분말을 넣었다. 주전자의 뜨거운 물을 붓고, 서랍에서 찻숟가락을 꺼냈다. 서랍을 닫으려는 순간, 머릿속에서 섬광이 번쩍였다.

요시나가가 부엌에서 나가 휴대전화를 집어 들었다. 준코에게 전화를 걸었다.

"여보세요, 웬일이야?"

준코의 목소리가 들렸다.

"밤늦게 미안해. 한 가지 물어보고 싶은 게 있어. 나무망치는 뭐 하는데 사용했지?"

"나무망치?"

"당신 집 그릇장 서랍에 있던데. 피자배달 광고지랑 나무망치와 코르크 컵받침이 한 장 들어 있었어."

"몰라. 그런 게 있었나?"

"당신이 산 건 아니지?"

"으응……. 무슨 일인데 그래?"

"아냐, 다시 연락할게."

휴대전화를 끊은 요시나가는 한 가지 가능성에 생각이 미쳐 깊은 한숨을 몰아쉬었다.


오늘은 평소보다 늦다. 그렇게 생각한 순간, 문이 열리고 쓰바사가 들어왔다. 언제나처럼 고개를 푹 숙이고 맞은편 의자에 앉았다.

밖에 있는 히라이즈미에게 가볍게 인사를 건네고 문을 닫은 요시나가는 쓰바사 쪽을 바라보았다.

"어제는 못 와서 미안하다."

요시나가가 말을 건넸지만, 쓰바사는 반응이 없었다.

"아빠가 너를 조금이라도 이해하고 싶어서 히가시무라야마에 갔었어. 초등학교 때 같은 반이었던 오타 마사토 군이랑 얘기하고 왔다."

쓰바사가 어깨를 흠칫 떨었다.

"그 애랑 친했지? 반 아이들 모두에게 무시당하고 괴롭힘을 당했는데, 쓰바사만은 자기를 평범하게 대해 줬다고 하더구나."

쓰바사는 여전히 고개를 숙이고 있었다.

"아빠는 널 전혀 제대로 보지 못했어. 전학 간 학교에서 모두에게 무시당하면서까지 올바른 행동을 했는데, 알아채지도 못했지. 그렇지만 지금은 확신할 수 있어. 쓰바사 ……, 넌 다정한 아이야. 그런 네가 유토 군에게 그런 짓을 저질러 버렸다면, 뭔가 엄청난 일이 있었기 때문이겠지?"

요시나가가 묻자, 쓰바사가 몸을 움츠린 채로 아무 대답도 하지 않았다.

"유토 군과 다른 두 아이에게 괴롭힘을 당한 거 아니니?"

쓰바사가 얼굴을 들었다.

"그렇지?"

가까스로 시선을 주고받았지만, 쓰바사는 입술을 굳게 다문 채로 마냥 바라볼 뿐이었다.

요시나가가 바닥에 내려놨던 가방을 열었다. 안에서 꺼낸 나무망치를 테이블 위에 내려놓자, 쓰바사가 흠칫 놀란 듯이 곧바로 시선을 피했다.

"유토 군이 널 '피고'라고 불렀니?"

쓰바사는 요시나가도 테이블도 아닌 곳에서 시선을 이리저리 헤매고 있었다.

"이건 오늘 할인 마트에서 사온 물건인데, 너희 집에 갔을 때도 똑같은 게 있었어. 유토 군 일행이 집에 와서 재판 흉내를 냈던 거 아니니? 네가 늘 피고가 돼서 모두에게 비난받았던 거 아니야?"

무슨 얘기든 듣고 싶어서 쓰바사를 뚫어져라 바라보며 물어봤지만, 좀처럼 시선을 맞춰 주지 않았다.

요시나가가 의자에서 엉덩이를 들며 쓰바사의 양쪽 어깨를 잡았다. 쓰바사가 바르르 떨며 이쪽을 바라보았다. 눈에 어렴풋이 눈물이 어려 있었다.

"아빠는 너에 관해 알고 싶어. 네가 얼마나 괴로웠는지 듣고 싶단다. 이제 와서 뭐하는 짓이냐고 여길지도 모르지만 ……."

쓰바사의 입술이 떨렸다. 입술이 살짝 열렸지만, 금세 다시 닫혔다.

얘기를 듣고 싶었다. 왜 그런 짓을 저지르고 말았는지. 나에게 말해 주렴. 설령 그 말에 가슴이 찢기더라도 이제 더 이상 네게 서 도망치고 싶지 않아.

"아빠는 이제 더 이상 외면하지 않을 거야. 널 계속 지켜볼 거 야."

쓰바사의 눈에서 눈물이 흘러넘쳤다. 어깨에 얹은 요시나가 의 손을 떨쳐내듯 운동복 소매로 눈물을 훔쳤다.

요시나가는 양손을 어깨에서 떼고, 의자에 다시 앉아 쓰바사 를 바라보았다.

"피고는 부모에게도 버림받은 존재입니다 ……. 가엾게 성장 했습니다. 그러니 재판장님, 너그러운 판결을 부탁드립니다."

억양 없는 목소리가 귀에 울려 퍼졌다. 그 말에 가슴이 메어 서 입을 벌린 채로 아무 말도 할 수 없었다.

"유토 군이 그렇게 말했니?"

가까스로 되묻자, 쓰바사가 눈물을 훔치며 고개를 끄덕였다.

"그런데도 늘 …… 유죄였어 …….."

숨을 얕게 들이쉬면서 쓰바사가 띄엄띄엄 말을 이어 갔다.

"그래서 하기 싫은 일을 억지로 시킨 거야? 비품을 부수라고 시키거나 치마를 들치게 하거나 …….."

"학교가 끝나면 또다시 재판이 시작돼. 계속 계속 계속 되풀

이됐어 ……."

쓰바사의 목소리를 듣는 와중에 심장박동이 거칠어졌다. 고통이 느껴져서 시선을 떨어뜨렸다. 깊이 파고든 손톱을 양쪽 무릎에서 떼어 내고, 쓰바사에게 시선을 돌렸다.

"왜 아빠랑 엄마한테 말 안 했어?"

쓰바사는 대답하지 않았다.

"그래서 …… 도저히 더 이상은 견딜 수 없어서 유토 군에게 그런 짓을 저지른 거니?"

쓰바사가 눈가에서 소매를 떼고, 얼굴을 살짝 들었다. 새빨갛게 충혈된 눈을 이쪽으로 돌리고 입술을 굳게 다물고 있었다.

"유토 군에게 보낸 문자 내용은 무슨 뜻이야? 훨씬 더 재미있는 걸 보여 주겠다는 말은?"

쓰바사가 붉게 물든 얼굴을 좌우로 흔들었다.

"유토 군의 휴대전화는 어디 있어?"

쓰바사가 고개를 계속 흔들었다.

"왜 말을 안 해? 아빠한테 모든 걸 얘기해 봐. 제발 부탁이니 너 혼자만 끌어안지 말고."

요시나가가 똑바로 바라보며 애원하자, 쓰바사가 동작을 멈췄다.

"날 싫어하지 않을 거지?"

코를 훌쩍거리고 어깨를 위아래로 들썩이며 쓰바사가 물었다.

"그럼. 그럴 리가 없잖아."

"페로의 무덤 ……."

쓰바사가 중얼거렸다.

"어디 있는데?"

요시나가가 그렇게 묻는 순간, 쓰바사가 망설이듯 시선을 피했다. 그리고 또다시 고개를 좌우로 흔들었다.

"싫어하지 않을 테니까 말해 봐."

쓰바사가 양손으로 머리를 감싸 쥐며 책상으로 푹 엎어졌다. 이제 더는 아무 말도 하고 싶지 않다는 듯이 머리를 계속 흔들었다.


쓰바사는 왜 모든 얘기를 털어놓지 않는 걸까.

괴롭힘을 당한 얘기는 순순히 해 줬으면서 유토 군에게 보낸 문자의 의미나 유토 군의 휴대전화가 있는 장소는 왜 감춰야 할까.

쓰바사는 괴롭힘이 고통스러워서 유토 군을 죽이고 말았을까. 아니면 요시나가는 상상도 못할 배경이 따로 있는 걸까. 아무리 생각해 봐도 알 수가 없었다.

"요시나가 씨──."

이름을 부르는 소리에 얼굴을 돌렸다.

대기실 밖에 서 있는 세토를 보고 요시나가가 자리에서 일어섰다.

"무슨 얘기를 하던가요?"

세토가 물었다.

요시나가의 표정에서 짐작한 듯했다.

"네."

세토를 따라 복도를 걸어가 방으로 들어갔다. 마주 보며 자리를 잡고 앉은 후, 세토가 양손을 깍지 끼고 몸을 살짝 내밀었다.

"자, 그럼 들어 볼까요?"

세토가 날카로운 눈빛으로 요시나가를 바라보았다.

"쓰바사는 후지이 군 일행에게 괴롭힘을 당했습니다."

요시나가가 가방에서 나무망치와 코르크 컵받침을 꺼내서 테이블 위에 내려놓았다.

"재판놀이입니다."

요시나가가 말하자, 세토가 나무망치를 바라보았다.

"쓰바사는 피고였어요. 후지이 군이 변호사, 구리하라 군은 재판관, 구보 군은 검찰관입니다."

쓰바사는 유토 군의 휴대전화를 어디에 감췄는지 물을 때에는 완강하게 거부하며 대답하지 않지만, 재판놀이에 관해서는 상세하게 얘기해 주었다.

"먼저 쓰바사에게 학교에서 강제로 못된 장난을 치게 합니다. 방과 후에 쓰바사의 집에 모인 세 사람은 그 장난을 처벌하기 위한 재판을 시작하죠. 검찰관 역할인 구보 군이 쓰바사가 얼마나 못된 짓을 했는지 얘기하고, 변호사 역할인 후지이 군은 쓰바사를 변호합니다. 그러나 말이 변호지 쓰바사는 부모에게 버림받았으니 그런 죄를 지어도 어쩔 수 없었다는 식으로 계속해서 주장합니다. 판결은 늘 유죄죠. 그리고 그 벌로 다음 날 학교에서 또다시 못된 장난을 치라고 강요합니다."

"그런 일을 매일같이 당했단 말입니까?"

"네. 작년 6월경부터 일 년에 걸쳐 그런 괴롭힘이 반복됐다고 합니다. 그들에게는 설령 장난이었을지 몰라도 쓰바사 입장에서는 변호사도 재판관도 검찰관도 자기편은 아니라는 생각이 깊이 새겨져 버리지 않았을까요."

"그래서 변호사에게도 아무 말을 하지 않았다. 결국은 나 역시 재판관의 심부름꾼이라고 여겼던 걸까요?"

"그럴지도 모릅니다."

"그런 괴롭힘을 견딜 수 없어서 후지이 군을 살해하고 말았다?"

"그런 말까지는 하지 않았습니다."

"다른 이유가 있을지도 모르겠군요. 구리하라 군과 구보 군에게 다시 한 번 얘기를 들어 봐야겠습니다. 심판장에게 수사기관에 재조사를 요청해 달라고 얘기해 보겠습니다. 후지이 군의 휴대전화에 관한 얘기는 했습니까?"

요시나가가 고개를 옆으로 저었다.

"그러나 짐작은 갑니다."


노크 소리가 들려서 요시나가가 얼굴을 들었다. 문이 열리고 간자키가 들어왔다.

"오래 기다리셨습니다. 조금 성급한 부탁이지만, 자세하게 얘기해 주세요."

간자키가 흥분이 깃든 얼굴로 맞은편 자리에 앉았다.

전화로는 쓰바사가 유토 군 일행에게 괴롭힘을 당했다는 얘기만 했다.

요시나가는 간자키에게 쓰바사한테 들은 재판놀이 얘기를 들려주었다. 간자키는 이따금 표정을 일그러뜨리며 조용히 그의 얘기를 들었다.

한차례 얘기가 끝나자, 간자키가 얼굴을 숙이고 깊은 탄식을 흘렸다.

"쓰바사가 사건에 관해 아무 얘기도 하지 않은 까닭은 간자키 선생님이 언젠가 하셨던 말씀대로 재판놀이로 인해 변호사에 대한 부정적인 이미지가 깊이 새겨져 버렸기 때문이겠죠."

"잔혹한 짓을 당했군요."

얼굴을 든 간자키와 시선을 주고받은 요시나가가 어금니를 깨물며 고개를 끄덕였다.

쓰바사는 일 년 동안이나 상상도 못할 고통을 당했을 게 틀림없다. 재판놀이로 자존심이 짓밟히고, 하고 싶지도 않은 못된 장난을 강제로 해야 하는데도 아빠도 엄마도 전혀 알아채지 못했다. 학교에서도 집에서도 너무나 고독했겠지.

"다만 ……."

요시나가가 그쯤에서 입을 다물자, 이번에는 간자키가 고개를 끄덕였다.

그렇다고 해서 그게 사람을 죽여도 되는 이유가 될 수는 없다.

"왜 유토 군이었을까요?"

쓰바사를 괴롭힌 것은 분명 세 사람이었으니, 그중에 왜 유토 군을 죽였느냐는 의문은 남는다.

"잘은 모르겠지만 …… 제일 친하다고 믿었는데 괴롭히는 측에 선 유토 군을 용서하기 힘들었을지도 모르겠습니다."

"쓰바사 군이 유토 군에게 '재미있는 걸 보여주겠다'고 보냈던 문자에 관해서는요?"

간자키가 묻자 요시나가가 고개를 옆으로 저었다.

"얘기하지 않았어요. 하지만 유토 군의 휴대전화는 아마도 사건 현장 부근에 묻혀 있을 겁니다."

"왜 그렇게 생각하시죠?"

페로를 위해 장식해 둔 꽃과 똑같은 꽃이 피어 있던 장소가 페로의 무덤일 거라는 짐작이 갔다.

그 얘기를 꺼내자, 간자키가 "과연 ……"이라며 고개를 끄덕였다.

"세토 씨가 심판장에게 얘기해서 구보 군과 구리하라 군이 쓰바사 군을 괴롭힌 사실이 있는지 확인해 달라고 요청했고, 수사기관에 유토 군의 휴대전화와 관련해서 재수사를 요청했다고 합니다."


개찰구를 빠져나와 잰걸음으로 지상으로 향하는 계단을 올라갔다.

쓰바사와 면회를 끝내고 망연자실한 듯이 역으로 향하고 있을 때, 세토에게 전화가 왔다.

평소에는 억양이 없는 세토가 웬일인지 꽤 빠른 말투로 오늘 예정을 물었다. 요시나가는 "지금 바로 찾아뵙겠습니다"라고 대답했다.

가정재판소 건물로 들어선 후, 엘리베이터를 탔다. 11층에 도착해서 문이 열리자, 엘리베이터 홀에 세토가 서 있었다.

"슬슬 도착하실 때가 된 것 같아서."

세토가 그렇게 말하고 앞장서 걸어갔다.

"뭔가 알아내셨군요."

세토의 등에 대고 물었지만, 대답이 없었다. 세토가 방 앞에 멈춰 서서 문을 열었다. 안으로 들어가서 마주 보며 앉았다.

"두 아이가 인정했습니다——."

눈이 마주치자마자 세토가 곧바로 입을 열었다.

"쓰바사를 괴롭혔다는 걸 말인가요?"

세토가 고개를 끄덕였다.

"처음에는 괴롭힘에 대해 좀처럼 인정하려 들지 않았던 모양인데, 수사관이 섣불리 숨겼다간 나중에 일이 더 커질 수 있다고 엄중하게 경고하니까 얘기하기 시작했나 봅니다."

"그렇군요. 누가 먼저 쓰바사를 괴롭히자는 말을 꺼냈을까요?"

"후지이 군이라고 합니다. 중학교에 들어가서 넷이 같이 다니게 됐는데, 처음부터 쓰바사 군을 괴롭힌 건 아니었대요. 한동안은 쓰바사 군의 집에서 게임을 하면서 즐겁게 놀았는데, 후지이 군이 쓰바사 군을 피고로 세워서 재판놀이를 하자는 말을 꺼냈답니다. 후지이 군이 폭력적이라는 걸 둘 다 알고 있었기에 거절할 수 없었다고."

"괴롭힘을 주도했기 때문에 쓰바사가 유토 군을 ……."

요시나가가 묻듯이 말을 건네자, 세토의 표정이 어두워졌다.

"요시나가 씨가 말씀하신 대로 사건 현장 부근에서 후지이 군의 휴대전화가 발견되었습니다. 휴대전화에는 동영상이 담겨 있었습니다."

세토가 심각한 눈빛으로 쳐다봐서 요시나가는 갑자기 숨이 갑갑해졌다.

"아오바 군이 고양이를 죽이는 영상입니다."

심장이 격렬하게 뛰었다.

"정확히 말하면, 아오바 군과 한 사람이 더 있습니다. 고양이 목에 밧줄을 감고 양쪽에서 잡아당겼어요. 영상을 찍으면서 줄을 잡아당겨서 또 다른 인물은 찍히지 않았지만 ……."

"유토 군일까요?"

"아마 그렇겠죠. 아오바 군은 괴로움에 몸부림치는 고양이를 보고 울면서 밧줄을 잡아당겼습니다. 아오바 군의 집에서 촬영한 것으로 보입니다."

세토를 바라보며 한동안 아무 말도 할 수 없었다.

"휴대전화를 묻어 둔 장소 옆에서 대량의 동물 뼈가 발견됐습니다. 크기와 형태로 봐서 고양이와 햄스터가 아닐까 합니다. 히가시무라야마 주변의 애완동물 가게를 돌아본 결과, 후지이 군으로 보이는 소년이 정기적으로 햄스터를 사 갔다는 게 확인됐습니다."

"유토 군이 햄스터를 사서 죽였다는 건가요?"

세토가 고통스러운 눈빛으로 바라보며 고개를 옆으로 저었다.

"아마 아오바 군이겠죠."

"쓰바사가 …… 왜?"

요시나가는 의미를 알 수 없어서 물었다.

"후지이 군의 휴대전화에 요시나가 씨의 메일 주소가 등록되어 있었습니다."


"많이 피곤해 보이시네요."

히라이즈미가 건네는 말에 요시나가가 얼굴을 돌렸다.

"아뇨, 괜찮습니다."

요시나가가 가볍게 미소를 지으며 면회실 앞에서 멈춰 섰다.

"안에서 기다려 주십시오."

방으로 들어가 의자에 앉자, 히라이즈미가 문을 닫았다. 맞은편 의자를 물끄러미 바라보았다.

쓰바사의 눈을 바라보며 얘기할 수 있을까.

쓰바사가 당한 일과 그때의 괴로움을 언급하면서 자기는 과연 얘기를 냉정하게 끝까지 들을 수 있을까.

받아들여야 한다. 부첨인으로서도 아버지로서도. 쓰바사가 당한 일과 쓰바사가 저질러 버린 일을 제대로 받아들이고, 그런 연후에 앞으로 어떻게 해야 할지를 고민해야 한다.

발자국 소리가 들려서 요시나가가 뒤를 돌아보았다. 문이 열리고 고개를 숙인 쓰바사가 들어왔다. 쓰바사가 맞은편에 앉자, 뒤에서 문 닫히는 소리가 들렸다.

"쓰바사 ……, 얼굴을 좀 들어 줄 수 있겠니."

요시나가가 조용히 말을 건넸지만, 쓰바사는 고개를 숙인 채였다.

"유토 군의 휴대전화가 발견됐어."

쓰바사가 얼굴을 들었다. 겁먹은 눈빛으로 요시나가를 바라보았다.

"페로를 왜 그렇게 했어야만 했니?"

쓰바사가 시선을 피했다.

"유토 군이 위협해서 어쩔 수 없었던 거지? 너에게 폭력도 휘둘렀니?"

쓰바사가 힘없이 고개를 옆으로 저었다.

"그럼, 왜 ······."

그때까지 이리저리 시선을 헤매던 쓰바사가 요시나가를 똑바로 바라보았다.

"내가 배신했으니까."

쓰바사가 중얼거렸다.

"무슨 소리야?"

"친한 친구라고 생각했는데, 내가 배신했기 때문이래 ······."

쓰바사의 눈에서 흘러내리는 눈물을 보고 깜짝 놀랐다. 허둥지둥 손수건을 꺼내서 쓰바사 쪽으로 내밀었다. 쓰바사가 요시나가에게서 손수건을 가로채 스스로 눈물을 훔쳤다.

"전학 와서 한동안은 반 아이들한테 무시당했어. 겨울방학이 시작되기 조금 전쯤 갑자기 그 녀석이 말을 걸었어. 누구한테

들었는지는 모르겠지만, 엄마랑 둘이 사냐면서. 그렇다고 했더
니 아빠는 죽었냐고. 이혼한 것뿐이라 살아 있다고 했더니 외롭
지 않냐고 물었어. 나는 …… 난 그 무렵에 아빠한테 불만이 있
었기 때문에 …… 아빠는 잊기로 했다고 대답했어. 아빠는 이제
내가 어떻게 되든 상관없는 것 같으니 나도 그럴 거라고."

쓰바사의 눈을 바라보자, 가슴이 에일 듯이 아팠다.

"그럼 우린 친구네, 라고 했어 ……. 그 후로는 다른 누구보다
나랑 친하게 지내 줬어. 중학교에 들어가서 구리하라와 구보라
는 새 친구가 생겨서 넷이 재밌게 놀았지. 그런데 ……."

요시나가는 말없이 얘기를 들으며 한 가지 상상을 떠올렸다.

"혹시 핫케이지마에 놀러 갔던 게 원인이었니?"

쓰바사가 깜짝 놀라며 눈을 휘둥그레 뜨고 고개를 끄덕였다.

"우연히 같은 날 핫케이지마에 놀러 왔던 반 친구에게 내가
아빠랑 즐겁게 지냈다는 얘기를 들었대."

"하지만 고작 그걸로 ……."

페로를 죽이게 만들었단 말인가.

"자기를 이해해 주는 유일한 친구라고 믿었는데 배신당했다
고 …… 이제 살아갈 힘을 잃었으니 죽어 주겠다고 했어. 나한
테도 유토가 가장 소중하니까 제발 그런 말을 하지 말라고 말
렸어. 그랬더니 그럼 그걸 증명해 보라는 거야. 소중히 여기는
페로를 없애 보라고. 자기가 더 소중하다면 그 정도는 당연히

할 수 있을 거라고."

"그래서 페로를 ……."

"유토가 소중하지만, 페로도 소중하다고 했어. 그런데 ……
왜 그런 짓을 저질러 버렸을까. 내가 바보였어. 그 녀석은 내가
가장 친한 친구라고 말했지만, 그게 아니었던 거야. 가장 친한
친구 …… 아니, 그냥 평범한 친구라도 그런 짓을 시킬 리가 없
잖아. 그 녀석은 자기 말을 따르는 인간이 필요했을 뿐이야. 하
지만 그때는 …… 그렇게 하지 않으면 나를 원망하면서 죽어
버릴 거라고 해서 ……."

"동영상을 찍어서 아빠한테 보내겠다고 협박하면서 하기 싫
은 행동을 시킨 거니?"

쓰바사가 고개를 끄덕였다.

"그때부터 재판놀이가 시작됐지. 징역형을 받았을 때는 그 자
리에서 다음 날 내게 시킬 못된 장난을 셋이 결정했어. 사형일
때는 그 녀석이 항소하겠다며 두 애를 먼저 돌려보냈지. 그리고
사형당하고 싶지 않으면 그걸 하라고 ……."

"사형이란 건 아빠한테 페로를 죽인 동영상을 보낸다는 뜻이
니?"

쓰바사가 힘없이 고개를 끄덕였다.

그렇다면 '그걸'이란 말은 유토 군이 사 온 햄스터를 죽이라
는 명령일까.

"그래서 일부러 물건을 훔친 거야?"

쓰바사가 이쪽으로 시선을 돌렸다.

"햄스터 사료를 훔친 건 엄마 아빠가 알아채길 바라서였지?"

왜 키우지도 않는 햄스터 먹이를 훔쳤냐고 물어봐 주길 바랐을 게 틀림없다. 그러나 요시나가는 쓰바사를 데리러 가지도 않았고 캐묻지도 않았다. 그래서 쓰바사는 어쩔 수 없이 그 연하장을 보내기로 했겠지.

페로의 명복을 빌어주러 간 요시나가가 쓰바사의 거짓말을 알아채고, 왜 그런 거짓말을 했냐고 물어봐 줄 수 있게.

자신은 쓰바사가 필사적인 심정으로 보낸 SOS를 알아채지 못했다.

"굳이 안 훔쳐도 먹이는 있었어. 죽이기 전에 챙겨 줬으니까. 부엌에 보이는 자리에 놔뒀지만, 엄마는 알아채지 못했어."

햄스터에게 먹이를 주는 쓰바사의 모습을 상상하자 가슴이 메어 왔다.

"휴대전화를 빼앗으려고 유토 군을 불러 냈니?"

요시나가가 물었지만, 쓰바사는 대답하지 않았다.

"훨씬 더 재미있는 걸 보여 주겠다니, 그건 대체 뭐였니?"

쓰바사는 서글픈 눈빛으로 요시나가를 그저 지그시 바라볼 뿐이었다.

"그날, 아빠한테 무슨 얘기를 하고 싶었던 거야?"

"이제 더는 …… 강제로 그런 일을 당하고 싶진 않았어."

"페로를 죽인 일? 유토 군에게 당한 일을 얘기할 생각이었니?"

만약 자기가 전화를 받았다면, 쓰바사가 유토 군을 죽이는 사태는 막을 수 있지 않았을까.

"말해 봐. 아빠는 너의 고통을 받아들이고 싶어. 널 조금이라도 편하게 해 주고 싶어."

쓰바사는 아무 대답도 하지 않고 얼굴을 숙였다.


대기실로 들어온 세토가 두 사람 쪽으로 시선을 던지더니 표정이 변했다.

"오늘은 두 분이 오셨습니까?"

세토가 건네는 말에 요시나가와 간자키가 동시에 벤치에서 일어섰다.

"네. 세토 씨의 말씀을 듣고, 의견서를 준비해야 해서요."

간자키가 말했다.

"요시나가 씨는 의견서 같은 걸 써 보신 적이 없겠죠. 자, 이쪽으로 오시죠."

세토를 따라 복도를 걸어갔다. 방으로 들어간 후, 간자키와 나란히 세토를 마주 보며 앉았다.

"오늘이 쓰바사 군과 마지막 면회였죠?"

간자키가 묻자, 세토가 고개를 끄덕였다.

"사건에 관한 얘기를 하던가요?"

"오늘은 어느 정도 순순히 얘기하더군요. 이제야 내가 적도 아군도 아니라는 걸 이해해 준 모양이에요."

세토가 희미하게 입매를 일그러뜨렸다.

어딘지 자학적으로 보였지만, 처음 보는 세토의 미소였다.

"어제 요시나가 씨에게 보고를 들은 것과 거의 같은 내용이었습니다."

"유토 군에게 보낸 문자 내용에 관해서도 쓰바사가 얘기했습니까?"

요시나가가 물었다.

"지금 그곳으로 오면 훨씬 더 재미있는 걸 보여 주겠다는 문자 말입니까?"

요시나가가 고개를 끄덕였다.

"그렇게 문자를 보내면 후지이 군이 틀림없이 와 줄 거라고 믿었다는군요. 그러면 후지이 군을 죽이고 휴대전화를 뺏으려고 했다고."

"세토 씨도 그렇게 생각하십니까?"

요시나가가 물었다.

"키우던 고양이를 죽인 사실을 숨기기 위해 사람을 죽였다는 건 납득하기 어려운 동기긴 하지만, 본인이 그렇다고 주장하는 한 ……."

"저에게 연락한 이유에 관해서는?"

"얘기하지 않았습니다. 하지만 제 생각에는 요시나가 씨가 추측한 내용과 비슷할 것 같습니다."

만약 그때 요시나가가 전화를 받았다면 쓰바사는 유토 군을 죽이지 않았겠지. 그렇지만 그걸 알면 요시나가가 자책감에 시달릴 거라 생각하고 입을 다물고 있는 게 아닐까.

"구리하라 군이나 구보 군은 아오바 군이 후지이 군에게 동물을 죽이라는 강요를 받은 건 전혀 몰랐다고 하더군요. 그러나 아오바 군을 괴롭히는 데 가담한 건 사실이고, 그런 원인으로 후지이 군이 죽은 것을 무겁게 받아들이는 것 같습니다. 아오바 군은 좋은 친구였는데, 자기들도 친구를 궁지로 내모는 원인을 제공하고 말았다며 울었다더군요."

"쓰바사 군의 처우와 관련해서는 어떤 생각을 갖고 계신가요?"

간자키가 몸을 살짝 내밀며 물었다.

"학생에게 동정할 여지가 많은 건 분명합니다. 그러나 그렇다고 해서 살인을 긍정할 수는 없습니다. 사건과 관련된 얘기는 하게 됐지만, 안타깝게도 학생의 내면에 자기가 저지른 일에 대한 반성이 있는 것처럼 보이진 않습니다. 그저께 어머님과 면접을 했는데, 지금 학생을 부모님 곁으로 돌려보낸다 해도 제대로 갱생할 수 있게 이끌어 줄 수 있을지 의문입니다. 초등 소년원으로 송치하는 게 타당하지 않나 생각합니다."

요시나가가 간자키에게 시선을 돌렸다. 간자키의 표정에 안도의 빛이 깃들었다.

"단, 상당히 장기간의 시간이 필요하다는 의견을 덧붙일 생각입니다. 학생이 소년원에서 지내는 동안 부모님이 일단 환경을 갖추고, 학생을 제대로 받아들일 준비를 해 두시는 게 좋겠죠. 그러나 이건 어디까지나 저의 개인적인 의견에 불과합니다. 간자키 선생님, 잠깐 요시나가 씨와 둘이 얘기를 나눌 수 있게 해 주시겠습니까?"

세토의 부탁에 간자키가 "알겠습니다"라고 고개를 끄덕이며 일어섰다. 간자키가 나가고 문이 닫히자, 세토가 요시나가 쪽으로 시선을 돌렸다.

"부첨인이 아니라 보호자로서 묻겠습니다. 학생을 갱생시킬 수 있습니까?"

세토가 요시나가를 뚫어져라 바라보며 물었다.

"두 번 다시 그런 짓을 저지르지 않도록 아버지로서 아들을 확실하게 지켜 나가겠습니다."

"갱생이란 두 번 다시 죄를 저지르지 않는다는 의미만 가진 게 아닙니다."

그 말이 가슴에 무겁게 와 닿았다.

"지금부터 조사표를 작성해야 하니 오늘은 이쯤에서 정리하죠. 그럼, 25일에 뵙겠습니다."

요시나가가 일어나 세토에게 고개를 숙이고 문으로 향했다.

"아 참, 요시나가 씨——."

세토가 불러 세워서 요시나가는 문 앞에서 발걸음을 멈추고 돌아보았다.

"깜박하고 한 가지 못한 말이 있군요. 의사소통이 충분하지 않은 것 같던데요."

무슨 의미인지 이해가 잘 안 가서 요시나가가 고개를 갸웃거렸다.

"학생 어머님과 면접할 때, 요시나가 씨가 부첨인이 된 얘기를 하니까 몹시 놀라시던데."

"그렇군요 ……."

준코는 과연 요시나가가 멋대로 저지른 행동을 어떻게 받아들였을까.

"하지만 아드님을 위해 최선을 다하는 자세에는 감사하는 것처럼 느껴지기도 했어요. 자기도 앞으로 아들과 당당히 마주해야겠다고 하시더군요. 부부는 아니지만, 학생의 부모라는 점에는 변함이 없습니다. 학생의 장래를 위해서라도 좀 더 의사소통에 유념해 주시면 어떨까요?"

"알겠습니다."

요시나가가 고개를 깊숙이 숙이고 방에서 나왔다. 밖에서 기다리고 있던 간자키와 눈이 마주쳤다.

"다행히 역송은 피할 수 있을 것 같네요."

"네."

"하지만 그걸로 끝이 아니에요. 상당한 장기간이란 말은 이 년 이상 소년원에 있어야 한다는 뜻이에요. 조금이라도 빨리 나올 수 있도록 힘을 내 보죠."

요시나가는 고개를 끄덕이며 간자키와 함께 걸음을 내디뎠다.

이케부쿠로 역에서 간자키와 헤어진 요시나가는 유라쿠초 선 개찰구로 향했다. 히카와다이 역에서 전철을 내려서 감별소로 향하는 동안 쓰바사에게 건넬 말을 생각해 봤다.

쓰바사는 줄곧 이루 말할 수 없는 고통과 슬픔에 시달리며 만신창이가 되었다. 재판놀이로 자존심이 갈기갈기 찢겼고, 가장 소중히 여겼던 페로는 물론이고 동물을 좋아하는데도 햄스터를 자기 손으로 죽여야만 했다.

더 이상의 고통은 주고 싶지 않았다.

다행히 역송은 피할 수 있을 것 같지만, 세토는 상당히 장기간 소년원에 수용하는 처우를 염두에 두고 있다. 조금이라도 빨리 소년원에서 꺼내 주고 싶다. 요시나가나 준코가 언제든 끌어안아 줄 수 있도록. 그러기 위해서는 쓰바사에게서 속죄의 마음을 이끌어 내야 한다.

감별소에 도착해서 기다리는 동안에도 오로지 쓰바사에게 건넬 말만 궁리했다. 정리를 하지 못한 상태에서 히라이즈미가 나타나서 면회실로 안내되었다.

쓰바사가 와서 요시나가 앞에 앉았다.

"방금 조사관인 세토 씨를 만나고 왔어. 구리하라 군과 구보 군도 너에게 심한 짓을 했다며 울었다더구나."

요시나가가 말문을 열자, 그때까지 얼굴을 숙이고 있던 쓰바사가 시선을 돌렸다.

"그동안 많이 힘들었지. 네가 그렇게 괴로운데도 아빠는 그걸 알아채지도 못했어."

바닥을 구르는 소리가 들렸다. 표정은 그대로였지만, 안절부절못하고 발을 구르는 것 같았다.

"아빠는 많이 후회하고 있어. 만약 그때 전화만 받았어도 넌 그런 짓을 저지르지 않았을 텐데. 너에게 이런 고통스러운 경험을 하게 만들진 않았을 텐데."

쓰바사를 계속 바라보기가 괴로워서 테이블로 시선을 떨어뜨렸다.

"딱히 괴롭진 않아."

요시나가가 쓰바사에게 시선을 돌렸다.

"그럴 리가 없지. 아무리 심한 일을 당했다 해도 쓰바사 넌

"……."

더 이상은 말이 나오지 않았다.

"사람을 죽이면 괴로워해야 해?"

쓰바사의 차디찬 눈빛에 등줄기가 서늘해졌다.

"페로를 죽였을 때는 괴로웠어. 햄스터를 죽였을 때도 그랬고. 그렇지만 이번에는 별로 괴롭지 않아. 안 그래? 동물들은 아무 잘못도 없잖아. 하지만 그 녀석은 달라. 죽어 마땅해."

마지막 말에 가슴이 에였다. 핏기가 싹 가셨다.

"유토 군이 심한 짓을 한 건 분명해. 그렇지만 죽어 마땅한 건 아니야."

"동물을 죽이는 건 용서되는데, 사람을 죽이는 건 왜 용서가 안 되지?"

"동물을 죽이는 것도 용서받을 수 없어."

"그렇지만 내가 재판을 받는 건 그 녀석을 죽였기 때문이잖아. 조사관도 내가 동물을 죽인 것에 관해서는 아무런 말도 안 했어. 그 녀석에 대해서는 지금 심정이 어떠냐, 미안하다는 마음이 들지 않느냐 이것저것 물어봤다고. 동물을 죽인 건 끔찍한 짓을 저질렀다고 얼마든지 반성할 수 있어. 그런 얘기를 하면 눈물이 날지도 몰라. 그렇지만 그 녀석 때문이라면 괴롭다거나 슬프다는 생각도 안 들고 눈물도 안 나."

"그 애가 죽어서 슬퍼하는 사람도 있어."

"그 녀석 아빠?"

요시나가가 고개를 끄덕였다.

"자업자득이야. 그렇게 끔찍한 짓을 시키는 인간으로 키웠으니까."

쓰바사가 아무렇지도 않게 던지는 말에 요시나가는 할 말을 잃었다.

"물건 훔치다 잡혔을 때 찾아와서 인권이 어쩌니 저쩌니 잘난 척했지만, 자기 자식이 얼마나 끔찍한 짓을 저질렀는지는 까맣게 몰라. 자식에 관해 알려고 하지 않는 건 자식을 버린 거나 마찬가지잖아?"

그 말이 가슴 깊이 박혔다.

"난 그 녀석한테 마음을 살해당했어. 그런데도 죽이면 안 되는 건가?"

격렬한 심장박동을 느끼며 쓰바사의 호소를 들었다.

"그래, 안 되지 ……."

요시나가는 가까스로 말을 짜냈다.

"마음을 살해한 건 용서받는데 몸을 죽인 건 왜 안 되지?"

"유토 군이 너에게 시킨 일도 용서받을 수 없어. 마음도 몸도 상처를 주면 안 돼."

"어느 쪽 죄가 더 무거워?"

쓰바사가 차디찬 노기가 깃든 눈빛으로 바라보았다.

"마음이랑 몸이랑 어느 쪽을 죽인 게 더 나쁘냐고?"

몸을 죽인 것은 물론 용서받을 수 없다. 무슨 수를 써도 원래대로 되돌릴 순 없으니까. 그러나 반드시 그렇다고 단언할 수 있을까.

마음에 깊은 상처를 입어서 자살까지 시도하는 사람도 있다. 설령 몸이 살아 있어도 혼수상태에서 계속 잠들어 있는 사람도 있다.

"나랑 그 녀석이랑 누가 더 나빠?"

칼날처럼 살기가 감도는 쓰바사의 눈빛에 요시나가의 몸이 뻣뻣하게 굳었다.

"난 너를 조금이라도 빨리 자유롭게 해주고 싶어. 그러기 위해서는 네가 심판에서 반성하는 모습을 보여야 해."

가까스로 입술을 움직였지만, 대답이 되지는 않았다.

"됐어 ……. 반성 같은 건 안 하니까."

쓰바사가 요시나가에게서 시선을 거두며 일어섰다. 문 옆에 있는 전화기를 들고 요시나가에게 건넸다.

요시나가가 올려다봤지만, 쓰바사의 시선은 그가 아니라 손에 든 전화기에 맞춰져 있었다.


"어질러져서 죄송합니다."

그 말대로 눈앞의 테이블에는 자료들이 흩어져 있었다.

"괜찮습니다. 신경 쓰지 마십시오."

요시나가가 간자키의 맞은편 자리에 앉았다.

"내일까지 의견서를 제출해야 해서 자료를 다시 읽어 보는 중이었어요. 면회는 어땠어요?"

요시나가가 힘없이 고개를 옆으로 흔들자, 간자키가 탄식을 흘렸다.

조금이라도 속죄하는 마음을 이끌어 내려고 면회를 계속하고 있지만, 쓰바사의 태도에는 변함이 없었다.

"쓰바사 군의 미움이 상당히 깊군요."

요시나가가 고개를 끄덕였다.

"자기가 피해자라는 생각을 허물 수가 없습니다. 어떻게 해야 할까요?"

"지금 억지로 반성의 말을 이끌어내도 그게 진심이 아니라면 의미가 없어요. 다음을 기대하며 의견서에는 솔직하게 쓰는 게 좋을 것 같아요."

"그렇겠죠 ……."

요시나가는 무력감에 시선을 떨어뜨렸다.

"아직 내일 하루가 더 남았어요. 극적인 변화를 기대하기 어려울지 모르지만, 만약 조금이라도 반성하는 마음이 싹튼다면 심판 때 의견을 진술하기로 해요."

간자키의 말을 들으면서 자료를 멍하니 바라보았다. 흉기인

칼과 배낭, 갈아입으려고 준비했다는 노란색 운동복 사진이 늘어서 있었다.

미리 칼과 갈아입을 옷까지 준비해 놓고 문자로 불러낼 만큼 쓰바사는 유토 군을 죽이고 싶었던 것일까. 맨 먼저 자기가 의심을 받을 게 빤한데도.

요시나가에게 페로를 죽이는 영상을 보여 주느니 차라리 유토 군을 죽이겠다는 충동이 이겼던 걸까. 아니면 잔학한 행위를 여러 번 억지로 강요받다 보니 쓰바사의 마음이 완전히 망가져 버린 걸까.

운동복 사진을 뚫어져라 쳐다보다가 준코가 그 사진을 보며 고개를 살짝 갸웃거렸던 기억이 떠올랐고, 그 이유를 알아차릴 수 있었다.

곧 사람을 죽이려는 마음을 갖고 어떻게 이런 화려한 색상을 고를 수 있을까. 일반적으로 보면 조금이라도 눈에 덜 띄는 어두운 색을 고르지 않을까.

"왜 그러세요?"

그 목소리에 제정신을 차린 요시나가가 사진에서 간자키에게로 시선을 돌렸다.

"아뇨 ……."

그러나 일단 싹 튼 상상은 머릿속에서 점점 더 부풀어 올랐다.

"오늘은 이쯤에서 실례하겠습니다."

"네. 내일도 있으니 푹 쉬세요."

간자키가 미소를 건넸다.

요시나가는 애매하게 고개를 끄덕이며 일어선 후 밖으로 나왔다.


테이블에 놓여 있던 컵을 들고 욕실로 갔다. 입을 거의 대지 않은 커피를 세면대에 흘려 버리고, 거울 앞에 서서 옷매무새를 정돈한 후 방을 나섰다.

1층 프런트에서 체크아웃을 하고 호텔을 나와 역으로 향했다.

매스컴은 쓰바사가 소년심판을 받는 날이 오늘이라는 걸 알고 있겠지. 혹시 집 앞에서 에워싸이게 될까 두려워서 어제는 호텔에 묵었다.

고탄다 역에서 전철을 갈아타고 도라노몬 역에서 내렸다. 지상으로 나가 찻집으로 향하는 길가 음식점 앞에 줄을 늘어선 양복이나 제복 차림의 남녀 모습이 여기저기 눈에 띄었다.

오늘부로 긴 휴가가 끝난다. 내일부터는 다시 회사에 나가야 한다.

동료와 즐겁게 얘기를 나누는 사람들을 보면서 내게도 과연 저런 날이 돌아올까 생각했다.

쓰바사에게도 언젠가는 친구나 동료와 즐겁게 대화를 나눌 수 있는 날이 찾아올까.

찻집으로 들어가자, 안쪽 자리에서 준코가 기다리고 있었다.

요시나가가 다가가자, 준코가 쳐다봐서 시선이 마주쳤다.

"간자키 선생님이랑 같이 안 왔어?"

"우리 둘이 얘기할 시간이 필요할 것 같아서 간자키 선생님은 가정재판소에서 바로 만나기로 했어."

준코의 맞은편 자리에 앉아 테이블 위에 있는 메뉴를 집어 들었다.

"밥은 먹었어?"

준코가 고개를 옆으로 저었다.

"조금이라도 먹어 두는 게 좋을 거야. 그렇긴 한데, 사실 나도 식욕은 없어. 샌드위치를 둘이 나눠 먹을까?"

준코가 고개를 끄덕이는 모습을 보고, 요시나가가 웨이트리스를 불러서 커피와 믹스 샌드위치를 시켰다.

"이제 두세 시간 후면 쓰바사의 처우가 결정 나겠지."

준코가 불안한 듯이 몸을 미세하게 떨었다.

"너무 기대하게 만들면 안 되겠지만, 아마 역송은 피할 수 있을 거야."

요시나가가 말하자, "당연하지"라며 준코가 날카로운 말투로 받아쳤다.

"우리 쓰바사는 피해자나 다름없는데."

쓰바사와 나눈 얘기는 준코에게 전화로 전해 주었다.

준코가 동의를 구하듯 바라봤지만, 요시나가는 고개를 끄덕일 수가 없었다.

"쓰바사가 끔찍한 짓을 당한 건 분명해. 그렇지만 쓰바사가 그 이상의 짓을 저질러 버린 것도 사실이야. 우리가 부모로서 앞으로 책임을 져야 한다는 사실에는 변함이 없어."

"그야 그렇지 ……. 쓰바사가 집에서 그런 끔찍한 짓을 강요당하는 걸 전혀 눈치채지 못했어. 쓰바사가 분명 어떤 형태로든 SOS 신호를 보냈을 텐데 …… 난 부족한 엄마야."

그렇게 말하고 고개를 숙인 준코에게 무심코 손을 뻗으려다 멈췄다.

"나도 마찬가지야. 쓰바사가 보낸 SOS를 알아채지 못했지. 다른 무엇보다 자식을 우선했어야 했는데."

그 전화만 받았어도 쓰바사가 유토 군을 죽이는 사태를 피할 수 있었을 거란 생각을 떨쳐 낼 수가 없었다.

"범행에 이른 동기에는 동정할 만한 면이 많긴 하지만, 자기가 저질러 버린 일에 대한 이해와 피해자나 그 가족에 대한 사죄의 마음이 싹텄다고 보기는 어려우므로 소년원의 교정교육을 통해 속죄의식을 깊이 다져 나갈 필요가 있다고 보인다. 거짓말을 쓸 순 없어서 부첨인 의견서에는 이렇게 썼어."

"어느 정도나 있어야 할까?"

요시나가는 자기도 모르겠다며 고개를 저었다.

"아마도 중학교 졸업식은 그쪽에서 하게 되겠지."

"그게 쓰바사한테는 더 좋을지도 몰라."

어떤 형태든 언제가 우리가 아들의 졸업을 지켜볼 수 있는 날이 올까.

쓰바사의 미래를 떠올리고 있는데, 주문한 샌드위치와 커피가 나왔다.

요시나가는 샌드위치를 집었지만, 준코는 접시를 바라본 채 손도 대려 하지 않았다.

"얼른 먹자. 우리가 처져 있으면 안 돼."

준코가 가까스로 샌드위치를 들었다. 커피를 마셔 억지로 넘기듯이 먹는 준코를 바라보며 요시나가도 샌드위치를 입으로 가져갔다.


"어제는 어디 다녀오셨어요?"

요시나가가 얼굴을 돌리자, 간자키가 미간을 좁히며 바라보고 있었다.

쓰바사에게 면회를 가지 않은 것을 나무라는 말일 테지.

"아 네, 좀 ……."

요시나가가 말을 머뭇거렸다.

"으음 …… 심판 전이든 후든 가족끼리만 만나는 건 불가능한가요?"

그렇게 묻는 준코에게 간자키가 시선을 돌렸다.

"안타깝지만, 가족끼리 만나는 건 불가능해요."

"그렇군요 ……."

준코가 어깨를 늘어뜨렸다.

"그렇지만 부첨인은 심판 전에 면회를 할 수 있어요. 요시나가 씨, 어떻게 하시겠어요?"

"부탁드립니다."

요시나가가 벤치에서 일어나 간자키와 함께 대기실을 나섰다. 복도를 걸어가다 '서기관실'이라고 적힌 방 앞에 멈춰 섰다.

"잠깐 수속을 하고 올 테니 여기서 기다려 주세요."

간자키가 그렇게 말하고 유리문을 열고 안으로 들어갔다. 잠시 후에 남성과 함께 나왔다.

"준코 씨도 마음이 불안하실 테니 저는 대기실에 돌아가 있을게요."

요시나가가 고개를 끄덕이자, 옆에 있던 남성이 문을 열고 요시나가를 안으로 안내했다.

안으로 들어가니 경찰서와 똑같이 아크릴판으로 칸을 나눠둔 공간이 있었다.

"저쪽에서 잠시만 기다리십시오."

문이 닫혔고, 요시나가는 의자에 앉았다. 잠시 기다리자, 아크릴판 너머로 문이 열리고 한 남성과 함께 쓰바사가 들어왔다.

남성의 안내를 받은 쓰바사가 요시나가의 맞은편 자리에 앉았다.

"면회가 종료되면 그쪽에 있는 버튼을 눌러 주십시오."

"알겠습니다."

남성이 나간 후, 요시나가가 쓰바사에게 시선을 돌렸다. 쓰바사의 눈빛은 공허했다.

"긴장되니?"

쓰바사가 힘없이 고개를 옆으로 저었다.

"그래. 난 굉장히 긴장되는데."

아크릴판 너머에 있는 쓰바사는 그저께 면회했을 때 드러냈던 격렬한 감정이 거짓말이었던 것처럼 고요했다. 생기를 느낄 수 없는 눈빛으로 요시나가를 바라보았다.

"그날 밤, 아빠한테 연락한 건 혹시 …… '안녕'이라고 작별 인사를 하려던 거 아니었니?"

쓰바사의 어깨가 움찔 떨렸다. 얼굴만 돌린 채, 시선은 어딘지 모를 곳을 헤매고 있었다.

그저께 간자키의 사무실에서 나와 다마 호수로 가서 사건 현장부터 배낭이 버려져 있었던 쓰레기장 사이에 있는 민가들을 찾아다니며 걸었다. 어제도 하루 종일 그렇게 시간을 보냈다.

수사 자료에 실려 있던 갈아입을 옷으로 준비한 운동복을 보여 주면서 두 달 반쯤 전에 같은 옷을 도둑맞은 적이 없냐고 물어보며 돌아 다녔던 것이다. 어젯밤에 드디어 베란다에 널어 둔 똑같은 운동복을 도둑맞았다는 인물을 찾아 냈다.

"갈아입을 옷 같은 건 따로 준비한 게 아니지? 유토 군을 살해할 작정으로 불러낸 건 아니었잖아? 네가 보여주려 했던 훨씬 더 재미있는 건 바로 너의 …… 너의 최후의 ……."

쓰바사가 시선을 맞췄다.

"넌 자살할 생각으로 나한테 이별을 고하려고 연락한 거 아니었니? 어쩌면 자살을 말려 주는 말을 듣고 싶었을지도 모르지. 그런데 난 전화를 받지 못했어. 이제 어떡해야 하나 고민하고 있을 때 유토 군이 왔고, 어쩌다 싸움이 벌어져서 칼로 찌르고 말았다. 그렇게 된 거지?"

쓰바사가 입술을 힘껏 다물었다. 희미하게 떨리고 있었다.

"혹시 자살하려던 걸 알면, 아빠 엄마가 깊은 상처를 받을 것 같아서 입을 다물었던 거 아니야?"

쓰바사의 거친 콧숨 소리가 들렸다. 입을 벌리면 조금은 편해질 테지만, 완강하게 다문 채로 어깨를 들썩이며 숨을 내쉬고 있었다.

"넌 자살을 생각할 정도로 궁지에 몰렸던 거야. 그게 바로 마음을 살해당했다는 뜻이겠지. 아빠한테 물었었지? 몸과 마음, 어느 쪽을 죽이는 게 더 나쁘냐고. 넌 유토 군을 죽이기 전에 나는 이미 살해당한 상태였다고 말하고 싶었던 거지?"

굳게 다물고 있던 쓰바사의 입이 열렸다. 무슨 말인가를 하려고 입술을 열었다 닫았다 했다.

"넌 잘못이 없어."

요시나가가 그렇게 말하자, 쓰바사가 입을 연 채로 정지했다.

"네가 살아 줘서 정말 다행이야. 불행한 사건이긴 했지만, 네가 죽어 버린 것보다는 훨씬 나아."

쓰바사가 입을 벌린 채로 요시나가를 물끄러미 바라보았다.

"심판 마지막에 네가 얘기할 수 있는 시간이 있어. 그날 밤 무슨 일이 있었는지 사실대로 말해."

쓰바사가 입술을 천천히 닫고, 고개를 숙였다.

"왜 그래 ……. 사실대로 말할 거지?"

요시나가가 호소했지만, 쓰바사는 몸을 움츠린 채로 움직이지 않았다.


"자, 가실까요?"

간자키가 요시나가와 준코에게 말을 건네며 문을 열었다.

요시나가는 호흡을 가다듬은 후, 준코와 함께 방을 나섰다.

학교 교실 정도 되는 넓이였다. 중앙에 놓인 긴 의자 앞쪽에 법단(法壇)이 있고, 좌우로도 책상이 있었다. 뉴스 영상에서 보던 법정을 축소해 놓은 듯한 공간이었다.

"요시나가 씨와 준코 씨는 저쪽에 앉아 주세요."

간자키가 손으로 가리켜서 요시나가와 준코는 긴 의자로 향했다. 긴 의자 뒤편에 울타리가 설치되어 있고, 그 안쪽에도 긴 의자가 놓여 있었다. 후지이 씨의 대리인이 앉을 자리일 거라 추측하고 몸을 잔뜩 긴장시키며 긴 의자에 앉았다.

들어온 문의 반대쪽에 있는 또 다른 문이 열리고, 세토와 양복 차림의 남성이 들어왔다. 남성은 법단의 좌측 자리에, 세토는 우측 자리에 간자키와 나란히 앉았다. 간자키 옆에는 또 하나의 부첨인 자리가 준비되어 있었다.

문이 열리고, 쓰바사가 담당 직원의 인도를 받으며 들어왔다. 쓰바사는 이쪽에 시선을 맞추지 않은 채 요시나가와 준코 사이에 앉았다.

마지막 면회에서 쓰바사는 끝내 요시나가의 질문에 대답하지 않았다.

등 뒤에서 문이 열렸다 닫히는 소리가 들렸다. 발자국 소리가 가까이 다가오고, 뒷자리에 앉는 기척이 느껴졌다.

조금 전에 세토 일행이 들어온 문이 다시 열리고, 남성 두 명과 여성 한 명이 들어왔다. 세 사람 다 검은 옷을 입고 있었다. 나이가 제일 지긋해 보이는 남성이 법단 한가운데 앉고, 남성과 여성이 각각 좌우 자리에 앉았다. 세 재판관 중에 가운데 앉은 남성이 심판장인 스구로일 테지. 좌우 재판관에게 눈짓을 한 후, 이쪽으로 얼굴을 돌리고 입을 열었다.

"지금부터 심판을 열고 학생의 처분을 결정하도록 하겠습니다. 내 질문의 의미가 이해가 되지 않을 때는 뭐든 어려워 말고 물어보십시오. 그리고 가능한 한 큰 목소리로 대답해 주십시오. 알겠죠?"

요시나가가 옆으로 눈을 돌리자, 쓰바사가 고개를 살며시 끄덕였다.

"소리 내서 대답하세요."

심판장의 말에 쓰바사가 "네" 하고 떨리는 목소리로 대답을 했다.

"이름이 무엇입니까?"

"아오바 쓰바사입니다."

"생년월일은 언제입니까?"

"1997년 5월 19일입니다."

"어디에 살고 있습니까?"

쓰바사가 준코 쪽으로 얼굴을 돌렸다. 히가시무라야마 집에서는 이미 이사했으니 어디라고 대답하면 좋을지 모르는 모양이다.

"사건 후에 이사해서 …… 전에 살았던 곳이라도 괜찮을까요?"

준코가 대신 물어봐 주었다.

"주민표가 등록된 장소를 알려 주십시오. 그리고 본적지도."

준코가 귀엣말을 해 주자, 쓰바사가 오사카 시내의 주소와 본적지를 말했다.

"직업은 무엇입니까?"

쓰바사가 다시 준코에게 고개를 돌렸다.

"중학생이라고 하면 되지 않을까."

요시나가가 작은 목소리로 일러 주자, 쓰바사가 "중학생입니다"라고 대답했다.

"학생은 질문에 무리하게 대답할 필요는 없습니다. 그러나 하고 싶은 말이 있으면 뭐든 어려워 말고 하십시오. 또한 학생이 얘기한 내용은 학생에게 유리하냐 불리하냐를 막론하고 증거로 채택될 수도 있습니다. 알겠습니까?"

"네."

쓰바사가 고개를 끄덕였다.

"지금부터 검찰관이 보내 온 비행 사실에 관해 읽겠습니다. 잘 들어 주십시오. 학생은 2011년 6월 6일 오후 6시 40분부터 7시 30분경, 도쿄 도 히가시무라야마 시 다마코 4초메 다마 호수 주변에 있는 잡목림에서 동급생인 후지이 유토 군, 당시 14세를 살해할 의도로 불러낸 후, 유토 군이 오기를 기다려 준비한 칼, 날 길이 약 9센티미터로 가슴을 여러 차례 찔렀고 ……."

사건을 생생하게 묘사하는 설명에 귀를 틀어막고 싶었지만, 그럴 수는 없는 노릇이었다.

요시나가는 심판장 옆에서 서류를 들척여 보는 재판관의 손길에 의식을 집중시키며 당시 광경을 상상하지 않으려고 안간힘을 썼다.

"이 사실이 틀림없습니까?"

심판장이 서류에서 시선을 떼며 물었다.

"네."

쓰바사가 중얼거렸다.

"부첨인의 의견은?"

심판장이 시선을 돌리자, 간자키가 "소년과 같습니다"라고 대답했다. 심판장이 다시 서류로 눈길을 돌렸다.

"학생은 2009년 9월, 조후 시에서 히가시무라야마 시의 혼마치 초등학교로 전학했습니다. 그곳에서 피해자 후지이 군과 같은 반이 되었고 ……."

심판장이 담담한 어조로 쓰바사가 전학한 후의 내용을 얘기해 나갔다. 전학한 초기에 반 아이들에게 무시당했던 것, 그 후 유토 군과 친해졌고 나아가 중학교에 들어가서 구보와 구리하라라는 새로운 친구가 생겼다는 내용. 그리고 이들 세 사람에게 재판 흉내를 낸 괴롭힘을 당했다는 내용.

쓰바사는 고개를 숙인 채로 심판장의 말을 듣고 있었다. 감정을 엿볼 수 있는 표정이나 몸짓은 드러나지 않았다.

"지금 읽은 내용과 관련해서 잘못된 점이나 이해가 안 되는 점이 있으면 뭐든 얘기하세요."

심판장이 쓰바사에게 시선을 던지며 말했다.

"없습니다."

"이 자료에서 알 수 없는 부분을 몇 가지 물어보겠습니다. 후
지이 군이 현장에 도착한 후에 주고받은 대화입니다. 후지이 군
을 칼로 찌르기 전에 어떤 대화를 나눴습니까?"

"기억이 안 납니다."

쓰바사가 고개를 살며시 흔들었다. 한순간 요시나가와 시선
이 마주쳤지만, 금세 심판장에게 시선을 돌렸다.

"그렇지만 칼로 찌른 건 틀림없습니다. 그러고 나서 정신없이
도망쳤습니다."

"학생은 후지이 군에게 문자를 보낸 후, 아버지 휴대전화로
전화를 걸었죠. 아버지는 그때 전화를 못 받았는데, 무슨 얘기
를 하려고 했습니까?"

제발 사실대로 말하라고 쓰바사의 옆얼굴을 바라보며 마음속
으로 호소했다.

"잊어버렸습니다."

요시나가는 낙담해서 한숨을 집어삼켰다.

왜 사실대로 말하지 않는 거니.

"아버지에게 무슨 얘기를 하려고 했는지 잊어버렸단 말입니
까?"

심판장이 물었다.

"네 ……."

쓰바사를 물끄러미 쳐다보던 심판장이 한숨을 내쉬었다.

"후지이 군이나 후지이 군의 가족에게 어떤 마음이 듭니까?"

"모르겠습니다 ……."

"미안한 짓을 했다는 마음이 안 듭니까?"

쓰바사가 얼굴을 숙였다. 아무 말도 하지 않았다.

"학생을 동정하는 마음이 없는 건 아닙니다. 그러나 그렇다고 해서 사람을 죽여도 된다고 생각합니까?"

쓰바사는 무릎 위에 얹은 주먹을 꾹 움켜쥔 채 입을 다물고 있었다.

심판장은 한동안 쓰바사를 바라봤지만, 답변을 포기한 듯이 요시나가와 준코에게 시선을 던졌다.

"부모님에게 묻겠습니다. 사건에 관해 알고 난 후, 무슨 생각을 했습니까?"

요시나가는 몸을 살짝 앞으로 내밀어 쓰바사 건너편에 앉아 있는 준코를 바라보았다. 준코도 곧바로 얼굴을 돌렸다. 뺨이 희미하게 떨리고 있었다. 준코가 심판장 쪽으로 얼굴을 돌렸다.

"너무나 충격이 컸어요 ……. 그것 말고는 뭐라 할 말이 없습니다."

준코가 꺼져 들어가는 목소리로 말했다.

"아버님은 어떠셨습니까?"

"저도 마찬가지입니다."

"어떻게 했으면 이런 일이 벌어지지 않았을 거라고 생각합니까?"

"아이에 관해 좀 더 깊이 생각했어야 한다고 반성하고 있습니다. 엄마에게는 어땠는지 모르지만, 적어도 저에게는 아들이 SOS를 보냈습니다. 그것을 알아채지 못한 것은 저의 책임입니다."

"저도 아들을 제대로 살피지 못했어요. 어떤 친구가 집에 오고, 어떻게 시간을 보내는지 좀 더 확실하게 물어봤다면 ……. 아들이 괴롭힘을 당한다는 얘기를 했을지도 몰라요. 그랬다면 이런 일은 벌어지지 않았을 텐데."

애기를 하는 중에 울음 섞인 목소리로 변해 갔다.

"괴롭힘을 당한다는 얘기를 왜 어머님께 안 했다고 생각합니까?"

준코가 손수건으로 눈가를 훔치면서 쓰바사 쪽을 바라보았다. 쓰바사는 여전히 고개를 숙이고 있었다.

"걱정을 끼치고 싶지 않았겠죠. 제가 정신적으로 강하지 못해서 약에 의존하며 가까스로 살아가고 있다는 걸 알고 있었으니까요."

"학생이 사회로 돌아가면 어떻게 하실 생각입니까?"

"어느 쪽에서 맡을 거냐는 말씀이신가요?"

준코가 묻자, 심판장이 고개를 끄덕였다. 준코가 요시나가에게 시선을 돌렸다. 요시나가가 고개를 끄덕여 보이고, 심판장을 바라보며 말했다.

"제가 맡겠습니다."

쓰바사를 지키겠다는 결의를 담아 대답했다.

"아들이 갱생할 수 있도록 부모로서 최선의 노력을 다하겠습니다."

두 번 다시 죽고 싶다는 생각 따윈 하지 않게 하겠다. 그리고 불행한 상황을 극복해 내고, 버젓하게 살아갈 수 있도록 도와줘야 한다.

"그렇군요. 부첨인은 물어볼 말이 없습니까?"

심판장이 간자키를 바라보며 물었다.

"네. 먼저 아오바 군에게 묻겠습니다. 후지이 군이나 그 가족에 대한 무슨 생각이 있습니까?"

간자키가 이쪽을 바라보며 물었다.

요시나가는 쓰바사에게 시선을 돌렸다. 쓰바사는 고개를 숙인 채 무릎 위에 얹은 주먹을 있는 힘껏 움켜쥐었다.

"이번 일로 아버지나 어머니에 대해 든 생각이 있습니까?"

쓰바사는 아무런 대답도 하지 않았다.

간자키에게 시선을 던지자, 당장이라도 한숨을 내쉴 것 같은 표정으로 쓰바사를 바라보고 있었다.

"아오바 군도 물론 괴로운 경험을 했겠지만, 그렇다고 해서 사람을 죽여도 되는 건 아닙니다. 아오바 군은 앞으로 그 점에 관해 깊이 생각해 주시기 바랍니다."

이렇게 가까이 있는데도 그 말이 쓰바사의 가슴에 가 닿았는지 어떤지조차 알 수 없었다.

"어머님께 묻겠습니다. 피해자나 유족분들에게 어떤 마음을 갖고 계신가요?"

간자키가 물었다.

"돌이킬 수 없는 잘못을 저질렀다고 생각해요. 정말이지 죄송스러운 마음을 표현할 길이 없습니다."

"앞으로 어떻게 대응해 나갈 생각이신가요?"

"용서받을 수는 없겠지만, 그래도 계속 사죄를 드리고 싶습니다."

"아버님은 어떠신가요?"

"저도 같은 마음입니다. 쓰바사가 피해자와 유족분들에게 확실하게 사죄할 수 있도록 최선의 노력을 다할 생각입니다."

간자키가 심판장을 바라보며, "부첨인의 질문은 이상입니다"라고 말했다.

"조사관이 묻고 싶은 말이 있습니까?"

심판장의 질문에 세토가 고개를 끄덕이며 요시나가 쪽으로 얼굴을 돌렸다.

"제가 묻고 싶은 내용은 여러분이 지금까지 거의 다 물었습니다. 그러나 쓰바사 학생은 아무런 대답도 하지 않았습니다. 제가 뭘 다시 묻는다 해도 학생은 분명 대답하지 않겠죠. 그래서 묻지 않겠습니다. 단, 한 가지만 얘기하겠습니다. 학생은 두 번 다시 후지이 군에게 사과할 수 없습니다. 죽을 때까지 용서받을 수 없습니다. 학생이 저지른 일은 그런 것입니다. 평생토록 사과할 수 없고, 용서받을 수 없는 인생은 너무나 괴롭습니다. 그렇다면 그 대신 뭘 할 수 있을까, 뭘 해야 하는가를 지금부터 깊이 생각해 주십시오. 이상입니다——."

"조사관, 다른 의견은 없습니까?"

"조사표에 쓴 내용과 같습니다."

세토가 심판장에게 얼굴을 돌리고 대답했다.

"부첨인은?"

"의견서와 같습니다."

간자키가 대답했다.

"그렇다면 끝으로 아오바 군이 하고 싶은 말은 ……."

"실례합니다."

요시나가가 말을 가로막듯이 손을 들자, 재판관들이 이쪽으로 시선을 돌렸다.

"부첨인으로서 저의 의견을 말씀드릴 수 있을까요?"

요시나가의 요청이 뜻밖이었는지, 심판장이 좌우에 앉아 있는 사람들과 얼굴을 마주 보았다. 서로 고개를 끄덕인 후, 심판장이 요시나가에게 시선을 돌렸다.

"알겠습니다. 저쪽으로 가 주십시오."

심판장이 간자키의 자리를 손으로 가리켰다.

자리에서 일어선 요시나가가 간자키의 자리 쪽으로 걸어갔다. 긴 의자에 앉아 있던 준코가 뚫어져라 바라보고 있었다. 옆에 앉은 쓰바사는 고개를 숙이고 있었다. 경계 울타리 건너편에 앉아 있는 양복 차림 남자와 눈이 마주쳤다. 날카로운 시선을 던지고 있었다.

간자키의 옆자리에 앉은 요시나가는 남성에게서 쓰바사에게로 시선을 돌렸다.

"지금부터 너에게 중요한 얘기를 할 거야. 얼굴을 좀 들어 주겠니?"

요시나가가 말을 건네듯 얘기하자, 쓰바사가 천천히 얼굴을 들었다.

눈이 마주친 순간, 불현듯 어떤 광경이 요시나가의 뇌리를 스치고 지나갔다.

갓 태어난 쓰바사와 처음으로 시선을 주고받았을 때의 광경이다. 이불에 쌓여 간호사에게 안겨 있던 쓰바사는 한동안 이리저리 시선을 헤맸지만, 마침내 요시나가에게 시선을 고정시켰다. 겁을 먹은 듯이 뺨을 떨었고, 이윽고 고사리 같은 작은 손을 쭉 뻗으며 입꼬리를 올리고 웃었다.

"아마도 너는 앞으로 상당히 장기간 소년원에 들어가겠지. 그러나 그것이 후지이 군에 대한 속죄라고 생각하지 않았으면 한다. 너와 면회를 거듭하며 소년심판의 자리에 함께한 지금, 나는 도저히 네가 반성하고 있다고 생각할 수가 없다. 이유가 뭘까. 그건 네가 사실대로 말하지 않았기 때문이야."

쓰바사가 물끄러미 요시나가를 바라보았다.

"나는 사실대로 얘기해야 비로소 너의 속죄가 시작된다고 생각한다. 부디 지금부터 하는 얘기에 솔직하게 대답해 주기 바란다."

요시나가가 웃옷 주머니에서 종이와 사진을 꺼냈다. 사진을 쓰바사 쪽으로 보여주었다.

"이것은 네가 사건 후에 집으로 돌아갈 때 입었던 운동복 사진이다."

법단으로 시선을 돌리자, 재판관들이 몸을 살짝 내밀며 이쪽을 바라보고 있었다.

"이 운동복은 언제 어디서 샀지?"

쓰바사는 여전히 입을 다물고 있었다.

"수사 자료에 따르면, 유토 군을 찌르면 피가 튈 거라 예상해서 미리 준비했을 거라고 쓰여 있는데, 그게 사실이니?"

쓰바사가 대답하지 않아 요시나가는 종이로 시선을 돌렸다.

"저는 그저께와 어제, 사건 현장에서부터 배낭이 버려져 있었던 쓰레기장 사이에 있는 집들을 돌며 방문했습니다. 딱 중간 지점 부근에 있는 코포야스다 103호에 살고 있는 다나카 게이스케 씨라는 분에게 이것과 똑같은 운동복을 베란다에 널어 뒀는데 도둑맞았다는 얘기를 들었습니다. 오래 입은 옷이라 피해 신고는 하지 않았지만, 도둑맞은 날이 사건이 일어난 밤이었던 것은 틀림없다는 대답을 들었습니다."

무슨 소리가 들려서 요시나가가 시선을 돌렸다. 간자키와 세토가 군은 얼굴로 바라보고 있었다.

"너는 갈아입을 옷을 미리 준비했던 건 아니지. 계획적으로 살해하려 했던 것도 아니야. 아니 …… 너는 죽이려고 했어. 후지이 군이 아니라 너 자신을 …….."

누군가의 숨소리가 들렸지만, 요시나가는 쓰바사에게서 시선을 떼지 않았다.

"네가 후지이 군에게 문자로 보냈던 훨씬 더 재미있는 걸 보여 주겠다는 건 …… 훨씬 더 재미있다는 그것은 바로 너 자신의 사체 아니었니?"

쓰바사는 물끄러미 쳐다본 채 아무 말도 하지 않았다.

"왜 아무 말도 안 하지? 너는 네 목숨을 끊으려고 했던 거잖아. 그것을 인정하고 뉘우치지 않는 한, 사라져 버린 후지이 군

의 생명의 존엄성도 이해할 수 없고, 진정한 반성도 할 수 없
어."

"잠깐만요——."

그 목소리에 요시나가가 심판장 쪽으로 시선을 돌렸다.

"지금 부첨인이 한 얘기가 사실인가? 학생은 자살할 생각이
었나?"

요시나가는 심판장에게서 쓰바사에게로 시선을 옮겼다. 쓰바
사는 이쪽을 보지 않고, 아무도 없는 쪽으로 눈길을 던지고 있
었다.

"대답하고 싶지 않습니다."

고개를 숙이는 쓰바사를 보니, 온몸에서 힘이 빠져 버렸다.

"부첨인, 할 얘기가 더 있습니까?"

"잠깐만 시간을 더 주십시오 ……."

심판장이 고개를 끄덕이는 모습을 보고, 요시나가가 쓰바사
에게로 시선을 돌렸다. 그러나 쓰바사는 여전히 얼굴을 숙이고
있었다.

"앞으로 사회로 돌아오는 날까지 계속 생각해 줬으면 한다.
어린 시절에 너는 왜 새끼 고양이를 주워 왔을까. 진흙투성이가
되어 죽을 지경에 처한 새끼 고양이를 너는 왜 주워 왔을까."

집으로 데리고 갔을 때, 페로는 눈곱이 끼여서 눈을 뜰 수도
없는 상태였다. 쓰바사는 수건으로 필사적으로 페로의 눈곱을

닦아 주었다. 그 광경을 떠올리고, 그와 동시에 쓰바사의 기저 귀를 갈아 주느라 악전고투했던 자신의 모습을 회상했다. 쓰바 사와 함께 목욕했던 기억, 잠자리에서 그림책을 읽어 줬던 기억 들이 샘솟듯 넘쳐흘렀다.

"그 고양이와 지낸 십 년의 세월을 떠올려 주기 바란다. 그 고 양이를 잃었을 때 네가 어떤 심정이었는지 기억해 주길 바란다. 생명에 관해 생각해 주기 바란다. 그 생명이 사라졌을 때, 곁에 있던 사람이 어떤 마음이 드는지 …… 계속 생각하며 살아 주 길 바란다."

너를 죽게 놔두고 싶지 않다. 무슨 일이 있어도 살아 주길 바 란다.

"이상입니다."

요시나가의 바람이 쓰바사에게 가 닿았는지 어떤지도 모른 채, 요시나가는 다시 긴 의자로 돌아왔다. 쓰바사는 여전히 고 개를 숙인 채였다.

심판장이 좌우 재판관과 얼굴을 마주 보며 나지막한 목소리 로 얘기를 나눴다. 서로 고개를 끄덕인 후, 심판장이 이쪽으로 얼굴을 돌렸다.

"그럼, 지금부터 학생의 처분에 관해 말씀드리겠습니다. 잘 들어 주십시오."

심판장이 판결의 말문을 열었는데도 쓰바사는 여전히 얼굴을 들지 않았다.

"학생은 초등 소년원에 가도록 조처하겠습니다. 기간은 상당히 장기간, 대략 이 년 정도라고 생각해 주십시오. 단, 소년원에서 문제를 일으키거나 진급에 뒤처지면, 기간은 더 길어집니다. 조사관과 부첨인의 의견서에는 각각 피해자에 대한 반성의 마음이 깊지 않다고 쓰여 있었습니다. 앞으로 소년원에서 자기가 저지른 죄를 정면으로 마주하며 피해자나 그 가족에 대한 속죄의 마음을 키워 가길 바랍니다. 알겠습니까?"

"네 ……."

심판장이 못 알아듣겠다 싶을 정도로 작은 목소리였다.

담당자가 다가와서 쓰바사를 의자에서 일으켜 세우자, 준코도 동시에 일어섰다. 쓰바사의 소매를 붙들고, 가지 말라며 눈물 어린 눈으로 호소했다.

담당자가 준코를 제지하며 붙잡은 손을 떨쳐냈다. 쓰바사가 등을 돌리고 걸음을 내딛자, 준코가 두 손으로 눈가를 덮었다.

요시나가는 문을 향해 걸어가는 쓰바사의 등을 바라보았다.


건물에서 나오자, 눈부신 저녁 햇살이 내리쬐고 있었다.

머릿속이 몽롱해졌지만, 요시나가는 준코와 간자키를 따라 부지 밖으로 나갔다.

"그나저나 정말 놀랐어요. 쓰바사 군이 자살 생각을 했을 줄이야."

간자키가 쳐다봐서 요시나가가 고개를 끄덕였다.

"좀 더 일찍 알아챘더라면, 쓰바사가 진실을 말할 수 있게 설득할 수 있었을지도 모르는데."

"그런데 왜 인정하지 않았을까요?"

"확실한 건 모르겠습니다. 다만, 우리를 이보다 더 가슴 아프게 만들고 싶진 않았을지도 모르죠."

요시나가가 시선을 돌리자, 준코도 동의하듯 서둘러 고개를 끄덕였다.

"유토 군을 살해해 버린 것은 지울 수 없는 사실이니까."

"요시나가 씨의 호소가 쓰바사 군에게 가 닿으면 좋을 텐데. 어쨌거나 앞으로의 케어가 필요하겠죠."

"아, 네에."

부지 밖으로 나간 간자키가 걸음을 멈췄다.

"그럼, 저는 저쪽 방향이라."

"간자키 선생님, 지금까지 정말 감사했습니다."

요시나가와 준코가 고개를 깊이 숙였다.

"정말 고생 많으셨습니다. 오늘로 부첨인 역할은 끝났지만, 두 분의 사명은 앞으로도 계속 이어지겠죠. 모쪼록 힘내시기 바랍니다."

간자키가 오른손을 내밀어서 요시나가는 그 손을 마주 잡았다. 간자키는 준코와도 악수를 주고받은 후, 목례를 하고 걸음을 내디뎠다.

요시나가는 한동안 간자키의 뒷모습을 배웅하다가, 발걸음을 돌려 준코와 함께 걸음을 내디뎠다.

"고마워."

갑작스러운 준코의 말에 요시나가가 고개를 갸웃거렸다.

"쓰바사를 지켜 줘서."

"지금까지의 속죄야. 너무 늦었지만."

"그런데 조금 충격이기도 했어."

준코가 얼굴을 숙였다.

"뭐가?"

"당신과 둘이서만 만나고 싶다고 한 건 쓰바사가 나를 믿음직스럽게 여기지 않는다는 뜻이잖아."

"난 그렇게 생각하지 않아."

준코가 얼굴을 돌렸다.

"심판에서 당신이 한 말대로 쓰바사는 당신에게 걱정을 끼치고 싶지 않아서 괴롭힘을 당한 사실을 말하지 않았겠지. 그리고 경찰에 붙잡힌 후에도 당신에게 더 이상 괴로움을 주고 싶지 않았을 거야. 자기가 당한 일이나 자살하려는 충동을 알아 줬으면 하는 마음과 그걸 알면 우리가 괴로워할 거라는 생각 사이에서 쓰바사는 줄곧 고민하며 고통스러워했겠지. 당신에게 말하는 것보다 그나마 나한테 하는 게 데미지가 적을 거라고 생각하지 않았을까."

"쓰바사는 괜찮을까."

준코가 매달리는 듯한 눈빛으로 바라보았다.

앞으로 이 년 가까이 쓰바사의 곁을 지켜줄 수 없다.

"둘이 최선을 다해서 쓰바사를 지켜 내자고."

면회를 거듭하면서 쓰바사를 계속 격려해 나갈 수밖에 없다.

"그래야지."

"요시나가 씨──."

이름을 부르는 남성의 목소리에 요시나가가 걸음을 멈췄다. 돌아보니 심판장에 있었던 양복 차림의 남성이 이쪽을 향해 다가왔다.

"저는 후지이 씨의 대리인인 야마모토라고 합니다."

명함을 건네길래 인사를 하며 받아들었다.

"후지이 씨가 요시나가 씨를 만나고 싶어 하니, 가까운 시일에 시간을 좀 내주셨으면 합니다."

요시나가는 준코를 쳐다보고는 곧바로 다시 야마모토에게 시선을 돌렸다.

"저희 둘이 같이 가야 할까요?"

요시나가가 물었다.

"아뇨, 요시나가 씨만 오셔도 됩니다."

요시나가는 또다시 준코에게 시선을 돌렸다. 준코가 불안한 눈빛으로 바라보았다.


요시나가는 단독주택 앞에 멈춰 섰다.

'후지이'라고 적힌 문패를 바라본 채로 좀처럼 다음 동작을 할 수가 없었다.

가까스로 인터폰을 누르자, "네——"라고 대답하는 남성의 목소리가 들렸다.

"요시나가입니다."

"들어오시죠."

억양 없는 목소리를 들은 요시나가는 대문을 열고 안으로 들어갔다. 현관 앞에 다다른 동시에 문이 열렸다.

현관문에 서 있는 남성과 눈이 마주치자, 요시나가는 자기도 모르게 몸이 떨렸다.

"쓰바사의 아버지입니다. 이번 일은 정말 죄송합니다."

요시나가가 고개를 깊이 숙였다.

"들어오시죠."

요시나가가 고개를 들자, 후지이는 이미 등을 돌리고 복도를 걸어가고 있었다. 현관문으로 들어선 후, 문을 닫고 신발을 벗었다.

슬리퍼가 준비되어 있었지만, 신어도 될지 어떨지 몰라서 그대로 후지이가 들어간 막다른 곳에 보이는 방으로 향했다.

요시나가는 잠시 문밖에 서서 안의 상황을 살폈다. 영정 사진을 올려 둔 책장과 마주 보듯 앉아 있는 후지이 씨의 뒷모습이 보였다.

"들어가도 될까요?"

요시나가가 묻자, 천천히 뒤를 돌아본 후지이가 "들어오시죠"라고 말했다.

"실례하겠습니다."

방으로 들어간 요시나가는 후지이의 뒤에서 영정 사진을 바라보았다.

몇 번이나 봤지만, 큼지막한 영정 사진에 찍힌 얼굴은 천진난만함이 두드러졌다. 그 옆에 놓인 납골단지를 보자, 숨이 멎을 지경이었다. 숨을 크게 들이쉬고 입을 열었다.

"대단히 실례되는 부탁이겠지만, 분향을 허락해 주실 수 있을까요?"

"그러시죠."

후지이가 일어서서 요시나가에게 자리를 내주었다.

요시나가는 영정 사진 앞에 무릎을 꿇은 후, 향을 피우고 합장했다.

"그 정도만 하세요."

그 목소리에 눈을 떴다. 돌아보니 후지이가 낮은 탁자에 차를 준비해 두었다.

"드시죠."

후지이가 이끄는 대로 요시나가가 마주 앉았다.

"아드님의 부첨인을 맡았다고 하더군요."

후지이가 똑바로 쳐다봐서 요시나가는 "네 ⋯⋯"라며 얼굴을 숙였다.

"대리인에게 심판 상황을 전해 들었습니다. 충격적이었습니다 ⋯⋯."

요시나가는 뭐라 대꾸할 말이 없었다.

"저는 유토를 소중히 여겼다고 생각합니다. 유토가 나를 미워했다니 ⋯⋯. 당신 아들이 한 말은 거짓말이라고 생각하고 싶어요. 유토가 이제 아무 말도 못하는 걸 이용해서 자기 변호를 하려고 그런 엉터리 소리를 늘어놓은 거라면 용서할 수 없어요. 그렇지만 유토가 당신 아들에게 시켰다는 영상이 남아 있는 한, 그 말의 대부분은 아무래도 인정해야 할까요?"

후지이가 물었지만, 말이 나오지 않았다.

"당신 아들은 유토를 미워하고 있겠죠."

요시나가가 얼굴을 들었다. 어둡게 가라앉은 후지이의 시선이 휘감겨 들었다.

"부모라는 존재는 제멋대로예요. 당신 아들이 어떻든 간에 우리 유토는 살아 있길 바랐어요. 살아 있기만 하면 왜 그런 끔찍한 짓을 저질렀냐고 묻고, 그 애의 변명도 들어 줄 수 있겠죠. 당신처럼."

마지막 말을 쏟아 낸 순간, 침울하게 가라앉아 있던 후지이의 시선이 찌를 듯이 날카롭게 변했다.

"유토는 살해당해야 할 만큼 나쁜 아이가 아니에요. 당신 아들에게 그런 짓을 시킨 데는 분명 제 아들 나름대로 어쩔 수 없는 사정이 있었을 게 틀림없어요. 가슴에 묻어 두고, 말하고 싶어도 말할 수 없는 속내가 있었을 게 틀림없어요. 당신이 아들에게 한 것처럼 나도 내 아들의 말을 듣고 싶습니다. 살아만 있다면, 잘못을 반성하게 할 수도 있고, 앞으로 아들의 인생에 보다 가까이 다가갈 수도 있어요. 그렇지만 이미 ……."

후지이는 그쯤에서 입술을 깨물며 얼굴을 숙였다. 몇 번인가 어깨로 숨을 들이마신 후, 얼굴을 들었다.

"요시나가 씨에게 와 달라고 한 건 당신에게 부탁할 일이 있어서입니다."

"무슨 부탁인가요?"

"첫째는 유토가 당신 아들에게 한 행동을 공개하지 않았으면 합니다. 죽은 아이를 …… 변명할 수도 없는 어린애를 장난 삼아 폄훼하는 일만은 피해 주셨으면 합니다."

이것을 수용하면, 앞으로는 쓰바사가 저지른 행동의 변호는 불가능해진다. 쓰바사는 세간에서 단순한 살인자로 간주되고 만다.

"당신 아들은 여러모로 보호를 받겠지만, 지금의 저로서는 아들을 지킬 방법이 그것밖에 없습니다."

"첫째라고 말씀하셨는데 ……."

"아버지의 책임으로 당신 아들이 진정하게 갱생한 모습을 저에게 꼭 보여 주세요."

후지이가 입을 악다물며 요시나가를 바라보았다.

"그것이 남의 생명을 빼앗고도 살아가는 사람의 의무이지 않을까요. 이 두 가지 약속을 해 주신다면 손해배상 청구는 하지 않겠습니다."

요시나가는 후지이를 바라보며 고민에 빠졌다.

약속을 받아들이면 쓰바사의 장래에 염려가 남겠지만, 같은 아버지로서 후지이의 절실한 심정 역시 가슴이 아플 정도로 이해가 됐다.

"알겠습니다."

요시나가가 말하자, 후지이가 어깨를 떨어뜨리며 고개를 숙였다.

"제 얘기는 끝났습니다."

요시나가가 자리에서 일어섰다. 후지이에게 배웅을 받지도 못한 채 현관으로 가서 집을 나섰다.

대문 밖으로 나온 후, 뒤를 돌아보았다.

——쓰바사가 갱생한 모습을 후지이 씨에게 꼭 보여 주리라.

그것은 과연 언제쯤일까. 정말 그런 날이 올까.

요시나가는 닫힌 문을 향해 인사를 한 후, 걸음을 내디뎠다.

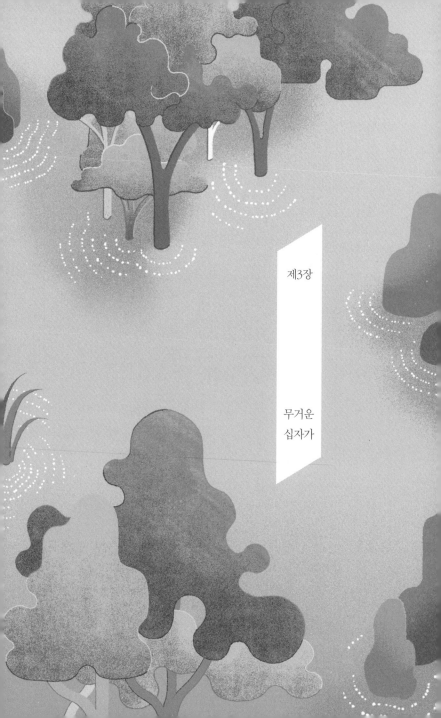

제3장

무거운
십자가

"요시나가 씨, 이건 어디죠——."

기쿠치와 우에야마가 커다란 창틀을 들고 물었다.

요시나가가 기쿠치 일행에게 다가가서 제품 번호와 도면을 대조했다.

"2층 양실 B네요. 잘 부탁드립니다."

기쿠치 일행이 고개를 끄덕이고 서둘러 계단을 올라간 후, 요시나가가 주위를 한 바퀴 둘러보았다. 나무판을 가슴에 안고 건설 중인 1층 거실로 들어가는 아사카와를 보며 요시나가는 현관으로 향했다. 건물 밖으로 나오자, 강렬한 햇볕이 살갗을 태웠다. 현관 옆에 쌓여 있는 나무판을 들어 올리자 나무 먼지가 피어올랐다. 이마에서 흘러내리는 땀 때문에 실눈을 뜨며 1층 거실로 나무판을 옮겨 갔다. 밖에 있던 나무판을 안에 죄다 쌓아 올린 후, 도면을 보면서 1층을 확인하며 돌았다.

2층에서 울려 퍼지던 진동 드릴 소리가 멈추고, 계단으로 기쿠치와 우에야마가 내려왔다.

"슬슬 식사나 할까요?"

기쿠치의 말에 요시나가가 손목시계를 보았다. 정오가 훌쩍

지나 있었다.

"아사카와 씨, 식사합시다."

요시나가가 큰 소리로 부르자, 머리에 수건을 감은 아사카와가 1층의 한 방에서 나왔다. 벽 쪽에 뒀던 가방에서 도시락과 페트병을 꺼내서 빙 둘러앉아 밥을 먹기 시작했다.

"매일 힘들지 않으세요?"

기쿠치의 말에 요시나가가 시선을 돌렸다.

아무래도 요시나가의 도시락을 보고 하는 말 같았다. 기쿠치는 아내가 싸 준 도시락을 들고 온다. 이십 대 초반인 아사카와와 우에야마는 편의점 도시락이다.

"저녁에 먹다 남은 음식이라 별로 힘들진 않지만, 레퍼토리가 적어요. 기쿠치 씨 부인은 매일같이 정성이 깃든 음식을 만드시는군요."

"사실은 만들어 주는 사람이 따로 있는 거 아닙니까?"

"그런 사람이 있으면 얼마나 좋겠습니까."

요시나가가 아사카와의 농담에 쓸쓸하게 웃었다.

"안 그래요? 늘 1차에서 접고 들어가시잖아요."

주말에는 넷이서 가끔 마시러 가는데, 2차로 가는 캬바쿠라는 은근히 거절했다.

"한 번 실패해 봐서 그래. 좀처럼 그럴 맘이 안 생겨서."

그렇게 말하고 나서 자기가 이런 말을 하다니 뜻밖이라는 생각이 들었다. 전에 후지노미야 영업소에 있을 때는 직장 사람들에게 자기 얘기를 거의 하지 않았다.

도쿄를 떠난 지 사 년이 지나서 마음이 차츰 안정되어 갔다.

반년 전에 고후 영업소로 와서 난데없이 현장 일을 하게 됐을 때는 당황스럽기도 했지만, 몸을 움직이는 쪽이 더 잘 맞는지도 모른다. 몇 년 만에 식욕이 생기고 밤에도 푹 잘 수 있었다.

"에이, 이제부터 시작이잖아요. 내일 시합에는 응원할 사람도 몇 명 불렀으니 지난번처럼 활약해서 한잔하러 몰려 가자고요."

"내일?"

요시나가가 되물었다.

"제가 호쿠토 레즈랑 시합 있다는 말 안 했나요?"

까맣게 잊고 있었다.

석 달 전쯤부터 지역 동네 축구팀에 참가했다. 학생 시절 이후로는 운동을 전혀 하지 않아서 아사카와의 권유를 계속 거절했는데, 인원이 부족하다고 끈질기게 설득하는 바람에 그 끈기에 무릎을 꿇고 말았다. 예상했던 대로 구십 분간 정신없이 뛰어다니는 게 고작이라 아무런 공헌도 못했지만, 지난번 시합에서는 우연히 날아든 공에 머리를 맞췄더니 그것이 결승 골이 되었다.

"미안해. 내일은 볼일이 있어서 못 가."

요시나가가 말하자, 아사카와가 "어어——"라며 몸을 뒤로 젖혔다.

"그럼, 인원이 부족하잖아요."

"도저히 빠질 수 없는 용건이야."

도시락을 내려놓고 두 손 모아 사과하자, 아사카와가 하는 수 없다는 듯이 옆에 있는 우에야마를 바라보았다.

"그럼, 어쩔 수 없지. 네가 들어와."

"그건 무리예요. 저도 볼일이 있고."

우에야마가 말했다.

"선배 명령이다. 그리고 루미 짱도 올 거야."

"어어, 정말이요? 아, 어떡하나."

한껏 신이 나서 즐거워하는 두 사람을 보면서 요시나가는 내일 일을 떠올렸다.


계산을 마치고, 꽃을 들고 가게를 나왔다. 여기저기 연기가 감도는 양지를 향해 걸어갔다.

작년 1주기에는 억수같이 비가 내려서 독경을 마치자마자 허둥지둥 공동묘지를 떠나야 했지만, 오늘은 구름 한 점 없이 쾌청한 날씨다.

공동묘지 입구가 눈에 들어오기 시작했지만, 인기척은 보이지 않았다. 아직 오지 않은 듯했다.

입구 근처에서 한동안 기다리자, 꽃을 들고 이쪽으로 걸어오는 쓰바사가 보여서 요시나가가 손을 들었다.

"늦어서 미안. 버스를 한 대 놓쳤어."

요시나가는 고개를 끄덕이며 걸음을 내디뎠다.

매미 울음소리를 들으며 푸르른 나무로 둘러싸인 공동묘지 안으로 걸어갔다. 잿빛 묘석 앞에 멈춰 섰다. 쓰바사에게 눈을 돌리니 멍하니 먼 곳을 바라보고 있었다.

"여기 왔던 건 기억나니?"

요시나가가 묻자, 쓰바사가 고개를 끄덕였다.

"몇 번인가 할머니 성묘하러 왔었지."

요시나가와 쓰바사는 사 온 꽃을 좌우 꽃병에 하나씩 꽂아 놓고, 묘석 앞에 웅크려 앉아 향불을 붙였다. 눈을 감고 두 손을 모았다.

── 드디어 쓰바사를 데려왔습니다.

마음속으로 말을 건넨 후, 눈을 뜨고 일어섰다.

뒤로 물러서자, 이번에는 쓰바사가 묘석 앞에 웅크려 앉아 고개를 숙이고 양손을 모아 쥐었다.

아버지가 돌아가신 것은 재작년 10월이다. 심근경색으로 쓰러져서 석 달쯤 입원한 후에 세상을 떠났다.

요시나가는 쓰바사가 소년원에 들어가자마자 본사에서 후지노미야의 작은 영업소로 이동되었다. 멀리 산다는 핑계와 소년원을 출원하는 쓰바사를 데려오기 위한 준비, 후지노미야에서 거주지를 찾기 바빠서 장남인 요시나가가 문병을 간 것은 고작 네 번이었다. 유리코에게 위독하다는 소식을 듣고 달려갔지만, 결국 아버지의 임종을 지켜 드리지 못했다.

아버지에게는 쓰바사가 오사카에서 준코와 같이 살고 있다고 했다. 입원 중이었던 아버지는 쓰바사를 보고 싶어 했다. 분명 자기 목숨이 얼마 남지 않았다는 걸 내다봤기 때문이겠지.

문병을 가지 않겠냐고 물어봤지만, 쓰바사는 그저 고개를 옆으로 저을 뿐이었다. 할아버지는 사건에 관해 모른다고 설득해 봤지만, 쓰바사의 의사는 변하지 않았다. 사회로 갓 돌아온 때라 불안감에 휩싸여 있을 거라 짐작하니 더 이상은 강하게 말할 수 없었다.

지난주에 걸려 온 쓰바사의 전화가 계기가 되어 할아버지와 할머니 성묘를 가자는 얘기가 나왔다.

쓰바사는 꼼짝 않고 두 손을 계속 모으고 있었다.

"그만 갈까?"

요시나가가 말을 건네자, 그제야 자리에서 일어선 쓰바사가 고개를 돌렸다.

"보고는 제대로 드렸니?"

고개를 끄덕인 쓰바사의 표정에 날씨만큼 쾌청한 기운은 없었다.

공동묘지를 나온 후, 버스정류장으로 향했다.

"마치다에서 점심 먹을까. 아니면 신주쿠까지 나갈까?"

요시나가가 물었다.

"미안한데, 나는 일이 있어서 바로 가 봐야 해."

"휴가 낸 거 아니었니?"

"냈는데 나오기 전에 이가와 씨한테 연락이 와서 ……. 아르바이트생이 감기로 쉰다며 대신 나와 달라고."

이가와는 쓰바사가 일하는 선술집의 주인이다. 고후로 이동한 후로는 가 보지 못했지만, 후지노미야에 있을 무렵에는 단골로 다닌 가게다.

오랜만에 쓰바사와 느긋하게 대화를 나눌 수 있겠다 기대했는데, 그런 사정이 있다면 어쩔 수 없는 노릇이다.

"정규직 사원이니 어쩔 수 없지."

요시나가가 어깨를 두드리며 말하자, 쓰바사가 고개를 끄덕였다.


야마노테 선을 타는 쓰바사를 배웅한 요시나가는 플랫폼을 걸으며 이제 어떻게 할까 생각해 봤다.

두 시간 가까이 걸려서 도쿄까지 왔지만, 딱히 혼자 가고 싶은 곳도 없었다.

고후 행 플랫폼에 섰을 때, 한 가지 생각이 떠올라서 걸음을 멈췄다.

휴대전화를 꺼내서 간자키의 휴대전화로 전화를 걸었다.

"여보세요, 요시나가 씨?"

전화가 연결되자, 놀란 듯한 간자키의 목소리가 들렸다.

"네, 오랜만입니다. 갑자기 연락드려서 죄송합니다."

"어쩐 일이세요?"

"실은 지금 신주쿠에 있는데, 혹시 시간이 되시면 잠깐 만나 뵐 수 있을까 해서요."

"네 시부터 나가 봐야 할 일이 있지만, 그 전에는 괜찮아요. 꼭 들러 주세요."

"고맙습니다. 그럼 지금 바로 찾아 뵙겠습니다."

요시나가는 전화를 끊은 후, 야마노테 선 플랫폼으로 향했다.

간자키의 얼굴을 보는 건 거의 이 년 만이다. 쓰바사가 출원해서 두 달쯤 지난 무렵, 아버지 문병을 마친 후 간자키의 사무소에 얼굴을 비췄었다.

그 무렵의 요시나가는 여러 가지 고민을 하고 있었다. 아버지의 병세가 좋지 않은 것도 큰 이유였지만, 그 이상으로 쓰바사를 어떻게 대하면 좋을지 몰랐기 때문이다.

쓰바사는 장기 처우로 이 년간 도치기의 소년원에 있었다. 요시나가는 그 이 년 동안 준코와 교대로 쓰바사를 면회하러 다녔다. 요시나가가 염려했던 자해나 자살 같은 문제는 전혀 없었고, 쓰바사는 모범적인 학생이었던 모양이다.

소년원에서는 자기가 피해를 입힌 사람에 대한 속죄 교육도 실시되었다. 그렇지만 쓰바사의 속죄의 마음이 깊어졌는지 어떤지에 관해서는 의문이 남는다고 출원 직전에 담당 교관이 말했다.

그때 쓰바사가 쓴 롤 레터링을 보여주었다. 소년원 같은 곳에서 도입하고 있는 심리요법인데, 한 사람이 '자기'와 '상대' 두 역할을 맡으며 왕복으로 편지를 반복적으로 주고받는다. 자기 입장에서 감정을 호소하고, 상대 입장에서 그것을 받아들여 답장하는 과정에서 자기통찰을 포함해 타자에 대한 이해가 깊어진다고 한다.

쓰바사는 유토 군과 그의 아버지인 후지이 씨에 대해 롤 레터링을 하고 있었다. 유토 군이나 후지이 씨가 쓰바사 앞으로 보낸 편지에는 쓰바사를 증오하는 온갖 욕설이 쓰여 있었다.

그리고 쓰바사가 두 사람에게 보낸 편지에도 반성의 마음이 깃들어 있기는커녕 두 사람 때문에 인생을 망쳤다는 원망의 말들이 휘갈기듯 쓰여 있었다. 왕복 편지를 주고받는 중에 그들에 대한 쓰바사의 미움의 표현이 적어지긴 했지만, 그렇다고 해서 속죄의 마음이 깊어졌다고 여겨지는 표현도 찾아볼 수 없었다.

쓰바사는 열여섯 살이 되어 소년원에서 중학교 졸업 자격을 따냈다. 그러나 출원 후의 진로를 결정하기는 어려웠다. 후지노미야는 쓰바사에게 익숙지 않은 지역이었다. 쓰바사를 아는 사람은 없었다. 그러나 언제 사건이 알려질지 모른다는 두려움이 있었다. 그보다 쓰바사의 입학을 허가해 줄 고등학교가 있을지 없을지도 알 수 없었다.

요시나가는 쓰바사에게 통신교육으로 고등학교 졸업 자격 인정시험을 보라고 권했다. 일단은 고등학교 졸업 자격부터 따고, 진로에 관해서는 그때부터 다시 생각해 보자고 얘기했다.

물론 그 문제와 관련해서는 준코와도 상의했다. 그 무렵에는 준코의 건강도 안정을 찾아 후지노미야까지 와서 쓰바사와 셋이 대화를 나누며 통신교육으로 고등학교 졸업 자격을 따기로 결정했다.

당시 요시나가는 사무 업무를 맡고 있었는데, 일이 끝나면 곧바로 퇴근해서 쓰바사와 함께 보내는 시간을 최대한 많이 가지려고 노력했다. 그러나 그 시간은 서로에게 숨 막히는 갑갑함을 동반하는 것이기도 했다. 사건을 상기시키는 뉴스나 드라마를 접하게 될까 두려워서 갖고 있던 텔레비전을 버렸다. 고요하게 가라앉은 거실에 마주 앉아 반찬이나 도시락을 사 와 저녁을 먹었다.

텔레비전도 없고 학교도 안 다니고 집에만 있는 쓰바사에게 어떤 화제로 말을 건네면 좋을지 알 수 없었다. 하물며 사건에 관한 얘기는 꺼낼 수도 없었다. 요시나가는 하는 수 없이 자기

주변에서 일어난 일 등을 최대한 재미있게 얘기하려 애썼지만, 쓰바사의 반응이 무뎌서 대화가 되지 않았다.

쓰바사는 늘 밥을 절반쯤 먹으면 나머지를 냉장고에 넣고, "공부하러 갈게"라며 자기 방으로 들어갔다. 다음 날에는 그 음식이 사라지고 없으니 요시나가가 잠든 후에 나머지를 먹었겠지. 부모자식끼리 지내는 시간을 저토록 고통스러워하나 새삼 느꼈고, 요시나가가 또한 종기를 다루듯 대할 수밖에 없는 상황에 괴로워했다.

이대로 살아도 좋을까. 아니, 좋을 리가 없다. 그러나 어떻게 하면 좋을지 갈피를 잡을 수 없어서 지푸라기라도 붙잡는 심정으로 간자키를 찾아갔다.

마음의 거리와 실제 거리는 전혀 비례하지 않는 것 같다고 간자키가 말했다. 바로 옆에 있다고 해서 마음의 거리가 좁혀진다고 단언할 수는 없다. 어떻게 하면 쓰바사와 마음의 거리를 좁힐 수 있을지 고민하는 게 좋을 거라고.

그러려면 어떻게 하면 좋겠냐고 묻자, 명확한 답변은 없으니 요시나가가 고민해서 답을 찾아낼 수밖에 없다고 대답했다.

망연자실한 심정으로 후지노미야에 도착한 요시나가는 역 앞에 있는 '후쿠짱'이라는 선술집에 들렀다. 오랜만에 밖에서 술을 마시며 어떻게 하면 좋을지 생각에 잠겼다. 그러나 좋은 생각이 떠오르지 않았다. 애완동물을 키워 보면 어떨까 생각했지만, 오히려 페로 사건을 떠올리게 할까 두려워 바로 접었다.

일주일에 사흘은 선술집에 들러서 이것도 아니다 저것도 아니다 숱하게 고민을 계속했다. 선술집에는 쓰바사와 같은 또래인 가즈야라는 아르바이트생이 있었다. 쓰바사와 같은 또래라는 점에 친근감이 느껴져서 그곳에 다니는 와중에 자연스럽게 대화를 나누게 되었다. 가즈야는 원래 히로시마 출신인데, 아버지가 사업에 실패해서 거액의 빚을 떠안게 되어 그 가게 주인인 친척 이가와에게 맡겨졌다. 아르바이트를 하면서 고등학교 졸업 자격 인정시험을 목표로 하고 있다고 했다.

굉장히 고생스러운 처지임에도 가즈야는 늘 밝고 태평한 젊은이였다.

살짝 취기가 올랐을 때, "같이 사는 아들과 대화가 없어서 곤란하다"고 속내를 비추자, 가즈야가 "딱히 대화 같은 건 할 필요 없잖아요."라고 아무렇지도 않다는 듯이 말했다.

"우리 집은 아버지와 여동생과 남동생이 있는데 모두 뿔뿔이 흩어져서 살고 있고, 전화 걸 돈도 없어서 거의 대화도 못해요."

"외롭지 않나?"라고 요시나가가 물어보자, "외롭지 않은 건 아니지만, 어떤 형태로든 이어져 있다고 생각하면 상관없어요."라며 얘기 하나를 들려주었다.

가즈야는 아르바이트의 첫 급여를 받았을 때, 자기 것을 포함해서 전자책 단말기 네 대를 사서 가족에게 보냈다고 한다. 그리고 전자책은 구입하면, 등록해 둔 단말기로 동시에 전송된다고 한다. 다시 말해 가즈야가 전자책을 사면, 다른 세 사람도 같은 책을 읽을 수 있다. 가즈야의 생활도 넉넉하진 않지만, 한 달에 두 권까지는 자기가 읽고 싶은 책을 사도 좋다고 각자에게 말해 둬서 한 달에 여덟 권의 책을 가족이 다 함께 공유하고 있다고 한다. 여동생과 남동생은 주로 만화고, 가즈야는 미스터리, 아버지는 역사 소설이 많다고 했다. 처음에는 역사 소설 따윈 흥미가 없었는데, 읽어 보니 재미있어서 한마디 감상을 적는 김에 아버지에게 보내는 문자 메시지도 늘어났다고 한다.

요시나가는 가즈야의 얘기에서 힌트를 얻어서 전자책 단말기 두 대를 사다 쓰바사에게 한 대를 건네주었다. 읽고 싶은 책이 있으면 사도 좋다고 말하고, 요시나가도 그때부터는 소설을 읽을 때마다 전자책을 이용하게 되었다.

처음 몇 달간 쓰바사가 사는 책은 만화뿐이었다. 요시나가는 시간을 내서 그 만화들을 읽고, 집에 와서 자기가 이해할 수 없었던 점을 쓰바사에게 물었다. 쓰바사는 성가셔하면서도 요시나가의 질문에 답해 주었다. 그러는 중에 요시나가가 산 소설이 마음에 들었는지 같은 작가의 책이 보태지게 되었다.

대화가 늘어난 건 아니지만, 그래도 쓰바사와의 거리가 조금씩 좁혀지는 느낌이 들어서 기뻤다.

출원해서 반년쯤 지난 무렵, 요시나가가 쓰바사를 '후쿠짱'에 데려갔다. 망설이는 마음도 있었지만, 쓰바사와 가즈야를 만나게 하고 싶은 마음이 더 컸다. 역경이 있어도 긍정적으로 생활하는 가즈야와 얘기를 나누면, 쓰바사도 조금은 밝아지지 않을까 하는 기대도 있었다.

가즈야는 평소와 다름없이 밝은 분위기로 말을 건넸지만, 쓰바사는 말수가 적었고 태도도 어색했다.

자기의 과거가 밝혀질까 두려워하는지도 모르지만, 그렇다고 해서 그 자리를 불편해하는 것 같지는 않았다. 주말이 되면 자기가 먼저 '후쿠짱'에 가자는 말을 꺼냈다.

가즈야가 인정시험이나 장래 얘기를 해도 쓰바사는 별 흥미가 없다는 듯이 입을 다물고 있었다. 그러나 덮밥을 먹고 싶다는 요시나가의 주문에 응해 가즈야가 메뉴에 없는 다진고기소스 덮밥이라는 걸 내왔을 때는 가즈야가 설명하는 레시피를 매우 흥미로워하며 열심히 들었다.

어느 날 평소처럼 식사를 하고 있는데, 가게 주인인 이가와가 쓰바사에게 아르바이트를 해 보지 않겠냐고 물었다. 아버지의 빚 상환 전망이 어느 정도 확실해져서 가즈야가 히로시마로 돌아가게 되었다고 했다.

쓰바사는 갑작스러운 제안에 당황하면서도 어떤 일을 하면 되냐고 이것저것 자세히 묻기 시작했다. 이가와도 가능성이 있다고 생각했는지 쓰바사를 열심히 설득했고, 마지막에는 요시나가의 판단에 맡기는 형태가 되었다.

요시나가는 망설였다. 소년원을 나온 지 반년쯤 지난 무렵이었다. 쓰바사가 사회와 접점을 갖는 데 대한 불안감을 다 떨쳐내지 못한 상황이었다.

그러나 이 가게에서는 지금까지 쓰바사의 모습을 지켜봐 왔기 때문에 거절해야 할 것 같지 않았다. 낯을 익힌 이가와라면 이력서를 내지 않아도 과거를 찾아보지 않고 일할 수 있게 해주지 않을까. 요시나가는 공부에 방해가 되지 않는 선에서 일한다는 조건으로 쓰바사의 아르바이트를 허락해 주었다.

쓰바사는 일주일에 5일, 저녁 여섯 시부터 열 시까지 일하게 되었다. 같이 저녁밥을 먹을 기회는 거의 사라져서 대화하는 시간도 줄어들었지만, 집에 돌아온 쓰바사의 모습을 보면 일하게 하길 잘했다는 생각이 들기도 했다. 요시나가도 다음 날 일이 있어서 일찍 자야했기 때문에 한 시간도 채 같이 보낼 수 없었지만, 쓰바사는 가게에서 일한 내용을 의기양양하게 들려주곤 했다. 그런 쓰바사를 바라보며 초등학생 무렵에 퇴근한 요시나가에게 달려와서 학교에서 있었던 일을 줄기차게 쏟아 놓던 모습을 떠올렸다.

그로부터 일 년쯤 지난 어느 날, 회사에서 고후로 전근 명령이 떨어졌다. 쓰바사에게 그 말을 전하자, 자기는 후지노미야에 남아 '후쿠짱'에서 계속 일하고 싶다는 뜻을 밝혔다.

요릿집 아르바이트 자리는 고후에도 있다고 설득했지만, 쓰바사는 "그 가게가 아니면 싫다"며 물러서지 않았다.

요시나가는 몰랐는데, 쓰바사는 어느새 홀이나 설거지뿐만이 아니라 요리까지 배우게 되었다고 했다. 장사 준비를 하기 위해 처음에 약속했던 여섯 시부터가 아니라 세 시 무렵부터 일을 했다고 말했다.

"공부는 어떻게 된 거야?"라고 요시나가가 묻자, 쓰바사가 "통신교육은 그만두고, 이대로 그냥 그 가게에서 요리사가 되고 싶어"라고 대답했다.

쓰바사의 호소에 요시나가는 고민했다. 쓰바사의 결의가 옳은지 아닌지 요시나가로서는 판단을 내릴 수가 없었다.

요시나가는 준코에게 연락해서 상의했다. 준코는 몇 달에 한 번 후지노미야에 와서 쓰바사가 일하는 '후쿠짱'에 가 본 적도 있다.

요시나가는 고후로 전근하게 된 얘기와 쓰바사가 후지노미야에 남아 요리사가 되겠다고 한 얘기를 전했다. 준코도 쓰바사의 호소에 난색을 표명했지만, 그렇다고 억지로 고후로 데려가는 것도 좋은 일은 아니라고 생각했다.

애당초 뭐가 올바른 판단인가는 긴 세월이 흐르지 않고서는 알 수 없는 거겠지. 한 가지 분명한 것은 쓰바사도 언젠가는 부모 곁에서 벗어나야 한다는 것이다. 자신의 과거를 등에 짊어지고 언젠가는 혼자서 살아가야 할 때가 온다.

자기가 원하는 길을 갈 수 있게 도와주는 게 가장 좋을 거라는 것이 오랜 시간 두 사람이 의논한 끝에 내린 결론이었다.

일 년 정도 알고 지낸 사이라 가게 주인 이가와의 온화한 인품과 일하기 편한 직장이라는 점도 알고 있었다. 그곳에서라면 쓰바사가 다시 일어설 수 있지 않을까. 그런 기대를 품고, 요시나가 혼자만 고후에 가기로 했다.

그리고 지난주에 쓰바사의 연락을 받고, 정규직 사원으로 고용됐다는 소식을 들었다.


요시나가는 엘리베이터에 올라탄 후, 사무소가 있는 5층 버튼을 눌렀다.

이 엘리베이터에 타면 예외가 없을 정도로 숨이 막히며 가슴이 답답해졌는데, 오늘은 그런 느낌 전혀 없이 문이 열렸다.

엘리베이터에서 내려서 사무소로 가서 내선 전화를 들었다.

"요시나가입니다. 간자키 선생님 좀 부탁드립니다."

잠시 후 문이 열리고 여성 직원이 나왔다.

"지금 통화 중이니 옆방에서 잠시만 기다려 주시겠어요?"

방으로 들어가 소파에 앉은 요시나가는 주위를 둘러보며 감회에 젖어들었다.

노크 소리가 들렸다. 요시나가가 일어서는 동시에 문이 열리며 쟁반을 든 간자키가 들어왔다.

"오랜만에 뵙겠습니다. 갑자기 연락해서 죄송합니다. 이건 다른 분들과 나눠 드세요."

요시나가가 고개 숙여 인사하며 역 앞에서 사 온 케이크를 테이블에 내려놓았다.

"마음 써 주셔서 감사해요. 당장 맛을 볼까요?"

간자키가 테이블에 차를 내려놓고, 케이크 상자를 들고 나갔다. 금세 접시에 올린 케이크 두 개를 들고 돌아왔다.

"오늘은 이쪽에 일로 오셨어요?"

맞은편에 앉은 간자키가 물어서 요시나가가 고개를 옆으로 저었다.

"아버지 묘소에 성묘하러 왔습니다."

"아버님이 돌아가셨나요?"

간자키가 어두운 표정으로 물었다.

"지난번에 선생님 뵙고 나서 몇 주 후에."

"쓰바사 군은 만나셨나요?"

지난번에 왔을 때, 아버지가 보고 싶어 하는데 쓰바사가 만남을 거부한다는 얘기를 했었다.

"아뇨, 끝내 …… 못 만났는데, 오늘은 쓰바사랑 같이 성묘를 다녀왔습니다."

"그럼, 쓰바사 군은?"

"일이 있어서 먼저 갔습니다."

일이라는 말에 반응하듯 간자키가 몸을 살짝 내밀었다.

"지금 후지노미야에 있는 선술집에서 일하고 있어요. 정규직 사원으로 고용되어서 그 보고도 드릴 겸 찾아뵈었습니다."

요시나가는 간자키에게 현재에 이르기까지의 과정을 짧게 간추려서 들려주었다.

"그렇군요. 건강하게 잘 해내고 있다는 말을 들으니 안심이 돼요."

"아직도 불안한 것투성이지만, 선생님의 말씀 덕분에 일단은 여기까지 올 수 있었습니다."

비록 지금은 실제 거리가 떨어져 있지만, 마음의 거리는 가까워졌다.

"아뇨, 전 아무것도 ……. 요시나가 씨가 갱생에 관해 계속 고민하신 결과라고 생각해요."

'갱생'이라는 말이 마음에 걸리며 후지이 씨의 모습이 떠올랐다.

"왜 그러세요?"

간자키가 들여다보듯이 물었다.

"아뇨 ……."

"신경 쓰이는 게 있으면 말씀하세요."

"실은 선생님께 말씀드리지 않은 게 있습니다. 소년심판이 끝난 후에 유토 군의 아버님을 만났습니다. 그쪽에서 대리인 분을 통해서 만나고 싶다는 뜻을 전해 와서."

간자키가 놀란 듯이 눈을 휘둥그레 떴다.

"아오바 씨랑 둘이서요?"

"저 혼자 갔습니다."

"왜 요시나가 씨만 불렀죠?"

"후지이 씨의 진의는 알 수 없어요. 다만, 제가 쓰바사의 부첨인이 된 것에 뭔가 생각한 바가 있었을지 모르고, 심판장에서 제가 쓰바사를 맡겠다고 했기 때문일지도 모릅니다. 후지이 씨는 저에게 두 가지를 요구하셨습니다. 하나는 유토 군이 쓰바사를 괴롭힌 사실을 공개하지 말아 달라는 겁니다. 다른 하나는 쓰바사가 진정으로 갱생한 모습을 보여 달라고 했고요. 그 두 가지 약속을 지키면 손해배상 청구는 하지 않겠다고."

"그래서 약속하셨군요."

요시나가가 고개를 끄덕였다.

"죽은 유토 군을 장난 삼아 폄훼하는 일이 없길 바라는 후지이 씨의 심정은 이해가 가고도 남습니다. 쓰바사가 그런 짓을 저질러 버린 원인은 소년심판에 관련된 사람들과 부모만 알아도 된다고 생각했습니다."

"아오바 씨는 뭐라고 하시던가요?"

"사후 보고가 되고 말았지만, 이해해 주었습니다."

"그래서 후지이 씨에게는?"

"아직 찾아뵙지 못했습니다. 지금 쓰바사의 상황이 갱생했다고 봐도 좋을지, 후지이 씨가 받아들여 줄지 어떨지 알 수가 없어서요. 다만, 그 약속을 한 지 이미 사 년이 흘렀습니다."

"슬슬 찾아뵙는 게 좋겠다고 생각하시는 거죠?"

망설이고 있었다. 언젠가는 가야 한다. 언젠가는 후지이 씨와의 약속을 지켜야 한다. 그렇다면 앞으로 새로운 인생을 살아가기 위해서라도 한시라도 빨리 후지이 씨를 만나는 게 쓰바사에게도 도움이 되지 않을까.

그러나 지금 쓰바사가 과연 그런 중압을 견뎌 낼 수 있을지 알 수가 없었다.

"쓰바사 군에게 그런 얘기를 하신 적이 있나요?"

"그 얘기를 꺼내기가 두려워서요. 변명일 수 있지만 그 얘기를 하는 순간, 소년원에서 나온 후로 쌓아 온 관계가 단번에 무너져 내릴 것 같고."

"그래도 언젠가는 얘기할 수밖에 없겠죠. 쓰바사 군이 유토 군이나 그 가족에게 어떤 마음을 갖고 있는지 모르면, 후지이 씨를 만나도 되는지 역시 판단할 수 없어요. 쓰바사 군이 확실하게 속죄의 마음을 품고 있다면, 후지이 씨를 만나는 게 옳겠지만."

"그렇겠죠 ……."

"쓰바사 군과 한번 얘기를 나눠 보시는 게 어때요. 요시나가 씨가 판단을 내리시면 후지이 씨의 대리 변호사에게는 제가 연락해 볼게요."

그 후로 간자키와 한동안 세상 사는 얘기를 나누다 사무소를 나왔다. 건물에서 나온 요시나가가 주머니에서 휴대전화를 꺼냈다. 쓰바사의 번호를 찾아 망설이며 통화 버튼을 눌렀다.

"여보세요?"

쓰바사의 목소리가 들렸다.

"쓰바사니? 지금 어디니?"

"신칸센. 이제 곧 신후지 역에 도착해."

"아빠는 내일도 휴일이라 지금 그쪽으로 갈까 하는데."

"후지노미야에?"

"어어. 이가와 씨랑 오랜만에 인사도 나누고 싶고."

"오는 건 상관없는데 ……."

"대충 자도 되니 네 방에서 묵어도 될까?"

밖에서 할 수 있는 얘기가 아니다.

"알았어."

요시나가는 전화를 끊은 후, 이케부쿠로 역으로 향했다.


"어서 오세요——."

문이 열리자마자 활기찬 목소리가 울려 퍼지는 동시에 열기에 휩싸였다.

가게 안의 테이블 자리는 거의 다 차 있었다. 토요일이라 직장인은 적지만, 학생으로 보이는 젊은이들이 여기저기에서 시끌벅적하게 떠들어대고 있었다.

카운터 안쪽에서 요리를 하고 있던 이가와가 환하게 웃었다.

"어이쿠, 요시나가 씨, 어서 오세요. 오랜만입니다."

이가와가 눈앞의 카운터 자리를 손으로 가리켰다.

"오랫동안 인사를 못 드려서 죄송합니다."

요시나가가 의자에 앉아 메뉴를 펼치고, 생맥주와 모둠회, 두부튀김조림을 주문했다.

잇달아 주문이 몰려와서 이가와와 느긋하게 대화를 나눌 상황이 아니라 서비스 안주와 함께 맥주를 마셨다.

가게 안에 있는 출입구로 눈을 돌렸다. 접시를 들고 정신없이 들락거리는 종업원들의 모습을 바라보며 주방에서 일하고 있을 쓰바사의 모습을 상상했다.

눈앞에 모둠회 접시가 놓여서 카운터에 있는 이가와에게 시선을 돌렸다.

"성황이군요."

"덕분에요. 쓰바사 군이 요시나가 씨가 오신다고 하기에 카운터에 세워 주고 싶었지만 ……, 주방이 워낙 야단법석이라."

"신경 쓰지 마십시오. 쓰바사보다 이가와 씨에게 인사를 드리고 싶어서 왔으니까. 정규직 사원으로 받아 주셨다고 들었습니다. 정말 감사합니다."

"아뇨, 아뇨, 인사는 오히려 제가 드려야죠. 저 친구가 일을 정말 잘합니다. 우리 가게에서 나이가 가장 어린데, 우리끼리 하는 얘기지만 제일 듬직해요. 내년 6월에 요리사 면허를 따겠다고 벌써부터 공부하고 있어요."

"그래요?"

처음 듣는 얘기였다.

앞으로는 자기가 모르는 일이 더 많아질 거라는 생각에 약간의 섭섭함과 기쁨을 동시에 느끼면서 맥주를 입으로 가져갔다.

"그나저나 가즈야 군은 건강합니까?"

"얼마 전에 연락이 왔는데, 시험에 합격했대요."

"그것 참 다행이군요."

"뭐 하긴, 아버지 빚 상환에 끝이 보인다고 해도 경제적으로는 여전히 어려울 테니 일하면서 야간대학에 다닐 생각이라고 하더군요."

종업원이 가게 안쪽에서 두부튀김조림을 내왔다.

"아드님이 만든 음식입니다. 여기서 드시는 건 처음이죠?"

쓰바사가 이곳에서 일하기 시작한 무렵에도 들르긴 했지만, 그때는 홀이나 설거지 담당이었다.

요시나가가 두부튀김조림으로 젓가락을 뻗었다. 튀김옷이 부드럽게 부풀어 오르고, 조림국물도 맛있었다.

너무 많이 마시진 않아야겠다고 생각하면서도 안주를 조금씩 집어먹는 사이 술이 술술 넘어갔다.

어떻게 말을 꺼내야 할까. 아니, 그보다 오늘밤에 꼭 이 얘기를 해야 할까. 장래 목표를 갖고 의젓하게 일하고 있는 쓰바사를 구태여 지금 후지이 씨에게 데려가야 할까.

청주로 바꾸고, 혼자 자작을 하며 술잔을 비워 나갔다. 쓰바사가 요리하는 모습을 상상하며 계란말이로 젓가락을 뻗었다.

좀 더 나중이라도 괜찮지 않을까. 다양한 경험을 쌓고 좀 더 자신감이 붙은 후에 만나러 가는 것도 좋지 않을까.

그러나 …… 과연 그래도 될까.

"너무 많이 마시는 거 아닌가?"

그 소리에 요시나가가 뒤를 돌아보았다. 바로 뒤에 사복 차림의 쓰바사가 서 있었다. 요시나가 앞에 놓인 세 번째 술병을 본 듯했다.

"어어. 안주가 맛있어서 나도 모르게 그만."

요시나가가 얼버무리자, 쓰바사가 미소를 지었다.

"벌써 끝났니?"

"이가와 씨가 모처럼 아버지가 오셨으니 먼저 들어가래."

요시나가는 카운터에 있는 이가와에게 감사 인사를 하고 계산을 마쳤다.

"꼭 또 오세요. 지금 생선회 뜨는 방법을 가르치고 있으니까."

"기대하겠습니다. 쓰바사를 잘 부탁드립니다."

계산을 하고 쓰바사와 함께 가게를 나섰다. 아파트를 향해 걸어가는데, 쓰바사가 편의점 앞에서 걸음을 멈췄다.

"집에 술 없는데, 사 갈까?"

"아니, 술은 이제 됐어. 그래도 차 같은 건 좀 사 갈까?"

편의점에 들어가서 페트병 차와 주스와 과자를 샀다.

집 앞에 도착해서 쓰바사가 열쇠를 꺼냈다.

"굉장히 어질러졌어."

쓰바사가 미리 양해를 구하고 문을 열었다. 먼저 안으로 들어가서 전깃불을 켠 후, 요시나가를 안으로 안내했다.

현관 바로 옆에 조그만 부엌이 있고, 싱크대에 냄비와 프라이팬이 놓여 있었다. 집에서도 요리를 만드는 듯했다. 부엌 반대편이 작은 욕실이고, 그 안쪽에 세 평쯤 되는 방이 있었다.

"화장실 좀 써도 될까?"

쓰바사가 고개를 끄덕이는 모습을 보고, 요시나가가 화장실로 들어갔다.

볼일을 보는데 세면대에 놓여 있는 헤어 제품과 애프터쉐이브가 눈에 들어왔다. 같이 살 때는 쓰지 않았었다. 쓰바사는 착실하게 성장해 가고 있었다.

화장실에서 나와 방으로 들어가니 쓰바사가 조그만 앉은뱅이 탁자에 올려놓은 페트병이 보였다.

요시나가는 탁자 앞에 책상다리를 하고 앉아서 페트병 차를 마셨다. 쓰바사도 맞은편에 앉아 주스를 입으로 가져갔다.

쓰바사와 눈이 마주쳤다. 불현듯 감별소의 면회 광경이 뇌리를 스쳐서 순간적으로 실내를 둘러보았다.

집을 구경하러 왔을 때는 좀 더 넓게 느껴졌는데, 파이프 침대와 책장만 들여놨는데도 상당한 압박감이 느껴졌다. 아니면 긴장해서 갑갑하게 느껴지는 것뿐일까.

책장 옆에 놓여 있는 나무선반이 눈에 들어왔다. 쓰바사와 같이 만든 것이다.

옛날 생각이 나는구나, 라고 말하려다 그만두었다. 과거 얘기를 꺼내는 게 두려웠다.

또다시 시선을 이리저리 돌리자, 바로 옆 벽에 걸려 있는 코르크 보드에 시선이 멈췄다. 스티커 사진 몇 장이 핀으로 꽂혀 있었다. 쓰바사와 같은 또래로 보이는 남녀가 즐거운 모습으로 찍혀 있었다.

"가게 사람들이니?"

요시나가가 묻자, 쓰바사가 애매하게 고개를 옆으로 저었다.

"가게 사람도 있고 아닌 사람도 있어. 유키오의 친구도 있고."

"유키오라니?"

"선술집에서 일해. 우리 가게에 배달하러 왔다가 친구가 됐어. 유키오는 여기 사람이라 친구가 많아."

"그렇구나."

원래는 기뻐해야 할 일이겠지만, 무작정 기뻐할 수만은 없는 자신을 알아차렸다.

주스를 다 마신 쓰바사가 일어나 옷장을 열었다. 안에서 담요를 꺼내서 바닥에 내려놓았다.

"아빠는 침대에서 자. 유키오가 오면 내가 늘 바닥에서 자서 익숙하니까."

옛날처럼 다른 사람을 먼저 배려한다. 분명 괜찮을 것이다. 아니, 지금 얘기해야 한다.

"쓰바사 ……."

요시나가가 부르자, 쓰바사가 낮은 탁자를 한쪽으로 밀어내던 손길을 멈췄다.

"잠깐 할 얘기가 있어."

쓰바사가 돌아보며 표정을 굳혔다.

"뭔데?"

쓰바사가 시선을 피하며 가벼운 말투로 물었다.

"지금 이런 얘기를 하는 게 옳은 건지 아닌 건지 아빠도 꽤 많이 망설였다. 그렇지만 언젠가는 해야 할 얘기야. 지금의 너라면 괜찮을 것 같으니까 ……."

"사 년 전 일?"

쓰바사는 이쪽을 보고 있지 않았지만, 요시나가가 고개를 끄덕였다.

쓰바사가 탁자를 벽 쪽으로 옮긴 후, 담요를 획 던지며 대충 펼쳤다. 그 위에 책상다리를 하고 앉았다. 두 사람 사이에 거리가 생겼다.

"지금은 유토 군에게 어떤 생각을 갖고 있니?"

목소리가 떨리는 게 느껴졌다.

쓰바사가 얼굴을 돌렸지만, 요시나가는 눈을 마주치지 않고 시선을 이리저리 헤맸다.

"어떤 생각은 …… 미안하게 생각하지. 당연한 거잖아."

쓰바사가 얼굴을 숙였다.

"네 마음은 나도 알아. 너도 피해자야. 유토 군이 그런 일만 시키지 않았어도 …… 넌 궁지에 몰리지도 않았을 테고, 그런 일도 벌어지지 않았어."

쓰바사는 심지어 자살까지 생각했다.

"그건 심판에 관여했던 모든 사람들의 공통된 의견이라고 생각해. 그렇지만 그 자리에 있었던 사람들의 말처럼 네가 한 일은 용서받기 힘들어. 그래서 넌 소년원에 갔고, 소중한 이 년간을 잃어버렸지. 그렇지만 상대 입장에서 보면 그걸로 납득할 순 없겠지."

"유토 군의 아버지?"

요시나가가 고개를 끄덕였다.

"실은 …… 사 년 전에 후지이 씨와 두 가지 약속을 했다."

쓰바사가 의아해하는 표정을 지으며 고개를 갸웃거렸다.

"하나는 유토 군이 너에게 한 행동을 공개하지 말아 달라는 거였어."

쓰바사의 표정이 험악해졌다.

"네 입장에서는 그런 약속이 납득이 되지 않겠지만, 아버지로서는 후지이 씨의 심정도 이해가 간다. 반대 입장이었으면 나라도 분명 그런 생각이 들었을 거야."

쓰바사의 미간에 잡혔던 주름이 누그러졌다. 요시나가를 바라보며 살며시 고개를 끄덕였다.

"다른 하나는?"

"네가 갱생한 모습을 보여 달라고 했어. 그 두 가지 약속을 지키면 손해배상 청구는 하지 않겠다고."

"그게 무슨 소리야?"

"그쪽에서 손해배상 청구를 하고 그것이 재판에서 인정되면, 엄마랑 너는 몇 천만 엔이나 되는 돈을 갚아야 한단다."

"그래서 약속했어?"

"그런 점도 있었어. 후지이 씨 입장에서는 당연한 요구야. 다만, 그런 큰 부채를 떠안으면 생활을 제대로 할 수 없게 돼. 그렇지만 그게 첫 번째 이유는 아니야. 아빠는 네가 반드시 다시 일어설 거라고 믿었어. 후지이 씨에게 네가 갱생한 모습을 보여 줄 수 있다고 믿었어. 그 약속을 버팀목 삼아 아빠도 힘을 낼 생각이었지."

"내가 갱생했나?"

쓰바사의 눈을 바라보며 요시나가가 고개를 끄덕였다.

쓰바사는 온 힘을 다해 앞으로 나아가려 애쓰고 있다. 고통스러운 과거를 자기 힘으로 극복해 내려고 노력하고 있다.

"난 그렇게 생각한다. 그래서 이 얘기를 하기로 한 거야. 지금의 너라면 후지이 씨를 만나도 될 것 같아서."

"가까운 시일 안에 가야 하는 거야?"

쓰바사가 책장 쪽으로 얼굴을 돌렸다. 나란히 늘어서 있는 만화책 등을 눈으로 좇았다.

"후지이 씨가 언제라고 못 박진 않았어. 그렇지만 난 너무 늦지 않는 게 좋다고 생각해. 넌 새로운 인생을 살아가기 시작했어. 일에서도 보람을 느끼고, 새 친구도 생기고."

그리고 언젠가는 소중한 사람이 나타나서 결혼 생각도 하게 되겠지.

"아빠는 네가 옛날처럼 웃을 수 있게 되길 바란다."

'후쿠짱'에서 일하게 된 후로 쓰바사에게서 이따금 웃음을 엿볼 수 있었다. 그러나 진심으로 웃는 것처럼 보이지는 않았다. 스티커 사진 속 웃는 얼굴도 그렇고, 어딘지 모르게 조심스러움이 느껴지는 쓸쓸한 미소로 보였다.

"후지이 씨와의 만남이 그런 계기가 될 거라고 난 생각한다."

후지이 씨에게 사죄의 마음을 확실하게 전하고 나서야 비로소 웃음을 허락받을 수 있을 것 같은 기분이 들었다.

"알았어. 아빠가 그렇게 하는 게 좋겠다면 ……."

쓰바사가 고개를 서너 번 끄덕거리며 말했다.


눈을 뜨자, 햇볕이 들이비치고 있었다.

요시나가는 실눈을 뜨며 주위를 둘러보았다. 쓰바사의 모습은 보이지 않고, 어젯밤에 바닥에 펼친 담요도 말끔하게 정리되어 있었다. 침대에서 일어나 욕실로 향했다. 그러나 쓰바사는 없었다.

방으로 돌아오니 탁자 위에 메모가 놓여 있었다. '자고 있어서 깨우지 않았어요. 친구랑 약속이 있어서 나갑니다'라고 쓰여 있었다.

시계를 보니 오전 열 시가 지나 있었다.

이 시간이면 괜찮겠지 생각하며 요시나가가 가방에서 휴대전화를 꺼내 간자키에게 전화를 걸었다.

"안녕하세요, 어쩐 일이세요?"

간자키의 목소리가 들렸다.

"아침 일찍부터 죄송합니다. 어제 드렸던 말씀인데, 부탁 좀

드릴 수 있을까요?"

"후지이 씨를 만나 뵙는 거 말이죠?"

"네. 날짜는 그쪽 상황에 맞추겠습니다."

"알겠습니다. 일단은 상대에게 그 취지를 전하고, 다시 연락 드릴게요."

"잘 부탁드립니다."

요시나가는 전화를 끊은 후, 눈에 들어온 코르크 보드로 다가 갔다. 스티커 사진을 바라보며 다음에 찍힐 쓰바사의 얼굴을 상 상했다.


고후로 돌아온 다음 날, 간자키에게서 다음 주 일요일에 후지 이 씨 댁을 방문하기로 약속을 잡았다는 연락이 왔다. 곧바로 쓰바사에게 연락하자, 그날은 교대 근무가 잡혀 있다고 했다. 몇 시간씩이나 얘기를 나누진 않을 테니 일을 쉴 필요는 없겠 지만, 일단은 이가와 씨에게 친척 제사가 있어서 늦어질지 모른 다고 미리 말해 두는 게 좋겠다고 했다.

그로부터 며칠은 도무지 마음이 안정되지 않았다. 매우 드문 일이지만, 요시나가가 먼저 기쿠치 일행에게 한잔하러 가자고 청해 쓸데없는 얘기에 소란스럽게 흥을 돋우며 마음을 딴 데로 돌리려 애썼다.

그런데도 불안감이 엄습할 때면, 이리저리 바삐 움직이면서 일하는 종업원에게 시선을 던지며 후지노미야에 있는 쓰바사의 모습을 상상했다.

괜찮아. 쓰바사라면 반드시 이겨 낼 수 있어.


전화벨 소리가 울려서 요시나가가 눈을 떴다.

어둠 속에서 깜박거리는 휴대전화로 손을 뻗자, 화면에 '쓰바사'라는 표시가 떴다.

"늦은 시간에 미안. 잤어?"

전화를 받자, 쓰바사의 목소리가 들렸다.

요시나가가 불을 켰다. 시계로 눈을 돌리니 새벽 두 시가 지나 있었다. '후쿠짱' 영업이 한 시까지니 일을 마치고 걸었겠지.

"상관없어. 집이니?"

"응."

"웬일이야?"

요시나가가 묻자, 쓰바사는 대답이 없었다.

"양복은 준비했니?"

"응 ······."

가냘픈 목소리가 들렸다.

"불안해서 그래?"

더더욱 가녀린 목소리로 맞장구를 치는 소리가 들렸다.

"나도 불안해. 그렇지만 괜찮아. 아빠가 곁에 있을 거야."

"무슨 말을 해야 할까?"

"진심으로 죄송하다고 하면 돼. 너도 할 말이 있겠지만, 일단은 미안하다고 해야. 심한 말을 들을지도 모르지만, 아빠는 언제나 네 편이야. 네가 유토 군에게 얼마나 커다란 고통을 받았고, 도저히 참을 수 없어서 그런 짓을 저질러 버렸다는 걸 잘 알고 있어."

"응 ....... 알았어."

"그럼, 약속 장소는 어디로 할까? 신주쿠 근처에서 만나서 같이 갈까?"

"히가시무라야마 역 개찰구에서 만나도 돼."

"괜찮겠니?"

아는 사람과 마주치지 않으리라는 보장이 없다.

"너무 일찍부터 아빠랑 같이 있으면 긴장될 것 같아서."

"알았다. 그럼, 10시 30분에 히가시무라야마 역 개찰구에서 보자."

아무 대답도 없이 전화가 끊겨서 요시나가는 조금 걱정스러웠다.

쓰바사의 불안은 가슴이 아플 정도로 이해가 갔다. 그렇지만 언젠가는 넘어서야 할 일이다. 시선을 회피하는 한, 진정한 의미에서의 전진은 불가능하겠지.

한동안은 잠들지 못할 것 같아서 요시나가는 이부자리에서 일어났다. 냉장고로 가서 잔술 두 개를 꺼냈다. 하나는 아버지의 영정 사진 앞에 내려놓고, 다른 하나는 뚜껑을 땄다.

—— 쓰바사가 더 이상 상처받지 않게 도와 주세요.

아버지의 영정 사진을 보며 잔술을 한 모금 마셨다.


세면대 앞에서 넥타이 정돈을 마친 요시나가가 화장실에서 나왔다.

개찰구로 돌아가 주위를 둘러봤지만, 쓰바사의 모습은 보이지 않았다.

시계를 보니 10시 35분이었다. 후지이 씨 댁은 열한 시에 가기로 약속되어 있었다. 역에서 오 분도 안 걸리지만, 여유를 두고 10시 30분에 만나기로 한 것이다.

요시나가가 휴대전화를 꺼내서 쓰바사에게 전화를 걸었다. 부재중 전화로 연결되었다.

"아빠다. 지금 개찰구 앞에 있어. 혹시 늦을 것 같으면 바로 연락해."

전화를 끊고 한동안 기다렸지만, 쓰바사에게서는 연락이 오지 않았다.

설마 두려워진 것일까.

그러나 그랬으면 어쨌든 미리 연락을 했겠지. 가장 어겨서는 안 될 약속이라는 것은 쓰바사도 충분히 알고 있을 터였다.

10시 55분까지 기다렸지만, 쓰바사는 오지 않았다.

요시나가는 하는 수 없이 휴대전화를 꺼내서 간자키에게 전화를 걸었다.

"여보세요 ……, 무슨 일 있으세요?"

전화가 연결되자마자 날카로운 간자키의 목소리가 들렸다.

"죄송합니다. 지금 히가시무라야마 역인데, 쓰바사와 연락이 닿질 않아서요."

"어떻게 된 거죠?"

"저도 모르겠습니다. 역에서 만나기로 약속했는데, 나타나지도 않고 전화도 안 받습니다."

간자키도 어떻게 대처해야 할지 곤란한지 말이 없었다.

"저 혼자라도 찾아뵙는 게 좋을까요? 쓰바사가 갑자기 병이 난 걸로 일단 말해 두고."

"그런 상황이면 차라리 찾아뵙지 않는 게 좋을지도 몰라요. 제가 대리인에게 연락할게요. 아침에 요시나가 씨에게 연락이 왔는데, 제가 일 때문에 정신이 없어서 연락이 늦어져 버렸다고 말해 둘게요."

"죄송합니다."

"역시 지금의 쓰바사 군에게는 너무 무거운 짐이었을까요?"

"모르겠습니다. 지금 바로 후지노미야로 가 보겠습니다. 폐를 끼쳐서 죄송합니다만, 모쪼록 잘 부탁드립니다."

전화를 끊은 요시나가는 분연히 개찰구를 빠져나갔다.


벨을 몇 번이나 눌러도 대답이 없었다.

허탈감과 부리나케 여기까지 달려온 피로감이 한꺼번에 몰려들어서 요시나가는 문에 기대어 섰다. 하는 수 없이 가방에서 열쇠고리를 꺼내 여벌 열쇠로 문을 열었다.

"쓰바사——, 아빠 들어간다."

현관에서 말을 건넸지만 대답이 없어서 신발을 벗고 안으로 들어갔다. 방에 들어갔는데도 쓰바사의 모습은 보이지 않았다.

요시나가는 한숨을 내쉬며 파이프 침대에 앉았다.

문득 벽에 걸린 코르크 보드에 시선이 멈췄다. 지난번에 왔을 때 꽂혀 있던 스티커 사진이 한 장도 보이지 않았다.

침대에서 일어나 주위를 살펴보다 쓰레기통을 발견하고, 안에 들어 있는 내용물을 손으로 헤집었다. 색색의 종이 쪼가리가 휴지에 뒤섞여 있었다.

갈기갈기 찢긴 스티커 사진을 알아차리는 동시에 심장박동이 격렬해졌다.

설마…….

요시나가가 손목시계로 시선을 돌렸다. 3시 30분이 지나 있었다. 장사 준비를 하려면 이가와는 지금쯤 가게에 있겠지.

가방을 들고 집을 나선 후, 곧장 '후쿠짱'으로 향했다. 포렴은 걸려 있지 않았지만, 문을 두드리자 곧 미닫이문이 열렸다. 카운터 안에 있던 이가와가 얼굴을 내밀어 누군지 확인하더니 표정을 굳혔다.

"요시나가 씨 ……, 웬일이세요?"

"이른 시간에 갑자기 찾아와서 죄송합니다. 쓰바사 …… 쓰바사 있나요?"

요시나가가 카운터로 다가가며 물었다.

"없는데요."

이가와가 몸을 살며시 뒤로 젖히면서 대답했다.

요시나가는 지금껏 접해 오면서 처음으로 느끼는 거리감에 당황했다.

"어제는 출근했습니까?"

요시나가가 물었다.

"무단결근했어요."

"왜요?"

"그저께 근무하다 별안간 가게를 뛰쳐나갔어요."

이가와가 그렇게 말하며 손에 들고 있던 닭꼬치로 시선을 돌렸다.

"무슨 일이 있었습니까?"

"그 친구가 만든 직원용 음식을 종업원들이 남겼다나 뭐라나."

"고작 그런 일로?"

믿기지 않았다.

"그래서요?"

"그 길로 나타나질 않아요."

"쓰바사에게 연락은 안 해 봤습니까?"

비난하는 소리처럼 들렸는지, 이가와의 표정이 험악해졌다.

"아깝다면 아깝겠지만, 음식을 먹든 안 먹든 그건 종업원의 자유예요. 물론 좀처럼 꺼내기 힘든 얘기였겠지만, 그래도 최소한 나한테는 말해 줬으면 좋았잖아. 그랬더니 ……."

이가와가 그쯤에서 입을 다물었다.

이가와의 말을 들으니 쓰바사가 가게를 뛰쳐나가기 직전의 광경을 상상할 수 있었다.

분명 가게 종업원들에게 사건이 알려진 것이다.

쓰바사가 만든 음식은 못 먹겠다며 음식을 버렸을 테지. 쓰바사는 그것에 충격을 받고 가게를 뛰쳐나갔다.

"그걸 어떻게 ……."

"우리 아르바이트생이 이곳에 드나드는 업자한테 들은 모양이에요."

쓰바사가 친하게 지낸다는 유키오라는 이름을 떠올렸다.

"아르바이트생에게 그 얘기를 처음 들었을 때는 도저히 믿기지 않았어요."

이가와가 한숨을 몰아쉬었다.

인터넷으로 조사하면, 지금도 사건의 정보는 얻을 수 있다.

"혹시 쓰바사가 갈 만한 곳을 아십니까?"

"모르겠는데요."

"쓰바사는 앞으로 …….."

거기까지 말하다 입을 닫았다. 이가와의 표정을 보니 그걸 물어봐야 아무 의미가 없다는 걸 깨달았기 때문이다.

"여러 가지로 죄송했습니다."

요시나가는 가게에서 나와 후지노미야 역 주변을 헤매고 다녔다.

게임센터, 인터넷카페, 패스트푸드점, 쇼핑센터 …….. 닥치는 대로 여기저기 찾아봤지만 쓰바사의 모습은 보이지 않았다.

요시나가가 휴대전화를 꺼내서 준코에게 전화를 걸었다.

"여보세요 …….. 어떻게 됐어?"

준코의 불안한 목소리가 들렸다. 그 말에서 쓰바사가 거기 없다는 걸 짐작할 수 있었다.

오늘 후지이 씨를 만나러 간다고 미리 말해 두었다.

"쓰바사가 당신 집에 가진 않았지?"

그래도 일단은 물어보았다.

"무슨 소리야?"

"쓰바사가 약속 장소에 나오지 않았어."

"그럼, 후지이 씨 댁에 안 갔어?"

"으응. 지금 후지노미야에 왔는데 집에도 쓰바사가 없고. 가게에서 사건이 밝혀지고 말았다는군."

준코가 숨을 삼키는 소리가 들렸다.

"역 주변을 한 차례 돌아봤지만 찾을 수가 없어. 혹시 당신 집에 갔나 해서."

"난 지금 일하는 중이야. 어쩌면 집에서 날 기다리고 있을지도 몰라. 잠깐 일 중단하고 집에 다녀올게."

전화를 끊은 후, 저녁 어스름이 밀려오기 시작하는 역 앞을 둘러보았다.

파출소가 눈에 들어와서 그리로 발길을 돌릴 뻔하다 그만두었다. 경찰관이 쓰바사가 사라진 이유를 물어도 대답하고 싶지 않고, 너무 크게 떠들지 않는 편이 좋을 것이다.

요시나가는 쓰바사의 아파트로 돌아가기로 마음먹고 발걸음을 옮겼다.


"쓰바사, 지금 어디 있니? 아빠는 네 방에 있어. 얘기를 나누고 싶다. 이걸 들으면 바로 연락해라."

요시나가는 전화를 끊고, 휴대전화를 파이프 침대로 집어 던졌다.

쓰바사는 지금 어디에서 무슨 생각을 하고 있을까.

쓰바사한테 연락이 오면 무슨 말을 해 줘야 할까.

그건 그렇고, 유키오에게는 어떻게 사건이 알려진 것일까.

사 년 전에는 쓰바사의 실명이나 사진이 인터넷상에 범람했지만, 이젠 그 정도까지는 아니다. 쓰바사의 이름이나 히가시무라야마나 다마 호수라는 지명과 살인 사건이라는 키워드로 검색하면 나오긴 해도 유키오나 그 친구가 우연히 발견했다고 보긴 어렵다.

혹시 쓰바사가 자기 입으로 유키오에게 털어놓은 건 아닐까.

만약 그랬다면 왜 그런 얘기를 했을까. 떠올릴 수 있는 가능성은 한 가지뿐이다.

후지이 씨를 만나러 가야 한다. 그 중압감을 견디기 힘들어서 친했던 친구에게 상의한 게 아닐까.

나흘 전에 받은 쓰바사의 전화가 떠올랐다.

최선을 다해 격려해 주려 노력했지만, 쓰바사는 여전히 불안해서 견딜 수가 없었던 게 아닐까. 후지이 씨를 만나는 게 두렵지만, 요시나가의 호소를 거절할 수도 없어서 자기가 안고 있는 중압감과 고통을 이해받기 위해 유키오에게 사실을 털어놓은 게 아닐까.

자기 탓인지도 모른다. 나는 쓰바사의 마음을 제대로 파악한 것일까. 쓰바사의 마음과 똑바로 마주한 것일까. 쓰바사에게 생활의 터전이 생겼다는 사실에 너무 안도했던 건 아닐까.

쓰바사를 제일 소중히 여긴 건 사실이다. 조금이라도 빨리 쓰바사가 젊어지고 있는 짐을 가볍게 덜어주고 싶었다. 그렇지만 단지 그것뿐이었을까. 최근 사 년간 마음을 무겁게 짓누르며 떠나지 않았던 후지이 씨와의 약속을 빨리 이행해서 조금이라도 마음이 편해지고 싶은 욕심은 아니었을까.

이제 어떻게 해야 하나.

일단은 이곳을 정리하고 고후로 데려가자.

그러나 그 후로는 어떻게 해야 하나. 앞으로 계속 요시나가의 비호 아래에서 살아갈 수는 없다. 요시나가도 언제까지 일할 수 있을지 알 수 없다. 쓰바사도 언젠가는 일을 구해야만 한다. 그렇지만 어딘가에서 일하며 불특정 다수의 사람들과 알게 되면, 언제 또다시 사건이 밝혀질지 알 수 없다. 쓰바사는 언제까지고 두려움에 떨며 살아가야 하는 것일까.

부모로서 어떻게 해야 쓰바사에게 도움이 될까.

필사적으로 고민하는 사이, 한 가지 생각이 떠올랐다. 자격증을 따서 회사를 만들고, 쓰바사와 같이 일하면 된다.

주택건설이나 아파트관리사 자격증이라면, 지금 나이라도 그리 어렵지는 않겠지. 작아도 좋으니 회사를 만들어서 머지않아 자격을 따낼 쓰바사를 맞아들이면 된다.

무슨 수를 써서라도 쓰바사를 지켜내야 한다.

전화벨 소리가 들려서 요시나가가 휴대전화를 움켜쥐었다.

준코의 전화였다.

"어떻게 됐어?"

요시나가가 물었다.

"없어. 집 근처 편의점이랑 패밀리 레스토랑 같은 데도 찾아 봤는데 보이지 않고."

초조함이 솟구쳐 올랐다.

"그렇게 즐겁게 일했는데 …… 설마 비관해서 ……."

준코의 목소리가 차츰 작아졌다.

"그런 일은 없어."

조금 전부터 머릿속에 맴돌던 상상을 필사적으로 떨쳐냈다.

"쓰바사는 그렇게 나약한 애가 아니야."

"그렇지만 ……."

"밤까지 쓰바사 집에서 기다려 볼게. 안 오면 경찰서로 가야 지."

"알았어."

요시나가는 전화를 끊은 후, 휴대전화를 침대에 집어 던지고 고개를 숙였다.


전화벨 소리가 들렸다.

어느새 어스름한 어둠에 휩싸여 있었지만, 침대 위를 더듬거 려 휴대전화를 움켜쥐었다. 쓰바사의 전화였다.

"여보세요, 지금 어디니?"

요시나가가 소리쳤다.

대답이 없다.

"쓰바사 맞지? 뭐라고 말 좀 해 봐 ……. 부탁한다!"

"죄송해요."

떨리는 목소리가 들렸다. 바람 소리도 들렸다.

"만나러 가기가 두려웠니? 그래서 유키오 군에게 말해 버린 거야?"

대답이 돌아오지 않았다. 휴대전화를 귀에 힘껏 갖다 댔다. 수런거리는 소리가 들렸다.

"솔직히 말해도 돼. 그렇게 두려우면 안 가도 돼. 당장 만나서 고후로 가자. 걱정할 거 하나 없어."

"아빠 ……."

매달리는 듯한 목소리가 들렸다.

"괜찮아. 그런 가게 그만둬도 일은 얼마든지 있어. 딱히 무리하게 일할 필요도 없고. 집에서 공부를 다시 시작하면 돼."

"바뀌지 않아 ……. 이대로는 ……."

"잊어버리면 돼. 아픈 기억을 떠올리게 해서 미안하다. 하지만 그렇게 괴로우면 다 잊어버리고 ……."

"잊히질 않아!"

쓰바사의 절규가 귓가에 울려퍼졌다.

"잊힐 리가 없잖아 ……."

울음 섞인 목소리로 변했다.

"알았다. 일단 만나자, 지금 당장 만나자꾸나. 지금 어디니?"

무슨 수를 써서라도 쓰바사를 만나야 한다. 이대로 두면 무슨 일을 벌일지 알 수 없다.

"거기서 기다릴게."

"어디서?"

"페로의 무덤."

그 말을 듣는 순간, 핏기가 싹 가셨다.

"너 …… 지금 무슨 생각을 하는 거야. 왜 그런 곳에 ……."

—— 설마 사 년 전에 하려고 했던 일을 또다시.

"이상한 생각하면 안 ……."

전화가 끊겼다.

"여보세요! 쓰바사!"


운전석의 시계를 봤다. 이제 곧 9시 30분이다. 쓰바사의 연락을 받은 후로 세 시간 반이 지났다.

최악의 상상을 필사적으로 떨쳐내며 창밖으로 눈을 돌렸다. 칠흑 같은 어둠이 펼쳐져 있었다.

헤드라이트 불빛에 드러난 공원 간판이 눈에 들어왔다. 저 너머에 있는 잡목림으로 들어가면 사건 현장과 가깝다.

"여기서 세워 주세요——."

요시나가가 말하자, 운전기사가 힐끗 쳐다보았다. 잘못 들었다고 생각한 모양이다.

"여기서 세워 주세요!"

강하게 다시 말하자, 택시가 멈췄다.

요시나가가 지갑에서 천 엔짜리 여러 장을 꺼내서 건네고, 감사 인사를 한 뒤 차에서 내렸다. 문이 닫히고 택시가 사라지자, 희미한 가로등 불빛만이 남아 있는 어둠에 휩싸였다.

요시나가는 가방에서 손전등을 꺼냈다. 불을 켜고 잡목림으로 들어갔다. 이렇다 할 표시도 없고 기억도 애매해서 오감을 집중시키며 오로지 앞으로만 발걸음을 옮겼다.

"쓰바사—— 거기 있니? 있으면 대답해."

주위에서 들리는 거라곤 바람과 나뭇잎 흔들리는 소리뿐이었다. 조금 전까지는 땀이 흥건하게 배어 있었는데, 이제는 으스스한 한기에 몸이 움츠러들었다.

"쓰바사—— 어디 있어!"

큰 소리로 부르며 앞으로 걸어가는데, 빛 속에서 뭔가가 움직인 것처럼 보여서 걸음을 멈췄다. 손전등을 오른쪽으로 살짝 돌리자 또다시 뭔가가 움직였다.

사람 같았다. 쓰바사인지 아닌지 확인하고 싶었지만, 손으로 얼굴을 가리고 있어서 확실히 알아볼 수가 없었다. 빛 때문에 눈이 부신 듯했다.

"쓰바사니?"

요시나가가 불빛을 아래로 내리고 뛰어갔다. 쓰바사였다.

손을 움켜잡았다. 바르르 떨고 있었다. 불빛을 아래로 향해서 얼굴은 보이지 않았지만, 자기도 모르게 안도의 한숨이 저절로 흘러나왔다.

"얼른 돌아가자."

요시나가가 손을 잡아끄는 동시에 쓰바사가 손전등을 가로채며 잡고 있던 손을 뿌리치고 뒷걸음질 쳤다.

불이 꺼지고 칠흑 같은 어둠에 휩싸였다.

"죄송해요 ……."

쓰바사의 목소리가 바람 소리에 섞여서 들렸다.

"미안하다. 아빠가 너무 서둘렀어. 네 마음을 좀 더 생각했어야 했는데."

요시나가가 어둠을 향해 호소했다.

"그런 게 아니야. 나도 알아. 후지이 씨에게 진심으로 미안하다고 사죄해야 한다는 걸. …… 그렇지만."

"이제 됐다. 언젠가 그렇게 할 수 있으면 돼. 십 년 뒤든 이십 년 뒤든 …… 후지이 씨는 언제 오라는 말은 하지 않았어. 그러니 지금은 아무 생각도 하지 마. 그만 돌아가자."

요시나가가 손을 뻗었지만, 허공에서 헤맬 뿐이었다.

"아빠에게 사실대로 말하기 전에 유키오에게 얘기했어. 유키오가 그래도 내 친구로 남겠다고 하면 아빠한테도 얘기할 수 있을 것 같았어."

쓰바사가 내뱉는 말이 파문처럼 심장을 거세게 흔들었다.

"사실대로라니, 그게 무슨 소리야⋯⋯."

"난 유토를 죽이기 위해 불러냈어. 아빠 생각처럼 자살하려던 게 아니야."

요시나가는 한순간 숨이 멎어 버릴 것 같아서 허둥지둥 숨을 들이마셨다.

"그때는 죽여 버려도 된다고 생각했어."

쓰바사는 지금 어떤 표정으로 내 앞에 서 있을까.

"재판놀이에서 사형 판결이 나면 다음 날 나 혼자 이곳에 오는 게 규칙이었어. 그날도 오후에 이곳에 왔더니 케이스 안에 햄스터가 들어 있었어. 그걸 죽여서 여기 묻어야 한다는 거야. 시키는 대로 했는지 안 했는지 땅을 파 보면 금방 알 수 있다고 위협해서 속일 수도 없었어. 평소처럼 먹이를 주고 나서 몸을 짓누르고 칼로 목을 자르려는 순간, 햄스터가 발버둥을 치다 날 물어 버렸어. 그렇게 많이 아프지는 않았지만, 손을 떼고 말았어. 왜 그랬을까? 이 녀석이 살아 있는 존재란 걸 실감했기 때문일까. 그런데도 죽이려 드는 나 자신이 서글펐기 때문일까. 잘은 모르겠지만, 도망치는 햄스터를 지켜보는 데 참을 수 없이 화가 났어. 나를 물어뜯은 햄스터가 아니라 유토에게 너무나 화가 났어 ……."

말소리에 섞여서 거친 숨소리가 들렸다. 몇 번이나 깊은 호흡을 되풀이하는 것 같았다.

"멈추려 해도 도저히 멈춰지지 않았어. 나는 유토를 ……."

"더 이상 말하지 않아도 ……."

"들어!"

쓰바사의 절규에 눌려서 한 발짝 뒤로 물러섰다.

"칼을 들이대는 나를 보면 유토는 무슨 생각을 할까. 깜짝 놀라서 도망치려고 할까, 아니면 울음을 터뜨릴까. 우스운 상상을 하면서 문자를 보냈지. 하지만 유토에게 막상 문자를 보내고 나니 갑자기 겁이 덜컥 났어. 나는 이제 곧 유토를 죽이려 한다. 그렇게 생각하니까 너무 무서워서 …… 유토를 죽이려고 하는 나 자신이 무서워서 견딜 수가 없었어. 누군가에게 도움을 받고 싶었어. 누군가가 말려 주길 바랐지."

그래서 나에게 연락했던 것인가.

그때 쓰바사는 나에게 도움을 요청했다. 기도하는 심정으로 호출음을 듣고 있었겠지.

그런데도 요시나가는 동료와 술 마시는 시간을 우선시하고 말았다.

그때 전화를 받았다면 쓰바사의 범행을 말릴 수 있었을지도 모른다.

무릎이 꺾여 쓰러질 지경이었지만, 필사적으로 다리를 벋디디며 견뎌 냈다.

"아빠가 괴로워할까 봐 그 말을 하지 않았구나."

어둠 속에서 쓰바사가 고개를 끄덕이는 기척이 느껴졌다.

"계속 괴로웠어. 나는 아빠가 생각하는 것처럼 착한 아이가 아니야. 난 진짜 끔찍한 인간이야. 줄곧 솔직하게 털어놓고 싶었어. 그렇지만 아빠한테 알려지는 게 두려워서, 너무나 두려워서 견딜 수가 없었지. 소년심판 직전에 면회했을 때, 아빠가 자살하려던 게 아니었느냐고 물었을 때 …… 그게 아니라고 말하려고 했어. 사실대로 말해야 한다고 ……. 그렇지만 내가 살아 있어 줘서 다행이라는 말을 들으니 차마 말을 꺼낼 수가 없었어. 내가 만약 사실대로 털어놓으면, 차라리 죽는 게 낫다고 생각할지도 모르니까. 하지만 아빠한테 사실대로 말하지 못하면, 후지이 씨의 집에 가더라도 진심으로 사과할 수는 없겠지."

나흘 전에 전화가 걸려왔을 때, 후지이 씨에게 뭐라고 하면 좋겠냐고 쓰바사가 물었다.

요시나가는 진심으로 죄송하다고 말하면 된다고 대답했다.

딱히 깊은 뜻으로 한 말은 아니었는데, 쓰바사는 어떻게 하면 그럴 수 있는지 계속 고민해 온 것이다.

"유키오는 '그래, 그런 일이 있었구나'라고 아무렇지도 않은 듯이 말했어. 하지만 평소에는 늘 자고 가다가 그날은 볼일이 있다면서 그냥 돌아갔지. 다음 날 '후쿠짱'에 갔더니 분위기가 왠지 모르게 싸했어. 누가 뭐라고 하는 것도 아니고 무시당한 것도 아닌데, 평소와는 다른 느낌이었지. 그래도 난 그냥 모른 척하고 일했는데 …… 아무도 내가 만든 음식을 먹지 않았어. 다들 온갖 핑계를 대며 음식을 버렸지. 난 지금까지 …… 내가 이렇게 된 건 유토 때문이라고 스스로에게 말해 왔어. 그렇지만 버려진 음식을 보는 순간, 내가 만든 음식을 아무도 먹고 싶어 하지 않을 정도로 끔찍한 짓을 저질렀다는 걸 깨달았지. 그런 일을 겪고 나니까 …… 갑자기 후지이 씨를 만나는 게 너무나 두려웠어."

자기 힘으로는 어쩔 수 없는 현실에 짓눌려서 쓰바사는 줄곧 괴로워한 것이다.

"잊어버려. 유키오 군에게 얘기해서 결과적으로 그렇게 됐지만, 아무 말 안 했으면 분명 몰랐을 거야. 얼마든지 다시 시작할 수 있어. 내가 생각해 봤다. 아빠가 지금 일을 그만두고 회사를 만들 생각이야. 주택건설이나 아파트관리사 자격증을 따서 …… 그리고 너랑 같이 ……."

"그건 아니야. 가게를 나온 후에 줄곧 생각해 봤어. 나는 앞으로 어떻게 해야 할지. 내가 과연 이대로 살아도 되는지 ……."

"그게 무슨 소리야. 설령 자살할 마음이 없었더라도 네가 고통받은 건 사실이야. 아무 이유 없이 죽이고 싶어서 죽인 게 아니야. 그렇게 자신을 괴롭히면 안 돼."

"죽는다고 속죄가 되는 게 아니라면, 어떻게 해야 하나 ……. 진심으로 죄송하다고 사죄하려면 아빠에게 먼저 사실대로 말할 수밖에 없다고 생각했어. 설령 미움을 받더라도 …… 그 방법밖에는 없다고."

요시나가는 걸음을 내딛으며 쓰바사에게 다가갔다. 어둠 속으로 손을 뻗어 쓰바사의 팔을 붙들었다. 팔은 딱딱하게 굳어 있었다.

"내가 어떻게 널 미워할 수 있겠니."

쓰바사는 대답이 없었다.

긴소매 셔츠 위로 붙들었던 손을 일단 떼고, 쓰바사의 손을 다시 움켜쥐었다.

"일단 여기서 나가자."


"어, 그래 ……. 지금 고후로 가는 중이야. 집에 도착하면 다시 연락할게."

요시나가가 준코의 전화를 끊었다.

열차 통로에서 객실로 돌아가려다 걸음을 멈췄다. 한 군데 더 전화할 곳이 떠올라서 간자키의 전화번호를 찾았다.

"여보세요 ……. 쓰바사 군은 만나셨어요?"

몹시 걱정했다는 게 목소리에서 전해졌다.

"네, 만났습니다. 연락이 늦어서 죄송합니다. 그쪽은 어떻게 됐나요?"

"병이 났으면 어쩔 수 없다고 대리인분이 말씀하셨어요. 병이 나으면 다음 일정을 잡겠다고 했는데, 어떨까요?"

"그 얘기 말인데 ……."

요시나가가 말을 머뭇거렸다.

"어렵다는 뜻인가요?"

"네에 ……. 이쪽에서 먼저 말을 꺼내 놓고 대단히 죄송합니다만, 아직은 만나지 않는 게 좋을 것 같습니다. 후지이 씨의 분노를 사는 행동이란 건 충분히 알고 있습니다."

"그렇군요. 하지만 조금이라도 가능성이 있을지 모르니 지금 당장은 연락하지 않을게요. 일주일쯤 지나도 마음이 여전히 바뀌지 않으면 ……."

"알겠습니다. 폐를 끼쳐서 죄송하지만, 잘 부탁드립니다."

요시나가가 전화를 끊고 객실로 들어갔다. 통로를 지나 자리로 돌아오자, 쓰바사가 창에 이마를 대고 잠들어 있었다.

아마 줄곧 잠도 자지 못했겠지. 신주쿠에서 특급을 타자마자 곧바로 곯아떨어졌다.

지금 상태로 후지이 씨를 만나게 할 수는 없는 노릇이었다.

쓰바사는 진심으로 사죄하려면 요시나가에게 먼저 사실대로 고백해야 한다고 했다. 만약 후지이 씨를 만나면, 쓰바사가 후지이 씨한테도 사실대로 말해 버리는 건 아닐까.

자살할 마음이 있었던 게 아니라 죽일 마음으로 유토 군을 불러냈다고.

요시나가에게도 충격적인 얘기였지만, 그것을 알면 후지이 씨가 쓰바사에게 얼마나 큰 분노를 품을지 상상할 수 없다. 보나마나 쓰바사에게 온갖 욕설을 퍼부어 대겠지. 만약 자기가 후지이 씨 입장이라면 도저히 냉정을 유지할 수는 없을 것이다. 그렇게 되면 쓰바사가 견뎌 낼 리가 없다.

그것뿐이 아니다. 후지이 씨는 괴롭힌 사실을 공개하지 않기를 바랐던 것뿐만 아니라, 괴롭힘 때문에 쓰바사가 자살까지 생각했다는 점 때문에 비교적 관용적인 태도를 취할 수 있었는지도 모른다. 죽일 생각으로 아들을 불러냈다는 걸 알면 예전의 말을 뒤집고 손해배상 청구를 할 수도 있고, 매스컴에 얘기해 버릴 가능성도 있다. 그러면 온갖 매스컴들이 쓰바사에게 몰려들겠지.

어떻게든 쓰바사를 지켜내야 한다.


꼬르륵 소리가 들려서 요시나가가 침대로 눈을 돌렸다.

어스름한 어둠 속에서 쓰바사가 이불을 휘감고 있었다. 에어컨 소리 외에는 아무 소리도 들리지 않았다. 쓰바사가 분명 깨어 있다는 걸 기척으로 알 수 있었다.

고후 집으로 돌아온 쓰바사는 방심한 듯이 요시나가의 침대에 쓰러졌다. 요시나가도 너무 지쳐서 침대 옆에 이불을 펴고 쉬려고 불을 껐다. 그러나 그로부터 두 시간이 지나도 잠이 들지 않았다.

요시나가의 배에서도 꼬르륵 소리가 울렸다. 그러고 보니 오늘은 하루 종일 아무것도 먹지 못했다. 컵라면을 준비하기조차 귀찮았지만 일단 일어났다.

"배고프지 않니?"

요시나가가 말을 건네 봐도, 이불 속의 쓰바사는 전혀 반응하지 않았다.

부엌으로 가서 불을 켜고 싱크대에서 컵라면을 꺼냈다. 주전자에 물을 받아 가스 불에 올렸을 때 문 여는 소리가 들렸다.

침실에서 나온 쓰바사가 발바닥을 스치듯 사뿐히 걸으며 다가왔다. 말없이 냉장고를 열고 안에 든 재료들을 살펴보았다. 햄, 계란, 양파, 피망, 냉동시켜 둔 밥을 꺼내서 조리대 위에 올렸다.

"뭘 만들어 주려고?"

쓰바사는 말이 없었다. 요시나가가 부엌에서 나와서 식탁 의자에 앉아 쓰바사의 뒷모습을 바라보았다.

쓰바사가 냉동된 밥을 전자레인지에 넣어서 해동시켰다. 도마를 꺼내서 채소를 썰기 시작했지만, 요리사치고는 칼질하는 손길이 미덥지 않았다.

아무래도 볶음밥을 만들려는 것 같은데, 요시나가가 하는 게 더 빠르겠다 싶을 정도로 쓰바사의 동작은 느렸다.

프라이팬에 채소와 밥을 넣고 간을 맞추며 볶아서 접시 두 개에 나눠 담았다. 쓰바사가 식탁에 볶음밥을 내려놓고 맞은편에 앉았다.

느릿느릿 만든 것치고는 먹음직스러워 보였다.

"잘 먹겠습니다."

요시나가가 손을 모아 쥔 후, 숟가락을 들고 볶음밥을 먹었다. 맛도 좋았다. 볶음밥을 정신없이 입에 그러넣다 물이 마시고 싶어서 손길을 멈췄다.

쓰바사를 바라보니 숟가락을 든 채로 이쪽을 물끄러미 바라보고 있었다.

"왜 그래?"

요시나가가 묻자, 쓰바사가 "아무것도 아니야"라며 고개를 젓고 볶음밥을 입으로 가져갔다.

다음 순간, 쓰바사가 입을 손으로 막으며 몸을 앞으로 숙였다. 얼굴이 벌겋게 달아오르고 눈에 눈물이 차오르더니 식탁 위로 볶음밥을 내뿜고 말았다.

"괜찮니?"

사레가 들린 듯했다.

요시나가가 일어서서 쓰바사의 등을 문질러 주었다. 쓰바사가 그 손을 뿌리치며 튀어 오르듯이 뛰쳐나갔다. 문을 내리치는 소리가 들렸다.

밖으로 따라 나가자, 화장실 문 너머에서 쓰바사가 흐느껴 우는 소리가 들렸다.

"왜 그래? 괜찮니?"

요시나가가 문을 두드리며 쓰바사에게 물었다.

대답이 없고, 흐느껴 우는 소리는 멈추지 않았다.

"도대체 왜 그래?"

요시나가의 목소리가 오열 소리에 삼켜졌다.

왜 우는 걸까. 혹시 가게 사람들에게 소외당했을 때 기억이 떠오른 게 아닌가 걱정한 순간, 머릿속으로 뭔가가 훑고 지나는 느낌이 들었다.

자기는 쓰바사가 만든 음식을 맛있게 먹었다. 혹시 그것이 기뻤던 게 아닐까.

요시나가는 쓰바사가 우는 모습을 상상하며 문을 물끄러미 바라보았다.

너무나 당연한 일인데도 지금까지 알아채지 못했다.

난 쓰바사에게 사랑받고 있었다.

자기가 만든 음식을 맛있게 먹는 아빠를 보고 이렇게 오열할 정도로.

쓰바사는 이토록 나를 필요로 하는 것이다. 나는 이토록 사랑받고 있는 것이다.

나는 지금까지 무엇을 주저했던 것일까.

쓰바사를 지켜주고 싶었다. 하지만 어떻게 하면 지켜줄 수 있는지 알지 못했다.

"쓰바사 ……, 이제 그만 나와 줄 수 없겠니?"

요시나가가 불러 봤지만, 문이 열리지도 오열이 그치지도 않았다.

"너에게 꼭 하고 싶은 말이 있어. 문을 열어 줘."

그런데도 쓰바사는 나오지 않았다. 그러나 초조한 마음은 없었다.

"저쪽에서 기다리마."

요시나가는 그 말을 남기고 식탁으로 돌아왔다. 의자에 앉아 숟가락을 들고 볶음밥을 입으로 가져갔다.

남겨진 볶음밥 한 숟가락을 바라보고 있는데, 문이 열리는 소리가 들려서 얼굴을 들었다.

쓰바사가 소매로 눈물을 훔치며 들어왔다. 조용히 요시나가의 맞은편 자리에 앉았다.

요시나가가 마지막 한 숟가락의 맛을 음미하며 먹은 후, 쓰바사에게 시선을 돌렸다. 쓰바사는 고개를 숙이고 있었다.

"잘 먹었다. 맛있네."

"나한테 하고 싶다는 말이 뭔데?"

쓰바사가 고개를 숙인 채, 코 막힌 소리로 물었다.

"사실대로 얘기했어도, 유토 군을 죽이기 위해 불러냈다는 걸 안 지금도 여전히 네가 살아 있어 줘서 다행이라고 생각해."

쓰바사가 얼굴을 들어 새빨갛게 충혈된 눈으로 요시나가를 쳐다보았다.

"비록 네가 괴로워하는 모습을 지켜봐야만 한대도 살아만 있으면, 이렇게 얘기를 하거나 네가 만들어 준 요리를 먹으며 너의 성장을 느끼고 기뻐할 수 있어. 널 지켜볼 수 있는 거야."

쓰바사가 이쪽을 물끄러미 바라보며 계속해서 코를 훌쩍이고 있었다.

"후지이 씨한테는 이젠 불가능한 일이야."

쓰바사의 호흡이 멈췄다. 코를 훌쩍거릴 수도 없는지 콧물이 주르륵 흘러내렸다.

"네가 저질러 버린 일이야."

요시나가가 식탁 위의 티슈 상자에서 티슈를 뽑아서 쓰바사의 코와 눈가를 닦아 주었다. 쓰바사는 꼼짝도 안 하고 그대로 앉아 있었다.

얼굴에서 손을 떼자, 쓰바사가 고개를 숙였다. 티슈를 움켜쥔 순간, 손 안에서 아들의 따뜻한 체온이 느껴져서 애처로운 마음이 솟구쳐 올랐다. 아들이 살아 있다는 실감을 곱씹다 보니 시야가 흐릿해졌다.

"언젠가 네가 아빠한테 물었지. 마음과 몸, 어느 쪽을 죽이는 게 더 나쁘냐고. 지금은 확실하게 대답할 수 있어. 몸을 죽이는 게 더 나빠."

쓰바사가 튕기듯이 얼굴을 들었다.

요시나가가 손에 든 티슈로 자기 눈물을 훔치고, 쓰바사를 바라보았다.

"만약 두 번 다시 네 목소리를 듣지 못하고 널 만질 수도 없게된다면, 내가 얼마나 괴로울까 ……. 병이나 사고로 네가 사라진대도 견딜 수가 없어. 하물며 누군가에게 살해당했다면 …… 난 내 생명이 다하는 날까지 그 인간을 증오할 거야."

쓰바사는 한동안 요시나가를 바라보다 입을 열었다.

"나는 유토만이 아니라, 유토를 소중히 여기는 사람들의 마음까지 죽인 거네 ……."

쓰바사가 입술을 떨며 말했지만, 요시나가는 그 말에 고개를 끄덕일 수도 가로저을 수도 없었다.

"어떻게 해야 …… 앞으로 어떻게 해야 하지 ……."

쓰바사는 식탁 위에 손을 얹고, 몸을 내밀듯이 요시나가를 바라보았다.

"계속 생각해야지. 앞으로도 꾸준하게 계속. 그 사람들의 마음을 조금이라도 풀어 주기 위해서 뭘 해야 할지, 무엇이 가능한지. 아빠도 같이 고민하겠지만, 아빠도 언젠가는 죽어. 엄마도 마찬가지야. 너 혼자 남더라도 계속 생각해야 해."

쓰바사가 괴로운 듯이 입술을 깨물며 얼굴을 숙였다.

내가 죽을 때, 쓰바사는 어떤 인생을 살아가고 있을까. 과거는 바꿀 수 없다. 사람을 죽인 것은 절대로 용서받을 수 없다. 그건 알고 있다.

그렇지만 아버지로서 바람은 —— 지금의 고통에서 조금이나마 해방되었으면 한다. 조금이라도 좋으니 소중히 여길 수 있는, 쓰바사를 소중히 여겨 주는 친구가 생겼으면 한다. 진심으로 웃을 수 있는 순간이 있었으면 한다.

그렇게 되려면 어떻게 해야 할까.

내가 할 수 있는 일은 더없이 사랑스러운 자식 곁에 함께해 주는 것밖에 없지 않을까.

세상 모든 사람들이 소년 A인 쓰바사를 증오하더라도 나만은 쓰바사를 계속 사랑할 수밖에 없다.

"그래도 ……."

요시나가가 팔을 뻗어 쓰바사의 오른손에 자기 손을 얹었다.

따뜻하다.

"아빠가 인생의 마지막 순간에 생각하는 건 너야."

쓰바사의 손을 힘껏 움켜쥐자, "나 ……"라고 중얼거리는 소리가 들렸다. 쓰바사가 얼굴을 들었다.

"후지이 씨를 만나고 싶어."

요시나가를 똑바로 쳐다보며 쓰바사가 말했다.


떨리는 손끝을 우두커니 바라보고 있다가 가까스로 벨을 눌렀다.

잠시 후 인터폰에서 "네——"라는 소리가 들렸다.

요시나가가 쓰바사에게 시선을 돌렸다. 쓰바사는 창백한 얼굴로 그 자리에 우뚝 서서 아무 소리도 내지 못했다.

"누구십니까?"

딱딱한 소리가 들렸고, 쓰바사의 얼굴이 미세하게 떨렸다.

"요시나가 쓰바사입니다."

쓰바사가 쥐어짜 내듯 힘겹게 말하자, 침묵이 흘렀다.

"들어오세요."

인터폰이 끊겼지만, 쓰바사는 여전히 그 자리에서 움직이지 못했다.

요시나가가 문을 열고 안으로 들어가자, 쓰바사도 한 걸음 한 걸음 벋디디듯 뒤따라왔다. 현관 앞에 도착한 요시나가가 문을 두드렸다.

문이 열리고 후지이 씨와 눈이 마주쳤다. 그 시선은 곧바로 옆으로 옮겨졌다.

"지난번에는 대단히 실례가 많았습니다. 바쁘신 와중에 다시 시간을 내주셔서 감사합니다."

요시나가가 서둘러 인사를 하며 고개를 깊이 숙였다. 얼굴을 들자, 후지이의 시선이 이미 요시나가에게 돌아와 있었다.

"들어오시죠."

후지이가 등을 돌리고 복도를 걸어갔다.

쓰바사에게 눈을 돌리자, 여전히 고개를 숙이고 있었다. 쓰바사의 어깨를 두드리며 현관으로 올라갔다. 후지이가 들어간 막다른 데 보이는 방으로 향했다.

"실례하겠습니다."

방으로 들어가자, 사 년 전에 있었던 선반이나 큰 영정 사진은 사라지고, 대신 불단이 놓여 있었다.

불단에는 영정 사진 두 개가 놓여 있었다. 하나는 유토 군 사진이고, 다른 하나는 친엄마 사진이겠지.

그때까지는 재혼 상대를 배려해서 불단을 차리지 않았을지도 모른다.

"대단히 무례한 부탁이겠지만, 향을 올려도 되겠습니까?"

요시나가가 후지이에게 시선을 돌렸다.

"아드님은 거절합니다."

후지이가 그렇게 말하며 쓰바사의 옆을 스쳐 지나 방에서 나갔다.

요시나가가 불단 앞에 무릎을 꿇고 앉아서 향을 올리고 합장했다. 돌아보니 쓰바사가 선 채로 물끄러미 바라보고 있었다. 쓰바사 뒤로 쟁반을 든 후지이가 보여서 요시나가가 일어섰다.

후지이가 낮은 탁자 위에 찻잔 두 개를 내려놓고 앉았다.

요시나가가 쓰바사에게 눈짓을 하고 후지이의 맞은편에 앉았다. 후지이는 줄곧 요시나가가 아니라 쓰바사를 바라보고 있었다. 옆으로 시선을 돌리자, 무릎을 꿇고 앉은 쓰바사는 얼굴을 숙인 채 무릎 언저리를 힘껏 움켜쥐고 있었다.

"아버지 말을 듣고, 약속을 지키려고 왔나?"

후지이가 갈라진 목소리로 물었지만, 쓰바사는 고개를 숙인 채 아무 말도 하지 않았다.

"제가 약속 얘기를 한 건 분명하지만, 쓰바사 쪽에서 먼저 만나 뵙게 해 달라고 해서 ……."

후지이가 요시나가를 힐끗 쳐다보고, 곧바로 다시 쓰바사에게 시선을 돌렸다.

"나의 바람은 진정하게 갱생한 모습을 보여 달라는 거였어. 자네는 자기가 정말로 갱생했다고 생각하나?"

"아뇨 ……."

가녀린 목소리가 들렸다.

"그럼, 왜 여기에 왔지?"

"저로서는 무엇이 진정한 갱생인지 아직 잘 모르겠습니다. 다만, 사죄를 드리고 싶었습니다."

"자네는 유토를 미워하고 있는 게 아닌가? 유토를 만나지 않았다면 그런 일은 벌어지지 않았을 거라고. 내가 피해자라고."

"그렇게 생각했던 적도 있습니다."

후지이가 미간을 찌푸리며 고개를 갸웃거렸다.

"지금은 그런 생각을 안 한다는 뜻인가?"

"네 ……. 유토 군에게 끔찍한 짓을 저질러 버린 건 사실입니다. 돌이킬 수 없는 짓을 저지른 건 ……."

쓰바사를 뚫어져라 바라보던 후지이가 앉은 채로 등을 돌렸다. 뒤에 있는 책장 서랍에서 뭔가를 꺼내서 쓰바사를 향해 들어 보였다.

후지이의 손에 들린 액자에 담긴 쓰바사와 유토의 모습을 보는 순간 심장이 튀어 올랐다.

"얼굴을 들어 보게."

요시나가가 액자로 향하고 있던 시선을 옆으로 돌렸다. 머뭇머뭇 얼굴을 든 쓰바사가 액자를 보고 숨을 집어 삼켰다.

"유토의 책상 서랍 속에 들어 있었어. 우리 가족사진은 집에 놓기조차 싫어했는데 말이지."

액자를 바라보던 쓰바사의 얼굴이 파랗게 질려 갔다.

"자네 얼굴은 보고 싶지 않아. 그렇지만 집에 있는 사진 중에 표정이 가장 좋은 사진이라 차마 버릴 수가 없더군. 자네 부분을 찢어 버릴까 했지만, 그러면 유토 얼굴에 그늘이 질까 봐 그럴 수도 없었어. 나는 죽는 날까지 자네 얼굴을 계속 볼 수밖에 없단 말이지. 이런 내 마음을 알겠나?"

"미안 ……."

그 목소리에 쓰바사 쪽으로 시선을 돌렸다.

눈물이 뺨으로 흘러내린 순간, 쓰바사가 양손을 뻗으며 후지이의 손에서 액자를 가로챘다.

"미안해 …… 유토 …… 미안해 ……!"

쓰바사가 사진 액자를 두 손으로 움켜쥐고, 자기와 유토 군의 모습을 번갈아 쳐다보며 입술을 떨었다.

후지이는 어안이 벙벙한 듯 잠시 바라보고 있었지만, 액자를 빼앗으려고 쓰바사의 손을 잡았다.

"이리 내!"

후지이가 힘껏 잡아당기는데도 쓰바사는 액자를 놓지 않았다. 유리가 깨지면서 액자를 꽉 쥐고 있던 쓰바사의 손끝에서 피가 스며 나왔다.

"미안해 …… 미안해 ……."

격렬하게 몸을 떨고 눈물과 콧물을 범벅으로 흘리며 사진을 향해 계속해서 용서를 빌었다. 쓰바사의 체액이 자기의 손에, 그리고 쓰바사의 손을 힘껏 짓누르는 후지이의 손가락에까지 번져 갔다.

요시나가가 쓰바사의 손을 잡았다.

"쓰바사, 손을 놔. 후지이 씨에게 돌려드려야지."

그제야 체액으로 얼룩진 액자를 놓은 쓰바사가 바닥에 엎드려 소리 내어 울었다.

그 모습이 차츰 흐릿해져 갔다. 눈물을 닦고 후지이에게 시선을 돌렸다. 액자를 품에 안고 있는 건 알겠지만, 후지이의 얼굴이 또렷이 보이지는 않았다. 후지이와 똑바로 시선을 맞춰야 한다는 생각에 몇 번이나 눈물을 훔쳐냈지만, 급기야 어디 있는지도 모를 정도로 시야가 흐릿해졌다.

"유토 군과 쓰바사를 불행하게 만들어 버린 사람은 바로 접니다. 제가 아들 곁에 있어 줬으면 이런 일은 벌어지지 않았을 겁니다. 정말 죄송합니다."

거기에 후지이가 있는지 어떤지 모르지만, 요시나가가 고개를 숙이며 사죄했다.

"돌아가!"

정면에서 절규하는 소리가 들려서 얼굴을 들었다.

후지이의 모습은 보이지 않았다. 어깨를 붙들려서 강제로 일어섰다.

"돌아가라는 소리 안 들려?"

바로 옆에서 목소리가 들렸다. 눈물을 닦아내자, 후지이가 쓰바사의 옷깃을 움켜쥐고 끌어내고 있었다. 쓰바사가 손으로 눈가를 덮으며 비틀비틀 일어섰다. 후지이가 요시나가와 쓰바사의 어깨를 몇 번이나 밀치며 밖으로 쫓아냈다. 눈앞에서 쾅 소리가 나며 문이 닫혔다.

요시나가가 쓰바사 쪽으로 시선을 돌렸다. 쓰바사는 손으로 눈가를 훔치며 거친 호흡을 계속하고 있었다.

닫힌 문 너머에서 후지이가 울부짖는 소리가 들렸다.

"유토——유토——미안하다 ……."

쓰바사가 몸을 격렬하게 떨었다. 자기 손등을 깨물며 흐느껴 울었다.

요시나가는 후지이와 쓰바사가 흐느끼는 소리를 들으며 우두커니 서 있었다. 어깨를 두드리며 재촉했지만, 쓰바사는 그 자리에서 움직이려 하지 않았다.

"그만 가자."

쓰바사의 소매를 잡고 현관을 향해 걸음을 내디뎠다.

신발을 신는데 오열 소리가 그쳤다. 돌아보니 문이 열렸다. 후지이가 이쪽을 향해 다가와서 쓰바사의 눈앞에 멈춰 섰다.

"마지막으로 향을 올려도 좋다. 단, 두 번 다시 찾아오지 마!"

후지이가 방을 향해 턱짓을 하자, 쓰바사가 요시나가를 쳐다보았다.

"고맙습니다."

요시나가가 후지이를 향해 감사 인사를 하고, 쓰바사에게 고개를 끄덕여 보였다.

쓰바사가 후지이에게 고개를 깊이 숙이고 안으로 들어갔다. 방으로 향하는 쓰바사의 등을 바라보았다. 조용히 문이 닫히자, 후지이가 요시나가 쪽을 바라보았다. 새빨갛게 충혈된 눈과 시선이 마주치자, 가슴 깊은 곳에서 격렬한 감정이 북받쳐 올랐다. 그 가슴 아픈 심정이 말이 되어 나오기 전에 후지이가 먼저 입을 열었다.

"나는 위에 있겠습니다. 끝나면 알아서 돌아가세요."

후지이는 그 말을 남기고 계단을 올라갔다. 그 모습이 사라지고 계단 위에서 문 닫히는 소리가 들리자, 요시나가는 무너져 내리듯 현관 바닥에 주저앉았다.

머릿속이 하얘졌다. 아무런 감정도 솟아나지 않았다.

요시나가는 천천히 고개를 들고, 쓰바사가 들어간 방문에 시선을 고정시켰다.

지금 쓰바사는 어떤 얼굴을 하고 있을까. 유토 군의 사진을 보면서 어떤 생각을 하고 있을까.

조금 전에 봤던 사진이 뇌리에 떠올랐다. 즐거운 듯 미소 짓는 쓰바사와 유토 군의 모습이 머릿속에서 떠나지 않았다.

어디서 잘못되고 만 것일까. 어떻게 해야 했을까.

그것을 안다 해도, 이제는 어쩔 수 없다.

쓰바사는 좀처럼 나오지 않았다. 이곳은 분명 가장 고통스러운 장소일 텐데도.

── 아니, 과연 정말 그럴까.

이곳은 쓰바사에게는 유일한 구제의 장인지도 모른다.

이곳에는 모든 것을 알고 있는 사람뿐이다. 유토 군에게, 후지이 씨에게 거짓 없는 마음을 드러내고 자기 죄와 정면으로 마주할 수 있다. 지금의 자신이 그러하듯이.

이곳에서 한 발짝만 나서도 그럴 수는 없겠지.

설령 마음을 허락하는 사람과 만난다 하더라도 살인에 대한 변명은 용서받을 수 없다. 아무리 괴로운 일이 있어도 이제 다시는 얘기할 수 없는 사람을, 유토 군을 나쁘게 말해선 안 된다. 앞으로는 쓰바사를 진정으로 이해해 줄 사람을 만날 수 없는 것이다.

다만, 그 무거운 십자가를 짊어지는 것이 사람의 목숨을 빼앗고도 살아가는 사람의 의무가 아니겠냐고 예전에 후지이 씨가 말했었다.

이곳을 나서기가 두렵다. 그것은 쓰바사도 마찬가지겠지. 그렇지만 이곳에 계속 머물 수도 없다.

── 설령 두 번 다시 이곳에 올 수 없다 해도, 두 번 다시 후지이 씨를 만날 수 없다 해도, 그래도 진심으로 계속 사죄하기 위해.

쓰바사, 이제 그만 돌아가자.

요시나가가 일어서서 닫힌 문을 향해 걸어갔다.

이제 더 이상 널 혼자 내버려 두지 않아. ✒*end.*

인간은 불완전한 존재다. 가정을 이루고, 자녀를 낳고, 부모가
된다 해도 그 사실에는 변함이 없다. 다만, 그들이 낳은 아이들
보다는 좀 덜 불완전한 존재이고자 안간힘을 쓸 뿐이다. 인간에
게 삶 자체가 연습 없는 본무대이듯 부모의 자리 역시 당혹스
럽고 버겁긴 마찬가지다. 자기로 인해 이 세상에 태어난 인간을
인류에게 유용한 존재로 만들지는 못할지언정 최소한 타인에
게 피해를 끼치지 않는 공동체의 구성원으로 교육시키는 일조
차도 결코 쉽지 않은 게 현실이다.

《침묵을 삼킨 소년》은 한마디로 말하면, 그러한 인간의 근본
적인 한계와 부모자식 간의 숙명적인 관계를 소년범죄라는 극
단적 상황하에서 그려낸 작품이다. 2005년《천사의 나이프》로
제51회 에도가와란포 상을 수상하며 데뷔해 다각적인 시각으
로 꾸준히 소년범죄를 다뤄 온 야쿠마루 가쿠가 작가로서 살아
온 십 년의 세월을 집대성해 낸 작품이기도 하다. 살인을 저지
른 아들과 아버지의 관계를 축으로 전개되며, 사건을 둘러싼 가
해자와 피해자 측의 고뇌와 갈등, 그 후에 도래하는 현실적인
문제들을 철저하게 규명해 내는 과정을 통해 '진정한 속죄와

갱생이란 무엇인가'라는 근본적인 질문을 독자에게 던진다.

사실 최근에는 '누구라도 좋으니 사람을 죽여 보고 싶었다'는 엽기적인 동기로 살인을 저지르는 말기적 현상도 적지 않게 접하게 된다. 때문에 작가는 사람이 사람을 죽이는 행위의 무게와 그로 인한 파장을 사실적으로 그려내고 싶었던 듯하다. 비단 당사자들만의 문제가 아니라 양쪽 가족과 지인들까지 소중한 삶의 터전을 송두리째 잃어버리고 평생토록 그 짐을 함께 짊어져야 하는 가혹한 현실까지도. 우리가 사는 현대사회는 언제 범죄의 피해자가 되어 버릴지 모를 만큼 이해할 수 없는 범죄가 증가하고 있다. 또한 사회가 불안정하다 보니 오늘 행복한 사람이라도 어느 날 돌연 나락으로 추락할 수 있고, 정신을 차려보면 어느새 범죄자가 되어 있을 위험성도 높아지고 있다. 이런 예측하기 힘든 삶 속에서 범죄의 피해자나 가해자의 가족이 되었을 때, 인간은 과연 어떻게 대처하고 살아가야 하는지에 대한 이정표가 될 만한 소설이다.

내 아이가 학교에서 괴롭힘을 당하거나 유괴 같은 피해를 입을까 두려워하는 부모는 많지만, 정작 가해자가 될까 불안해하는 부모는 의외로 적다. 내 눈에는 한없이 착해 보이는 아이가 설마 그럴 리 없다는 선입견과 편견이 앞서 작동하기 때문이다. 그러나 실은 피해자의 숫자만큼 가해자가 존재하게 마련이다. 따라서 가해자와 그 부모의 시점에서 쓴 이 소설은 우리가 애써 외면해 온 측면을 눈앞에 들이밀기에 그다지 편치 않은 거북함이 기저에 깔려 있다. 그래서일까, 본문 속 문장처럼 '죽이지 않았다고 말해' 주길 간절히 바라는 부모의 심정은 독자에게도 주인공 소년이 어떤 오해의 희생자이기를 바라는 희망의 끈을 오래도록 놓지 못하게 만든다.

이 책에서 또 한 가지 주목할 부분은 대중사회와 매스컴의 횡포다. 익명성이 높지만, 개인에 대한 정보가 보장은 되지 않는 정보사회의 단면은 체포나 비난의 대상이 되는 순간, 만인의 마녀사냥감이 되는 시류로도 알 수 있다. 그것은 가해자 당사자는 물론이고, 그 주변 인물들에게는 너무 호된 채찍질이 아닐 수 없다. 매스컴에 나와 소년범죄에 관해 논하는 해설자들은 으레 말한다. 부모는 뭘 하고 있었나, 주위에서는 왜 눈치채지 못했나, 학교는 어떻게 책임을 질 것인가. 우리도 텔레비전을 보며 은연중에 동조해 온 면을 부정할 수 없을 것이다. 만약 내게 아이가 있다면, 살인을 저지를 때까지 못 알아챌 리가 없다고.

그런데 과연 정말 그럴까? 만에 하나 자신의 아이가 이 작품의 주인공이 된다면 당신은 어떻게 할 것이냐며 작가는 우리 앞에서 판도라 상자를 열어젖힌다. 따라서 작가 또한 괴로워하고, 고민하고, 썼다 지우고, 또 고민하기를 반복하며 조금씩 쌓아올린 원고를 읽으면 등줄기가 서늘해진다. 지금까지 다른 세상일이라 여기고 회피해 왔음을 깨닫게 된다. 정작 내 아이가

죄를 범했을 때, 부모로서 무엇을 어떻게 풀어가야 하는지 처음으로 진지하게 생각해 보는 기회를 마련해 준다. 그런 면에서 범죄를 줄여 주는 효과를 발휘할 수 있겠다는 생각이 절로 들 정도로 강력하고 예리한 작품이다.

이 책에 묘사된 것은 어쩌면 '정답이 없는 수많은 질문들'이다. 그 상황에 처한 인간의 숫자만큼 정답과 오답이 있게 마련이다. 지극히 평범하게 살아가는 사람들에게는 평생 제기되지 않을 질문 같지만, 우리는 그 '평범한 일상'이 언제 균열되어도 이상하지 않을 세상에서 살아가고 있다. 따라서 작품을 통해서라도 '정답 없는 질문들'에 관해 고민해 보는 것이 세상을 보다 성숙하게 만드는 길일지도 모른다.

이영미

# 침묵을 삼킨 소년

초판 1쇄 발행 2016년 9월 20일
초판 8쇄 발행 2020년 10월 23일

지은이 야쿠마루 가쿠
옮긴이 이영미
펴낸이 정용수

사업총괄 장충상 본부장 홍서진
편집장 박유진 편집 김민기 정보영
영업·마케팅 윤석오
제작 김동명 관리 윤지연

펴낸곳 ㈜예문아카이브
출판등록 2016년 8월 8일 제2016-000240호
주소 서울시 마포구 동교로18길 10 2층(서교동 465-4)
문의전화 02-2038-3372 주문전화 031-955-0550 팩스 031-955-0660
이메일 archive.rights@gmail.com 홈페이지 ymarchive.com
블로그 blog.naver.com/yeamoonsa3 인스타그램 yeamoon.arv

한국어판 © 예문아카이브, 2016
ISBN 979-11-958741-1-8  03830

| 요시카와 에이지 문학신인상 심사평 |

소설가에게 있어 평생의 주제와 만나는 일은 운명이라고 생각한다. 아무리 재능이 있어도 그런 주제를 만나지 못하면 독자에게 감동을 줄 수 없다. 그동안 현대 범죄, 특히 미성년자가 저지른 범죄를 주제로 소설을 써 온 작가의 끈질긴 자세가 이 작품의 바탕이 되었다.
　_이주인 시즈카(소설가)

한눈팔지 않는 소설이다. 마지막 페이지까지 밀도가 느껴진다. 야쿠마루 가쿠는 소년범죄란 테마에 집착이라 해도 좋을 만큼 관심을 쏟아 왔다. 좋은 작품을 완성하겠다는 작가의 고뇌와 주인공의 고뇌가 잘 어우러져 말로 형용할 수 없는 감동을 불러일으킨다.
　_오사와 아리마사(소설가)

'만약 나였다면'이라는 생각이 소설을 즐기는 방법 중 하나라는 사실을 이 작품을 읽으면서 재확인했다. 한 가지 문제에 대해 성실하게 고민한다는 것 자체가 점점 어려워지는 요즘, 오랜 시간 동일한 테마를 다루려면 용기가 필요하다. 하지만 그런 자세야말로 소설가의 요건이라는 사실 역시 재확인할 수 있었다.
　_온다 리쿠(소설가)

소년범죄와 소년법이란 민감하고 다루기 어려운 주제와 정면으로 맞서고 있다. 오락소설에서 이렇게 커다란 테마를 다루다 보면 안이한 결론을 내리기 쉽지만, 이 작품은 '왜 이런 일이 벌어졌는가'만이 소설의 결론이 아니라는 사실을 보여준다.
　_교고쿠 나쓰히코(소설가)